陈惇 / 著

大家文学课

喜剧之巅——论莫里哀

北京师范大学出版集团
BEIJING NORMAL UNIVERSITY PUBLISHING GROUP
北京师范大学出版社

图书在版编目（CIP）数据

喜剧之巅：论莫里哀/陈惇著. —北京：北京师范大学出版社，2022.1

（大家文学课）

ISBN 978-7-303-27561-8

Ⅰ.①喜…　Ⅱ.①陈…　Ⅲ.①莫里哀（Moliere1622-1673）–喜剧 – 文学研究　Ⅳ.①I565.073

中国版本图书馆 CIP 数据核字（2021）第 265090 号

营　销　中　心　电　话　010-58807651
北师大出版社高等教育分社微信公众号　新外大街拾玖号

XIJUZHIDIAN ——LUN MOLIAI

出版发行：北京师范大学出版社　www.bnup.com
　　　　　北京市西城区新街口外大街 12-3 号
　　　　　邮政编码：100088

印　　刷：北京溢漾印刷有限公司
经　　销：全国新华书店
开　　本：710 mm × 1000 mm　1/16
印　　张：19.25
字　　数：310 千字
版　　次：2022 年 1 月第 1 版
印　　次：2022 年 1 月第 1 次印刷
定　　价：58.00 元

策划编辑：周劲含　　　　　责任编辑：杨　莉
美术编辑：李向昕　　　　　装帧设计：李向昕
责任校对：段立超　王志远　责任印制：马　洁

目　录

追求、开拓、奉献的一生　　　　　　　　　　　　　　　　1

源自实践的喜剧思想　　　　　　　　　　　　　　　　　14

　【附】莫里哀:《〈达尔杜弗〉的序言》《第一陈情表》　　　　35

"莫里哀式"的喜剧　　　　　　　　　　　　　　　　　43

莫里哀喜剧的外来资源　　　　　　　　　　　　　　　　58

＊　　＊　　＊　　＊　　＊

歌德论莫里哀　　　　　　　　　　　　　　　　　　　72

朗松论莫里哀与民间戏剧　　　　　　　　　　　　　　　81

　【附】居斯塔夫·朗松:《莫里哀与闹剧》　　　　　　　　96

李健吾论莫里哀　　　　　　　　　　　　　　　　　119

莫里哀与布瓦洛　　　　　　　　　　　　　　　　　146

莫里哀与路易十四　　　　　　　　　　　　　　　　151

＊　　＊　　＊　　＊　　＊

莫里哀创作的新起点——《可笑的女才子》　　　　　　　171

一个心理矛盾的"滑稽人"——《斯嘎纳耐勒》分析   177

近代社会问题剧的开端——《太太学堂》   183

短篇佳作——《逼婚》   193

讽刺的矛头指向何方？——重读《达尔杜弗》   199

【附】欧洲古典喜剧的经典作品——《达尔杜弗》   206

别具一格的《堂·璜》   218

古典主义喜剧的范例——《愤世嫉俗》   230

推陈出新的《屈打成医》   242

神话新编：《昂分垂永》   246

虚荣的代价——《乔治·当丹》分析   250

"高度悲剧性的喜剧"——《吝啬鬼》   255

妙趣横生的《贵人迷》   266

一个敢打主人的"下人"——《司卡班的诡计》分析   275

赶时髦的女人们——《女学者》   280

医生能治病吗？——《没病找病》   290

*   *   *   *   *

参考文献   297

后　记   300

追求、开拓、奉献的一生

莫里哀(1622—1673)，17世纪法国的喜剧家，欧洲近代喜剧的开拓者，世界上最伟大的喜剧家之一。他虽然生活于四百年前，但是，时至今日，人们只要谈论喜剧，仍然离不开莫里哀。因为，莫里哀是一座里程碑，是喜剧从传统发展到近现代的转折点。

莫里哀从青年时代开始献身于喜剧事业，而且终生活跃在戏剧舞台，可谓鞠躬尽瘁。他兼剧作家、演员、导演、剧团领导于一身，为提高喜剧艺术的水平而不断探索，为喜剧的发展作出了历史性的贡献。他的作品是学习喜剧的榜样，也是公认的典范。

一

欧洲的喜剧有着悠久的历史，在古老的希腊和罗马就已经有了相当水准的喜剧。从古希腊最著名的喜剧作家阿里斯托芬(约前448—前380)到希腊化时期的米南德(约前342—前291)，再到古罗马时期的普劳图斯(约前254—前184)、泰伦提乌斯(约前195—前159)，都有佳作流传于世。后来，古代喜剧虽然沉积多年，而民间的戏剧活动并没有停止。在欧洲各国众多的民间戏剧活动中，法国的民间闹剧成就最突出。16世纪后兴起的意大利假面喜剧，在各国也广受欢迎。

莫里哀进入戏剧世界的时候，法国的民间闹剧和意大利假面喜剧已经发展到成熟的阶段，有了出色的演员和备受好评的剧目，积累了丰富的经验，而且形成了自己独有的套路。莫里哀从小就酷爱戏剧，二十一岁时离家开始演戏。传说他曾经拜著名闹剧演员塔巴兰为师，后来随剧团在外省巡演达十三年之久。在外省，在民间戏剧的哺育下，莫里哀成长为一个出色的闹剧演员。1658 年，莫里哀以一个闹剧演员的身份来到京城为国王献演。演出的成功使他得以在巴黎落脚。这次演出起初并不成功，后来，莫里哀及时演了他最拿手的闹剧才得以改变局面。重返巴黎后，他大开眼界。他不仅有机会深入了解法国社会，而且了解到戏剧界的状况。他曾一度与意大利假面喜剧剧团同台，近距离地观察和学习了意大利民间喜剧的经验。他还看到了另一种喜剧，即所谓"高雅喜剧"。那时，古典主义在文坛占据主流地位，高乃依（1606—1684）等作家按照古典主义的观念写出了堪称典范的悲剧作品。但是，在喜剧方面，却鲜有突破性的佳作。

对于民间闹剧和文人创作的高雅喜剧，莫里哀都有自己的看法。他的一个学生，第一个记录他的身世的作者拉·格朗吉（约 1639—1692）写到他来到巴黎的情况时，这样说："他这时已经有了一个目的，就是他的全部喜剧都要人改正他们的缺点。"①

这就是说，莫里哀对喜剧的功能和喜剧的价值已经有了自己的想法和明确的要求。他知道，以前的闹剧，以逗乐为主，格调不高。文人剧多半写青年男女爱情受阻后又如愿的故事，缺乏创意。他希望喜剧能提高水平，不但能给人以快乐，让人赏心悦目，而且能成为一种给人教益的艺术。显然，按照这样的思想来要求民间戏剧和当时的文人喜剧，它们都不能让莫里哀感到满意。即使是对于自己在外省所写的那些闹剧作品，他也不满意。他希望自己的作品能够有较高水平。抱着这样的想法，他开始对喜剧进行改良。经过一年的酝酿，终于有了收获。1659 年 11 月，他上演了一部新戏，也就是他重返巴黎后写出的第一部作品——《可笑的女才子》。

这部喜剧就其手法和属性来讲，具有闹剧性。剧中所写的仆人装扮主人的情节也来自传统的闹剧。但是，它又不同于传统的闹剧。它脱胎于闹剧，却是推陈出新，有独特的创造。传统的闹剧自有它的长处，但是它以取笑逗乐为目的，而且严重脱离现实；戏剧手法也离不开误会、诱拐、假扮等俗套。这就使传统的闹剧处于凝固的状态，逐渐衰落。《可笑的女才

---

① ［法］拉·格朗吉：《一六八二年版原序》，见莫里哀：《莫里哀喜剧》，第 1 集，李健吾译，17 页，长沙，湖南人民出版社，1982。

子》与这样的喜剧大不相同。它一反闹剧的老套子，直接面对现实。它取材于现实生活，单刀直入地捅到社会上流行的恶习。敏锐的主题，现实的题材，鲜活的人物，灵活地运用传统手法，使闹剧获得新生而大放异彩。剧本演出大获成功。

《可笑的女才子》创作的成功给了莫里哀很大的鼓励和启发，更使他深深地懂得了一个道理：闹剧可以转变为喜剧，但是，剧本必须改变过去的老路并植根于现实生活，只有这样才会摆脱衰落的趋势而取得无穷的活力。莫里哀找到了自己创作的新路子，那就是源于生活、直面现实，寓庄于谐、寓教于乐。正是这样的认识引领他以后的创作沿着正确的方向前进。

第二年，也就是1660年，莫里哀上演了他在巴黎写出的第二个剧本《斯嘎纳耐勒》。从这个剧本，我们可以看到莫里哀是如何学习民间戏剧又从民间戏剧中走出来，摸索着新的创造。在意大利即兴喜剧里，有一种"定型人物"，这种人物有固定的特点、固定的名字，他们在不同的作品里反复出现，给人以深刻的印象。在法国闹剧中，也有类似这种人物的角色。这种定型人物的戏剧手法是民间戏剧的一个重要特征，它体现着民间戏剧的优良传统：作品不仅在剧情、趣味等方面下功夫，而且更重视人物形象的塑造。莫里哀从他的早期作品开始就注意到这个艺术经验，有意加以学习。《可笑的女才子》里的"马斯卡里叶"，就是他学习意大利假面喜剧而独创的人物。后来他放弃不用，创造了一个类似的人物——"斯嘎纳耐勒"。这个人物在他于外省创作的《飞医生》里就已出现，在1660年写的那个剧本里，这个人物又一次出现，剧本由他而得名。这是一个妒忌心很重的人，一点小事他就会起疑心，怀疑自己被戴上了绿帽子，怒气冲冲地想要报仇。但是他又是一个胆小怕事的人。于是，在他心里产生了想报仇和又要忍受的矛盾。莫里哀用心理刻画的手法塑造这个人物获得成功。《斯嘎纳耐勒》的成功说明：莫里哀的创作又大大地跃进了一步。如果说《可笑的女才子》在开拓戏剧的现实性题材上具有独创性，为喜剧打开了一条新路，那么，《斯嘎纳耐勒》在人物形象的塑造方面又胜一筹，提高了剧本的艺术水平；如果说《可笑的女才子》以情节取胜，把喜剧扎根于现实生活，那么，《斯嘎纳耐勒》以人物塑造的成功而使他的创作有了新的进展。这就为他日后创作更高水平的作品，逐渐从情节喜剧走向风俗喜剧、性格喜剧，找到了成功的道路。

　　不过，莫里哀的创作并不是始终行进在一条笔直的康庄大道上，从此就没有曲折了。17 世纪的中期，在王权的扶植下，古典主义思潮已经成为法国文坛的主流，权威的主张是讲究高雅和规则，推崇的戏剧是五幕的大戏，尤其是悲剧。喜剧的地位则低于悲剧，小型的喜剧更是不受重视。莫里哀在两部作品取得成功之后，自信满满地希望自己的创作能更上一个台阶。他受到当时流行的思想影响，写了一部大型的、表现严肃主题的作品——五幕的诗体剧本《堂·纳瓦尔》。1661 年 2 月在刚刚修缮的王宫剧场上演，莫里哀把它称为"英雄喜剧"。结果首演失败。剧本写的是主人公纳瓦尔王子被自己的嫉妒心折磨，在爱情生活中遭受挫折的故事。观众的反应是客观的，因为这部剧本，无论是作品的主题还是剧中的人物刻画和诗歌语言，都缺乏新意。它让观众失望了。看来，莫里哀到巴黎的时间不长，对贵族社会的状况缺乏深刻的了解，再说，写这类贵族化的作品也不是他所擅长的。所以，失败是可想而知的。《堂·纳瓦尔》的失败给了莫里哀一个教训。成功与失败的对比，使他清醒地意识到自己应该做出怎样的选择。他明白，写这种脱离现实的所谓的高级喜剧并不适合自己，要想提高作品的水平，必须沿着原来成功的方向继续摸索，继续前进。

二

　　《堂·纳瓦尔》的写作对莫里哀来讲，并不是完全没有收获。因为它至少说明莫里哀已经具备写大型喜剧的能力，剧中也有一些精彩的片段。莫里哀没有失去自信，他从失败中接受教训，很快就从中走了出来。

　　1661 年 6 月，也就是《堂·纳瓦尔》首演后不到半年，莫里哀的一部新戏《丈夫学堂》在王宫剧场上演，标志着他开始了一个新的创作历程。剧本写一对兄弟对待未婚妻子的不同态度。作家从违背人的自然天性与缺乏对女性的尊重这两个方面，对封建社会的夫权主义思想进行了讽刺和批判，在思想深度和批判力度上，都达到了新的水平。《丈夫学堂》的创作说明：莫里哀回到了喜剧直面现实、纠正时弊的道路。此后，讨论婚姻、家庭、妇女等问题，成了他的许多作品的主题。从喜剧的形式上讲，这部作品也不再是闹剧，可以说是莫里哀开始从情节喜剧走向风俗喜剧。

　　《丈夫学堂》之所以成为莫里哀创作道路的新起点，不仅在于它可以说明作家已经走出迷惑而回归正道，还在于它说明作家开始接受古典主义，按照这种文艺思潮的要求进行了新的探索。他并没有放弃自己从民间闹剧和意大利假面喜剧学到的东西，在剧本中一直保持着自己的活力。与此同时，他开始接受古典主义推崇的"自然"与"理性"，把它们作为自己创作的理念，贯穿在剧作之中。剧本成功地运用了"三一律"，充分体现了古典主义戏剧那种简洁、集中、干净利落的特点。这些都可以说明：莫里哀从外省来到巴黎之后，很快就熟悉了前人在古典主义创作原则下所取得的经验。他在接受民间戏剧的经验之外，又接受了古典主义作家的创作经验，融合二者而提高了自己的创作水平。

　　1662 年创作的《太太学堂》把莫里哀在《丈夫学堂》中取得的成果又大大地向前推进了一步，标志着他的创作进入了成熟期。从剧本的主题与思想上看，它与《丈夫学堂》一脉相承，都在讽刺批判夫权主义，但是它的情节和内容比前一个作品要丰富得多，深刻得多。

　　剧本的主人公阿尔诺耳弗与上一个作品的主人公斯嘎纳耐勒一样，都是富裕市民，都是满脑子的封建意识，不过，他的夫权主义思想比斯嘎纳耐勒要严重得多，复杂得多。剧中对阿尔诺耳弗的批判也因此显得更加充分。这样的喜剧不是一般的搞笑，不是为取乐，而是以笑为手段，表现严肃的主题。它从婚姻问题入手，步步深入地提出妇女地位问题、女子教育问题、家庭关系问题和宗教问题，集中打击的是夫权主义。我们不能说剧本所提出的问题有多么尖锐，思想有多么深刻，然而，它能够把那么严肃的主题引进喜剧，这就从根本上提高了喜剧的品位。在近代喜剧的历史上，即使是五幕诗体的喜剧，也鲜有这样思想严肃、提出重要社会问题的剧本。所以，《太太学堂》被认为是"近代社会问题剧的开端"，在法国和欧洲的戏剧史上具有开创性的意义。

　　《太太学堂》的特点还在于它深入人物内心，着力塑造人物性格。主人公阿尔诺耳弗是一个在性格上很有特点的人物。他好虚荣，明明是一个商人，却要为自己取一个贵族化的名字——"德·拉·树桩"；他自负，相信自己靠金钱、靠修道院的管教、靠种种的防范，完全可以实现自己的意愿，维护自己的夫权；他瞧不起贵族社会里那些被戴上绿帽子的笨蛋丈夫，到处嘲笑那里的"活王八"。然而，就在他自鸣得意的时候却跌入了深渊，成为彻底的失败者；他沉着老练，自作聪明，却不料一而再、再而三地违背自己的意愿做了蠢事。凡此种种，他就成了众人嗤笑的"滑稽人"。整部作品的喜剧性就建立在人物性格的基础之上。此后，塑造这一类性格鲜明的"滑稽人"成为莫里哀所写喜剧的一大特色。莫里哀走上了性格喜剧的道路。

我们还可以注意到，《太太学堂》自如地运用了古典主义的创作方法。在法国喜剧史上第一次出现这样一部完整而成功的、能够体现古典主义喜剧的优点的作品。因此，《太太学堂》成了法国古典主义喜剧正式形成的标志。

《太太学堂》的演出获得了空前的成功，同时又掀起了一场轩然大波。巴黎的大街小巷到处可以听到人们在争论，赞扬者和攻击者争得脸红耳赤，各不相让。一批封建思想的卫道者更以"轻佻""淫秽"等恶语丑化剧本，还给它扣上"有伤风化""诋毁宗教"等罪名。有人还从所谓的戏剧规则来否定它，意欲把剧本置于死地。莫里哀为了维护自己的作品，及时演出了两部短剧——《〈太太学堂〉的批评》和《凡尔赛宫即兴》，与各种流言蜚语展开论战。这是两部戏剧化的理论著作。对莫里哀来讲，回击攻击者的谰言是其目的之一，更重要的是借此机会全面地总结自己的创作经验，厘清自己的艺术思想，把这些体验上升到理论的高度，使自己在认识上达到更加自觉的程度。他认为：喜剧的价值不亚于悲剧；喜剧是一面公众的镜子，它的任务就是要面对现实，攻击时弊，以利于纠正世风；他认为好的作品应该让观众喜欢，反对把规则作为衡量作品的标准；他认为平民观众的反应和评价最值得尊重；等等。一系列富有创意的见解都在这两部作品中提出。如此激进的包含着民主主义思想的文艺观点，在17世纪的法国和欧洲，都可以说是独树一帜的。

这两部作品的写作，使得莫里哀在理论上更加自觉，从而使他更认清了也更坚定了自己的创作方向，为迎接他后来的创作高潮做好了思想准备。

三

《太太学堂》迎来了莫里哀创作的一个崭新的时期。在此之后，莫里哀几乎每年都有新作上演，有时候一年多达四部。这些作品大致可以分为三类，它们交错地出现在莫里哀的创作道路上。一类是所谓的"大喜剧""文学喜剧""高雅喜剧"，就其内容而言，主要是大型的严肃的社会讽刺剧；第二类是具有闹剧特色的喜剧；第三类是"喜剧—芭蕾舞剧"。这一情况也说明：他是沿着三个方向继续着新的探索。

莫里哀出身于巴黎的一个富裕商人家庭，但是，十三年的流浪生活，早已使他对巴黎的一切生疏了。在外省，他与平民百姓生活在一起，熟悉了普通人的生活以及他们的思想感情。耳濡目染，在他的头脑中形成了一种平民意识。重返巴黎，对莫里哀来讲，仿佛来到了一个全新的环境。他有机会出入宫廷和显贵们的府邸，同时也更多更广泛地了解了社会上各个阶层的状况。他在巴黎的所见所闻与他在外省的经历，在他的思想里形成了鲜明对比。他的平民意识使他在这种对比中保持着清醒的头脑。这种对比，这样的平民意识，帮助他在眼花缭乱的巴黎社会中不失睿智，能够对社会上存在的种种恶习与陋习认识得更加敏锐、更加深刻。他发现了新的且非常丰富的创作资源。于是，他拿起自己最擅长的讽刺武器，像一把把利剑，向着一个个恶习刺去。他作品的揭露性变得更加犀利更加深刻了。一个个切中时弊、击中要害的社会讽刺喜剧在他的笔端诞生，在巴黎的舞台上演出。

1664 年，莫里哀在国王的游园会上演出诗体大剧《达尔杜弗》（首演是三幕），把利剑刺向虚伪的恶习。他认为在当时的巴黎，"虚伪是最通行、最麻烦和最危险的恶习之一"。莫里哀在剧中写了一个名叫达尔杜弗的宗教骗子。此人以信士的身份混进富商奥尔贡的家庭，企图霸占人家的财产，勾引人家的妻子，最后被识穿逮捕的故事。莫里哀认为，这类人的神圣的身份与他们的骗子实质形成了鲜明的反差，这种反差更能揭穿虚伪的实质。《达尔杜弗》比一般以道德标准来揭发伪善者的作品更胜一筹，在于剧中刻画的那个伪善者用心之凶恶，手段之阴险，既令人痛恨又令人惊愕，还在于它不仅撕破了伪善者的假面具，而且深刻地挖掘了伪善者的卑劣用心和罪恶目的。

剧本的利刃刺向了宗教界和上层统治者的那些"达尔杜弗"们的痛处。剧本被禁演，莫里哀受到种种迫害。但是，莫里哀认定了自己作品的价值，也认定了自己的创作方向，一方面力争剧本的公演权，另一方面继续向虚伪的恶习开刀。1666 年,《愤世嫉俗》首演,直截了当地把贵族社会的虚伪搬上舞台示众。剧本写一个自命清高的独行者与周围众多虚伪的贵族不相为伍,最后去荒僻之处独善其身。剧本把贵族社会里的种种丑态写得淋漓尽致,各式各样的虚伪者丑态百出。

对于莫里哀来讲,他最熟悉的是巴黎的那些富裕市民。他看到,这些人爱财如命,把金钱看得高于一切,但是在那个时代,他们的社会地位低下,迫切地希望改变自己的身份。于是,贪财和虚荣心,成了这拨人的通病。正是这样的劣根性,使他们在待人处事方面常常出丑丢脸,变成了滑稽人。莫里哀敏锐地捕捉到 17 世纪法国早期资产阶级的特性,把吝啬和虚荣心作为可笑的风气写出一批喜剧。短剧《逼婚》(1664)是其中最早的一部,后来的《乔治·当丹》(1668)、《吝啬鬼》(1668)、《贵人迷》(1670)都是能够抓住资产阶级劣根性的佳作。《吝啬鬼》已经成为与《达尔杜弗》齐名的、莫里哀较受欢迎的佳作之一。剧中那个阿尔巴贡,贪财、抠门、无所不用其极,他的言行不免可笑,但是其中更透露出一副敛财者的凶恶嘴脸。他的名字已经成为"吝啬鬼"的代名词。

莫里哀喜剧的讽刺锋芒还指向其他各种歪风邪气,有几处是指向伪医学的。《爱情是医生》(1665),是比较集中讽刺医生的戏;《屈打成医》(1666)、《没病找病》(1673)等剧中都有讽刺医生的内容。在莫里哀的笔下,医生是一些不负责任的骗子,看病只为赚钱,不顾病人死活。《爱情是医生》几乎把当时医学界的各个派别都嘲讽了一番。莫里哀对医学和医生的讽刺和嘲弄有些过分,不过其出发点是攻击欺骗和伪科学,与《达尔杜弗》《堂·璜》(1665)一脉相承。

在古典主义已经成为剧坛主流的情况下,莫里哀的创作风格也发生了变化。他的那些大型喜剧接受古典主义的影响,基本上遵循了古典主义的创作方法:剧本的内容符合理性的原则,主题明晰,剧情集中,结构合理。剧本的时间、地点、情节基本符合"三一律",在相对集中的时间、地点和情节中,发挥戏剧作为综合艺术的长处,完成寓教于乐的目的。当然,他并不墨守成规,也有的剧本完全抛开规则而自成一体,如《堂·璜》。更值得注意的是,莫里哀始终不懈地前进在探索喜剧发展的道路上,而且不断地摸索自己的创作风格。在这方面,他的探索卓有成效,终于形成了自己的独特的风格，同时也为喜剧树立起一种规范，被称为"莫里哀式"的喜剧。这是一种以塑造典型性格为中心的社会讽刺剧。莫里哀善于把法国社会上存在的某种情欲或某种恶习加以集中概括和夸大化，塑造成性格鲜明而独特的讽刺性的人物形象。莫里哀塑造人物典型虽然性格单一却并不显平板，不显乏味，靠的是用大量生动的细节精雕细刻地、多侧面地展示人物的这种性格，因此人物同样具有立体感。后来，巴尔扎克继承这种方法塑造了高布赛克、葛朗台等人物，同样取得成功。

四

莫里哀是以一个闹剧演员的身份来到巴黎的，初到巴黎时的创作也还是闹剧。莫里哀的功绩是他改造了闹剧，又巧妙地运用了闹剧手法。《可笑的女才子》《斯嘎纳耐勒》的演出说明：他的这个工作是成功的，把闹剧向喜剧的方向演进。《丈夫学堂》的创作又前进了一步。《太太学堂》的成功，说明他的剧作已经完成了闹剧向喜剧转变的过程。他的作品已经不再是闹剧而是成功的古典主义喜剧，甚至被文学史家称为是古典主义喜剧诞生的标志。

在这一过程中，莫里哀本人也实现了从闹剧演员到喜剧家的转变。他被人称为"本世纪的泰伦斯"①，国王称他为"优秀喜剧诗人"，而且允许他的剧团被称为"国王剧团"。要知道，在17世纪的法国，古代罗马的作家是人们心目中的楷模，他们的作品是典范，是榜样。莫里哀能戴上"本世纪泰伦斯""喜剧诗人"的桂冠，说明他在人们的心目中，已经不是专门表演粗俗的、逗笑的民间戏剧的闹剧演员，而是堂堂正正的喜剧家了；他的剧团也不再是民间草台班，而是社会承认的著名的演出团体了。

值得注意的是，这样的变化并不影响莫里哀对闹剧的爱好。他虽然接受主流思潮的影响，创作风格有了大变化，基本遵循古典主义；然而，闹剧是莫里哀的根基，他的艺术之根是扎在民间闹剧的基础之上的。闹剧的理念和方法已经深深地潜入他的思想，流淌在他的血液之中，更何况那是

① 这是夏普兰(1595—1674)对莫里哀的看法。夏普兰是法兰西学院最早的院士之一，学院的终身秘书。他对莫里哀的评价具有权威性。泰伦斯即泰伦提乌斯。

他的拿手戏，写什么都可以信手拈来。因此，他在自己的创作里总是喜欢采用闹剧的手法，用这样的手法取得奇特的舞台效果。批评家们常说，在他的全部作品中，至少是绝大部分作品中，都可以找到闹剧人物、闹剧手法，闹剧因素随处可见。也就是说，莫里哀不只是把闹剧改造成喜剧，而且把闹剧中那些有价值的东西渗透到喜剧之中，让他的喜剧作品充满活力。正因为如此，他的喜剧不同一般，别有特色。这一点是毋庸置疑的。有的评论家就这一点而感到惋惜。他们以为，就莫里哀的才华讲，他完全可以写得更好，只可惜他不肯放弃对民间艺术的嗜好。其实，他们错了。莫里哀之所以能成为莫里哀，就是因为他来自民间，从不放弃向民间学习；也正是由于他创造性地汲取了民间戏剧的精华，他的创作才充满活力，他的艺术探索才能不断有所收获。加克索特说："把仍然具有生命力的戏剧传统与天赋才能相结合正是莫里哀的一大特点，也是他多产的原动力。"[①]如果我们回头考查一下他如何从学习民间戏剧定型人物到创造喜剧典型的过程，更可以肯定莫里哀喜剧与民间戏剧的亲缘关系。

除此以外，莫里哀还不忘自己的老本行，不忘喜欢闹剧的平民百姓，不时地写一些带有闹剧性的或者闹剧色彩很浓的作品。这些作品构成他全部创作中的一个别有特色的组成部分。前面提到的《可笑的女才子》和《斯嘎纳耐勒》，本身就是闹剧性的作品。后来，他把自己的大部分精力用在"大喜剧"的创作上。即使如此，他仍然没有放弃闹剧，不时地写一些闹剧色彩较浓的作品，如 1664 年的《逼婚》、1665 年的《爱情是医生》、1666 年的《屈打成医》、1668 年的《乔治·当丹》、1669 年的《德·浦尔叟雅克先生》、1671 年的《司卡班的诡计》，一直到他最后一部作品《没病找病》都可以说是这类作品。

这类喜剧往往与民间文学或民间戏剧保持着密切的联系，题材、情节、人物、语言等都与传统的闹剧相仿。有的还是直接取自传统，把原作拿来，对人物、背景和主旨加以改造，注入了现实的因素。于是，旧瓶装新酒，表现了全新的意义。这方面最典型的作品是《屈打成医》。剧本取材于中世纪法国的一则故事诗。这则故事诗的主人公原来是农民，故事的题名是《农

---

① ［法］加克索特：《莫里哀传》，朱延生译，121 页，北京，中国戏剧出版社，1986。

追求、开拓、奉献的一生 | 11

民医生》。作品写的是国王为自己的女儿求医的故事。农民被迫成医，用滑
稽的、几乎是荒唐的办法为自己解了围。这部作品的原意是夸奖农民的聪
明和机智。莫里哀的喜剧里，除了这个故事，再加上年轻人爱情被阻的传
统故事，把两个故事连接在一起。主人公又是莫里哀从闹剧的定型人物演
化出来的斯嘎纳耐勒。剧本的情节也保留着民间闹剧那种滑稽戏谑的特点。
总之，民间味十足。但是剧本的背景已经不是中世纪而是当前的现实，国
王、公主等人物被财主、小姐代替，剧本的主题也不再是表扬农民，而是
在反对封建婚姻、主张爱情自由了。主人公的身份虽说是樵夫，其实更像
一个市民。他帮助了年轻人，但是他带有明显的私心。剧本还借题发挥，
把医学界挖苦了一番。这是一出源自闹剧却又并非是闹剧的全新的喜剧。

莫里哀的这类喜剧最好的作品是《司卡班的诡计》。剧情与闹剧相近，
写仆人帮助一对相爱的年轻人实现爱情理想的故事。剧中明显地吸收了许
多法国闹剧和意大利假面喜剧的经验。主人公司卡班的形象源自意大利假
面喜剧的定型人物，连名字都来自意大利语。剧中最有趣的场面——司卡
班把说过他坏话的主人装进口袋痛打一顿的情节，就取自莫里哀少年时期
见过的优秀闹剧演员塔巴兰的表演。莫里哀接受前人的经验，并以他娴熟
的技巧写成了这部作品。他把复杂曲折的情节梳理得顺顺当当，主要人物
统率着全剧，次要人物着墨不多却也个性鲜明。当然，最可贵的是，他成
功地塑造了司卡班的形象。在传统的民间戏剧中，常有正面的仆人形象出
现，司卡班与这些人物同属一类，但是像司卡班这样乐于助人、聪明能干、
不畏艰难，特别是这样具有高度自尊心的下层人物的形象，却仅此一例。
打口袋一事更是大胆，在封建社会里实为大逆不道。怪不得有学者称他为
平民英雄。整个剧本可以说是莫里哀集法意两国民间戏剧的优秀经验并加
以提升的杰作。

五

17世纪的意大利和西班牙的戏剧演出有一种习惯，在演出过程中穿插
舞蹈表演。这样的演出受到观众的欢迎。路易十四与他之前的几个法国国
王也都喜爱音乐舞蹈。莫里哀受到这种习惯的启发，在一次演出中也试着
穿插舞蹈表演，效果很好。这次演出的成功引发了他创制一个新剧种的

念头。

1661年8月，朝廷大臣、财务总监富凯在他新建的豪华府邸举行盛大游园会，莫里哀应邀演出，上演了一部新戏《讨厌鬼》。剧中讽刺了宫廷贵族的种种丑态。当他知道国王路易十四要来看戏的时候，便投其所好，在戏剧演出中穿插了一些芭蕾舞表演，演出获得意外的成功。由此，莫里哀想到：这次演出时间仓促，来不及在艺术上细细推敲，因此，在演出中，舞蹈和戏剧，两者是游离的，"舞蹈没能和喜剧紧紧扣在一起"。他感到有些遗憾。不过，如果假以时日，不断改进，有时间从容考虑，"把它们结到主题上头，让舞剧和喜剧成为一个东西"，那一定会使演出获得更好的效果，也许还可以摸索出喜剧表演的一条新路，创制一个新的喜剧品种。莫里哀的想法来自他的演出实践和观众的反应。这样的想法激发了他的创造欲，而且立刻付诸实践。后来的事实说明，喜剧和芭蕾舞结合的确可以大大增加演出的表现力和观赏性，可以增添一种新的表现手段；某些内容用舞蹈来表现也许效果更好。由此也造就了莫里哀在喜剧史上的一大贡献。这种新的喜剧品种——喜剧芭蕾舞，融戏剧、音乐、舞蹈等各种艺术形式于一体，今天流行的音乐剧的产生，有可能是受到莫里哀的启发。

按照古典主义的规则，各种艺术形式应该严格区分，不能混淆。如果严守这样的规则，那么，舞蹈和喜剧风马牛不相及，是不应该混在一起的。舞蹈和喜剧，不论是表演的理念，还是表演的方法，的确相差太大，两者结合谈何容易。莫里哀是一个有心人，他也不墨守成规。他时刻怀着提高自己艺术表现能力的心情。因此，一次成功的演出就激发他产生新的创造欲。事情的难点在于如何让舞蹈成为戏剧的有机组成部分，把两者结合得自然、贴切。对莫里哀来说，他看准了这是一个值得探索的前景。从此以后，他锲而不舍，始终没有放弃喜剧与芭蕾舞结合的探索，而且不断有所收获。

1664年的《逼婚》在宫中演出时，莫里哀开始采用喜剧与芭蕾舞结合的表演形式。在这部作品里，莫里哀试图把舞蹈连接在戏剧动作上，舞蹈成为情节的动因和情节发展的一个部分。剧本要表现的是主人公斯嘎纳耐勒对婚姻的疑惑以及他被迫结婚的故事。几个象征性的人物以歌舞的方式上场，引发了主人公斯嘎纳耐勒对婚姻不安的思想。哲学家、埃及人和算命先生用手势和舞蹈的方式回答斯嘎纳耐勒的问题。法师和魔鬼本来就是异类，用舞蹈的方式表演他们上场恰到好处。这样的处理，显然是莫里哀在喜剧与芭蕾舞的结合、创造喜剧新品种的方面有了进展。他没有中断这样的探索。多年的实践中，他取得丰富的经验，终于写出了《德·浦尔叟雅克先生》《贵人迷》《没病找病》这样优秀的喜剧芭蕾舞剧。

《贵人迷》是这类作品中最好的一部。剧本写的是巴黎富商汝尔丹一心想当贵族而丑态百出、出尽洋相的故事。剧本是按照"汝尔丹出丑——汝尔丹受骗——汝尔丹被胡弄"这样的三段式的构思来安排剧情的。歌舞，特别是芭蕾舞不仅是剧情的有机组成部分，而且成为刻画人物的重要手段。其间的歌舞分为四个间奏曲。第一幕和第二幕，演的是汝尔丹的出丑（学习和打扮）的情节。汝尔丹要学习贵族生活，请来各种老师，还有制衣裁缝。这就自然地引出老师的教学活动。有一个女歌唱家和两个男歌唱家以牧羊人的身份表演对唱，有四位舞蹈家表演各种动作和各种舞步。那都是老师安排的示范表演。第二幕有四个裁缝在接受赏钱后，为表达高兴而跳起舞来。第三幕，演的是汝尔丹受骗。宴席上菜时，六个厨子跳着舞上场，烘托宴会的气氛。紧接着的第四幕，演的是客人就餐，有两个男歌唱家和一个女歌唱家来助兴，唱的是劝酒歌。后来有土耳其王子来授予爵位，举行由音乐舞蹈组成的土耳其典礼。第五幕，汝尔丹边舞边唱，表演的是他接受"妈妈母齐"爵位后的欢愉心情。最后的各国芭蕾舞表演，营造了欢乐的结局。经过这样精心的安排，戏剧与歌舞被完美地糅成一体。《贵人迷》不仅是莫里哀的一部最成功的喜剧芭蕾舞作品，同时也因此而成为他一生创作中最具特色的佳作之一。

1673 年，莫里哀抱病登台，演出他的"天鹅之歌"《没病找病》。那也是一部喜剧芭蕾舞剧。精彩的表演赢得观众一阵又一阵的掌声。他坚持把戏演完，回到寓所即咯血而死。他以这样一个独特的创作向观众告别，仿佛宣告自己的追求和探索告一段落。

莫里哀从一个闹剧演员、闹剧作家入门，一路走来，不断追求，不断开拓，成为欧洲戏剧史上杰出的、也是世界上伟大的喜剧家，更为我们树立了一个榜样。他不仅为我们留下了丰富的剧作，他的奉献精神、创新精神更是值得我们珍视和继承的宝贵精神财富。

源自实践的喜剧思想

　　莫里哀是一个伟大的喜剧家，他身兼演员、剧作家、导演、剧团团长，有着丰富的舞台经验。他的戏剧活动是在自觉的戏剧意识的引导下进行的，在长期的喜剧活动中，不断创新，不断总结，更提高了他对喜剧的认识。不过，他一生忙于戏剧实践，不是演戏就是写戏，几乎没有空闲来系统地整理自己的思想和观点，把它们写成理论著作。也许他认为自己的工作就是写戏、演戏，没有打算花精力写理论著作。于是，在他留给我们的宝贵遗产里，只有剧本而没有戏剧方面的理论著作。有幸的是，他在与反对派交锋的过程中，用一种特殊的方式阐明了自己的艺术思想，在某些作品序言和其他一些零星的文章里，留有能够体现他的戏剧观的文字。对这些宝贵的材料加以整理和分析，我们可以看到一系列具有独到见解的喜剧理论。

一

　　我们之所以说莫里哀是一个自觉的戏剧家，那是因为他的戏剧活动并不是漫无目的、随意而为的，而是在一定理念的指引下进行的。他对自己为什么要写戏、演戏，以及写什么样的戏，都有明确的认识。伴随着他的创作，他时常在作品的演出或出版的前后，或是在作品引起争论的时候，发表一些或长或短的，诸如序言、信件一类的文字，甚至还采用他所擅长的戏剧化的方式来表达自己的喜剧思想。

　　根据拉·格朗吉的回忆，莫里哀从外省来到巴黎的时候，"已经有了一个目的，就是他的全部喜剧都要人改正他们的缺点"①。莫里哀的这个思想自然让我们联想到他与古代罗马大诗人贺拉斯（前65—前8）的联系。莫里哀在克莱蒙学校上学的时候，学习了拉丁文和古代罗马的文学、戏剧和哲学著作，应该也接触过贺拉斯的"寓教于乐"的思想。他的所谓喜剧要能改正人们的缺点的思想与贺拉斯的观点如此接近，有可能是接受了贺拉斯的影响。另外，这种思想的产生还可能与他长期在外省演出闹剧有关。闹剧以逗笑为特点，在人们的眼光里，它似乎不登大雅之堂。有时，闹剧演员为了生计，迎合某些观众而不走正道，演出一些低级趣味的东西。莫里哀看不惯这样的演出，他是带着改革闹剧的思想来到巴黎的。

1659年，莫里哀演出了他重返巴黎后的第一个剧本《可笑的女才子》。剧本一上演就获得满场的掌声。演出后有人对它进行恶意中伤；有人以欺骗手段盗用剧本的专利权；有人利用剧本的影响，以"女才子"命名出版各种劣等书籍。为了消除各种恶劣的影响，莫里哀不得不将自己的原稿公开出版。出版商为了竞争，催促他赶紧交稿，不容他考虑如何把事情做得更好。1660年，当剧本出版的时候，他附上一篇序言，除了抱怨事情过于紧急，还对作品的出版原委和自己的创作意图作了一些说明。这时，他也自然地谈到了关于喜剧的一些想法。于是，这篇序言的内容也就超出了作家的初衷，包含着丰富的内容。我们不妨把它看成莫里哀的第一篇理论文字。

这是一篇一千多字的短文。它只是粗略地提出论点，没能展开论述，但是其中提出的问题却是相当重要。首先，莫里哀在说明《可笑的女才子》的创作意图时，提出了自己对讽刺喜剧的本质的认识。他说"那些模仿最完美的东西的拙劣行为，永远属于喜剧材料"。这个提法虽然是针对该剧的内容而言，却也颇有哲学意味，让人深思。他在序言里还说，《可笑的女才子》之所以获得成功，并不单靠剧本好，"有一大部分是靠动作和声调"。这句话，说出了戏剧成功的要素。戏剧是一种综合艺术，一出戏的成功，剧本重要，演员在舞台现场的表演同样重要。他还说："观众是这一类作品的唯一裁判。"有经验的戏剧家对这个说法都会有同感，它与中国演员中流行的所谓"观众是衣食父母"的说法颇为相似。但是在众多的喜剧理论著作里，

---

① ［法］莫里哀：《莫里哀喜剧》，第1集，李健吾译，17页，长沙，湖南人民出版社，1982。

如此重视观众的言论尚不多见。如果联系后来他对"池座观众"的批评的重视，就另有深意了。以上两点，既谈到演员，又谈到观众，而且都能一语中的。应该说，这是他在离家演剧，经过十几年的实践之后才得到的切身体会。这些观点在他以后的论说里有进一步的发挥。

1661 年，莫里哀在宫廷演出《讨厌鬼》。剧中依次出场了一系列形形色色的"讨厌鬼"，把各种宫廷贵族着实地嘲弄了一番。演出中穿插有舞蹈表演，效果很好。路易十四当场给以赞许，而且还指点他增加一场戏来讽刺某个贵族。剧本在出版时，莫里哀加了一篇"前言"。其中提到那次演出的缺点，以及他对这种演出方法如何改进的意见。就在这篇序言里，他提出了一个大胆的富有创意的设想，那就是让舞剧和喜剧结合在一起，"成为一个东西"。一出戏的得失引发了莫里哀的创造欲，开启了莫里哀对喜剧进行革新的尝试。此后，莫里哀让这样的思想付诸实践，终于成功地创建了一个新的喜剧品种——"喜剧—芭蕾舞"。

1662 年年末，莫里哀演出了五幕诗体喜剧《太太学堂》获得成功，轰动了巴黎，同时也引起了一场争论。演出的现场，观众就分为两派：一部分观众看得高兴，不断发出哄堂大笑；另一些观众看着这出戏如此受欢迎，当场就大发脾气。剧场外，这出戏成了巴黎家家户户的谈话资料，而且意见分歧。一时间，到处都有关于《太太学堂》的争论。反对者来头不小，有的还是当时巴黎最走红的剧团和最有名的剧作家。一批封建思想的卫道者给剧本加上"轻佻""淫秽""有伤风化""诋毁宗教"等罪名。更有别具用心的文人发文说《太太学堂》是个"外表美好的魔鬼"。起先，莫里哀对种种攻击性言论，不想理睬。他认为，只要观众喜欢，就是剧本的成功，"我就认为相当出气了"，其他可以不予计较。后来，他接受朋友的劝告，写了一出论战性的剧本，参与《太太学堂》的争论，既是为自己的作品辩护，也是为维护观众的一些正确的见解。莫里哀把这部剧作叫做"对话体的论文"。1663年 6 月 1 日，莫里哀公演出这部戏——对话体的论文《〈太太学堂〉的批评》，与反对者进行公开的论战。

莫里哀把这部作品称为"对话体的论文"，这也是一个创造。所谓"对话体的论文"，就是以戏剧的方式来表达自己的观点。的确，作品是按照戏剧的要求和戏剧的艺术规律写成的。在剧中设置了一定的场景和几个人物，通过人物之间的冲突来表达内容。剧情发生在巴黎一位女士余拉妮家的客厅。一些人刚刚看过《太太学堂》的演出来到这里，自然就谈起了各自对这出戏的观感。他们的意见并不相同，分成两派。一派维护《太太学堂》，另一派反对这部戏剧。属于维护派的主要人物有女主人余拉妮和骑士道琅特。反对派的人物包括一个假正经的女人克莉麦娜，一个丑型侯爵，还有一个自以为是的诗人李希达斯。莫里哀把社会上流传的那些攻击剧本的恶言恶语集中起来，演化为剧中人物，通过两派人物的争论让反对派的谬论一一遭到批驳。莫里哀的许多关于喜剧的见解也在争论的过程中得以彰显。

《〈太太学堂〉的批评》锋芒毕露，给了反对派以有力的回击。他们当然不甘失败。1663 年 9 月，巴黎最著名的剧团——布尔高涅府剧团演出《画家像赞》，攻击莫里哀和他的作品《太太学堂》和《〈太太学堂〉的批评》。有个大臣甚至在宫廷里羞辱莫里哀。国王站在莫里哀一边，授意他进行回击。莫里哀受命及时应战，在一个星期的时间内，赶写出另一部论战性的剧本——《凡尔赛宫即兴》，10 月 14 日在宫廷演出。剧情是莫里哀剧团的演员们为迎接国王驾临而仓促排练的情况。演员们纷纷为时间紧迫而抱怨，莫里哀一边安抚一边给他们说戏。如果说《〈太太学堂〉的批评》主要是就喜剧编剧方面的一些问题与反对派进行针锋相对的争辩，那么，《凡尔赛宫即兴》的重点是在表演艺术方面提出自己的见解，讽刺了权威剧团的不恰当的演出风格。当年 11 月，剧本在巴黎公演。

这是两部特别的剧本。它们是戏剧，又是理论。两部作品互相照应，互相补充，多方面地提出了许多具有创意的见解。莫里哀把它们称为"对话体的论文"，说明在他的心目中，它们实际上就是论文，具有理论阐述的意义，不过是以"对话体"的方式，也就是以戏剧的方式，来表达他对喜剧的看法。所以，我们可以把这两部作品看作莫里哀的理论著作。

如果说，《可笑的女才子》演出后的遭遇是莫里哀在巴黎遇到的一次小小的冲击，那么，《太太学堂》演出后发生的那场论战，其规模已经不算太小。但是，1664 年，一场特大的冲击降临到莫里哀头上。那年，莫里哀演出了《达尔杜弗》。剧本揭开了流行于上层社会的疮疤，随即遭遇一场持续五年的"达尔杜弗大战"。反对派的势力极其强大，包括太后、国王路易十四的师傅巴黎大主教，还有最高法院院长，他们动用各种手段对莫里哀施加压力，禁止剧本公演。那时，莫里哀遭到最严酷的压迫。但是，他并不屈服，勇敢应战，为争取剧本的公演权足足奋斗了五年。在这过程中，他为争取国王的支持，三上陈情表，维护自己的作品，驳斥顽固势力的谰言。在剧本出版的时候，他又写了一篇义正辞严的序言。这四篇文字，尤其是那篇序言和第一陈情表，把莫里哀的创作意图和喜剧思想，表述得清清楚楚。因此，除了那两部"对话体的论文"之外，这两篇文字也可以说是莫里哀最重要的理论文字了。它们也是我们了解莫里哀喜剧思想必须重点研究的材料。

1666 年 12 月，国王举办以"缪斯之舞"命名的宫廷娱乐活动。莫里哀为这次活动献上了三出戏。其中的一出歌舞剧《西西里人》被保留了下来。那是一出精心编写的、需要高超的演技才能有好的舞台效果的剧本。宫廷演出后，各地的剧团纷纷上演该剧。莫里哀知道，外省剧团的演出水平参差不齐，不一定能体现剧本的艺术水平。所以，当剧本在外省出版的时候，为了保证外省剧团演出的质量，莫里哀特地写了一篇《戏的主旨（演员须知）》附在书前，以指导演出。从中可以看到作为导演的莫里哀的思想。

如此看来，在那两篇"对话体的论文"——《〈太太学堂〉的批评》和《凡尔赛宫即兴》以外，莫里哀在创作、演出、出版、争论的过程中所写的序言、信札以及其他一些形式的文字，也表现了他的喜剧思想。这些文字虽然篇幅不大，一事一议，但同样提出了一些有价值的观点。我们可以把其中的观点与上述那两部"对话体的论文"剧本联系起来，或加以对照，可以多方面地更深一步地了解莫里哀的喜剧思想。有些篇章中提出的观点还是莫里哀那两篇"对话体的论文"未曾涉及的。因此，研究莫里哀的喜剧思想，不能忘记这些短文。

除了上文提到的两种材料之外，在莫里哀作品的本文里，在有关莫里哀的生平和创作的传闻里，也有一些莫里哀关于喜剧的或关于戏剧创作的零星的意见。诸如莫里哀的剧本《爱情是医生》《没病找病》，拉·格朗吉为 1682 年莫里哀作品集所写的序，格里马雷、加克索特等人所写的莫里哀传等，都可以发现有关的片言只语。这是一些零星的文字，散见于各种著作，并不单独成篇，需要我们细心发掘。

由此可见，了解和研究莫里哀的喜剧思想，可以有以上三种材料作为依据。毋庸置疑，在这三种材料中，第一种材料，即两部"对话体的论文"，比较集中地表达了莫里哀的喜剧观点，是我们考察莫里哀喜剧思想最重要的依据，但是有些观点在第二种材料里说得更加明确、更加透彻，有的在第三种材料里说得更加生动。所以，后两种材料别有价值，不应该忽视。如果能够把这三种材料互相联系、互相印证，我们的研究将更有成效，我们所获得的结论将更加全面、更加科学。

上述简单的回顾也告诉我们，莫里哀的喜剧思想并不是从某种理论出发，从理论中推导、构建而成，也不是一种形而上思考所得，而是与他的戏剧实践密切地联系在一起的，或者说，是他的实践经验、心得体会的总结。这里所说的实践包括他的剧本创作、演出、出版和戏剧论战。他是杰出的剧作家，有着丰富的创作经验；他是剧团的导演和最主要的演员，有着丰富的舞台经验；他更是战斗者，直面一次又一次大论战，坚定了自己的信念，提升自己的体悟。正是在这样频繁的创作和演出中，在激烈的论辩中，莫里哀更清楚地认识到喜剧是怎样的一门艺术。也是在这个过程中，他抓住机会整理自己的体悟和经验，把它们提升到理论的层面，概括成警句式的论断。正因为如此，也形成了莫里哀喜剧思想最鲜明最突出的特征——实践性。他的思想观点来自实践，是从实践出发、在实践的过程中形成，在实践的过程中提出，又是在实践过程中运用和发扬的；它们实实在在，有理有据，完全不同于那些抽象空洞的、从理论到理论推导出来、演绎出来的"理论"。这些见解往往言简意赅，言前人所未言。这样的观点在喜剧理论的历史上，不论是观点本身还是其表述方式，都是独树一帜的。

二

尽管莫里哀没有写过系统的理论著作，但是以上述三种材料为据，综观莫里哀的喜剧思想，我们可以发现：这里涉及许多关于喜剧的甚至是关于一般戏剧的重要理论问题。

"喜剧只是一首精美的诗""是一面公众镜子"

这是莫里哀关于喜剧的两句名言。前一句出自《〈达尔杜弗〉的序言》。《达尔杜弗》在卢浮宫演出后，那些被揭露得狼狈不堪的伪君子们便丧心病狂地攻击剧本。他们打着上帝的幌子，诋毁剧本，而且装出一副虔诚的样子非把莫里哀打入地狱不可。他们没有什么正当的理由，却寻找一些不成理由的理由，无端地指责剧本，说喜剧不能写这样的题材，说作家不应该把虔诚的词句放在骗子的嘴里，等等。说到底，他们就是在反对写揭露社会恶习、具有战斗性的喜剧。莫里哀认为，喜剧就应该揭露社会恶习、指摘人的过失，起到"寓教于乐"的作用。所以，像《达尔杜弗》这样的喜剧应该得到赞扬，"否则就应该谴责所有的喜剧才是"。那些攻击《达尔杜弗》的"达尔杜弗"们的所作所为，目的不仅是谴责这个剧本，而是"谴责所有的喜剧"；如果让"达尔杜弗"们的歪理得逞，这样优秀的剧本也要受到谴责，那么作家根本就无法写剧，优秀的喜剧无法产生，实际是扼杀了喜剧。为了驳斥反对派的攻击，莫里哀以史为证，讲了古人如何敬重喜剧、颂扬喜剧，还讲了不能因为喜剧有时被人败坏而对其一概否定。与此同时，他说：

> 喜剧只是一首精美的诗，通过意味隽永的教训，指摘人的过失……①

这番话既是就《达尔杜弗》而言，同时也指一般的喜剧。在西方人的观念中，诗是文学各个品种里最高级的一种，优秀的诗篇也最受尊重；喜剧则是一种低俗的文艺形式，不登大雅之堂。莫里哀则反其道而行，把喜剧与诗相提并论，力争提高喜剧的地位，为的是说明喜剧应该像其他的文学种类一样，像诗一样，受到应有的肯定和应有的尊重，其目的是针锋相对地指出：反对派攻击喜剧、否定喜剧，是毫无道理的。

为什么应该肯定喜剧、尊重喜剧？那是因为喜剧具有特殊的功能，这样的功能和作用是其他艺术形式达不到的。莫里哀这样说：

> 一本正经的教训，即使最尖锐，往往不及讽刺有力量：规劝大多数人，没有比描画他们的过失更见效的了。恶习变成人人的笑柄，对恶习就是重大的致命打击。责备两句，人容易受下去的；可是人受不

---

① ［法］莫里哀：《〈达尔杜弗〉的序言》，李健吾译，123 页，载《文艺理论译丛》，1958(4)。

了揶揄。人宁肯作恶人，也不要作滑稽人。①

《第一陈情表》开宗明义第一句话就是：

> 喜剧的责任既然是通过娱乐改正人的错误，我相信，我要把工作做好，最好就是以滑稽突梯的描画，攻击我的世纪的恶习……②

莫里哀最优秀的作品，大部分是讽刺喜剧。他在这方面有着丰富的经验。所以，他在谈论喜剧的时候，首先是针对讽刺喜剧而言。在他的心目中，喜剧当然是要让人看了感到愉悦，但是喜剧创作的目的并不单纯是为取悦观众，而是"通过娱乐改正人的错误"。他强调的是喜剧的教诲功能。这是贯穿他的喜剧思想的一根红线。他多次表达了他对喜剧的这个思想：喜剧可以"改正人们的缺点""改正人的错误""指摘人的过失""纠正人的恶习"等。

莫里哀在《可笑的女才子·序》里曾经提出："那些模仿最完美的东西的拙劣行为，永远属于喜剧资料。"这个提法是针对《可笑的女才子》而言的，剧本的讽刺对象是两个刚刚来到巴黎的外省姑娘，剧本批评的是社会上流行的那种装腔作势的高雅和东施效颦式的坏风气。所以，莫里哀就戏论戏，把"喜剧资料"限定在"那些模仿最完美的东西的拙劣行为"，然而其真正的内涵可以理解为：喜剧讽刺的对象是那些对于理想的完美的事物的亵渎和歪曲。莫里哀后来提出的那些喜剧讽刺的对象，即所谓人的"缺点""错误""过失"等，其实是一脉相承的，都是指的社会上的那些与真正美好的事物对立的行为，也就是负面的东西，而喜剧的作用就在于"改正"这些歪风邪气。

如果说，"改正"提法还比较温和，那么，在《第一陈情表》里，莫里哀的提法就显得比较激烈了。他说自己的创作是"以滑稽突梯的描画，攻击我的世纪的恶习"。这个提法上的变化，可能与剧本的内容有关。在《达尔杜

---

① ［法］莫里哀：《〈达尔杜弗〉的序言》，李健吾译，122 页，载《文艺理论译丛》，1958(4)。
② ［法］莫里哀：《莫里哀喜剧》，第 2 集，李健吾译，261 页，长沙，湖南人民出版社，1982。

弗》里，莫里哀写的是一个宗教骗子，剧本讽刺的不是一般的"缺点""错误"，而是当时社会"最通行、最麻烦和最危险的恶习之一"——伪善。剧中那个达尔杜弗比起莫里哀所写的其他喜剧的讽刺对象来，势力更大，对社会的危害也更大。把这样的人物、这样的恶习搬上舞台，加以揭露、讽刺，当然要有更大的勇气，更大的力量。所以，莫里哀在这里用了"攻击"一词，体现着加大讽刺力度的意思。

作为有经验的艺术家，他完全懂得戏剧艺术的规律。在谈到喜剧的功能时，莫里哀总是不忘提醒：喜剧是通过"滑稽突梯的描画""意味隽永的教训"来达到"攻击"恶习、"改正"错误的目的的，强调了"笑"的力量。一出喜剧如果不能让观众感到愉悦，不能产生笑的效果，那就是失败。"笑"是喜剧的特点，笑是喜剧的力量所在，笑是喜剧达到改正人的毛病、打击社会恶习的目的的必经途径。因此，他对喜剧创作提出了严格的要求，写喜剧必须精心制作，把喜剧写成"一首精美的诗"。

为了说明"笑"之所以能够获得奇效的原因，莫里哀分别对剧作者和观众两个方面进行心理分析。对剧作者而言，笑是利器，它之所以有力是因为以笑来揭露和讽刺社会恶习，比规劝、教训、责备更有效，让恶习成为笑柄就是对它致命的打击。这是"喜剧的责任"，剧作家应该有这样的责任感。从观众的角度说，莫里哀的分析更加细致：硬性的责备和训斥，往往效力有限；挪揄、嘲笑、讽刺，则使人感到自己被人鄙视，凡有自尊心的人必受启发而改正自己的错误。莫里哀在这里用"讽刺""挪揄""描画"来界定喜剧的手法和风格特征，用"滑稽人"这个词来指称他所描画的那些喜剧人物，都说明了他对喜剧的"笑"的特点有了质的规定。那不是剑拔弩张的、雷厉风行的，而是柔中有刚的、笑中带刺的。"滑稽人"这个词是莫里哀的独创。在他的作品里，被讽刺的人物是某种过失的代表，他们身上的恶习或过失让自己落入可笑的窠臼，贻笑大方。

关于喜剧的功能，莫里哀还有一个很好的比喻："这是一面公众镜子"。有些人看戏，喜欢把剧中人物与自己对上号，把剧中讽刺的毛病扣在自己头上，然后恼羞成怒，诋毁剧本，攻击剧作家。《〈太太学堂〉的批评》一剧中的余拉妮批评这种行为说，喜剧里的讽刺是"直接打击风俗"的，"箭头指向一般"，并不针对某一个人，观众看戏，见到这样的讽刺，应该生气的是那种恶习，完全没有必要往自己身上扣，有则改之，无则加勉，可以引以为戒，把它当做一个教训就是了。对于那些无端闹事的人，余拉妮不客气地说他们这样自作聪明，"等于当众给自己加上罪名"：

> 可能的话，我们就利用利用戏上的教训也好，可是不要自作聪明，以为正指我们自己。舞台上扮演的种种滑稽场面，人人看了，都该不闹脾气。这是一面公众镜子，我们千万不要表示里面照的只是自己。以为戏上责备自己，不免有气，等于当众给自己加上罪名。①

莫里哀在批评那种看戏"对号入座"的坏习惯的时候，随即提出了关于喜剧功能的一个极富创意的说法，那就是喜剧是"一面公众镜子"。这个比喻有着多方面的含义，它既说明了喜剧作品应该如何写，也说明了它如何才能正确地发挥其功能。一个喜剧作家，就仿佛是公众的代言人，他写作品应该切中时弊，抓住社会上流行的那些恶习；他的作品就是一面公众的镜子，代表公众把那些社会恶习照出来示众。至于观众，看戏可以利用戏中的教训，引以为戒，千万不能以为喜剧里揭发的恶习只是针对自己。看戏"对号入座"，把作品里的揭露讽刺看成是针对某个个人，实际是排除了它的普遍意义，贬低了剧本的意义和价值。有人更是别有用心，攻击剧本。这样的行为未免不是因自己心虚而恼羞成怒。余拉妮劝他们不要自作聪明，否则无异于往自己的脸上抹黑。

关于喜剧的功能，莫里哀在《爱情是医生》的最后一场，提出了另一个看法。在这场戏里，三个演员上场，各自代表喜剧、舞剧和音乐这三种艺术，他们都来对观众夸耀自己是"最好的医生"。唯有"喜剧"单独有一段台词：

> 脾脏出来浊气，
> 人人病个不了，
> 你要不要我们

---

① ［法］莫里哀：《莫里哀喜剧》，第 2 集，李健吾译，98～99 页，长沙，湖南人民出版社，1982。

> 舒舒服服治好?
> 那就来看我们,
> 丢开古人拉倒。①

接着,剧中主要人物斯嘎纳耐勒也夸耀说:"这是一种治病的快活方法。"

莫里哀在这里提到了喜剧的医疗功能。"喜剧"的台词里说,要"丢开古人",这里的"古人"所指,应该是当时流行于戏剧舞台的古典主义悲剧。莫里哀肯定喜剧的医疗功能远胜于悲剧,这与他强调喜剧要写得滑稽突梯的观点,是一致的。"笑"可以使人心情愉悦,有利于治病。当然,莫里哀在这里并不是反对古典主义悲剧,只是为突出喜剧的"笑"的特性和它的力量。

喜剧比悲剧"难写多了"

在欧洲的历史上,自古以来就有重悲剧而轻喜剧的偏见,这种认识始于西方文艺理论的鼻祖亚里士多德。他在其最重要的文艺理论著作《诗学》里,用种种理由来颂扬悲剧。如从剧中人物说,"悲剧总是模仿比我们今天的人好的人",而"喜剧总是模仿比我们今天的人坏的人";从题材来说,悲剧写已经发生的事和可能的事,喜剧写未发生的事。因此,悲剧的可信性更大,如此等等。这种偏见一直左右着人们对不同剧种的看法。到莫里哀的时代,依然如故。当时一个在文艺界具有权威地位的人物夏普兰明确表示:悲剧和史诗是高级体裁,喜剧与其他一些文学形式则是"低级体裁"。他在《戏剧诗学概略》一书中,说明自己提出这样的说法的理由是:"悲剧诗人模仿伟大人物,而在喜剧中,只是模仿中等或下等人物。"②对戏剧的不同品种有高低贵贱之分,那是阶级社会的偏见。因为在那时,悲剧主要写帝王将相的功绩和遭遇,喜剧以写普通人的生活为主。所以,在阶级社会,这种偏见也成了戏剧观的金科玉律,是不会改变的。

---

① [法]莫里哀:《莫里哀喜剧》,第2集,李健吾译,382~383页,长沙,湖南人民出版社,1982。

② 转引自陈瘦竹:《公众的镜子——莫里哀的〈妇人学堂〉(又译〈太太学堂〉)及其喜剧理论》,载《南京大学学报》,1984(2)。

对于这样的传统，莫里哀不以为然。上文说到莫里哀关于喜剧的功能的意见时，实际上已经谈到他对喜剧的重要性的认识，他从喜剧可以改正人的错误的功能，肯定喜剧具有独特的意义和价值。因为这样的作用是悲剧无法比拟的。另外，他从剧中的人物和题材等方面，谈到了喜剧的价值，否定那种一高一低的偏见。就人物来说，莫里哀清楚地认识到，悲剧里描写的那些高贵的人物如今早已不是当年那样尊贵，他在《堂·璜》《愤世嫉俗》《逼婚》《贵人迷》等作品里，把贵族阶级的种种丑态拿出来示众，写出了那些贵人在今天已经沦落为丑类，而真正高尚的人恰恰是下层的人物。所以，莫里哀在《凡尔赛宫即兴》里借一个人物之口说："侯爵成了今天喜剧的小丑，古时候喜剧，出出总有一个诙谐听差，逗观众笑，同样，在我们现时出出戏里，也得总有一个滑稽侯爵，娱乐观众。"①本来，人物的社会地位与社会制度有关，它与剧种有无高低的区分风马牛不相及。拿剧中人物地位的贵贱作为标准对不同的剧种作出高低贵贱的区分，本身就是十分荒谬的事。

至于剧本的真实性和可信性，把已发生的事和虚构的事作为标准来区分悲剧和喜剧的高低也是不成理由的。悲剧多取材于历史事件和神话，写英雄人物的遭遇和丰功伟绩，但是，作为艺术创作，它与其他的文学样式一样离不开虚构。在《〈太太学堂〉的批评》里，作为正面人物的道琅特对悲剧及其虚构作出这样的判断："你描画英雄。可以随心所欲。他们是虚构出来的形象，不问逼真不逼真；想象往往追求奇异，抛开真实不管，你只要由着想象海阔天空，自在飞翔，也就成了。"至于喜剧，它是写人的，不是写神的，那种就不同了。莫里哀在这里说出了一个十分重要的意见：作家描写人的时候，不免也有虚构，但是，写人与写神不同，他认为：

> 可是描画人的时候，就必须照自然描画。大家要求形象逼真；要是认不出是本世纪的人来，你就白干啦。②

---

① ［法］莫里哀：《莫里哀喜剧》，第2集，李健吾译，124页，长沙，湖南人民出版社，1982。

② ［法］莫里哀：《莫里哀喜剧》，第2集，李健吾译，101页，长沙，湖南人民出版社，1982。

所以，在莫里哀看来，喜剧对真实性的要求应该超过悲剧；真实性不应该成为贬低喜剧的理由。

在《〈太太学堂〉的批评》里，莫里哀为反对悲剧高于喜剧的偏见，还提出了另一个重要的理由，那就是写作难度的区别。剧中那个支持莫里哀的余拉妮说："悲剧写好了的话，确实了不起；不过，喜剧也有它可爱的地方，我认为这一个不见其就不比另一个难写。"①道琅特则更明确地表示：

> 说到难写不难写，你往喜剧方面添上一句"难写多了"，也不见其就错。②

他的理由除了上面已经说过的悲剧可以海阔天空、恣意想象，喜剧"必须照自然描画""形象逼真"以外，还强调了喜剧的特点——喜剧必须写得诙谐。难就难在这里，因为"希望正人君子发笑，事情并不简单"。

在《〈达尔杜弗〉的序言》里，莫里哀还从古代希腊和"风纪整肃"时期的罗马喜剧如何获得重视的事实，来证明它应有的地位。莫里哀认为，正确的做法应该是：反对不加区别地打击所有的喜剧，应该"称赞富有教育和道义的剧本"。

"在所有的法则之中，最大的法则难道不是叫人喜欢?"

反对派攻击《太太学堂》的杀手锏是所谓的"艺术法则"，企图从艺术的角度，从根本上否定《太太学堂》是一个剧本。在这个问题上，莫里哀最痛恨那些理论上空虚而以势压人的所谓专家。这些人动不动就拿起亚里士多德、贺拉斯的大棒，以古人欺压今人。《〈太太学堂〉的批评》里的那个李希达斯就是一个卖弄学问、自以为了不得的文人。他搬出亚里士多德与贺拉斯来，居高临下地指责《太太学堂》说："精通亚里士多德和贺拉斯的那些

---

① ［法］莫里哀：《莫里哀喜剧》，第 2 集，李健吾译，101 页，长沙，湖南人民出版社，1982。

② ［法］莫里哀：《莫里哀喜剧》，第 2 集，李健吾译，101 页，长沙，湖南人民出版社，1982。

人，一下子就看出这出喜剧违反艺术的全部法则。"甚至说"这类戏就算不得什么喜剧"①。他说的"一类"就是《太太学堂》那样对社会恶习进行讽刺打击的剧本。他的话说出了李希达斯之流的真正意图：他们舞动规则大棒，否定《太太学堂》，目的是把《太太学堂》一类敢于触动封建社会基石的喜剧，统统赶下舞台。

莫里哀通过道琅特的台词，对这样的谬论给以有力的驳斥。首先，他对所谓的法则提出一个新的正确的解释，于是釜底抽薪，解除了李希达斯之流手中那根大棒的神秘性：

> 听你一说，艺术法则好象（像）成了世上顶大的秘密；其实，这不过是一些得来并不费力的心得罢了。人读这类诗，发生快感，于是常识就根据可能打消这些快感的东西，做出这些心得来。同样的常识，从前做出这些心得来，现在没有贺拉斯和亚里士多德帮忙，也天天轻而易举，做了出来。②

原来法则并不神奇，那不过是根据常识得出来的一些心得和体会，其目的无非是帮助作者写出能让人们得到快感的东西，防止那些可能打消快感的东西；既然法则是人们制造的，古人可以根据他们的心得制定法则，那么，现今我们即使没有古人的帮助，照样可以根据常识轻而易举地总结出自己的法则。

在 17 世纪的法国，古典主义思潮在王权的支持下兴起。于是，一切崇古泥古，凡是古代希腊罗马传下来的东西，都必须遵循。譬如戏剧方面的"三一律"一类的法则，成为戏剧必须遵循的金科玉律，不得越雷池一步，违背者即蒙受高压。莫里哀居然对法则作出全新的解释，从根基上否定了古代传下来的法则的权威性，岂不是"大逆不道"！

为了彻底驳斥李希达斯之流的谬论，莫里哀提出了一条关于法则的新

---

① ［法］莫里哀：《莫里哀喜剧》，第 2 集，李健吾译，100～103 页，长沙，湖南人民出版社，1982。

② ［法］莫里哀：《莫里哀喜剧》，第 2 集，李健吾译，103 页，长沙，湖南人民出版社，1982。

说法：

> 在所有法则之中，最大的法则难道不是叫人欢喜？……我们谈论
> 戏的好坏，只看它对我们所起的作用。让我们诚心诚意把自己交给那
> 些回肠荡气的东西，千万不要左找理由，右找理由，弄得自己也没有
> 心情享受吧……伟大的艺术是叫人欢喜，这出喜剧是为看戏的人写的，
> 看戏的人既然喜欢，我觉得在他这就够了，此外，也就不必在意
> 才是。①

接着，莫里哀乘胜追击，对那些被人看得神圣不可侵犯的法则发动
攻击：

> 如果照法则写出来的戏，人不喜欢，而人喜欢的戏不是照法则写
> 出来的，结论必然就是：法则本身很有问题。②

余拉妮与他配合说："我看戏只看它感动不感动我，只要我看戏看得很
开心，我就不问我是不是错，也不问亚里士多德的法则是不是禁止我笑。"
"最爱说起法则的人，也比别人多知道法则的人，写出来的戏反而没有人夸
好。"余拉妮还说到当时出现的怪事，诗人们永远谴责人人抢着去看的戏，
而只有没人看的戏，他们才夸奖。③

其实，莫里哀并不是反对任何法则，而是反对盲目地机械地遵守法则，
反对唯法则是从，不敢越雷池一步。古典主义戏剧理论家提出的"三一律"，
本是有人总结古希腊作家的成功经验而提出的。在古希腊，戏剧在露天剧
场演出，"三一律"的戏剧是适应这样的演出条件而形成的。在古希腊那种

---

① ［法］莫里哀：《莫里哀喜剧》，第 2 集，李健吾译，103～104 页，长沙，湖南人出版社，
1982。
② ［法］莫里哀：《莫里哀喜剧》，第 2 集，李健吾译，104 页，长沙，湖南人民出版社，
1982。
③ ［法］莫里哀：《莫里哀喜剧》，第 2 集，李健吾译，103 页，长沙，湖南人民出版社，
1982。

演出条件下，它有利于戏剧的创作和演出。那时，也确实出现了许多符合"三一律"的好戏（当然也有并不完全遵守"三一律"的好戏）。同时我们也应该看到，它的基本精神——要求集中，时间、地点、情节的集中，这是符合戏剧这种艺术形式的需要的。戏剧是一种表演艺术，剧本写来也是为了在舞台上演出。在一个有限的时间和有限的空间的条件下，完成一个完整的情节和人物的塑造。所以，戏剧演出必须讲究集中，才能把观众的注意力自始至终吸引到舞台上，不然就会失去观众。因此，古希腊艺术家们成功地创造的经验，后人完全可以借鉴。但是，如果把"三一律"当做一种成规，当做一种必须严格遵守的戒尺，那就是荒谬的，迂腐的；如果把它拿来当做打击优秀剧作的大棒，那更是错误，或是别有用心。

所以，只要正确对待，"三一律"有它可以利用的合理的一面。莫里哀在自己的创作中对它采取的态度是：基本遵守而不墨守成规。他最初写的是闹剧，重返巴黎后，开始接受"三一律"。他说过，自己曾经用心地念过这些法则。事实上，是"三一律"帮助他很快地掌握了大型喜剧的写法，写出了《丈夫学堂》《太太学堂》《达尔杜弗》《愤世嫉俗》等一系列优秀作品。当然，他也感到了：死守规则，"三一律"就会成为一种羁绊，限制了他的艺术构思。譬如，地点一致的规定使他不能放开思路，剧情发生的地点只能限制在家庭和街头。因此，他并不那么严格坚守规则，经常从剧本表现主题、描写人物的需要出发而突破"三一律"，有时干脆放开手脚（如《堂·璜》）。又如在他心目中，体裁不可混淆的规定可以不顾，喜剧中运用闹剧手法、悲剧因素是他的拿手好戏。他还把喜剧与舞蹈相结合，创制了喜剧新品种。

"伟大的艺术是叫人欢喜""在所有的法则之中，最大的法则难道不是叫人喜欢？"这样的说法出自一个有责任感的戏剧家之口，可以理解为对观众的尊重。莫里哀很注意观众的反应，希望自己的作品能够得到观众的认可，而且总是努力提高自己作品的水平；作为一个喜剧家，更可以说明他懂得喜剧艺术的规律，重视喜剧的娱乐功能，注意自己的剧本和演出能够让观众在欣赏的过程中收获愉悦，受到教益。但是，笼统地说艺术就是叫人喜欢，最大的法则是叫人喜欢，这样的提法并不科学。如果不能在应有的原则下对观众的要求和喜好进行分辨，而是一味地讨求好感，或者把这样的想法当做戏剧的目的，那就有可能误入歧途。

"我相当信任池座(观众)的称赞"

莫里哀时代，剧场的观众席分成三种，舞台前的地面，称为"池座"，观众站着看戏，票价最便宜，十五个苏一张。另一种是"包厢"。还有一种特席，设在舞台之上，供有权有势的观众专享。后两种席位票价很贵，要半个金路易，即五法郎，也即一百个苏(一法郎为二十个苏)，是池座票价的六倍多。所以，一般情况下，池座里看戏的观众是平民百姓，有钱的人才花大价钱买包厢的票，身份特殊的人可以在舞台上看戏。

《〈太太学堂〉的批评》谈到这出喜剧演出时观众席的情况：全场一片轰动，但是，不同的观众席里发出不同的反响。池座里的观众看到剧中那个滑稽人的表演不停地发出哄笑，说明他们喜欢这出戏，给以赞赏。坐在台上的观众却一脸严肃，有的皱眉头，耸肩膀，甚至冲着池座破口大骂。就像台上出现另一个"滑稽人"在表演另一出喜剧。随即，他说了这样一段话：

> 一般说来，我相当信任池座的称赞，原因是：他们中间，有几位能按规矩批评一出戏，但是更多的人，却照最好的批评方式来批评，就是就戏论戏，没有盲目的偏见，也没有假意的奉承，也没有好笑的苛求。[1]

相信观众的判断力，这是莫里哀的一贯作风，也是他在长期的戏剧实践过程里得到的切身体会。传说莫里哀的家里有一个女仆对剧本很有鉴赏力，莫里哀每写出一部新戏必定要先念给她听，根据她的意见对剧本进行修改。

在《可笑的女才子》的序里，他就说过："观众是这一类作品的唯一裁判"[2]。那么，上流社会观众的批评为什么不值得信任，而池座里的观众的批评却值得称赞呢？剧中的道琅特又说了这样一段话：

---

[1] [法]莫里哀：《莫里哀喜剧》，第2集，李健吾译，93页，长沙，湖南人民出版社，1982。

[2] [法]莫里哀：《莫里哀喜剧》，第1集，李健吾译，261页，长沙，湖南人民出版社，1982。

我拥护常识，可是我忍受不了我们那些马斯卡里叶侯爵的异想天开。看见这些人不顾贵人身份，把自己变成滑稽人，我就有气；看见这些人一窍不通，总在肆口裁判一切，我就有气；看见这些人看到坏的地方喊好，好的地方却不声不响，我就有气；看见这些人看油画，或者听音乐会，褒也好，贬也好，全不对头，胡扯艺术名词，不是加以歪曲，就是用错地方，我就有气。哎！家伙，先生们，住口吧，上帝既然没有给你这份辨别事物的知识，别让自己变成听你说话的人的笑料了吧……①

这几句话充分表达了作家对于那些无知而又傲慢的所谓批评家的愤慨和蔑视。

以上两段话，一正一反，说出了莫里哀对戏剧批评的意见。他反对戏剧批评里有盲目的成见、假意的奉承、好笑的苛求等不正当的杂念和不正确的态度；他所提倡的最好的批评方式是：从常识出发，以正确的判断力就戏论戏。

莫里哀强调了"常识"的重要，把"常识"看成正确评价戏剧的出发点。那么，什么是他所说的"常识"呢？莫里哀没有明确的交代，不过，从他反对看戏带有"成见"、只为"奉承"、无理"苛求"的意见看，所谓的常识应该是指大众公认的那些善良的有益的认知，还可能与古典主义理论家提倡的所谓"常理"有关。这样的常识对谁都一样，不管是看戏花钱的多少。"半个金路易和十五个苏的区别，对欣赏也毫无作用"。广大的平民观众的意见之所以值得信任，是因为他们评判戏剧是从这样的常识出发，而不带偏见，不吹毛求疵，他们的评判就比较公允。

莫里哀在《〈太太学堂〉的批评》里，描写了两个作为与池座观众对立的上等人观众，一个是只会摇头、无知得什么都说不出来的侯爵，另一个是装腔作势、只会恶语咒骂的"女才子"克莉麦娜。通过这一对"宝贝"，莫里哀把那些傲慢却又笨拙的反对派，刻画得十分逼真。对于那个以专家的身份出现，其实只会搬弄教条、无理挑剔、以势压人的李希达斯，报以辛辣

---

① ［法］莫里哀：《莫里哀喜剧》，第 2 集，李健吾译，93 页，长沙，湖南人民出版社，1982。

的讽刺。

剧中还提到另一种观众和评论者，那就是剧场外的宫廷里的行家。关于宫廷观众，剧中出现这样一段台词：

> 你的全部剧作的最高考验就是宫廷的评论；你想成功，就该研究宫廷的爱好；任何地方也跟不上宫廷的评价那样正确……①

在满篇都是褒奖平民观众的文字里，出现这样一段夸耀宫廷的话，似乎有点不协调。如果说前面提到的那些夸奖平民的话出自莫里哀的真心，那么，这一段夸耀宫廷的话，应该是处在当时那样的社会条件下，作家为了说话力量的平衡而不得不为之的。

这样一来，莫里哀的笔下出现了四类观众：池座里的观众，侯爵、克莉麦娜一类的包厢里的观众，李希达斯一类的酸学者，还有宫廷里的行家们。他的态度是明确的，他相信第一种，轻蔑第二种，讨厌第三种，尊敬第四种。

关于喜剧的现实性与人物性格塑造

莫里哀有他自己对喜剧的种种看法，但是他主要是一位实践家。他的喜剧思想都是在创作和演出的过程中，在与对手进行论战的过程中，迸发出来的火花。往往是就事论事，没有机会全面系统地总结和提出自己的看法。因此，有的想法，有些甚至是很重要的想法，并没有能够得到充分的论述。我们不妨把这些文字和他的实践联系起来，整理出他在这方面的思想。

莫里哀在谈到喜剧比悲剧难写的时候，曾经说过，悲剧是写英雄和神的，这些英雄和神是虚构出来的形象，可以不问逼真不逼真。所以写英雄可以由着想象海阔天空，自由飞翔，追求奇异，抛开真实性不管。喜剧则不同，喜剧是写人的，要"恰如其分地表现人的滑稽言行""轻松愉快地扮演每一个人的缺点"，所以写喜剧就不能随心所欲；喜剧"描写人的时候，就必须照自然描写""大家要求形象逼真；要是认不出是本世纪的人来，你就

---

① ［法］莫里哀：《莫里哀喜剧》，第2集，李健吾译，102页，长沙，湖南人民出版社，1982。

白干啦。"

这一段论述不多，却表达了丰富的内容、多层的含义。首先，莫里哀强调了喜剧要写人（人的滑稽言行、人的缺点）。其次，他强调要写现实的人（本世纪的人）。最后，他强调了形象要照自然描写，要逼真。

三个层次，层层递进地提出了他对喜剧的现实性和喜剧如何描写人物的基本要求。当然这三点都是作家从自己对喜剧的根本认识出发而提出的：喜剧的责任既然是通过娱乐改正人的缺点，那么讽刺也好，攻击也好，目标都是针对着人，针对有恶习、有缺点、有错误的人，也就是莫里哀所说的"滑稽人"；这样的人应该是现实社会中普遍存在的，通过揭露讽刺他们而达到纠正时弊的效果，如果剧本没有现实的针对性，那就是无的放矢，等于白干。

莫里哀最反对有些人把喜剧的讽刺看成仅仅是针对某个个人。在《凡尔赛宫即兴》里，有个人物这样说明莫里哀的创作："他刻画人物不拿什么人做对象……他的本心是描绘风俗，不关个人的事，他表现的人物都是空中楼阁、想象人物……在戏中确指一个人，随便什么人，他也会感到遗憾的。要是有什么让他不写喜剧的话，就是别人总想从戏上找出真人来；他的仇人有意同他为难，就想法支持这种看法，好让他从来没有想到的某些人怀恨他。"然后，指出莫里哀笔下人物的普遍性：

> 喜剧的责任既然是一般地表现人们的缺点、主要是本世纪的人们的缺点，莫里哀随便写一个性格，就会在社会上遇到，而且不遇到也不可能。①

总之，莫里哀所写的人物不是指某个个人，而是某种性格，某种恶习（或是某种缺点、某种错误）的代表，它们具有普遍性，是社会上到处可以碰到的那一类人的代表，换句话说，就是"典型"。联系莫里哀的创作实践，我们可以发现，现实性和典型性格的塑造这两点，是莫里哀写剧最下功夫

---

① ［法］莫里哀：《莫里哀喜剧》，第 2 集，李健吾译，131 页，长沙，湖南人民出版社，1982。

的地方，是他的喜剧取得成功的最重要的原因，也是他对喜剧发展作出的最重要的贡献。

莫里哀经常用"性格"一词来指称自己作品里的人物，说明在他的心目中，人物与性格是不可分离的：说到"人物"，最重要的是他的性格；说到性格，指的就是那一类人物。他的许多喜剧经常被称为"性格喜剧"，也是因为他的那些优秀作品成功地塑造了一个个具有鲜明的性格特征的人物形象。像达尔杜弗、阿尔巴贡、汝尔丹这样的人物，几乎是刻在观众的记忆里，不会被遗忘。莫里哀写剧，就像一个雕刻家一样，精雕细刻地塑造一个个人物形象。正如他在谈到自己如何创作《达尔杜弗》时所说，他是"竭尽所能，用一切方法和全部小心"来刻画这个人物；他别出心裁，竟然用了整整两幕准备这个恶棍上场；全剧"从头到尾，他没有一句话，没有一件事，不是在为观众刻画一个恶人的性格"。《凡尔赛宫即兴》里，他指导演员，总是要求他们"好好体会一下自己的角色的性格""让这个性格永远活在你的心头"。他甚至要求一个好演员能演好与自己的天性极其相反的人物。

莫里哀谈到喜剧人物的刻画时，不仅要求性格鲜明，而且非常明确地提出：喜剧"描画人的时候……必须照自然描画""大家要求形象逼真"①。"自然"一词有多种含义，在不同的思想家、艺术家的见解里，有不同的所指。不过，莫里哀在这里所说的"自然"，意思是很明确的，就是指客观现实。他要求喜剧描写的人物是来自客观现实的，而不是无中生有的、臆造的、凭空想象的。随即，他又提出了"逼真"的要求，也就是形象的真实度和可信性。莫里哀非常注意自己所写的人物的真实性。为了描写的真实，他注意观察现实，收集材料。有个叫道漏·德·维塞的剧作家写剧攻击莫里哀，剧中一个花边商人讲到莫里哀的一则传闻，说他身边随时都带着一个小本子，在一旁观察人们的言谈，把所见所闻记录在本子里备用。有人由此而给他起了个外号叫"静观人"，目的是借用这个传说来诽谤莫里哀。②其实，这恰恰说明莫里哀为把人物写得"自然""逼真"的那种求实的精神。

喜剧的写作和演出，为了突出人物的可笑性，以取得好的舞台效果，

---

① ［法］莫里哀：《莫里哀喜剧》，第2集，李健吾译，101页，长沙，湖南人民出版社，1982。

② ［法］莫里哀：《〈太太学堂〉的批评》注5，见《莫里哀喜剧》，第2集，李健吾译，111页，长沙，湖南人民出版社，1982。

免不了采用夸张的手法。因此，喜剧人物也往往带有夸张性。莫里哀正是针对着这一点，在这里特别提出：人物形象要"逼真"。又要夸张，又要逼真，二者是否矛盾？如何才能处理好它们之间的关系？其实，莫里哀的意思是明确的。他不是一概否定夸张，而是要求掌握好分寸；如果夸张过度，把人物写得脱离现实，以致观众都认不出是本世纪的人来，你就白干了。由此，我们也可以更进一步了解莫里哀所说的"照自然描写"的深意。正因为人物来自现实，他们的一切表现也应该像一个生活于现实社会的人，是本世纪的人，是自然的可信的人。

《凡尔赛宫即兴》里有一段专门写莫里哀模仿布尔高涅府剧团的几个名演员念台词的戏，还可以补充说明莫里哀反对舞台表演过度夸张的做法。布尔高涅府剧团是当时最有名的剧团，擅长演悲剧，有几个名角被人们尊称为"大演员"。他们的表演风格是夸张的。演员站在台口，挺着胸腔，拿腔拿调地朗诵，很不自然。莫里哀看不惯，在戏里学着他们的腔调，引人发笑。所以，在表演风格上，拿布尔高涅府剧团作为反面例子来说，那么，莫里哀所说的"自然"也还包含有艺术表现不做作、不离奇、近乎正常状态的意思。

莫里哀作为一个具有丰富的舞台经验的戏剧家，给我们留下了一座宝库，那里不仅有文字作品，还有他的经验，他的体会。我们可以从他的文字作品里对这些有所了解，但是，那远远不够。如果能够把他的作品和他的实践联系起来，探讨其中成功的道理，那也许会有更多意外的收获。

【附】莫里哀：《〈达尔杜弗〉的序言》《第一陈情表》

莫里哀：《达尔杜弗》的序言

这出喜剧，哄传一时，长久受到迫害；戏里那些人，有本事叫人明白：他们在法国，比起到目前为止我演过的任何人的势力全大。侯爵、女才子和医生，和颜悦色，由我演来演去，而且看了那些关于他们的描画，也像大家一样，显出赏心悦目的样子。可是那些伪君子，却就招惹不得；他们一下子就惶遽起来了，而且觉得古怪，我竟敢串演他们的假招子，竟敢企图贬低多少正人君子问津的一种行业。这是他们不能饶恕的一种罪行，于是摩拳擦掌，暴跳如雷，攻击我的喜剧。他们没有心思进攻戏里伤害他们的地方；他们太懂策略了，不会这样做的，也太老于世故了，不会揭开他们的灵魂露出底的。他们按照他们的老作风，端出上帝来，为自己打掩护；"达尔杜弗"这出戏，到了他们嘴里，变成一出冒犯虔诚的戏，从头到尾要不得，只配烧掉。句句话无法无天；甚至于演戏的姿势，也是罪有应得；眼睛一动，头一摇，左一步或者右一步，他们也深文周纳，说成我的罪过。我请朋友指教、公众批评，但是不起作用；我尽力做到的修改、国王和王后看过戏以后下的按语、亲王和大臣赏脸看戏所给的称赞、有德之士认为戏有益于世道人心的见证，统统无济于事。他们不肯让步；不但不让步，还天天主使浮躁的热心教徒公开攻讦，装出一付（副）虔诚的模样咒骂我，装出一付（副）悲天悯人的模样把我打入地狱。

他们能怎么说我，就怎么说我吧，我根本不放在心上，不过他们不该使坏，把我尊敬的人变成我的仇敌，把真正的有德之士拖下海去；后者热爱上天的利益，可是先入为主，也容易感染别人要他们有的印象。所以我才不得不给自己做辩护。我之所以想就我的喜剧意图，处处加以解释，也正是为了真正的信士；我诚心诚意恳求他们，没有看见，先不谴责，去掉一切成见，不要支持那些由于作伪而声名扫地的人的偏见。

假如大家不偏不倚，不辞辛苦，检查一下我的喜剧，毫无疑问，就会看出我的用意处处善良，一点也没有搬演应当敬奉的事物的倾向。材料需要慎重将事，我在处理上，不但采取了种种预防步骤，而且还竭尽所能，用一切方法和全部小心，把伪君子这种人物和真正的信士这种人物仔细区别开来。我为了这样做，整整用了两幕，准备我的恶棍上场。我不让观众有一分一秒的犹疑；观众根据我送给他的标记，立即认清了他的面貌；从头到尾，他没有一句话，没有一件事，不是在为观众刻划（画）一个恶人的性格，同时我把真正的有德之士放在他的对面，也衬出有德之士的性格。

我知道，这些先生找不出别的话回答，就试着暗示：舞台上不该说到这些材料。不过允许我斗胆问他们一声：他们这种妙论有什么根据。这是他们设想出来的一种说法，他们根本没有方法加以证明。古代戏剧起源于宗教，作成神话的一部分；我们的邻居、西班牙人，每逢过节，总要演戏庆祝；甚至于在我们的国家，戏剧兴起，也必须归功于一个兄弟会，布尔高涅府今天就还归它所有，我们宗教上最重要的圣迹是在这地点搬演的[①]；有些剧本以扫尔本的一位博士的名姓，用峨特字体印出来，我们现在还看的(得)见[②]；我们不必往远古看，就在我们的时代，我们上演高乃依先生的宗教戏[③]，得到全法国的赞美。看看这些事实，毫无疑问，并不怎么困难。他们就看看这些事实吧。

如果喜剧的使用是纠正人的恶习，我看不出有什么理由，有人就有特权，成为例外。这种人比起任何人来，影响都分外危险；同时我们已经看到，戏剧在纠正恶习上也极有效力。一本正经的教训，即使最尖锐，往往不及讽刺有力量；规劝大多数人，没有比描画他们的过失更见效的了。恶习变成人人的笑柄，对恶习就是重大的致命打击。责备两句，人容易受下去的；可是人受不了揶揄。人宁可作恶人，也不要作滑稽人。

有人指摘我，不该把虔诚的词句放在我的骗子嘴里。不过想把一个伪君子的性格表现好了，我能不这样做吗？我暴露了他说话的罪恶动机，可能有人不喜欢听见他乱说敬神的词句，我觉得，从话里把这些词句删掉也就够了。可是他在第四幕讲起一种有害的作(做)人道理。可是这种道理，难道人人没有听厌烦？难道是我的喜剧第一次说起？难道普遍为人深恶痛绝的道理，也怕给人留下什么印象？我一端上舞台，就危险百出？一经恶棍出口，就起权威作用？简直是两回事；人应当赞成"达尔杜弗"这出喜剧，否则就该普遍谴责所有的喜剧才是。

这就是为什么，有一时期这出喜剧，受到攻击，就是前人反对喜剧，也从来没有这样疯狂过。我不能否认，教会的圣父曾经谴责喜剧来的[④]；可是人也不能就向我否认，有几位圣父谈起喜剧，态度缓和多了。所以论点不同，批评也就失去了依据；同一明光照亮他们的心灵，他们不应当意见

[①] 1402 年，巴黎成立了一个耶稣受难兄弟会，上演一些圣迹剧；1548 年，兄弟会买下布尔高涅府，改成剧场，但是就在同时，最高法院禁止兄弟会上演圣迹剧，剧场被迫租给另一演剧团体。

[②] 约翰·米谢耳(Jolan Michel，？—1493)是"耶稣复活圣迹"的剧作者，曾经以他的名义，印过格莱邦(Arnoul Grèban)的"耶稣受难圣迹"。扫尔本(Sorbonne)是巴黎神学院的名称，现在是巴黎大学的部分校址。峨特字体是一种古字体，通行于 12 世纪与 15 世纪之间。

[③] 高乃依曾经写过两出关于基督教的悲剧。

[④] 指 13 世纪前的基督作家。

分歧，假如分歧的话，结论就是：他们从不同的方向来看喜剧，有的圣父注意它善良的地方，有的圣父却只看它腐败的地方，因而把它和所有的坏戏混淆起来。有人把这些坏戏叫作下流戏，并不冤枉。

说实话，人应当谈论的既然不是字句而是事物，大部分龃龉既然出于误会，同一字句既然包含对立的事物，就该掀去造成暧昧的复布，只从喜剧本身看它应不应当受谴责。毫无疑问，大家知道，喜剧只是一首精美的诗，通过意味隽永的教训，指摘人的过失，所以我们批评它，就要公允才是。关于这一点，我们不妨拿古代来作参证。古代告诉我们：它的最著名的哲学家，一贯努力于探讨极其谨严的智慧，不断攻讦世纪的罪恶，却也颂扬喜剧来的；我在古代看到亚里士多德辛辛苦苦，钻研喜剧，把写喜剧的方法细心归纳成为规则；古代让我们知道，它的最伟大而又地位最高的人物，把自己写喜剧看成体面事①，另外还有人，不嫌降低身分（份），在公众场合，朗诵自己的喜剧；希腊设立光荣的奖金，说明重视这种艺术，修建雄伟的剧场，对它表示敬意；最后到了罗马，这同一的艺术也得到特殊的荣誉：我说的不是处于皇帝们荒淫统治下的放荡的罗马，而是风纪整肃的罗马，在执政们的贤明领导下，罗马欣欣向荣的时期。

我承认，在某些时期，喜剧变坏了。可是世上有什么东西不天天往坏里变的？最清白的事物，人能加以罪名；最健全的艺术，人能推翻它的意图；本质最善良的事物，人能用过来为非作歹。医学是一门有用的方术，人人尊敬，把它看成我们所有的最好的事物之一，可是也有一时，变的（得）可恼可恨，往往叫人弄成一门毒害人命的方术。哲学是上天的一种礼物，送给我们，要我们通过对自然奇迹的观察，心灵结识神的存在；可是大家并非不知道，人往往不但不这样用它，反而公开拿它支持不信教。甚至于最神圣的事物，也防止不了人加以败坏；我们看见恶棍，天天冒用宗教，安下坏心，拿它侍奉最大的罪恶。但是不能因此就住手，不作应有的区别；坏人心术不正，败坏事物，我们不该因此就对事物全盘加以否定，因为错误的推论掩蔽不了事物的善良本质；艺术的意图和恶劣使用应当永

---

① 可能指罗马执政席平（Sipion，公元前 185—129）而言，传说他帮喜剧作家泰伦斯（Terence）写过喜剧。

远区别开来；罗马曾经驱除医学①，雅典曾经公开惩罚哲学②，但是并没有人想到禁止医学或者哲学，所以喜剧在某一时期，虽然受到批评，也不该一相（厢）情愿地就禁演掉。从前出现这种批评，是有它的原因的；可是这些原因，今天并不存在；它的意义仅限于它过去看到的范围；它给自己划好了界限，我们不该拖出它来，拖到和它并不相干的地方，不问有罪无罪，要它一律承包下来。它从前有意打击的喜剧，决不是我们现在想要保卫的喜剧。我们必须要小心在意，不让二者混淆起来。这就象（像）两个习俗完全相反的人一样；除去名姓相同之外，毫无瓜葛可言；因为曾经有过一个淫妇奥兰浦，我们就一相（厢）情愿地惩罚贤德子女奥兰浦，可以说是不公道之至。类似的判决，毫无疑问，会在社会引起绝大紊乱的。这样做，就没有事物不该被惩罚的了；天天有人冒用事物，被冒用的事物许许多多，人也并不严厉对付，既然如此，就该同样宽恕喜剧，就该称赞富有教育和道义的剧本才是。

我知道有些人，要求严格，不能容忍任何喜剧，说什么最正经的喜剧最危险，戏里描画的热情越合乎道德、越动人，心灵也就容易被这一类演出感动③。被正经的热情感动，我看不出有什么大不应该；他们想把我们的心灵提到太上无情的境界，这是高一级道德。我疑心完美无缺的道德会在人力以内；我不知道，与其一相（厢）情愿地完全取消人的热情，是不是努力加以改正和磨练（炼），更为妥贴（帖）。我承认有些地方比剧场更值得去；假如我们有意责难一切不直接和上帝、和我们的福祉有关的事物，喜剧的确应当算在里面；它和别的事物一同受谴责，我看也没有什么不好。可是假定——其实这是事实，——修行之余，还有空闲，人也需候（要）娱乐，我坚持说，给他们找不到比喜剧更无害的娱乐。我把话扯的（得）太远了。关于"达尔杜弗"这出喜剧，有一位亲王④说过一句话，我们就拿这句话来作

---

① 很据普林（Pline）的"自然史"第 29 卷第 8 章："古代罗马人把希腊人从意大利驱逐出去，同时也把医生驱逐出去。"

② 指苏格拉底被处死刑的事。

③ 莫里哀这里是在反驳巴斯卡（Pascal，1623—1662）"思维录"里的见解：他认为描画爱情是危险的，"因为纯洁的心灵越让人觉得纯洁，越有可能被感动"。

④ 指孔代（Condé，1621—1686）亲王而言。1664 年 11 月，完整的"达尔杜弗"（五幕），由于他的邀约，曾在他的私宅作第一次演出。

结束吧。

禁演了一星期以后，宫里上演一出叫作"隐士斯卡拉木赦（即斯卡拉姆什）"的戏。① 国王看完了出来，对我要说起的亲王道："我很想知道，人为什么那样气不过莫里哀的喜剧，而对'斯卡拉木赦'这出喜剧，却一字不提。"亲王回答道："原因就是'斯卡拉木赦'这出喜剧搬演的是上天和宗教，那些先生们并不关心；但是莫里哀的喜剧搬演的却是他们自己，所以他们就不能容忍了。

（李健吾译）

后记：

"达尔杜弗"是莫里哀的喜剧杰作。剧本写一个骗子，装出一付虔心信教的模样，混进一个资产阶级家庭当良心导师，夺取财产，诱骗妇女。1664 年 5 月，在王宫初演，第二天即遭禁演。国王路易十四是支持莫里哀和他的杰作的（当时只有三幕，后来才写成现存的五幕形式），因为他不喜欢教会的半独立状态。但是反对方面有他的师傅巴黎大主教、最高法院院长和他的母亲，路易十四也就无可奈何了。直到 1669 年，他的母亲死了，政、教也完全统一了，"达尔杜弗"这才公开演出。莫里哀在这篇"序言"里，表现了很大的愤怒，不过作为策略，他不得不站在反对者的宗教立场来驳斥反对者——他把他们都骂成了伪君子。末了一段，他借用一位亲王的话，尤其骂到了要害。教会迄今是不饶恕他的。

他在"序言"里指出喜剧的教育作用和意义。他反对单纯娱乐，尤其是低级趣味的东西。第五段特别值得重视，他在这里说出喜剧的功能和所以有教育作用的原因。

选自《文艺理论译丛》，北京，人民文学出版社，1958（4）。

---

① "隐士斯卡拉木赦（即斯卡拉姆什）"是意大利剧团公演的一出职业喜剧：一个隐士扮成修士，夜晚从软梯爬上有夫之妇的阳台，每次从屋里出来，就说："这是为了清心寡欲。"

莫里哀《第一陈情表》

为喜剧《达尔杜弗》事，上书国王①。

陛下，

喜剧的责任既然是通过娱乐改正人的错误，我相信，我要把工作做好，最好就是以滑稽突梯的描画，攻击我的世纪的恶习；毫无疑问，虚伪是最通行、最麻烦和最危险的恶习之一，所以，我想，陛下，我也许帮国内所有正人君子的一个不小的忙，如果我写一出喜剧，贬低伪君子们的身价，适当地暴露那些厚爱于人的有德之士钻研出来的一切假招子、那些故作虔诚的奸徒掩盖了的一切诈术：他们装做热心信教，摆出煞有介事的慈悲面孔，希望把人骗了。

我写这出喜剧，陛下，我相信，陪（赔）尽小心；材料需要慎重，我也竭尽所能，仔细从事；为了保持人对真信士应有的尊重和恭敬，我尽量把真信士和我要刻画的性格区别开来；我没有留下模棱两可的东西，我去掉可能混淆善恶的东西，我描画的时候，也只用鲜明的颜色和主要的特征，人一接触，立时认出他是一个真正、道地的伪君子来。

然而我的预防全白费了。人家利用陛下对宗教慎（郑）重其事的精神，想办法通过唯一可以蒙哄圣上的地方、我的意思就是说，通过陛下对神圣事物的尊敬，把圣上蒙哄住了。达尔杜弗之流，暗中施展伎俩，赢去圣上的恩意；摹象虽然清白无辜，人虽然觉得摹象逼真，但是真人终于取消了摹象。

取消这部作品，对我虽然是一种痛苦的打击，但是，圣上说明问题所显示的态度，却减轻了我的不幸；当时圣上恩谕：这出喜剧虽然禁止公开演出，可是，并不认为有丝毫不韪的地方；我相信，听过陛下这话，我也就没有什么要申诉的了。

---

① 根据孟法耳 Jean morval 先生：第一陈情表写于 1664 年 8 月 31 日。同年 5 月 12 日，《达尔杜弗》前三幕在宫内上演，国王路易十四在以母后为首的顽固派的压力下，不得不以委婉的口吻，指出作者用意善良，但是由于圣上对宗教问题，一向就特别慎重，所以《达尔杜弗》暂时不要公演，等戏写成之后，再候最后处理。

但是，尽管世界最伟大和最圣明的国王有过这种谕旨，尽管教皇特使先生和绝大多数教廷官员也有过称赞，——我在个别机会上读我的作品给他们听①，他们的见解不谋而合，全和圣上一致，尽管如此，我说，我看见某某堂长写了一本书②，公然反对这一切庄严的证明。圣上说话没有用，教皇特使先生和教廷官员先生们下判断也没有用：他看也不看我的喜剧，就把它说成魔鬼的制作，把我的脑壳说成魔鬼的脑壳；我是一个装扮成人、有肉身子的魔鬼，一个自由思想分子，一个应该作为借镜、处以极刑的不信教的人。拿火把我烧死赎罪，还嫌不够，那太便宜我了：这位狡猾的高尚的人，抱着恻隐之心，不肯就此罢休；他不愿意我得到上帝的赦免，一心一意要把我打入地狱，而且毫不犹豫。

陛下，这本书曾经献给圣上，毫无疑问，圣上一望而知：天天被这些先生们侮辱，在我有多遗憾；万一必须允许这类诬蔑存在下去的话，我在社会上要受多大损害；最后，我非常希望消除这些谗谤，为的让公众知道，我的喜剧决不是他们诬陷的那种样子。陛下，我的意思不是说，我为我的名誉必须提出要求，向一般人证明我的作品清白：象（像）陛下这样圣明的国王，用不着人对他们诉说自己的愿望，他们象（像）上帝一样，看出我们的需要，比我们还知道应该俞允我们什么。我们事交由圣上处理，在我也就够了。关于这件事，我必（毕）恭必（毕）敬，等候敕令。

选自《莫里哀喜剧》，第 2 集，李健吾译，261～263 页，

长沙，湖南人民出版社，1982。

---

① 教皇亚力山大七世的特使石伊 Flavio Chgi 来到法兰西，莫里哀利用娱乐国宾的机会，在 1664 年 8 月 4 日，读《达尔杜弗》给他听，取得他和他的扈从的称赞。

② 圣·巴尔代勒米 Saint Barthéilamy 教堂的堂长卢莱 Pierre Roullés，在 1664 年 8 月 15 日，献了一本书给路易十四，攻击莫里哀，书名是《人世光荣的国王或在所有的国王之中最光荣的路易十四》Le Roi glorieux au monde ou Louis XIV le plus glorieux de tous les rois du monde。

"莫里哀式"的喜剧

莫里哀的喜剧具有自己的特征和风格，这种特征和风格，大致可以概括为以下四个方面：一是它的现实性和社会讽刺性，二是它以塑造单一性格的典型人物为创作的中心，三是善于运用闹剧手法，四是带有悲剧因素。

这四个方面比较全面地概括了莫里哀喜剧的特点，但这是就莫里哀喜剧的总体而言的，并不是莫里哀的每个作品都全面地具备这四个特征。再说，在这四个特征中，就其性质而言，是有区别的。应该说，前两个特征是本质的、具有普遍意义的；后两个特征，特别是闹剧手法的运用，并不是本质的特征，然而却是莫里哀作品的独特之处。

一

莫里哀喜剧的这些特征，特别是它的前两个特征，是在长期的创作和探索的过程中逐渐形成的。

莫里哀在重返巴黎之前是一个优秀的闹剧演员和闹剧作家。《小丑吃醋记》和《飞医生》就是他在外省巡演时期所写的作品。那完全是用传统手法写成的闹剧作品，剧情和人物都是传统闹剧里常见的，看不到有多少创意。

来到巴黎，他开始对喜剧进行改革。《可笑的女才子》一举成功，把闹剧从传统的老套子里解脱出来，改造成表现现实生活的新型闹剧。传统闹剧的致命伤是它严重缺乏现实感，以及艺术上的凝固性。如今，旧瓶装新酒，一扫旧颜，闹剧获得了新的生命。用闹剧来讽刺贵族社会那种装腔作势的所谓风雅和市民的东施效颦，恰到好处。这样的作品把闹剧的品位提高了，它不再是走老套，只搞笑，而是表现严肃内容的好戏。它的成功也说明闹剧经过改革可以通向喜剧。改革的成功大大增强了莫里哀的信心，推动他继续前进。

在莫里哀的下一个作品《斯嘎纳耐勒》里，我们看到了他前进的步伐。如果说《可笑的女才子》从题材的改革入手，开创了闹剧的新路，那么，《斯嘎纳耐勒》的改革更具有根本的意义。剧本写巴黎市民斯嘎纳耐勒疑心自己被妻子戴上绿帽子后，既想要报仇又再三犹豫。他多次向人请教，自己还是下不了决心。剧本的笔力全都放在塑造斯嘎纳耐勒这一形象的身上，用心理描写的手法，着力刻画他的很重的嫉妒心又胆小怕事的矛盾的性格。斯嘎纳耐勒的形象显然与民间喜剧里的定型人物有着血缘关系。莫里哀从他多年的演艺生涯中体验到，意大利和法国的民间喜剧之所以受到观众的喜爱，它们的演出之所以深入人心，重要的一点是定型人物的创造。这些定型人物具有鲜明的个性，生动活泼，过目难忘。在早先的作品里，他已经开始学习这种定型人物的创作方法。重返巴黎之前写的《冒失鬼》这部意大利风格的作品里，莫里哀自创了马斯卡里叶这个人物，就是他学习民间喜剧定型人物的方法写成，后来几个作品里他进一步运用定型人物的方法创造人物形象。《斯嘎纳耐勒》的成功说明，莫里哀已经取得了闹剧经验的真经：剧本创作要扎根现实社会，更要以人物塑造为中心。从此以后，他始终把刻画人物的性格作为写作的首要工作，在这方面用力最多。也因为如此，他的作品不同一般。正如李健吾所说，"之所以格调高于一般喜剧，未尝不是由于他在这方面下了极深的功夫的缘故"①。

从《可笑的女才子》到《斯嘎纳耐勒》，莫里哀在学习闹剧、改革闹剧的过程中，掌握了喜剧创作的要领。于是，他就为自己写出具有独创性的喜剧打下了基础。1661 年到 1662 年，莫里哀写出了两部真正属于自己的具有独创性的喜剧作品，那就是《丈夫学堂》和《太太学堂》。尤其是《太太学堂》，被认为是莫里哀创作道路上、也是古典主义喜剧发展史上具有里程碑意义的作品。《太太学堂》虽然写的是一个家庭生活的故事，但含义深刻。它通过兄弟两对婚姻问题和夫妻关系的不同态度，在对比中批判夫权主义的封

---

① 李健吾：《莫里哀的喜剧》，见《李健吾戏剧评论选》，142 页，北京，中国戏剧出版社，1982。

建思想，而且从婚姻问题入手，步步深入地提出妇女地位、女子教育、宗教等多项社会问题，因此被认为是"近代社会问题剧的开端"。剧中的主人公阿尔诺耳弗形象刻画得栩栩如生，他的严重的夫权主义思想和盲目自信的性格使他在与充满青春活力的年轻人的角力中一败涂地。如此思想深刻、艺术精湛的喜剧作品，还是戏剧史上首见。应该说，《太太学堂》是莫里哀在艺术上成熟的标志。莫里哀式喜剧的模板的雏形已经形成，那就是扎根现实、讽刺恶习、以刻画性格为中心的喜剧。

但是，莫里哀并没有就此止步，从《太太学堂》之后，他继续前进，向着更高的峰巅攀登。1663年的"《太太学堂》之争"仿佛是这次巅峰之行的理论准备。经历了这一次激烈的理论大战，莫里哀变得更加成熟了。他回顾自己走过的道路，总结自己的经验，在理论上变得更加自觉。在这个基础上，他肯定了自己已经走过的道路，也更加明确了前进的方向。于是，从1664年发表《达尔杜弗》开始，莫里哀步入他戏剧创作的鼎盛期，从1664年到1669年，他几乎每年都有优秀作品问世。他的那些堪称典范的"莫里哀式"的喜剧，大部分都是在这个时候写成。

莫里哀前进的步伐是坚定的，即使碰到像"达尔杜弗之战"这样的艰难和打击，他也没有退却。因为他明白，"喜剧的责任既然就是通过娱乐改正人的错误，我相信，我要把工作做好，最好就是以滑稽突梯的描画，攻击我的世纪的恶习"①。他坚持喜剧的现实性方向，把喜剧讽刺的矛头指向现实社会中存在的那些恶德败行，指向当时社会的恶习。比之前一个时期，他的视野大大加宽，他对现实的认识大大加深，他的作品对现实的揭露批判触及更深层次的问题和更强大的社会势力。同时在艺术上也更加成熟，更加完善。特别是他所创造的一系列讽刺性的艺术形象，具有普遍的典型意义，因而获得了永久的生命。

精雕细刻的《达尔杜弗》已经被公认为莫里哀最优秀的作品。这部喜剧讽刺的矛头直接指向当时"最通行、最麻烦和最危险的恶习之一"——伪善。剧中成功地刻画了宗教骗子达尔杜弗的形象。剧本对于他的假仁假义和阴

---

① ［法］莫里哀：《第一陈情表》，见《莫里哀喜剧》，第2集，李健吾译，261页，长沙，湖南人民出版社，1982。

险企图的揭露，让巴黎的那些为非作歹的宗教人士闻风丧胆，恨之入骨。他们使出最恶毒最阴险的手段，打击莫里哀和他的作品。达尔杜弗的形象刻画得出神入化，已经成为具有世界意义的典型。"达尔杜弗"一语也已经流行于世，成了伪善者的同义语。

继《达尔杜弗》之后，莫里哀连续写了几部揭露"伪善"这种最流行最危险的恶习、同时又超出揭露伪善的作品。不过，它们的讽刺矛头换了对象，不是宗教骗子而是封建贵族。《堂·璜》里的主要人物就是一个凭着贵族身份为非作歹的登徒子。尽管堂·璜的形象具有复杂性，然而这一形象的典型意义首先还是在于它体现了封建贵族的腐败与罪恶。《愤世嫉俗》简直就是一幅贵族社会的群丑图。剧中所写，不是个别的贵族，而是一个贵族群体。在那个圈子里，人与人之间没有真诚和信任，只有尔虞我诈、你争我斗。那是一批宫廷里伺候国王的贵族，他们整天无所事事，只会惹是生非，早已失去早先那种国家栋梁的英雄气概。剧中集中刻画的阿耳塞斯特更具有深刻的典型意义。他作为一个追求真诚的孤独者只能远离此地而去。莫里哀对贵族社会的这些描写让我们看到了路易十四时代法国社会的真实情景，看到了一个个鲜活的典型形象。

莫里哀出身于资产阶级家庭，他对资产阶级的了解是相当深刻的。他有一部分作品是专门描写资产阶级的。他的这些作品集中讽刺资产阶级的两个特性：贪财欲和妥协性，准确地击中了那个时代资产阶级的病根。当时的法国，正是封建制度没落、资本主义刚刚兴起的时候。资产阶级还是从富裕市民圈里刚刚脱胎而出，处在原始积累时期，并不强大。他们的贸易与海外殖民活动，以及他们与贵族之间发生冲突时，都需要王权的支持。王权为了维护自己的统治，不得不把资产阶级拉到自己一边，以获取供其享乐与军需的资金。两者的现状决定当时的资产阶级与王权处于联盟的关系。资产阶级与贵族的关系也处于一个微妙的阶段。旧的封建制度已趋没落，贵族阶级已经是日薄西山，不少人成了破落户。但是从社会地位和文化修养来讲，贵族仍然占据优势。资产阶级则随着资本主义的发展而变得富有。他们有了钱就不满自己的社会地位。他们既然还没有强大到可以改变现实的程度，就希望通过混进贵族队伍里的办法，改变自己的身份。一个缺钱，一个缺身份，两者就此互通有无，互相妥协。于是，联姻自然就成了最简便最快捷的办法。所以，早期资产阶级除了贪财欲之外，妥协性也是它在这个时期表现的特征。莫里哀描写资产阶级的作品就是抓准了当时资产阶级的这两个特征。在这些作品中，特别表现出他对现实的敏锐而深刻的洞察能力。《吝啬鬼》可以说是莫里哀揭露批判资产阶级贪财欲最有力的作品。尤其是剧中塑造的阿尔巴贡的形象，把资产阶级那种金钱至上的世界观和他们那种吝啬、自私、残忍的本性表现得入木三分。阿尔巴贡也就此而成为世界文学史上有名的吝啬鬼形象之一。莫里哀有不少作品写了资产阶级与贵族联姻这样一种特殊的社会现象，如《逼婚》《乔治·当丹》以及后来写的《贵人迷》。《贵人迷》里的汝尔丹就是一个虚荣心极强的典型。通过这个典型，莫里哀表现了当时资产阶级是如何急切地盼望获得贵族身份的。

我们通过历史回顾的方法，说明了莫里哀喜剧的基本特征之一；它们与现实的密切关系；他的喜剧的现实讽刺性和以塑造典型形象为创作中心的特征是如何在作家的创作实践过程中逐步形成的。正因为这样，他走出了喜剧创作的一条新路，把欧洲的喜剧提高到真正近现代戏剧的水平。莫里哀喜剧的这个特征，指引着后来的许许多多喜剧作家走上正确的创作道路。意大利的哥儿多尼（1707—1793），法国的博马舍（1732—1799），英国的菲尔丁（1707—1754）、谢立丹（1751—1816），德国的莱辛（1729—1781），丹麦的霍尔堡（1684—1754），俄国的冯维辛（1745—1792）等著名喜剧家，无不都是因为学习莫里哀而在创作上取得优异的成绩，有的还因此而被称为该国的"莫里哀"。

二

17世纪的法国，在王权的扶植下，文坛上流行古典主义思潮。莫里哀从外省来到巴黎的时候，这股思潮方兴未艾。高乃依的创作，特别是他的悲剧《熙德》创作的成功，把古典主义思潮推向高潮。莫里哀早先活动在外省，与这个思潮关系不大，但是到了巴黎，身处古典主义思潮的旋涡，为了在这里站住脚，为了在这里施展才能，创作上接受古典主义是顺理成章的事。古典主义对文艺创作规范化的要求也有利于莫里哀摆脱一些杂乱的东西而走向高水平的喜剧。《太太学堂》是他按照古典主义的的规则写成的作品，五幕、诗体，符合规则的要求，时间、地点和剧情也符合"三一律"。剧本写得又是那样出色。在此以前，法国还没有出现过这样好的符合古典主义要求的喜剧作品。于是，这部作品被认为是古典主义喜剧诞生的标志。莫里哀此后创作的喜剧，对古典主义的创作原则采取基本遵守却不墨守成规的态度。因此，剧本中虽然常有超规的现象，而一般还是守规的。所以，文学史、戏剧史把他称为古典主义的喜剧作家，把他作为 17 世纪法国的古典主义作家的代表列入史册，并不是没有理由的。

但是，评论界对此有不同的看法。由于莫里哀的喜剧是如此真实而深刻地描写了法国 17 世纪的现实，因此，有人认为，与其说他是古典主义作家，"不如说他是现实主义作家来得更恰当些"①。法国文学专家罗大冈为此发表专文，题目就是《现实主义戏剧家莫里哀》(本文原是罗大冈先生为加克索特著朱延生译的《莫里哀传》所写的序言，后来发表于《外国文学研究》杂志 1985 年第 3 期)。他认为，莫里哀是"法国文学史上为期最早，成就极大，影响深远的现实主义作家、艺术家。他在戏剧领域内的现实主义辉煌成就，只有小说领域内的巴尔扎克能与之相比"②。1984 年，胡承伟在《外国文学研究集刊》第 9 集发表《莫里哀的创作思想》，从莫里哀的政治态度、他的作品的思想倾向以及文艺思想等方面，说明莫里哀与其他的古典主义作家不同，是"一个现实主义大师"。事隔十年，同一家刊物发表吴晶的文章《古典主义与莫里哀的创作》，专门论述莫里哀的作品是古典主义的典范，仿佛是专门与上文进行争论。那么，莫里哀究竟是一个怎样的作家？到底应该给他一个什么样的"头衔"？是"古典主义"，还是"现实主义"？

其实，这里存在着一个概念必须厘清的问题。"古典主义"是一个文艺思潮的名称，它在一定的历史条件下(具体来讲就是 17 世纪法国封建专制君主统治时期)形成、流行于 17、18 世纪的欧洲。"现实主义"则可以有两种不同的所指，一种是指与浪漫主义相对的文艺创作的基本创作方法(或说基本原则)之一，那是自古以来就有的。另一种是指 19 世纪 30 年代后在欧

---

① 吴达元：《莫里哀喜剧选·序》，见赵少侯、王了一等译《莫里哀喜剧选》上，1 页，北京，人民文学出版社，1959。

② 罗大冈：《现实主义戏剧家莫里哀》，载《外国文学研究》，1985(3)。

洲出现的一种文艺思潮或文艺流派。这两种所指是不能混同的。当我们把"现实主义"与"古典主义"两者相提并论，拿来进行比较和选择的时候，本应该在同一个前提下，在概念的使用上也是一致的情况下进行。或是就文艺思潮而言，或是就创作思想、创作原则而言。但是，主张莫里哀是现实主义作家的论者，其前提和出发点并没有交代清楚。如果是就思潮流派而言，那是把时代搞错了，因为在17世纪，现实主义思潮尚未出现。如果是就创作原则、创作思想而言的，那么，莫里哀还是接受古典主义的，虽然他有所突破，并不墨守成规。但是，他基本上还是遵守原则的。莫里哀在《〈太太学堂〉的批评》里这样说："我象（像）别人一样，也用心念过这些法则；我也许能轻而易举，证明我们上演的戏，没有一出比它再合规格的了。"①莫里哀自己并没有离队的想法，我们也没有足够的理由非要把他从古典主义的阵营里排除出来，让他另行站队。

从文艺思潮的角度，还是从创作思想的角度，来确定作家的归属，这是两个不同的前提，无法替换。不可否认，莫里哀的喜剧创作是从生活出发的，他主张喜剧应该写"本世纪的人"，而且要逼真。他真实地写出了路易十四时代法国社会的真实现实，可以说他的创作原则、创作思想是符合现实主义——作为文艺创作的基本方法是现实主义的。所以，我们没有必要设置"莫里哀是现实主义作家，还是古典主义作家"这样的议题，因为它本身就存在逻辑性的含混。我们也不必非要在这两个"头衔"之中为莫里哀做出非此即彼的选择。因为它们是在不同的前提和不同的意义上来为他"加冠"，都有自己存在的理由。所以，需要注意的是，当我们在确定自己的回答时，必须把前提交代清楚。

二

人们在谈到莫里哀喜剧描写的人物时，往往引用俄国作家普希金在他的《茶余饭后的漫谈》一文里所说的一段话。普希金的那次"谈话"，重点是谈莎士比亚的人物创造，之所以提到莫里哀，意图是在对比中突出和赞扬

---

① ［法］莫里哀：《莫里哀喜剧》，第2集，李健吾译，105页，长沙，湖南人民出版社，1982。

莎士比亚笔下的人物的特点：

> 莎士比亚创造的人物，不像莫里哀的那样，是某一种热情或某一种恶行的典型；而是活生生的、具有多种热情、多种恶行的人物；环境在观众面前把他们多方面的多种多样的性格发展了。莫里哀的悭吝人只是悭吝而已；莎士比亚的夏洛克却是悭吝、机灵、复仇心重、热爱子女，而且锐敏多智……①

普希金在分析莎士比亚和莫里哀在人物创造上的区别时，表现出他的敏锐的鉴赏力，指出了两个作家创造的人物的区别：莎士比亚创造的人物是多面的、发展的，莫里哀创造的人物是"某一种热情或某一种恶行的典型"。问题在于他对这两种人物的创造方法有褒有贬。他是为了突出莎士比亚、欣赏莎士比亚而提到了莫里哀。其言外之意是更多地欣赏莎士比亚创造的人物。后来，英国作家福斯特在他的《小说面面观》里提出文学作品中的人物有性格多面的立体型人物和性格单一的扁体型人物之分。他虽然并没有贬低扁体型人物的价值，但是总的态度上还是向立体型人物方面倾斜的。不少论者采取这种观点，把阿尔巴贡列为扁体型人物的行列。

在莫里哀与莎士比亚创造人物的方法的对比中，我们知道了人物创造有两种不同的方法：性格多面的人物创造的方法和性格单一的人物创造的方法。如果用历史主义的观点来看待这两种人物创造的方法的产生和流行，就会发现它们都有一定的历史原因。莫里哀的那种单一性格的人物创造方法产生于 17 世纪，与古典主义思潮的盛行以及意大利、法国的民间喜剧中的"定型人物"的人物创造方法有着联系。法国古典主义是以专制君主制为政治背景、以笛卡尔的唯理论为哲学基础的文艺思潮。唯理论在反对天主教会宣扬的宗教蒙昧主义时，有它的进步意义，但是，在一切都服从理性的思想的统治下，讲究秩序，讲究统一，对文艺创作也提出了规则划一、表述明晰等要求。这些要求与文艺复兴时期那种崇尚自由、张扬个性的文艺截然不同，对文艺创作有着约束的作用。所以，古典主义时期的作品以

---

① 杨周翰编选：《莎士比亚评论汇编》，426 页，北京，中国社会科学出版社，1979。

主题明确、结构规整、冲突集中、语言简练、人物性格单纯等特征取胜，很少表现混杂的东西，连体裁都是泾渭分明、互不掺和的。这样的大环境，对莫里哀的艺术创造，包括人物创造，必然有影响。另外，莫里哀是在民间喜剧的培育下成长起来的，民间喜剧里的"定型人物"创造方法对他的人物创造方法有着决定性的影响。因为他就是从这里得到启发，才悟到创作高水平喜剧的关键不是搞笑，而是写好喜剧性的典型形象。这样的人物应该像"定型人物"那样有一个鲜明的让观众一见就难忘的个性特色，这样的人物也不忌讳夸张。"定型人物"似乎已经为他树立了一个模板。莫里哀也熟悉这样的创造方法，写这样的人物信手拈来。于是，斯嘎纳耐勒、阿尔诺耳弗、达尔杜弗、阿尔巴贡、汝尔丹等所谓的扁体型人物，纷纷出笼。

其实，立体型人物和扁体型人物，各有其特定的审美价值。作家采用哪个方法来写，首先决定于作家要写一个什么样的人，另外还决定于作家采用哪种戏剧体裁。一般来讲，喜剧性人物就不宜把他写得复杂多面，除非就是因为他性格复杂而产生喜剧性效果。喜剧人物在写法上也免不了要夸张，因为夸张是获得喜剧效果的有效手段。

阿尔巴贡和夏洛克这两个人物，具有共同的身份，都是高利贷者，都是父亲。作为高利贷者，他们干着同样的事情——盘剥取利，具有同样的金钱至上的本性，同样的性格特征——吝啬。不过，在这方面，阿尔巴贡的所作所为被描写得要比夏洛克更丰富。他不但把借贷的利率比法定的标准提高数倍，而且用破烂代替本金的办法，再一次进行盘剥。他的剥削手段比夏洛克的更狠。他的吝啬性格也被描写得更具体。剧本写了许多他在生活上如何竭尽克扣的故事，如他自造日历，把一家人吃斋的日子加多一倍；他请客吃饭，十个客人准备八个人的饭菜，还要在酒里掺水，菜里挑不好消化的食材。每到节日该发赏钱的时候，他就找茬吵架，克扣仆人的赏钱。更荒唐的是，他居然夜里到自己的马厩里偷马料，到法院控告邻居的猫偷吃了他的羊腿。他的吝啬性格甚至影响到了他的神经和语言。一见人伸手，他理解这是向他要钱，当时就浑身抽搐，就像要挖掉他的五脏。他对人打招呼，不说"我给你一个日安"，只说"我借你一个日安"。至于夏洛克，莎士比亚并没有太多描写他的性格，只是从他仆人的嘴里知道他把人饿成了皮包骨。另外，这两个吝啬鬼对于子女，同样只考虑自己的利益和家长威权。阿尔巴贡逼迫儿子娶一个老寡妇，命令女儿嫁给老男人，原因都在为金钱而不顾儿女的意愿和他们的幸福。夏洛克对女儿的感情并不比阿尔巴贡对子女的好到哪里去。普希金说夏洛克"热爱子女"，这一点在剧本里并没有多少体现。我们只看见他对金钱的感情和他的宗教意识远远超过亲情。当他得知女儿私奔的时候，他只因自己的钻石和珠宝被带走而痛心，对女儿却恨得咬牙切齿，狠毒地诅咒她说："我希望我的女儿死在我的脚下""她就在我的脚下入土安葬"。杰西卡在他的管制下如同坐监，只感到家"是一座地狱"。这哪里谈得上普希金所说的"热爱子女"呢！

这两个形象的区别，在于夏洛克多了一重犹太人的身份，以及由此而来的他的强烈的复仇心。他的性格的所谓多面性以及他之所以能引起读者复杂的感情反应，其原因也在于此。他的复仇心来自两方面的原因：一则是安东尼奥放债不要利息，使他在金融市场上大大失利；二则是他饱受民族歧视和无理欺凌而生的愤懑和敌意，他的由此而生的复仇心包含着一定的正义性。所以，他的"一磅肉"的计谋尽管是如此的残忍，如此的凶狠，也还能博得一些理解。他的不幸的下场（既要损失家产，还有改变宗教信仰）也在读者的心里产生同情心。其实，莎士比亚刻画夏洛克的性格也是有侧重点的。他在夏洛克的吝啬性格方面，下笔并不多，重点是表现他的复仇心。在法庭一场，夏洛克在对方给以双倍、三倍、六倍、十倍这样逐步升级的赔偿的诱惑下依然坚持割肉，非要致安东尼奥于死命，其民族仇恨和复仇心已经远远超过贪财欲。

其实，两个人物的身份的不同，已经使这两个人物在戏剧角色的类别上有了区别。如果说阿尔巴贡是喜剧人物，那么，夏洛克就已经不是单纯的喜剧人物了。他的思想和行为不全是喜剧性的（像"一磅肉"这样的计谋是不可能产生喜剧性后果的），他的下场几乎是悲剧性的。所以，对于这样两个类别不同的人物，作家在创造人物的方法上也必然会有所区别。莫里哀不是对人的性格的复杂性没有认识，但是他更明白创造喜剧人物不宜把人物的性格复杂化，应该以集中刻画一种性格（或说一种情欲）为宜。他在谈到达尔杜弗这个人物时，就是这样有意而为之的："我没有留下模棱两可的东西，我去掉可能混淆善恶的东西，我描画的时候，也只用鲜明的颜色和主要的特征，人一接触，立时认出他是一个真正、道地的伪君子来。"①

由此可见。由于莫里哀在创造扁体型人物阿尔巴贡的时候，采用了多方面地表现人物的某一种性格特征的写法，同样可以使人物不显得单调乏味。如果说立体型人物像一座塑像那样可以进行360度的观赏，那么莫里哀的所谓扁体型人物，就像是一件浮雕作品，虽然是从一个侧面来塑造人物形象，却仍然具有立体感。再说，正是由于艺术家有选择地夸张式地表现人物的某一个性格、某一个侧面，所以人物性格的这一面尤其突出，尤其鲜明，尤其能吸引观众（读者）的注意力。如果从读者的角度来讲，这样的人物更容易理解，更容易接受，在脑海中留下的印象也格外深刻。

三

大量运用闹剧手法是莫里哀喜剧的一大特色，也是莫里哀的拿手绝技。没有一个喜剧家能像他那样自如地运用闹剧手法，把喜剧写得生龙活虎。莫里哀喜剧的根本特征虽然不在这里，但是，它却是形成作家独特风格的必不可缺的因素。对莫里哀来讲，没有闹剧的掺入，就好像一道佳肴里缺了什么重要的佐料，没了独特的滋味。

莫里哀原本就是闹剧演员，闹剧是他的老本行，是他钟爱的艺术。即使在他以创作内容严肃的喜剧为主的情况下，他仍然放不下闹剧，总是要抽时候写写闹剧意味比较浓的作品。有人注意到，1665年后莫里哀的创作有一个很值得推敲的轨迹。他在写一部内容严肃的喜剧之后，就接着写一部滑稽可笑的闹剧因素较浓的作品。1665年演出了《堂·璜》，下一个作品是《爱情是医生》，1666年演出《愤世嫉俗》，接着是《屈打成医》，1668年演出了《吝啬鬼》，下一个作品是《德·浦尔叟雅克先生》，1670年演出《贵人迷》，接着是《司卡班的诡计》，这个有趣的轨迹确实耐人寻味。在他全部三十几个作品里，那些闹剧因素较浓的喜剧所占的比例并不小。

闹剧是靠出乎意料的、滑稽可笑的情节，以及插科打诨、逗哏发噱的语言和动作，来制造笑料，以达到取乐的目的。它往往缺乏严肃的内容。

---

① ［法］莫里哀：《第一陈情表》，见《莫里哀喜剧》，第2集，李健吾译，261页，长沙，湖南人民出版社，1982。

但是，只要运用得恰当，运用得巧妙，它在喜剧作品里，能够在加强情节与人物的喜剧效果、烘托剧本的喜剧气氛等方面，起到有益的作用。莫里哀是闹剧手法的行家里手。对他来说，在喜剧创作里运用闹剧手法，那是得心应手的事。它热爱闹剧，他在喜剧创作里运用闹剧手法，态度是严肃的。他并不为卖弄自己的专长，取悦于观众，他是让闹剧手法为喜剧服务，为喜剧添彩。在莫里哀的喜剧中，就闹剧手法在作品中运用的情况说，有用闹剧手法进行构思，或者用闹剧思维来处理问题，甚至可以说是"闹剧性质的喜剧"；也有内容严肃，即所谓"纯正的喜剧"里穿插着运用闹剧手法的剧本。两类作品几乎是各占一半。

可贵的是，莫里哀运用闹剧手法绝不仅仅是为了把戏演得有趣、逗乐，更重要的是为提高剧本的思想艺术水平。利用闹剧来构思剧情，是莫里哀的拿手好戏。《达尔杜弗》第一幕第一场就是写奥尔贡一家因为对达尔杜弗的评价不同而争吵。于是，从舞台上拉开大幕，就把观众的注意力集中到剧本的矛盾冲突上，同时介绍了人物和人物关系。这个闹剧性的开场戏被歌德称赞为"最好的开场"。等到剧情发展到关键时刻，达尔杜弗的伪君子面目非揭穿不可的时候，莫里哀还是借助于闹剧手法，让奥尔贡演了一出桌下偷听的闹剧。于是，一箭双雕，既把伪君子的面目揭穿，又让糊涂的奥尔贡头脑清醒，也自然地为全剧的结束做好了准备。还有的作品的情节几乎是由一系列闹剧场面连缀而成。《屈打成医》一开场就是斯嘎纳耐勒夫妻俩拌嘴；然后，马婷有意报复，吹嘘丈夫是医生；皆隆特的仆人访医，绑架斯嘎纳耐勒；接着，斯嘎纳耐勒挨打，被迫为吕散德治病，胡乱地诊断、开药方；吕散德父亲不堪女儿的唠叨，要斯嘎纳耐勒把她恢复成哑巴；吕散德与意中人私奔……全剧一共十场几乎有一大半是闹剧性的。

在莫里哀笔下，闹剧手法不仅可以在剧情和结构上起到关键的作用，而且可以是刻画人物形象的有力手段。《贵人迷》的全部构思都为塑造一个充满虚荣心的资产阶级人物的形象，从他学习文化、穿衣、宴请贵妇人受骗上当，到最后当上"妈妈母齐"的官职，全都是闹剧性的。正是这样的闹剧性的安排，才把这个人物的性格表现得淋漓尽致，其讽刺性也浓浓地蕴含其中。《达尔杜弗》里，奥尔贡一上场就让观众明白：这是一个性格愚钝的、被伪君子迷惑的人，原因就在他与道丽娜的那番闹剧式的对话。在全场，他四次重复两句话，"达尔杜弗呢?""可怜的人!"让观众听了哭笑不得。《司卡班的诡计》如果没有司卡班把老主人骗进口袋，用棍棒打他一顿，何以能如此痛快地表现这个人物的自尊、自信、智慧和乐观的性格。

闹剧对莫里哀来讲，那是他的根基，他的钟爱。但是如果过分强调莫里哀喜剧中闹剧的因素，以致有人把莫里哀认作闹剧作家、闹剧演员，那是他并不真正了解莫里哀，曲解了这位喜剧家的创作。因为，闹剧手法只是莫里哀喜剧的特征之一，而且并不是基本的特征，更不是全部特征。有论者说得好："滑稽笑闹是莫里哀式喜剧的一个特征，但如果它成为莫里哀喜剧的全部特征，莫里哀自然就会在这个特征上枯萎而死。"①

四

最后，我们来谈谈莫里哀喜剧的悲剧性问题。关于这个问题，人们的提法并不相同，有人说是"悲剧性"，有人说是"悲剧因素"，有人说是"悲剧色彩"，有人说是"悲感因素"，也有人说是"悲剧性意蕴(内涵)"或"悲剧性因素的悲喜交错手法"。提法不同，反映出人们对于悲剧性在莫里哀喜剧中的重要性，有着不同的认识，不同的估量。歌德对这个问题看得比较重。他认为莫里哀的作品已经"走到了悲剧的边缘"。

从美学的意义说，悲剧和喜剧是两个对立的概念，从古典主义的戏剧观念来讲，悲剧和喜剧是两个不同的剧种，二者是不能混淆的。但是，在实践上，悲剧与喜剧混合或交错的现象并不稀有。莎士比亚的作品堪称二者结合的范例，他擅长在悲剧里掺杂喜剧，协调好二者的关系，取得良好的戏剧效果。譬如，《哈姆雷特》第五幕第一场，在最激动人心的决斗之前，莎士比亚插上墓地一场，以喜剧性的调侃引来惨烈的结局，把全剧的悲剧性推向制高点。《李尔王》这样一出大悲剧里，有弄臣这样一个喜剧角色，以特有的智慧推动着李尔的转变。《麦克白》里的看门人的可笑的醉话，把阴暗的大厅渲染得恐怖瘆人。总之，他善于利用喜剧与悲剧之间的反差来加强戏剧效果。

莫里哀的作品里，没有像莎士比亚那样在悲剧作品里穿插着喜剧性，

① 麻文琦:《"莫里哀式喜剧"辨析》，载《戏剧文学》，2007(7)。

即把两种戏剧进行混搭的情况。歌德说他的作品走到了悲剧的边缘，指的是他的喜剧里存在着一定的悲剧成分。这种悲剧性成分并不是从一开始就显露出来的，而是渗透在剧情中的一种内涵，是随着事件的演变，剧中显现出一种向悲剧发展的可能。需要说明的是：当我们谈论莫里哀喜剧的悲剧性的时候，并不是说他的所有的喜剧作品都带有悲剧性。另外，莫里哀喜剧中表现的"悲剧性"，不一定指悲惨、壮烈等典型的悲剧性现象，更多是指人生的种种不幸，甚至包括生活中的绝望、无奈、苦涩等更广泛的现象。

在莫里哀的喜剧中的悲剧性大概来自两个方面：有的来自恶徒作祟和恶劣的环境，也有的来自人物自身，而后者居多。莫里哀有几个剧本写到资产阶级攀高枝，希望与贵族联姻，以改变自己的社会地位，结果是吃亏上当，后悔莫及。《乔治·当丹》里的主人公就这样吃足了苦头而无法摆脱困境。他只能说，这是自作自受。他连连责备自己做了一件傻事，做了一件"人世间最傻的事"。无可奈何之际，他觉得自己的路已经走到尽头，想到自己唯一的出路就是投河自尽。《吝啬鬼》里的阿尔巴贡，对于金钱的贪欲膨胀到了无以复加的程度，他的吝啬制造了一场父子反目的丑剧，他泯灭了亲情，几乎葬送了儿女的幸福。他对金钱的感情超过一切，丢失了金钱对他来讲就是丢了性命。他失魂落魄，要绞死所有的人，接着把自己吊死。他的贪财恶习制造了一场人伦的悲剧。换一角度说，对这个吝啬鬼本身来说，他的恶习把他变成了凶神恶煞，这也是一场悲剧，一场把人变成非人的悲剧。其实，《贵人迷》里的汝尔丹又何尝不是如此？试想，当他兴高采烈地学习文化、试衣、设宴，给贵妇人送礼，最后洋洋得意地接受"妈妈母齐"这个莫名其妙的官职的时候，他不是已经丧失良知而被人耍弄吗？不论阿尔巴贡，还是汝尔丹，当他们充当莫里哀所谓的"滑稽人"的时候，实际上正在扮演着的，是自作自受的悲剧。

《达尔杜弗》是一部更典型的具有悲剧性的喜剧。按照李健吾的看法，它原本就是一出悲剧，只是出之于喜剧。[①] 悲剧的成因既来自伪君子达尔杜

---

① 李健吾：《莫里哀的喜剧艺术》，见《李健吾戏剧评论选》，450页，北京，中国戏剧出版社，1982。

弗的险恶用心，也来自愚钝而又迷信的家长奥尔贡。这就是说，悲剧性来自两种原因的合力。达尔杜弗混入奥尔贡家，企图霸占奥尔贡家的一切，既要夺人妻小，还要吞人财产。为达目的，他把奥尔贡推向绝境。奥尔贡的迷信和愚钝几乎是配合了恶徒，自己往绝路上走。是他把女儿往达尔杜弗怀里送，甚至还愿意搭上妻子。是他主动向达尔杜弗献出家产，要是没有国王干预，奥尔贡一家厄运难免。

喜剧而带悲剧性，这表现了莫里哀的深刻的观察力。路易十四时代是法国封建社会的鼎盛时期，国家统一，经济发展。莫里哀并不沉醉在这样的现实之中而能够看到事情的另一个侧面。他没有写过一部美化现实的剧本，却在喜剧作品里透露出喜中之悲，实际是表现出一种忧患意识。

值得注意的是莫里哀如何处理喜剧的结局。按照西方文艺思想，悲剧情节的走向是由顺境走向逆境，而喜剧情节的走向是从逆境走向顺境。① 所以，喜剧的结尾必须是圆满的。在莫里哀的作品里，我们找不到悲剧性的结尾，因为他必须符合喜剧的规则。同时，我们也发现，他的作品的结尾往往来得突然。《吝啬鬼》里要不是意外地出现昂塞耳默海外归来一事，剧本真不知怎样收场。《达尔杜弗》的最后一幕，那伪君子几乎已经阴谋得逞，突然来了国王的圣旨，一场灾祸就此消解。这些都是用偶然因素来解决必然的困境，缺乏过硬的根据。这种情况说明，莫里哀在现实中找不到解决困境的办法而只能求之于虚构了。这是莫里哀解决不了的难题。从另一个方面说，这才是真正的悲剧。

---

① 但丁在《致斯加拉大亲王书》里说："喜剧虽则在开头有不愉快的纠结，但收尾总是皆大欢喜。"见伍蠡甫、胡经之主编：《西方文艺理论名著选编》，上卷，155页，北京，北京大学出版社，1985。

莫里哀喜剧的外来资源

任何一个有成就的作家都离不开对已有的文化成果的继承，都是在继承已有的成果的基础上进行创造性的加工，因此才取得成就的。其中最重要的是本民族的资源，当然也包括外国、外民族的资源。莫里哀也不例外。纵观他的一生，对他的创作具有较大影响的外来资源，大致有三个方面：一是古代希腊罗马的文化和戏剧，二是法国和意大利的民间戏剧，三是文艺复兴以来意大利、西班牙的文化和戏剧。

一

莫里哀少年曾在巴黎的一所有名的学校——克莱蒙中学（后来改名为路易大帝学校）上学。学校由耶稣会主办，学生大多是贵族后裔和富商子弟，许多王家子弟也在这里上学。国王为学校的评奖活动提供奖励。据说，学校的管理十分严格。学生的学习课程有拉丁文、算术、历史、哲学、法学、化学、物理、希腊文等。莫里哀在这里受到了很好的文化教养。特别是学习了拉丁文，对他直接接受古代文化大有好处。据研究，他曾翻译了罗马诗人和哲学家卢克莱修的《物性论》，说明他能阅读古代罗马作家的作品。学校为了帮助学生学好拉丁文，经常组织戏剧活动，演出罗马的戏剧作品，以此作为教学的辅助活动。这些活动也培养了他对古代戏剧的兴趣和爱好。

在古代喜剧传统中，就戏剧思想和喜剧技巧来讲，莫里哀较多吸收罗马喜剧的成就，同时接触希腊的戏剧。以阿里斯托芬为代表的古典时期的希腊喜剧以尖锐的政治讽刺性为特色，作家可以在作品里直接针砭时弊，甚至批判当权者。这样的戏剧在封建的专制君主制时期的法国，是不合时宜的。后来兴起的、以米南德为代表的希腊"新喜剧"不再具有阿里斯托芬喜剧的特色，它以家庭伦理问题为主要内容，大量作品以男女爱情为题材。再说，古典时期的希腊喜剧中，想象的成分较多，离现实较远。古代罗马时期的喜剧是在接受希腊"新喜剧"的基础上发展起来的。经过普劳图斯和泰伦提乌斯的努力，喜剧的现实性和艺术水平有了明显的进步。许多剧本写家庭问题，同情男女青年为争取爱情自由而做的斗争，同情下层人民。作品写得相当精致，在剧本构思、人物刻画、喜剧手法和语言技巧等方面积累了丰富的经验。另外，罗马喜剧在演出时取消了歌队，戏剧动作连贯，更接近生活。总之，罗马喜剧的经验，更便于写出当代人可以接受的作品。这样的喜剧更符合莫里哀的艺术追求，再说，他很好地掌握了拉丁文，更便于学习原著。尽管他也学过希腊文，然而直接接受罗马喜剧的经验要比学习希腊喜剧更方便。

从莫里哀后来的戏剧活动看，古代罗马诗人贺拉斯的"寓教于乐"的文艺思想对他有着深刻的影响。作为一个喜剧家，他在外省巡演时期已经形成了自己对喜剧的看法，对演戏的目的，特别是喜剧演出的目的，有了非常明确的认识，而且，他是抱着这样的想法，从外省来到巴黎。①

那时，他还是一个闹剧演员。在那种艰苦的条件下，时刻要为生存而苦熬，他却始终不后悔，不放弃，其动力何在？爱好和兴趣固然是一大动力，但是，单单依靠这两点是不够的，是很难像莫里哀那样坚持一生的。莫里哀之所以能矢志不渝，是因为他看到了喜剧的意义，认识到了自己的责任，把这样的思想和认识当做自己的理想，而且愿意终身为这样的理想而奉献。这是理想的力量！当《达尔杜弗》的演出让他遭遇到空前强大的压力的时候，他是这样来说明自己的态度的："喜剧的责任既然是通过娱乐改正人的错误，我相信，我要把工作做好，最好就是以滑稽突梯的描画，攻击我的世纪的恶习。"②

这样的喜剧思想明显是在接受贺拉斯思想的基础上形成的。他把贺拉

---

① ［法］拉·格朗吉：《一六八二年版原序》，见《莫里哀喜剧》，第 1 集，李健吾译，17 页，长沙，湖南人民出版社，1982。

② ［法］莫里哀：《第一陈情表》，见《莫里哀喜剧》，第 2 集，李健吾译，261 页，长沙，湖南人民出版社，1982。

斯的思想接种到喜剧的土地上，提出了自己对喜剧的看法。这样的看法贯穿在他的全部喜剧思想之中，指导他的全部创作。正因为有了这样的喜剧思想，他的作品有了正确的方向，成为打击社会恶习和不良风气的利器。

莫里哀接受古代遗产是多方面的。古代戏剧家在戏剧结构、人物性格刻画、喜剧手法、语言技巧等方面的经验，帮助他很快成长为一个优秀的作家。有时候，他还直接借用古代作家的作品，加以创造性的改编，写出全新的作品。譬如，《愤世嫉俗》脱胎于"新喜剧"时期的希腊作家米南德的《古怪人》（又名《愤世嫉俗》），《吝啬鬼》脱胎于普劳图斯的《一坛黄金》（又译《瓦罐》），《昂分垂永》的题材也来自古代神话。像许多作家的经验那样，莫里哀选用古人的资源，并不为复古，而是借用前人的成果进行新的创造，服务于现实的需要，即所谓古为今用。我们以他的一部名剧《吝啬鬼》为例，来看看他是如何做到"古为今用"的。

莫里哀这部作品的情节和人物来自普劳图斯的《一坛黄金》，它们的基本情节都是写发生在两个家庭里的婚姻之事。《一坛黄金》是一部五幕喜剧，剧中主要人物是一个吝啬成性的、名叫欧克里奥的穷人，他偶然发现一坛金子，唯恐丢失，就把金子藏在树林里。他外甥卢克尼德斯与其女儿相爱，但是，他决定把女儿嫁给美格多洛斯，因为对方不要陪嫁费。此时，卢克尼德斯的仆人设法偷得那坛金子。欧克里奥丢失金子，形同疯狂。卢克尼德斯的仆人以此为条件，要挟欧克里奥同意他赎身。卢克尼德斯命仆人把金子归还给欧克里奥。那老头儿这才转忧为喜，放弃自己的决定，同意把女儿嫁给卢克尼德斯，而且把金子作为女儿的嫁妆。把原作与莫里哀的作品相比，我们看到，人物、情节有了很大的变化，全剧的主旨也大异其趣。

首先，莫里哀把剧中人物的身份做了根本的改变。原剧的主人公欧克里奥是一个普通的穷人，莫里哀把它改变为一个高利贷者，一个用非法的手段坑害人家、牟取暴利的可恶的家伙。这是资本主义刚刚兴起的时代法国的一个旧式资本家的形象。莫里哀在剧本里添加了许许多多描写这个高利贷者如何行为狠毒、手段卑劣的细节。他放债，利息比国家明令规定的高出五倍，贷款还不全付，其中有五分之一由各种破烂代替。他从所有人的身上扣取金钱。他自造日历，把吃斋的日子加多一倍，让全家人挨饿。他请客，要厨子想方设法不让客人吃好吃饱。他甚至连一只贪吃的猫都要告官。更有甚者，他半夜起来到马厩里偷马料。他的所作所为把资产阶级的那种贪财欲表现得淋漓尽致。另外，原剧里那个不要陪嫁费的人，只是欧克里奥的邻居，莫里哀却给了他一个特殊的身份：他是一个在海外漂流的贵族。剧中他自报家门说：他是拿波里人，有一年，拿波里大乱，他一家人逃亡出海，在海上失散。这里所说的大乱，指的应该是发生在 1648 年的一次反暴政革命。《吝啬鬼》首演时间是 1668 年，离那次大乱二十年，距离剧中情节发生的时间并不久远。邻国发生的这场大乱对那时的法国观众来讲，还是记忆犹新的。通过两个重要人物的身份的改变，莫里哀把一部古老的作品拉近到了一千多年之后的 17 世纪。剧中扮演的故事，不再是遥远的古代，而是当前。一部古代的剧本经过这样的改变，就具有了现实性和时代感。

值得我们赞赏的还有莫里哀的剧本在人物刻画和剧情安排上更是匠心独运。原剧所写的婚姻矛盾发生在邻居家的舅甥之间，莫里哀把它移植到阿尔巴贡家的父子之间。这一改变，一方面可以把阿尔巴贡的性格深化，另一方面让阿尔巴贡与克莱昂特之间在婚姻和经济两个方面发生矛盾，把剧情激化，推向高潮，而且也为这部喜剧加上了悲剧的因素，提高了思想境界。莫里哀还在剧中增添了人物。阿尔巴贡与媒婆福洛席娜对话的那场戏，对表现阿尔巴贡的性格大有加强作用。手段老练的媒婆照样败在阿尔巴贡手下。

对于原剧精彩的地方，莫里哀注意保留，并加以发扬。原剧写欧克里奥丢失瓦罐后的疯狂状态，有一段长长的独白。这是该剧最精彩的片断。莫里哀接过这段独白，加以改动，把人物的性格表现到极致。我们不妨把这两段独白拿来一起欣赏，看看莫里哀的功力。

普劳图斯的那段独白是这样的：

> 我死了！我叫人掐死了！我叫人杀死了！往什么地方跑？往什么地方不跑？站住！站住！谁？哪一个人？我不知道；我没有了眼睛，我在黑地里走。我到哪儿去？我在什么地方？我叫什么？我不知道；我的头我也没有了。啊！我求你，我央告你，救救我。告诉我是谁偷了的……你们这些人，藏在你们白袍子底下，好人一样坐在那儿……说吧，你，我信你的话；你的脸模样倒象（像）一个正经人……怎么啦，

为什么你们笑？你们我全认识。不用说，你们里头不止有一个贼……好呀！说吧；没有一个人拿吗？……你简直是一刀扎进我的肠子！那么告诉我，是谁拿的？你不知道！啊！倒霉东西，倒霉东西！我算完了；没有救了，我叫人剥了一个精光！遭殃的日子，送终的日子，你给我带来了穷苦饥饿！世上再也没有人碰到我这样的灾难。我那么小心守着我的钱，临了如今还叫我丢了，我活着还有什么用？为了它，我过穷苦日子，我拒绝一切满足，一切娱乐。如今它倒作成别人的欢喜，听别人毁了我，杀了我！不，我不要活下去了。①

这是一个穷人丢了钱后的呼号。他痛苦，他绝望了，他苦苦哀求，他甚至不想活了。再来看看莫里哀笔下的阿尔巴贡，他在失去一坛黄金后的独白：

捉贼！捉贼！捉凶手！捉杀人犯！王法，有眼的上天！我完了，叫人暗害啦，叫人抹了脖子啦，叫人把我的钱偷了去啦。这会是谁？他去了什么地方？他在什么地方？他躲在什么地方？我怎样才找得着他？往什么地方跑？不往什么地方跑？他不在那边？他不在这边？这是谁？站住。还我钱，混账东西……（他抓住自己的胳膊。）啊！是我自己。我神志不清啦，我不晓得我在什么地方，我是谁，我在干什么。哎呀！我可怜的钱，我可怜的钱。我的好朋友！人家把你活生生从我这边抢走啦；既然你被抢走了，我也就没有了依靠，没有了安慰，没有了欢乐。我是什么都完了，我活在世上也没有意思啦。没有你，我就活不下去。全完啦，我再也无能为力啦，我在咽气，我死啦，我叫人埋啦。难道没有一个人愿意把我救活过来，把我的宝贝钱还我，要不然也告诉我，是谁把它拿走的？哦？你说什么？没有人。不管是谁下的这个毒手，他一定用心在暗地里憋我来的，不前不后，正好是我跟那忤逆儿子讲话的时候，走。我要告状，拷问全家大小：女佣（用）人，男佣（用）人，儿子，女儿，还有我自己。这儿聚了许多人！我随便看谁一眼，谁就可疑。全象（像）偷我钱的贼。哎！他们在那边

---

① 李健吾：《吝啬鬼》，见《李健吾戏剧评论选》，11～12 页，北京，中国戏剧出版社，1982。

谈什么？谈那偷我的钱的贼？楼上什么声音响？他会不会在上头？行行好，有谁知道他的下落，求谁告诉我。他有没有藏在你们当中？他们全看着我，人人在笑。你看吧，我被偷盗的事，你们一定也有份。快来呀，警务员，宪兵，队长，法官，刑具，绞刑架，刽子手。我要把个个儿人绞死。我找不到我的钱呀，跟着就把自己吊死。①

莫里哀所写的阿尔巴贡的这段独白，显然是学习普劳图斯的。但是，两相比较可以看出，它们虽然都表现了人物的近似疯狂的精神状态，但这是两个性格不同的人。欧克里奥显出其焦急无奈、不知所措，他请求人们的帮助，向人求救。这是一个性格软弱的穷人，他有吝啬的毛病，一坛金子的得失之间，让他出尽洋相，吃了苦头。但他为人并无恶意。剧本最后他还原为正常人，不但答应把女儿嫁给她的意中人，还把失而复得的一坛黄金用来作为女儿的陪嫁。阿尔巴贡则不然。他因失窃而愤怒，丢了钱就等于丢了命。于是，他怀疑所有的人。他要拷问全家的人，要抓人，要动用警方，动用刑具，甚至要把每个人都绞死。最后声言：找不到钱，把自己吊死。如果剧本的大半部分主要表现阿尔巴贡狡诈、奸猾的一面，那么，有了这段独白，不仅把人物视财如命的性格表现得淋漓尽致，而且进一步暴露出这个高利贷者性格中凶狠的一面。

由此可见，莫里哀对古代作品的利用并不是简单的照搬、模仿，而是推陈出新，对其进行改造。他认真发掘原作中可以提炼出的对于今日仍然具有价值的内涵；他更换剧情的时代背景，把它移植到现实世界，使剧本具有现实意义；他在人物塑造方面下功夫，塑造出活跃于当今世界的性格鲜明的典型形象；他注意吸取原作里精彩的部分，根据创作的需要加以发扬。于是，一部优秀的古代作品脱胎换骨、焕然一新。其实，它就是一部全新的佳作。

二

莫里哀从小喜爱戏剧。他的外祖父是一个戏迷，经常带着他去看戏，

---

① 李健吾：《吝啬鬼》，见《李健吾戏剧评论选》，13~14 页，北京，中国戏剧出版社，1982。

引发了他对戏剧的兴趣。"新桥"是一个有名的广场（类似过去北京的天桥），不断有民间剧团来这里演出。那时除了本国剧团演出闹剧，意大利的民间剧团也常来演出。意大利剧团演出的民间戏剧被称为"假面喜剧"。这种喜剧大约在 16 世纪形成，其渊源可以追溯到古代罗马的喜剧表演。这种喜剧有三个特点，一是演员表演时都戴着假面具，剧种也由此而得名；二是即兴表演；三是人物有定型。

这种喜剧的演出没有脚本，没有固定的台词，只有一个剧情大纲，称为"幕表"。幕表要交代主要情节、演员的场次和每个演员的出场次序。演员就靠幕表的提示即兴表演，台词和动作都是即兴创作、即兴发挥的。所以，意大利的假面喜剧有时又被称为"即兴喜剧"。意大利假面喜剧的主要情节是爱情和诡计。一对男女青年的爱情遇到了阻力，于是，好事多磨，麻烦不断。这种麻烦或来自家长，或来自别人的破坏，但是他们也常有聪明的仆人帮忙，于是，计谋、误会、巧合，接踵而来，各种笑料也不断地出现。最后，他们总能如愿以偿，成全好事。喜剧家在这样一段有趣的故事里放手展示自己的才能和技巧。

定型人物是这种喜剧的一个重要特点。剧中角色是定型的，大致可以分为两个大类，一类是常人，另一类是夸张的人。常人类角色多半是恋爱中的男女青年。男青年仪表堂堂，风流倜傥，手里常常拿着一本彼特拉克的诗集。女青年美丽、温顺、钟情不渝，有时也有世故的女人。夸张型人物可分主仆两个类别。主人类的夸张型人物有好吹牛的军官（施泼凡多、可可里济、马塔马洛斯等），演出时，戴一个大鼻子面具，腰佩长剑，头戴插翎毛大帽子。有吝啬、贪婪、年事已高却还学着时髦的商人（潘塔龙），演出时，戴一个有棕色大鹰钩鼻的面具。还有迂腐不堪、喜欢掉书袋、满口拉丁语的博士，演出时戴黑色的半截面具，穿一身黑色衣帽。仆人类的角色，在剧中占有重要的作用，许多剧本中同时出现两个仆人，一个聪明能干，称为"干仆"；另一个愚蠢，称为"愚仆"。也有的剧本出现好几个仆人。仆人形象在剧中往往起着关键作用。他们同情小主人的爱情，用计谋帮助他们解除障碍，实现了自己的爱情理想。这类人物中最有名的如哈里京、斯卡拉姆什等。

在假面喜剧兴旺的时期，意大利出现了一批有声望的演员和有名气的剧团。剧团通常由十到十二个人组成（七八个男演员和三四个女演员），由一个经验丰富、深孚众望的人领导。这个领导人不仅管理剧团的日常工作，还要负责审定幕表、给演员们讲解剧情、介绍人物的特征等。剧团没有固定的演出地点和表演场所。一辆大车装满了布景、道具、面具、衣箱、乐器，等等，在各地巡演。找到一个合适的地方，搭起一个临时舞台，即可开演。剧团不仅在意大利境内演出，他们还远涉国外，在西班牙和法国演出。有的剧团在境内外都获得了很好的声誉。最有名的杰洛希剧团参加了西班牙国王费迪南一世的婚庆典礼，还曾到法国，在亨利四世的宫廷里演出。

意大利剧团在法国影响很大，有一段时期，它几乎占领了法国大半个戏剧演出阵地。他们起先是用意大利语表演，后来为了让观众听懂他们的台词，干脆就放弃意大利语而改用法语。当然，演出的内容和风格也为适合当地的观众而有了变化。

莫里哀在外省活动的时候，不光学习了法国闹剧，也接触了意大利的假面喜剧，因为那时，法国闹剧已经度过它的兴旺时期，而意大利假面喜剧正大行其道，活跃于法国的城乡，它们受欢迎的情况也不亚于法国闹剧。莫里哀从意大利同行那里学到了许多东西。所以，莫里哀在外省活动时，应该是同时受益于这两种民间喜剧。

莫里哀本人是一个闹剧演员，因此，演闹剧，写闹剧，本来就是他的拿手好戏，接受闹剧的传统，那也是很自然的事。值得我们注意的是，在他重返巴黎，而且在喜剧创作方面获得成就的时候，他没有放弃闹剧传统的影响，而是把闹剧传统融入喜剧之中，让闹剧成为他的喜剧创作的积极动力。闹剧的精神已经渗透在他的血液之中，闹剧手法的运用对他来说更是手到擒来。于是，几乎在他的所有的剧本里都可以找到闹剧的因素、闹剧的成分。闹剧精神和闹剧手法在他的创作里成为一种积极的因素，使他的剧本充满活力，使他的剧本具有鲜明的民族特色。

莫里哀从意大利假面喜剧学到了很多。他和意大利同行一样，巡演于乡村和城镇，一样驾着装得满满的大车穿行于城乡之间。他还学着意大利人的风格写剧本，相传是莫里哀在外省所写的几个剧本（《恋爱的博士》《敌对的三个博士》《巴布依的嫉妒》等，均已失传），从剧名就可以看出这是意大利风格的作品。

重返巴黎后，莫里哀有一个时期与意大利剧团共用一个剧场。这就给了他一个向意大利同行学习的好机会。他和意大利剧团的带领人斯卡拉姆什保持非常友好的关系。每当意大利剧团使用剧场而莫里哀剧团休整的时候，莫里哀便有机会观摩他们的排练和演出。由于语言的阻碍，法国观众听不懂意大利语的台词，演员们便充分发挥他们的特长，在表情和动作上下功夫，加强演出的观赏性。丰富的表情和优美的肢体动作大大增加了演出的魅力。莫里哀从这里受到启发，认识到表情和动作的表意价值。他开始向意大利演员学习，精心地琢磨人物的表情和动作。有人传说他经常对着镜子，一遍又一遍地揣摩角色的动作和姿态。莫里哀差不多有一年的时间没有创作新戏而沉浸在努力提高的状态中。就这样他把自己的表演能力大大提高了一步。因此，一当他登上舞台，人们立刻就发现他的超人的表演能力。大家都夸奖莫里哀的表演出神入化，演人物惟妙惟肖。那时还有一种传说：莫里哀曾经拜斯卡拉姆什为师，深得这位意大利名伶的真传。他是否拜斯卡拉姆什为师，此事并无实据，不过他向意大利同行学习，则确有其事。

在编剧方面，莫里哀初返巴黎时写的《可笑的女才子》和《斯嘎纳耐勒》还是很接近闹剧的，后来主要写大型喜剧。不过，在这样的时候，他依然忘不了、也舍不得割断自己与民间戏剧的血脉关系。在那些大型喜剧里，莫里哀加进了闹剧因素和闹剧手法，大大增强了剧本的喜剧性。此外，他还不时地穿插着写一些闹剧性的或是闹剧成分很浓的作品，如《逼婚》《屈打成医》《德·浦尔叟雅克先生》《司卡班的诡计》等。在这些喜剧里，他兼收并蓄地吸收了法国的和意大利的两种民间戏剧的经验。以《屈打成医》为例，剧本取材于一则法国中世纪时期的民间故事诗《农民医生》，为了丰富内容，他在这个古老的法国故事里，加进了意大利假面喜剧常用的爱情故事，于是，情节就复杂了。那财主的女儿本已有了自己的意中人，父亲为他另择了女婿。她患病是假，为的是抗婚，逃避父亲对她的逼婚。主人公斯嘎纳耐勒本是樵夫，在棍棒之下被迫行医。他以计谋帮助年轻人摆脱了困境，为的是从中得利。这样剧本取自民间，闹剧味依旧，但是，剧本的题材、主旨、情节、人物都吸收了两个国家的民间精华，发生了根本的变化。

　　莫里哀独具慧眼，他在民间戏剧中看到的不仅仅是那些笑料，也不仅是误会、巧合、诡计等常用的闹剧手法，而是发掘其成功的秘诀，探索到其中的精华。他看到，闹剧也好，假面喜剧也好，之所以受到老百姓的欢迎，不仅仅是因为它好笑，能给人以愉悦，重要的是剧中演的是老百姓身边的事，使他们感到亲切，更重要的是那些可笑的人物，让人难以忘怀，给人留下深刻的印象。在这方面，意大利假面喜剧更加突出，它的那些个性独特的定型人物是舞台演出中最抢眼、最受欢迎的东西，一经上演便不胫而走。人们津津乐道，交口称赞。法国闹剧本来也有类型化人物的创作方法，在接受意大利同行的经验后，更加成熟。莫里哀在这两种小戏中发现了它们身上最珍贵、最具有艺术价值的地方。他用独特的艺术眼光洞察到那里可以是未来新喜剧的生长点，如果加以发扬和培育，可能创制出全新的喜剧。他看到了前进的方向，决定从这里入手，写出高水平的喜剧。我们看到，莫里哀从《可笑的女才子》到《斯嘎纳耐勒》，再到《丈夫学堂》和《太太学堂》，他从情节喜剧到风俗喜剧，进而到性格喜剧，成功地把闹剧引向喜剧，改变了 17 世纪法国喜剧舞台的面貌。他所做的努力，一是让喜剧创作脚踏实地，取材于现实，服务于现实，帮助人们改正自己的缺点；二是让剧本脱离低级趣味，不是以搞笑逗乐为目的，而是把塑造人物作为剧本创作的中心。他首先学习民间喜剧，自己创造定型人物，然后从定型人物出发，创造性格单一的类型式的人物，进而创造莫里哀式的典型。在这样的目标下，莫里哀不断地探索和创新。一场推陈出新的改革就这样在莫里哀的脚下开始。他自己也在这个过程中完成了从一个闹剧演员到喜剧家的身份转变。在他的笔下，也就出现了达尔杜弗、阿尔巴贡、阿耳塞斯特、汝尔丹等脍炙人口的典型形象，他的剧本创作的水平达到了喜剧史上前所未有的高度。

三

　　14 世纪到 16 世纪遍及全欧的文艺复兴运动一扫中世纪宗教统治的阴霾，欧洲文坛焕然一新，欧洲文明的历史进入了一个新时代。戏剧方面也是如此。宗教剧虽然依然存在，但已经逐渐衰退。新的人文主义思想主导的戏剧迅速兴起。人文主义戏剧体现了这个时代的反封建、反教会的先进思想，冲击着社会上的黑暗势力。

　　文艺复兴运动的发源地在意大利。意大利的新戏剧大约在 15 世纪末 16 世纪初即已崭露头角，出现了一批剧作家。16 世纪中叶后，意大利的人文主义戏剧开始走向繁荣。许多作品以世俗生活为内容，歌颂爱情、友谊，反对宗教迷信、伪善欺骗等恶习。意大利的戏剧对欧洲新戏剧的产生和发展有着明显的影响。意大利戏剧家对古代戏剧理论的研究，对欧洲的戏剧理论的发展，有着不可忽视的影响。总之，在 16、17 世纪欧洲戏剧发展的历史上，意大利的戏剧无疑起到了先行和引领的作用。

　　继意大利后，在戏剧方面对欧洲戏剧的发展有着影响的国家是西班牙。西班牙在 1479 年实现了国家统一。到了 16 世纪初，西班牙文学开始出现一个空前繁荣的时期，历史上称之为西班牙文化的“黄金时代”。西班牙的文艺复兴首先表现在诗歌、小说方面，后来影响到戏剧。到了 16 世纪末 17 世纪初，西班牙的戏剧发展到成熟时期。塞万提斯（1547—1616）和洛佩·德·维加（1562—1635）的作品体现了那个时期西班牙戏剧的最高水平。应该说，西班牙的戏剧已经超越了同时期的意大利。

　　17 世纪的欧洲，整个形势有了很大的变化。前一时期遭受打击的宗教势力反扑过来，反宗教改革的噪音甚嚣尘上。西班牙已经失去其欧洲霸主的地位，天主教教会控制了国家，宗教剧又盛行起来。法国则结束了混乱分裂的局面，经济有所恢复，君主专制得到加强。到 17 世纪中期，法国已经成为当时欧洲最强大的国家，而且取代了西班牙和英国，一时成为欧洲文化的中心。在这样的情势下，欧洲的思想界和文艺界都出现了新的情况，人文主义思想有了新的演化。与文艺复兴时期文艺一味张扬情欲不同，17 世纪的文艺在肯定人的力量和人的正常欲望的同时，主张从道德或宗教的角度对之进行反思，有的还谴责纵欲无度。在文学艺术领域里出现两种新的思潮——巴洛克文风和古典主义。“巴洛克”一词原是当时的珠宝商对一种不规则的珍珠的称呼，后来被理论家借用来指称 17 世纪欧洲的一种讲究奇崛、夸饰的文风。古典主义是在法国专制君主制时期形成的一种文艺思潮，它奉“理性”为圭臬，要求文艺写作必须奉献国家（实际是君主）、遵守规则。在戏剧方面，强调作品必许遵守“三一律”，即时间、地点、动作的三个统一。这种讲理性、讲规则、讲秩序的文艺，适合于君主制国家。在当时，以君主制方式实现统一的民族国家，是历史的潮流。法国成为这一趋势的榜样，法国的古典主义思潮也很快流传到欧洲的其他国家，成为 17世纪欧洲文艺思潮的主流。

简单回顾几百年欧洲的历史，我们知道莫里哀生活在这样一个大发展、大变化的时代，他的思想、观念、见解以及他的艺术实践，都离不开这样的大环境、大气候。我们看到，他在剧本里表现的思想充满着反封建的精神和民主精神，这也是他的所有剧本的思想基础。这种思想显然是继承了文艺复兴的传统，接受了人文主义思想。艺术上也是如此。他有不少作品表现了反对封建束缚、夫权主义和宗教禁欲主义的主题，这是人文主义戏剧的拿手戏。莫里哀的作品秉承了文艺复兴的传统。读到这样的作品，一股文艺复兴时期独有的青春气息扑面而来。男女青年的形象比之罗密欧和朱丽叶之类的青春偶像，其思想的解放和行动的坚决，并不逊色，他们的智慧，也许还更胜一筹。莫里哀还有一些作品并不以描写男女爱情故事为主，他学习文艺复兴时期的一些创作经验，把这样的故事和主题拿来，与一个更大的主题结合，处理成为这个大主题的附属物，以求起到强化主题的作用。《达尔杜弗》的主题是攻击宗教骗子，揭露其伪善的本质。剧中穿插有法赖儿和玛丽雅娜的爱情故事。它不是剧本的主要情节，但是剧中有了这个爱情故事，达尔杜弗的丑恶灵魂表现得更加突出，他的恶行的危险性也得以强调。《吝啬鬼》里有克莱昂特和玛丽雅娜的爱情故事，有了这个次要的爱情故事，阿尔巴贡处在经济与感情的两重矛盾之中，父子矛盾变得加倍尖锐，他的形象变得更加丰满。

莫里哀生活、创作于 17 世纪法国专制君主制的鼎盛时期。法国的古典主义戏剧已经发展了一段时期。悲剧方面成绩显著，奠基人高乃依的名剧《熙德》轰动巴黎，为古典主义的悲剧树立了榜样。也有一些人写喜剧，但是，他们多半是搬用意大利的作品，很少有自己的创造。高乃依也写喜剧，他试着把法国贵族社会的生活写进喜剧，有了自己独特的东西。1643 年，他的最有名的喜剧作品《说谎的人》问世，被认为是莫里哀喜剧之前最好的喜剧。这部作品打开了法国喜剧的新局面。有一些作家在作品里描写现实生活中的人物。不过，这些作品往往以搞笑为主，剧本里充满荒唐滑稽的东西，格调不高。在那时，喜剧还是古典主义戏剧中薄弱的一环。另外，具有市民风格的、非古典主义的作家斯卡龙（1610—1660），揭露讽刺贵族的恶习，是莫里哀成名之前巴黎最受欢迎的喜剧作家。这些作家在喜剧方面的努力，推动着法国的喜剧有所前进，对后来莫里哀的成长和探索也都有益处。

　　法国已经成为古典主义的大本营，莫里哀重返巴黎后，想要在巴黎发展而接受古典主义，那是顺理成章的事。他用一段时间用心地学习了古典主义的规则（在《太太学堂》里，代表莫里哀发言的道琅特曾经这样说："我像别人一样，也用心念过这些法则"），观摩了号称"大演员"的布高涅府剧团的前辈们的演出，很快掌握了古典主义戏剧的精髓。1661 年后，从《丈夫学堂》《太太学堂》开始，莫里哀就运用"三一律"写剧，一举成名。《太太学堂》是一部比较完美地体现古典主义原则的成功作品，被史家们认为是古典主义喜剧的经典，是法国古典主义喜剧诞生的标志。

　　经过多年的实践，古典主义的理性原则和"三一律"，对莫里哀来讲，早已是驾轻就熟，运用自如了。但是，他不是一个保守主义者，对于古典主义的规则，他采取基本遵守却不墨守成规的态度，往往从表现剧本主题和刻画人物出发，对规则有所突破。接受古典主义，还使他的作品独具特色。他把古典主义对剧本的要求发挥到极致，体现出一种简练、明快、爽朗的风格。一般地说，一部大型的古典主义戏剧应该是五幕、诗体。莫里哀的许多剧本也是这样写成的。不过，也有例外。《吝啬鬼》是五幕，但用了散文体，于是，有些人就说怪话，指责莫里哀，说莫里哀用这样粗制滥造的作品糊弄观众。莫里哀不以为然。他喜欢把作品写得简洁、干净，没有必要非把剧本拖长成五幕，于是他写了一些三幕剧，写来得心应手，效果很好。人们因此而说：莫里哀在这里找到了最适合自己的形式。

　　莫里哀善于吸收国外的戏剧成果，特别是吸收毗邻的意大利和西班牙的资源，进行再创作。上文提到他接受意大利假面喜剧的创作成果，这里不再赘述。莫里哀的有些作品也是在意大利或西班牙的作品的基础上，进行再创造而写成的。《达尔杜弗》《堂·璜》《德·浦尔叟雅克先生》等都有国外作品的因子和再创造的过程。以《堂·璜》为例。那本是西班牙的一则传说，西班牙"黄金时代"的一位有名的剧作家特立兹（1581？—1648）根据这个传说写出一部有名的剧本《塞维利亚的嘲弄者和石头客人》，1626 年以莫里纳的笔名发表。1658 年，有一个意大利剧团来法国巡演，他们的剧目里有一出以堂·璜传说为题材的假面喜剧。意大利人的演出引起了法国人对堂·璜传说的兴趣。一些剧作家也纷纷写出以堂·璜传说为题材的剧本。莫里哀当然也会抓住良机，写了一部以堂·璜传说为基础的剧本。由于西班牙莫里纳的剧本那时尚无法文译本，莫里哀很可能是根据意大利人的剧本进行再创作的。但是，意大利人的剧本为取悦观众，在剧中夹杂了大量插科打诨的场面和俏皮话，甚至还有杂耍、恶作剧等，几乎演成了闹剧。莫里哀的作品剔除了那些杂乱的、恶作剧式的东西，发掘出这个题材中有价值的东西，写成一部具有深刻思想内容的作品。在情节的取舍和安排上，莫里哀作了匠心独运的处理。关于堂·璜玩女人的众多的荒唐事情，他只选取他欺骗村女的事，其他的事，包括他诱拐艾耳维尔、海上绑架渔家女这样重要的情节，都作暗场交代，为的是把观众的注意力集中在主要情节上。又如，意大利剧本有堂·璜真后悔的情节，莫里哀把他写成堂·璜的欺骗，用来渲染堂·璜的虚伪性格。至于堂·璜关于医学、关于伪善的大段重要台词，艾耳维尔规劝堂·璜的情节，都是莫里哀的创造。莫里哀化腐朽为神奇，意大利人手里的一部杂乱无章的闹剧性的作品，经过莫里哀之手，变成了一部杰作，堂·璜这个登徒子形象也脱胎而成一个性格复杂而具有独特魅力的艺术典型。

另外，莫里哀晚年写的《德·浦尔叟雅克先生》也是一部借用外国作品进行创造性改编而写成的作品。原作是一个意大利人写的《布尔切尼尔的不幸》，作者不详。

再者，我们不能忘记，他曾打破剧种之间的壁垒，引进了意大利、西班牙的歌剧和芭蕾舞剧的经验，创制了"喜剧－芭蕾舞"，使喜剧的表现力得以加强。

莫里哀处在欧洲文化大发展、大变化的时代。文艺复兴把古代文明拉近到这个时代，掀起了一股古今汇合的新思想、新文化的浪潮。17 世纪又把这股浪潮演变得更加复杂多样。莫里哀的创作以法国现实为基础，同时吸收那个时代的创造性的优秀成果，使他的作品表现得丰富多彩，也为我们在如何接受外来文化成果方面，提供了成功的经验。

歌德论莫里哀

约翰·沃尔夫冈·歌德(1749—1832)，18 世纪后半期到 19 世纪初期德国伟大的作家，也是世界文学史上最有名的作家之一。他在诗歌、小说、散文、戏剧等各方面都有卓越的成就。他的小说《少年维特的烦恼》蜚声全欧，引领了浪漫主义的潮流。他的诗剧《浮士德》是公认的世界文学的经典之一。

歌德生活与创作的年代，正是欧洲的文学艺术突飞猛进、发展迅速的时期，英国、法国的文艺走在前列，德国文学也开始走出了缓慢发展的时期。正是歌德和他的好友席勒的创作，把德国文学的水平大大提高，赶上了当时欧洲的先进水平。

歌德一生兢兢业业地写作，为德国文学创立了丰功伟绩。晚年，歌德在魏玛过着隐居生活。他深居简出，埋头写作，努力完成他的两部最重要的作品——《浮士德》和《威廉·麦斯特》。七十多岁的歌德已经感到写作的繁重，很希望有一个得力的助手。

约翰·彼得·爱克曼(1792—1854)1823 年 6 月应歌德的邀请来到魏玛，从此与歌德相识，并定居魏玛。他成了歌德的义务助手，直到 1832 年 3 月歌德去世，达九年之久。爱克曼与歌德虽然没有住在一起，然而他们俩几乎天天相见。他崇敬歌德，歌德也欣赏他的才华和坦诚。歌德对爱克曼来讲，亦师亦友，两人无话不谈，而且开诚布公，谈得投机。两人相处得非常协调，非常愉快。他有意识记录歌德的谈话，详细忠实地记录谈话的过程和谈话的内容，作为自己与歌德相识的纪念，也作为自己学习歌德的笔记。爱克曼没有显赫的身世，没有其他有名的著作。这部谈话录已让他名扬天下。

《歌德谈话录》以简洁、优美的文字记录了爱克曼与歌德相处九年间两人交谈的情况，记录了歌德晚年有关文艺、美学、哲学、自然科学、政治、宗教以及一般文化问题的言谈和活动，其中大部分内容经过歌德过目和肯定，比较可靠。所以，凡是希望了解歌德、研究歌德的人，都把它视若珍宝。

歌德对莫里哀有着特殊的感情。他从童年起，就喜欢莫里哀的作品，而且终身抱着崇敬的心情阅读莫里哀的作品，学习莫里哀的作品。他对莫里哀有着自己独到的看法。他的这些看法无疑对我们认识莫里哀及其喜剧有着很大的启示。可惜他生前没有来得及把这些看法总结起来，写成文字。有幸的是爱克曼在与歌德谈话时，多次谈到莫里哀，而且在他的这本《歌德谈话录》里，记下了谈话的内容。歌德在这里非常诚恳、非常热情地表达了自己对莫里哀的崇敬之情，他对莫里哀及其作品也作出了高度的评价。他以独特的眼光指出了莫里哀作品的精华。他的这些看法可以帮助我们更准确、更深刻地认识莫里哀的伟大。

"莫里哀是很伟大的，他是个与众不同的人"

1825 年 5 月 12 日，歌德对爱克曼谈到一些重要人物对自己的影响，而且强调这样的影响在人的一生中"决不是无关要旨"的。这时，他说起了自己对莫里哀的看法。往常，只要提到莫里哀，他总是以美好的词语来表示自己对莫里哀的仰慕之情。然而，在这一次谈话中，他更是用词特别。他很少这样来评价人的：

> 莫里哀是很伟大的，我们每次重温他的作品，每次都重新感到惊讶。他是个与众不同的人，他的喜剧作品跨到了悲剧界限边上，都写得很聪明，没有人有胆量去模仿他。①

说莫里哀"很伟大"，好理解，因为它说出了歌德心目中，莫里哀有着崇高的地位，莫里哀的确是一个伟大的喜剧家。他又说"每次重温他的作

① ［德］爱克曼：《歌德谈话录》，朱光潜译，88 页，北京，人民文学出版社，1978。

品，每次都重新感到惊讶”，而且是"重新"感到惊讶，说明歌德对他的作品也是欣赏备至、百看不厌的。但是，为什么说莫里哀是"一个与众不同的人"呢？这样来评价莫里哀，有什么深意吗？李健吾在谈到歌德的这句话时这样说："歌德就莫里哀和封建社会及资产阶级的关系，说'他是一个独来独往的人'。"①这样来理解莫里哀，有一定的道理。我们不妨把其中的所指再扩大一些，想想莫里哀二十一岁就放弃优越的生活和可继承的官职去演戏；想想他在外省这样艰苦的条件下演戏，坚持了十三年；想想他敢于写《达尔杜弗》这样尖锐的剧本（普希金说得对，能写《达尔杜弗》这样的剧本是要有很大勇气的）；想想他总是忘不了"池座的观众"和剧团里的伙伴；想想他锐意改革，不断为喜剧开创新路……他的确"与众不同"。不过，这个不同不是说他禀性孤僻，而是指他总是认定方向，坚定走自己的路；指他献身喜剧，矢志不改。

有一天，爱克曼说到他已经把莫里哀的《吝啬鬼》翻译出来，现在正打算译他的《屈打成医》，顺便说到他自己对莫里哀的看法。他深情地感叹说："莫里哀真是一位纯真伟大的人物啊！"歌德听了，十分兴奋，连连表示赞同说：

> 对，"纯真的人物"对他是一个很恰当的称呼，他没有什么隐讳或歪曲的地方。还有他的伟大！他统治着他那个时代的风尚，我们德国的伊夫兰和考茨布这两个喜剧家却不然，他们都受现时德国风尚的统治，就局限在这种风尚里，被它围困住。莫里哀按照人们本来的样子去描绘他们，从而惩诫（戒）他们。②

歌德晚年进入德国文学的所谓古典主义时期。他的思想充满人道主义精神。他相信人类社会的未来是光明的美好的，实现理想社会的途径是人的改造，人人都成为纯真的人，成为一个理想的全面发展的人。所以，"纯真的人"应该是歌德对一个理想的人的憧憬，对一个人的崇高的评价。正因

---

① 这是李健吾对"与众不同"一语的不同译法。李健吾：《莫里哀〈喜剧六种〉译本序》，见《李健吾戏剧评论选》，284页，北京，中国戏剧出版社，1984。

② ［德］爱克曼：《歌德谈话录》，朱光潜译，97～98页，北京，人民文学出版社，1978。

为这样，每当听到有人对莫里哀有所非议的时候，他就义愤填膺地给以反驳。一天，爱克曼对歌德说起史雷格尔①对莫里哀的蔑视，把莫里哀的作品说成是"低级趣味的玩笑""大部分还是剽窃来的"。歌德听了非常生气，连连指责史雷格尔的低劣和无知，甚至挖苦他唯恐成为莫里哀嘲笑的对象：

> 对于史雷格尔之流，象（像）莫里哀那样有才能的人当然是一个眼中钉。他感到莫里哀不合自己的胃口，所以不能忍受他。莫里哀的《厌世者》（引者注：即《愤世嫉俗》）令我百读不厌，我把它看作我最喜爱的一种剧本，可是史雷格尔却讨厌它。他勉强对《伪君子》（引者注：即《达尔杜弗》）说了一点赞扬话，可还是在尽量贬低它。他不肯宽恕莫里哀嘲笑有些学问的妇女们装腔作态。象（像）我的一位朋友所说的，史雷格尔也许感觉到自己如果和莫里哀生活在一起，就会成为他嘲笑的对象。②

"我每年都要读几部莫里哀的作品"

歌德认为，莫里哀的作品堪称典范。所以，他总是爱不释手地阅读莫里哀的作品，琢磨大师的创作经验。他认为，只有这样，才可以让自己时时与高水平的艺术作品保持接触，不断提高自己的艺术修养。这是他的最有效的学习经验。以下这两段话，就是歌德的经验之谈。

> 我每年都要读几部莫里哀的作品，正如我经常要翻阅版刻的意大利大画师的作品一样。因为我们的这些小人物不能把这类作品的伟大处铭刻在心里，所以需要经常温习，以便使原来的印象不断更新。③
> 我自幼就熟悉莫里哀，热爱他，并且毕生都在向他学习。我从来

---

① 奥·威·史雷格尔(1767—1845)，19世纪初期德国浪漫主义思潮的代表人物之一。
② ［德］爱克曼：《歌德谈话录》，朱光潜译，126页，北京，人民文学出版社，1978。
③ ［德］爱克曼：《歌德谈话录》，朱光潜译，88页，北京，人民文学出版社，1978。

不放松，每年必读几部他的剧本，以便经常和优秀作品打交道。这不仅因为我喜爱他的完美的艺术处理，特别是因为这位诗人的可爱的性格和有高度修养的精神生活。他有一种优美的特质、一种妥帖得体的机智和一种适应当时社会环境的情调，这只有象（像）他那样生性优美的人每天都能和当代最卓越的人物打交道，才能形成的。①

说上面这些话的时候，歌德已经是将近八十岁的老人，而且已经名闻天下，早已是功成名就。然而，他依然那么谦虚，那么勤奋。"活到老，学到老"，就像他创造的浮士德一样，学习莫里哀永不满足，永远追求。

"学习如何适应舞台，就应向莫里哀请教"

歌德称赞莫里哀的人品，还欣赏他的喜剧作品。他认为莫里哀的作品堪称典范，学习戏剧就应该学习莫里哀如何懂得舞台艺术，讲究舞台效果。在谈话中，他特意向爱克曼推崇莫里哀的一场戏，告诉他：好好体会这场戏，可以获得比一切理论所能给你的东西都要多得多的教益。他说的那场戏，指的是《没病找病》的第二幕第八场。

《没病找病》是莫里哀创作的最后一部喜剧。剧本的主人公阿尔冈是巴黎的一个富裕市民。他本来身体健康，却无端地怀疑自己得了重病，于是求医吃药，没少折腾。阿尔冈希望自己身边有个医生，决定把大女儿昂皆利克嫁给医生的儿子，那是一个弱智人。昂皆利克已有自己的意中人克莱昂特，不愿听从父亲。克莱昂特设计与其相会，互表爱意。小女儿路易松知道此事。阿尔冈急于了解他们俩约会的情况，把小女儿路易松找来盘问。乖巧的路易松故意卖关子、装死，既想为姐姐隐瞒，又想对父亲说实话，于是发生了有趣的一场戏。歌德给爱克曼介绍这场戏，告诉他想要懂得舞台就应该学习这场戏：

> 就我们近代的戏剧旨趣来说，我们如果想学习如何适应舞台，就应向莫里哀请教。你熟悉他的《幻想病》（即《没病找病》——引者注）吧？

---

① ［德］爱克曼：《歌德谈话录》，朱光潜译，125页，北京，人民文学出版社，1978。

其中有一景，我每次读这部喜剧时都觉得它象征着对舞台的透彻了解。我所指的就是幻想病患者探问他的小女儿是否有一个年轻人到过她姐姐房子里那一景。另一个作家如果对他的行业懂得不如莫里哀那样透彻，他就会让小路易莎（松）马上干干脆脆把事实真相说出来，那么，一切就完事大吉了。可是，莫里哀为着要产生生动的戏剧效果，在这场审问中用了各种各样的延宕花招。他首先让小路易莎（松）听不懂她父亲的话，接着让她说她什么都不知道；她父亲要拿棍子打她，她就倒下装死；她父亲气得发昏，神魂错乱，她却从装死中狡猾地嬉皮笑脸地跳起来，最后才逐渐把真相吐露出来。⋯⋯

你最好亲自去细读这一景，去深刻认识戏剧的价值。你会承认，从这一景里所获得的实际教益比一切理论所能给你的都要多。①

在歌德与爱克曼的多次谈话中，这样长篇谈论莫里哀的情况仅这一次，可见歌德对莫里哀的这一场戏是钦佩万分了。那么，他在这场戏里看到了什么？他为什么说"它象征着对舞台的透彻了解"呢？

李健吾在他论述莫里哀的喜剧手法时，针对这场戏和歌德的意见提出了他自己的解释。他认为，自己已经对喜剧手法有过诸多的介绍，譬如重复、夸张，等等。现在，他提出一个根本的意见："自然"和"奇袭"。在解释这两点意见的时候，他提到了莫里哀的《没病找病》，提到其中的第二幕第八场如何使"歌德赞不绝口，说从这里可以学会写戏"。歌德没有把话说明白，李健吾把话说透了。歌德之所以认为学习这场戏可以学会写戏，就因为这场戏体现了莫里哀喜剧手法的最根本的东西，那就是李健吾在这里提出的"自然"和"奇袭"二者的对立统一。他说：

莫里哀最反对装腔作势，说人在演喜剧，所以要处处逗哏，可是闹剧满台飞，喜剧如潮涌，而一切都不自然，那就坏事了。⋯⋯莫里哀不允许他的演员有不自然的表演⋯⋯什么是奇袭呢？就是在观众意想不到之处，忽然别开生面，来一场最入情入理的逗笑戏。⋯⋯又自

———————

① ［德］爱克曼：《歌德谈话录》，朱光潜译，124～125页，北京，人民文学出版社，1978。

然（这是歌德的），又意想不到（我叫做"奇袭"），这是"静观人"观察社会生活得来的妙到秋毫的对立面。这个对立面却又统一在"合情合理"之中。一般说来，有些人写喜剧都是生拼硬凑。演喜剧也非使戏成为喜剧不可，这就坏事了。自然和奇袭，在这里会两败俱伤。①

自然与奇袭二者的结合，辩证地统一在"合情合理"的基础之上，这才是莫里哀喜剧成功的秘诀。歌德从戏剧辩证法的高度肯定莫里哀的喜剧，也要求后来者能够从这样的高度来理解和接受他的经验。破坏了合情合理的原则，不管是没有到位，还是过度超额，"自然"和"奇袭"就两败俱伤，写作失败。掌握好"合情合理"的原则，处理"自然"与"奇袭"的分寸与两者的关系，才是喜剧写作成功的秘诀。

《达尔杜弗》的开场是个"极好的模范"

除了《没病找病》，歌德谈到的莫里哀喜剧作品，还有《达尔杜弗》和《吝啬鬼》《愤世嫉俗》等。对于《达尔杜弗》，他最欣赏的是这部喜剧的开场戏。他认为《达尔杜弗》的开场戏是个"极好的模范"：

> 想一想其中（《达尔杜弗》的）第一景是个多么好的情节介绍啊！一开始一切都有很大的意义，而且导向某种更大的意义……《伪君子》（引者注：即《达尔杜弗》）的情节介绍在世间只能见到一次，它在同类体裁中要算是最好的。②

万事开头难，写剧本的开场戏更难，因为这场戏担负着众多的任务，其成败直接关系全剧。首先，它必须在戏的一开头就把观众吸引到舞台上来。在莫里哀时代，剧场里的秩序很乱，开场戏如何能把剧场秩序安定下来尤其重要。即使是近现代以来，在剧场的秩序相对较好的情况下，如何

---

① 李健吾：《莫里哀的喜剧艺术》，见《李健吾戏剧评论选》，451～453页，北京，中国戏剧出版社，1982。

② ［德］爱克曼：《歌德谈话录》，朱光潜译，99页，北京，人民文学出版社，1978。

从一开始就能吸引观众的注意，让观众入戏，也是十分重要的。《达尔杜弗》一开场就是奥尔贡一家的争吵。巴黎富商奥尔贡的母亲白尔奈耳太太一大早气势汹汹地就要离开这个家，一家人都来劝她，说着说着就争吵起来。台上一热闹，引起了观众的好奇心：他们为什么吵架呀？他们吵什么呀？一下子就把观众吸引住了。剧本也自然从写吵架转到交代剧情。原来他们对一个住家客人有着不同的看法。一家人都对这个客人不满，说他是伪君子，老太太却把他奉若圣人。这就把剧本矛盾的症结提出来——这个客人到底是个圣人还是坏人？老太太脾气急，说话爱损人，谁来劝就数落谁，先摆明关系，然后挖苦几句。人物之间的关系和人物的基本特点也自然有了交代。就这样，简单几笔，完成了开场戏的全部任务，甚至完成了一般要靠后来的剧情发展过程中才能交代的任务，而且是那么自然，那么完美。那的确是句句富有意义，把观众（读者）吸引到"更大的意义"上，真不愧是"极好的模范"。歌德慧眼识珠，以敏锐的眼光发现了这场好戏，为后人学习莫里哀提供了一个经典式的范例。

《吝啬鬼》是具有"高度悲剧性"的喜剧

1825 年 5 月 12 日，歌德对爱克曼谈到自己喜欢米南德（古代希腊"新喜剧"时期的喜剧家），谈到西班牙的卡尔德隆和好友席勒。突然，他想起了莫里哀，说了一番称赞莫里哀的话（即上文所引的关于"莫里哀是如此伟大""我每年都要读几部莫里哀的作品"那两段话），其中夹杂了他对莫里哀的名剧《吝啬鬼》的评论。

> 他的《悭吝人》（另译《吝啬鬼》）使利欲消灭了父子之间的恩爱，是特别伟大的，带有高度悲剧性的。但是经过修改的德文译本却把原来的儿子改成一般亲属，就变得软弱无力，不成名堂了。他们不敢象（像）莫里哀那样把利欲的真相揭露出来。但是一般产生悲剧效果的东西，除掉不可容忍的因素之外，还有什么呢？[1]

---

① ［德］爱克曼：《歌德谈话录》，朱光潜译，88 页，北京，人民文学出版社，1978。

　　莫里哀的《吝啬鬼》写于1668年，是作家根据古罗马喜剧家普劳图斯的《一坛黄金》改编而成。主人公阿尔巴贡是一个高利贷者。他嗜财如命，吝啬成性，为了获取丰厚的嫁妆，他逼迫儿子娶一个富有的老妇人。儿子已有意中人，为爱情而举债，不料其债主恰巧就是阿尔巴贡；凑巧的还有阿尔巴贡想要续弦，他看中的目标又恰巧是儿子的意中人。于是，父子二人在爱情婚姻与经济问题两个方面相互为敌，矛盾极其紧张。父亲为了金钱，全不顾儿女的幸福；子女对父亲已视若仇敌，哪里还存在亲情。剧本正是通过这样的矛盾，揭示了贪财之欲是如何泯灭了亲情：父子之间如何由亲人变为仇敌，年轻人的幸福也面临灾难。莫里哀是勇敢的，他敢于把矛盾挖深挖透，对于贪财欲的罪恶毫不留情。《吝啬鬼》的批判之所以有力量，有深度，就在于作家敢于写出喜剧里的悲剧性。歌德批评《吝啬鬼》德译本的译者之所以把原作写的父子关系改成了一般亲属关系，是因为他"不敢像莫里哀那样，把罪恶的真相揭露出来"，结果，悲剧性没有了，剧本也就变得软弱无力了。歌德不满德译本的这种修改，责备译者缺乏莫里哀那样的勇气，表现出令人鄙夷的懦弱。其实，在当时德国文化界，这样对旧的势力有冲击力却又不彻底的作品并不少见，原因就在德国资产阶级的软弱性。就连歌德这样的先进人物也不免有这样的矛盾。歌德的可贵之处在于他清醒地认识到这一点，而且力图加以摆脱。因此，他对《吝啬鬼》德译本表现出来的弱点特别敏感，明确地表示不满。

　　歌德对莫里哀这部喜剧作品的悲剧性特点，是十分称赞的。这在当时需要有一定的勇气。要知道，18世纪初期的欧洲还是古典主义流行的时代。歌德自己曾经运用古典主义的方法，写过《伊菲格涅亚在陶里斯》（1787）。按照古典主义的规定，各种不同的文艺体裁之间应该界限分明，互不混淆。喜剧与悲剧当然也是不能互相掺杂。歌德却并不这样看。他认为，正是莫里哀敢于在喜剧里带有悲剧因素，他的作品才写出金钱罪恶的真相。这是"极为伟大的"。在歌德看来，两种对立的因素可以在一定的条件下处于辩证统一的关系之中。前面提到《没病找病》里的"自然"和"奇袭"统一在"合情合理"的前提下的意见，两者都应该属于歌德心中的戏剧辩证法。

朗松论莫里哀与民间戏剧

居斯塔夫·朗松（Gustafu Lanson 1857—1934），19 世纪末 20 世纪初法国著名的文学史家和文学批评家，巴黎大学和巴黎高等师范学校的文学史教授。1902 年起担任巴黎高等师范学校校长，直到 1927 年退休。他著有《布瓦洛》《伏尔泰》《高乃依》等一系列作家评传，还有多种文学史著作和教学辅助读物。

他的最有名的著作是《法国文学史》（1894 年初版，不断修订重版，已不下九十版）。这部著作已经成为学习研究法国文学必读的参考书。"朗松治学态度谨严，书中提到无数作家的无数作品，一般都亲自过目。他对于作家和作品的分析细致深刻；论断简劲明快，言必有据，富于说服力。"[①]他还发表过许多文学评论，散见于报刊。在文学观念方面，"他和泰纳相似，也认为文学是环境的产物和社会生活的反映。他写文学史不但深入地分析与评论一系列重要作家与作品，而且往往通过对于个别作家与作品的分析研究，来说明一个时代的总趋势、总精神；同时能从发展的观点看问题，说明某种思潮的演变过程。"[②]作为文学史家，朗松不仅研究了自中世纪以来法国文学的发展过程，而且对于那些在历史上出现的，特别是对文学的发展有贡献、起过推动作用，因而能代表一个时代的作家，怀有崇敬的心情和莫大的兴趣。莫里哀当然是这样的作家，朗松说："我们向来是怀着崇敬之

---

① 《中国大百科全书·外国文学卷》，第 1 卷，586 页，北京，中国大百科全书出版社，1982。

② 《中国大百科全书·外国文学卷》，第 1 卷，586 页，北京，中国大百科全书出版社，1982。

情谈起莫里哀。"①所以，当他知道有人贬低莫里哀、讥讽莫里哀，怀着鄙视的态度说莫里哀是闹剧演员、闹剧作家，诋毁他抄袭人家的演技，剽窃别人的剧本，以此来否定莫里哀的才华和成就的时候，他"感到气愤""感到痛心"。但是，他认为，有人这样攻击莫里哀，诋毁莫里哀，正好提醒我们：莫里哀的性格和闹剧的性格之间的确存在着关联，应该关注莫里哀与民间戏剧的关系；为了正确了解莫里哀，也为了驳斥那些诋毁他的言论，有必要从这个方面进行深入的研究。

朗松的研究的确不同一般。莫里哀与民间戏剧之间的血缘关系是明显的事实，研究者的注意力和兴趣，往往聚焦在他的作品中的闹剧手法和闹剧因素。其实，这是轻而易举的事。朗松的研究不是停留在这样的表面，而是深入到作家的全部创作过程，发掘民间戏剧对莫里哀的创作个性的形成和他的特殊贡献所起的作用。这就把研究引入到事情的本质，得出有创意有价值的结论。

一

莫里哀在巴黎的戏剧活动失败后，曾经加入一个流浪剧团，随剧团在法国南部巡回演出达十三年之久。那时，他的戏剧活动就是学习民间戏剧，表演民间戏剧。正是在这样的经历中，他与民间戏剧结下了姻缘。十三年之间，他在民间戏剧的哺育下，成长为一个戏剧家。他非常熟悉这种老百姓喜闻乐见的戏剧形式。他真正懂得民间戏剧的精华，吸取这些精华。当他后来重返巴黎，开始进行独立的戏剧创作的时候，面对着丰富的前人成果，他也善于广泛的学习。但是应该把自己的作品写成什么样子？他必须选择。因为那时摆在他面前的只有两种范例，一种是文艺复兴以来意大利人开创的那种"文学喜剧"，另一种是民间戏剧——闹剧，两者必取其一。对于这两者，他都进行过尝试。先是写了闹剧式的《可笑的女才子》，和《斯嘎纳耐勒》，后是写了类似文学喜剧的《堂·纳瓦尔》，前者成功而后者失败。观众的反映和演出的实际告诉他，闹剧具有生命力，决不能放弃；对

---

①　[美]昂利·拜尔编：《方法、批评及文学史——朗松文论选》，徐继曾译，202页，北京，中国社会科学出版社，1992。

他自己来说，闹剧已经渗入自己的血液，浸透了他的灵魂，写起来得心应手，只有在那里才可以找到自己的成功之路。所以，在后来的创作过程中，他是在闹剧的根基上向前推进，创作新作品，写出风俗喜剧和性格喜剧，创造出吝啬鬼阿尔巴贡、伪善者达尔杜弗这样的人物。它们已经不再是插科打诨、逗人发笑的粗俗的闹剧，而是一种新型的喜剧。它们是闹剧蛹化成的美丽的蝴蝶，是莫里哀广泛地吸收新鲜东西，把它们嫁接在闹剧的树干长出的新枝。人们在他的每一个作品里，仍然可以找到闹剧的渊源，但是，那已经不再是闹剧。

这就是说，民间戏剧是莫里哀的根基，是他的创造性工作的基础。朗松坦然地毫不犹豫地说："莫里哀如果不是一个'优秀的闹剧演员'的话，他也就不成其为莫里哀了。"①那么，如何进一步具体地分析莫里哀的作品和闹剧的关系呢？朗松说："我不想把散布在莫里哀喜剧中所有闹剧效果一一检阅一番，也不想劝说别人对这些效果发生兴趣……我也不想花工夫去探索，把莫里哀的闹剧和他的高级喜剧分开是易是难。"他认为，"在莫里哀的作品中无处不有闹剧渗入，就在那些最难以设想是闹剧的剧作当中，一加分析就能发现闹剧成分的踪迹"②。因此，要想搜索莫里哀作品中的闹剧因素，以此说明莫里哀与民间戏剧的关系，这并不困难，难的是说明莫里哀是如何从闹剧的基础推演出伟大的作品的。朗松采取了带有更多学术性的、更加深刻因而也是更加艰难的方法进行说明。

他认为，我们对闹剧应该有更加深刻的认识：

> 这里有两样东西应该加以区别：一是闹剧的舞台效果，一是闹剧的美学原理。闹剧的舞台效果是粗俗的，因为它面向的观众就是如此。莫里哀杰作中的闹剧舞台效果少了，他用比粗俗的漫画形象较为高尚的手法来引人发笑，这都是肯定的。但这只不过是闹剧的外表，闹剧的包装。闹剧是一种戏剧，有它的美学，有它的构思方法——这些字

---

① ［美］昂利·拜尔编：《方法、批评及文学史——朗松文论选》，徐继曾译，204 页，北京，中国社会科学出版社，1992。

② ［美］昂利·拜尔编：《方法、批评及文学史——朗松文论选》，徐继曾译，204～205 页，北京，中国社会科学出版社，1992。

眼虽然看来似乎有些大而无当。可我要在莫里哀的那些杰作当中，毫不含糊地找出来的，正是这个闹剧美学，正是这个闹剧的构思方法——也就是处理生活素材的一种独特的方法。①

这就是说，我们首先应该树立对于闹剧的正确认识：闹剧的舞台效果是表面的东西，闹剧的真正的价值是它独有的内在的艺术原则，朗松把这种原则称为"闹剧美学"。莫里哀接受闹剧的影响而成为伟大的艺术家，是因为他真正懂得闹剧的精华——"闹剧美学"；他在这样的美学所铺平的道路上，发挥自己的创造力，形成了自己的个性，写出了具有独创性的作品。

二

在莫里哀时代，也就是 17 世纪的法国，活跃于民间的戏剧，有两种：一种是来源于国外的意大利"假面喜剧"，或称"即兴喜剧"；另一种是法国本土原有的闹剧。

文艺复兴时期，意大利兴起一种颇受群众欢迎的新剧种——"假面喜剧"，后来流传到欧洲各国，受到广泛的欢迎。法国作为意大利的近邻，经常有意大利即兴喜剧的剧团前来演出。这种新型剧种也很快在法国盛行起来。

意大利"假面喜剧"之所以又称为"即兴喜剧"是因为它的演出是一种即兴表演，没有脚本。剧团演出时，只有一份"幕表"张贴在后台的两侧，"幕表"上只写着剧情大纲和演员上下场的次序，没有台词（有时有提要）。演员在演出过程中，可根据剧情临场发挥，台词也是演员在当场随口编念的。现在留存的幕表有七八百个之多，可见在当时这个剧种是如何地兴旺一时。② 这种戏剧还有两个显著的特征。其一，表演者除了青年男女角色外，都戴着假面具上台，所以称"假面喜剧"。面具有全部遮盖脸面和部分遮盖脸面的不同。其二，角色是定型的。剧中人物经过类型化处理，把社会上

① ［美］昂利·拜尔编：《方法、批评及文学史——朗松文论选》，徐继曾译，217 页，北京，中国社会科学出版社，1992。

② 关于意大利即兴喜剧，可参考以下内容。吴光耀：《西方演剧史论稿》（上），163 页，北京，中国戏剧出版社，2002。黄佐临：《意大利即兴喜剧》，载《戏剧艺术》，1981(3)。

的同类人的共同特征集中在一个人物身上，形成不同类型的喜剧人物，即所谓"定型人物"。常见的人物如：贪婪的、好色的富商，好吹牛而实际是无能之辈的军人，好卖弄学问、满口拉丁文却又迂腐不堪的博士等。青年男女的形象总是打扮得漂漂亮亮，善于抒发自己的感情。他们上场时不戴面具。有些定型的角色还有自己专有的名字，有些演员由于擅长扮演某一类人物而出名。在这些人物中，十分抢眼的是仆人的类型，有的机智，有的愚钝，它们往往在戏剧情节的发展过程中起着关键的作用。

这种戏剧有自己传统的程式。有些表演片段是标准化的，称为"拉错"（Lazzo），演员可以在表演过程中根据需要随时运用，有些拉错就是滑稽表演和杂技，演出时颇受观众欢迎。有些台词也是成套的、现成的，演员可以稍加变动就成演出当场的台词。

值得注意的是，假面喜剧一般都取材于现实生活，表演的是平民百姓日常生活中发生的故事。所以，演员们必须了解老百姓的生活，熟悉他们的习性，学习他们的语言，以储备大量的用语和动作。只有这样，他们才能在需要临场发挥时游刃有余。

假面喜剧的题材和主题也有固定的套路，有悲剧性的、牧歌式的，但大多数作品是喜剧性的。许多作品以爱情为主题，写青年男女的爱情受到阻挠，他们为争取爱情自由而努力，经过巧设计谋而得到完满的结局。阻扰他们爱情的多半是父亲或其他长辈。这些老人有的顽固，有的贪财，最后总是败在青年人手下。

法国的闹剧（又译"笑剧"）产生于中世纪，是伴随着城市的兴起和市民阶级的壮大而出现的。最初，在长篇宗教剧的演出过程中，为了缓解一下沉闷的气氛，插演一些短篇的有趣的小节目，后来这些小戏被分离出来，单独演出，逐渐形成一个新的剧种。15世纪后，这种篇幅不长、却颇受人们喜爱的剧种开始兴盛起来。

闹剧的篇幅不长，以夸张和讽刺的手法表现现实的世态人情。这些小戏一般场次不多，用八音节诗句写成。它们情节诙谐逗人，有日常生活的真实描绘，有众多的笑料和生动活泼的戏剧气氛。一些丑角类的人物上场时，脸上涂白粉。著名的笑剧有《巴特兰律师》《洗衣桶》等。《巴特兰律师》写穷律师巴特兰以欺骗手段占了布商的便宜，一个吃了主人（即布商）的羊的牧童被告上法庭。巴特兰出主意，让牧童在法庭上装傻：只装羊叫，不回答任何问题。开庭时，布商说不清他告的究竟是牧童还是律师，牧童又只是学羊叫，致使法官无法进行审讯，只得退庭。最后，当巴特兰向牧童索要报酬时，牧童以其人之术还治其人之身，只做羊叫。巴特兰无可奈何，空手而归。《洗衣桶》表演一场夫妻间的闹剧，一个丈夫被迫与妻子定下一份受欺负的协议。一天，那个凶悍的妻子掉进大洗衣桶出不来，她招呼丈夫来搭救，丈夫拒不答应帮忙，回答说：协议里没有这一规定。妻子不得不承认错误。闹剧就这样以嬉笑逗乐的手段，直接表现现实生活。

不论是法国的还是意大利的，民间戏剧都是以反映现实生活，以及生动活泼的表演为特点的。他们的演出地点多半是在广场上、集市上，临时搭起舞台，挂上一块幕布就可以表演。他们的表演也是最贴近老百姓、贴近生活的。

朗松告诉我们，15、16 世纪是闹剧的繁荣时期，到了 17 世纪上半期，古典主义戏剧已经诞生，占据了主要的戏剧舞台，但是民间戏剧依然普遍存在。那些由有学问的人写的喜剧，只是在贵妇沙龙和学院里演出，"闹剧却是劳动人民和市民共享的娱乐"，受到老百姓的欢迎。这样的戏剧"到处都在演，新桥演，乐师的露天舞台上也演……圣德尼集市上也演……勃艮第府剧场里也演……正是这样的闹剧最叫座，吸引圣德尼街上的商人、教士、学生和仆役。也正是这样的闹剧使得演员享有盛名"。他所提到的勃艮第府剧场本是古典主义戏剧的演出阵地，那里居然也演出闹剧，还有闹剧剧团。有一个名叫蒙多里的人在巴黎成立另一个剧团，与勃艮第府剧团竞争。他看不起闹剧，只演文学剧作。然而，他竞争失败，为了生存，不得不上演闹剧。这种情况足以说明闹剧的流行。

不过情况还是有了变化。到了莫里哀从事戏剧活动的时期，闹剧主要在外省流行，在巴黎，法国闹剧几乎被意大利即兴闹剧取代了。意大利即兴喜剧"以其逗人的欢快和精湛的演技，以其'假面典型'的富有表现力的新奇古怪而脍炙人口"。意大利即兴喜剧不但以其演出的新奇赢得了观众，而且对法国闹剧的发展产生影响。于是，出现了法国的传统和外来的意大利影响交织在一起的现象。一些闹剧采用意大利喜剧的写法，不用诗体而用散文，情节用意大利式的框架，即所谓"用散文演的情节闹剧"。剧团的组成方式也仿造意大利模式。一些有名的演员往往有自己擅长的固定的典型，每次演出都用固定不变的名字，类似意大利喜剧的"假面典型"。有的剧团几乎就是意大利剧团的翻版。当然，法国传统并没有完全消失，除了按意大利传统的戴面具的演员以外，还有按法国传统的抹白脸的演员。除了意大利框架的剧作以外，还依稀可见没有一点情节的影子的对口相声。另外，有些写仆人帮助主子的作品里，仆人的角色成了统率情节的人物，从而背弃了这种闹剧的意大利渊源。仆人的角色有两种，一种仆人憨厚朴实，按法国传统"脸上白粉抹得像磨坊主"；另一种仆人与他形成对比，机灵、狡黠，爱说俏皮话，脸上戴面具。

三

　　莫里哀的外祖父是个戏迷，经常带着他到勃艮第府剧场去看戏。当然，如有流浪剧团在新桥和集市上演出，他们是不会放弃这样的好机会的。莫里哀对喜剧的兴趣就是在这样的环境下形成。民间戏剧给他留下深刻的印象，以致在他二十岁的时候决定离家出走，组织剧团加入到戏剧演出的行列。此举失败，他并不灰心，毅然与好友一起参加流浪剧团，在外省巡回演出，长达十三年之久。他在外省演的就是闹剧。"他在外省是以闹剧创业的"①，也就是这十三年，对他的一生有着决定性的意义。

　　当他于1658年重返巴黎，在卢浮宫为国王演出的时候，他先表演了一出高乃依的作品（根据当时的习惯），并不成功。莫里哀早有准备，随即请国王准许他表演一出"曾享誉外省的消遣戏"。演出获得成功，国王遂决定留下剧团，并赐予小波旁宫剧场供其演出。那出"消遣戏"名为《多情的医生》，现在已经失传。那应该就是一出闹剧。由于闹剧当时在巴黎已经不流行，所以莫里哀不敢用这个名称，而用了"消遣戏"（李健吾译为"小玩艺"）的字样。他到巴黎后演出的第一出戏《可笑的女才子》，实际也是一部闹剧风格的作品。所以，莫里哀最初是以闹剧作家与闹剧演员的身份，出现在路易十四和巴黎观众面前的。

　　①　［美］昂利·拜尔编：《方法、批评及文学史——朗松文论选》，徐继曾译，216页，北京，中国社会科学出版社，1992。

留驻巴黎后，莫里哀进入了一个全新的戏剧环境。在他面前摆着两方面的情况：一方面是古典主义戏剧正盛行一时；另一方面是传统的法国型闹剧在巴黎不再流行，而意大利即兴喜剧却大行其道。身处这样的环境，莫里哀要想在巴黎站住脚跟，必须改变自己熟悉的老路，重新探索新的戏路。由于他在克莱蒙学校上学期间已经掌握了古典文化的基础，接受这样的戏路，并不困难。但是，那时的时尚是以悲剧为正宗，况且已有高乃依等名家蜚声剧坛。此路显然不合莫里哀的心意。对于意大利剧团，他曾经接触过，并不陌生。来到巴黎后，他有机会更多地了解这种戏剧。路易十四拨给小波尔旁剧场的时候，规定由莫里哀剧团与意大利剧团共同使用，这就使莫里哀有机会熟悉意大利同行。他与意大利剧团团长斯卡拉姆什结成好友，从斯卡拉姆什那里学到许多表演手段。难怪有人说：莫里哀的演技接近于意大利闹剧的表演。甚至有人说，他拜斯卡拉姆什为师，专门模仿斯卡拉姆什。

莫里哀来到巴黎之后，就是在这样更广泛地接触多种戏剧多种文化后，才有了自己的创造。谁都不能否认，"莫里哀的喜剧天才的最高表现形式是世态喜剧和性格喜剧"。这样的戏剧正是他广泛吸取各种成就，继承闹剧的传统又褪去了闹剧的粗俗的外表之后形成的全新的剧种。朗松这样说：

> 莫里哀的喜剧十分丰富与复杂：跟所有的天才一样，莫里哀很善于利用一切可利用的东西，因为在文学中也不能无中生有。他对拉丁、意大利、西班牙的喜剧，意大利和法国的闹剧，意大利和法国的中短篇小说等等、等等，总之是一切诙谐、讽刺、道德文学，不管是以戏剧形式还是其他形式出现的，一概利用不误。但他把从四处汲取来的材料都熔铸成一个形式，化为同一个灵感。那么这个形式和这个灵感是从何而来的呢？它们只能是出之于当时存在的滑稽戏剧的两个来源，两个范例：一是文学喜剧——其中由拉丁喜剧衍生的那个类型是由文艺复兴时期的意大利人搞出来的，另一个是民间喜剧——也就是闹剧。
>
> 在两者之间，没有犹豫的可能。莫里哀喜剧，包括这种喜剧的最高表现形式，世态喜剧与性格喜剧，其渊源都要到闹剧中去找。莫里哀出之于闹剧，来之于闹剧：他以高超的天才创造出来的对生活的独

创一格的表现，他以强健灵活的头脑，在可笑的人物的滑稽形象中引进的严肃深刻的思想，都是嫁接在闹剧这个树干上的。莫里哀正是通过这闹剧的培育和改造（奇妙无比的改造），创造了他那些在外表上把闹剧滑稽成分清除得最彻底的杰作。①

四

那么，是什么"来之于闹剧"的、能够把莫里哀"从四处汲取来的材料都熔铸成一个形式，化为同一个灵感"的呢？是什么使他能够有"对生活的独创一格的表现"的呢？这应该就是朗松所说的莫里哀的"闹剧美学"。朗松在文章中声称：他所要寻找的就是莫里哀的这个"闹剧美学"。那么，他是如何寻找的呢？

朗松首先从研究喜剧的情节开始。西方的戏剧一向重视情节，把情节看作戏剧的第一要素。喜剧创作也是如此。所以莫里哀之前的法国喜剧，大多数都是以情节统率全剧的。作家写剧的手法就是"编造情节"："把情节里的各种技巧都发动起来，通过种种曲折弯转，种种意外突然，把观众引向结局这样一种手法。这种手法先把问题搞复杂，再来予以澄清，哪个细节看样子要衰竭了，就赶忙让它重新弹跳起来，哪个细节看样子要澄清了，就赶忙又把它搅浑，等到看来已经无法解决时，却突然轻而易举地把它理清。"②在莫里哀时代，无论是意大利的喜剧还是法国的喜剧，它们的特征都是情节。"作家的构思就在于把一大堆骗局与误会编织起来，然后分解开来，（骗局）是兴趣和笑的永不枯竭的源泉。因此，各式品质、各式服装的仆人、拉皮条的、骗子手就是这种戏剧的主角：他们洋洋得意地占领着舞台，因为推动情节发展的发条就藏在他们的脑子里。"③

莫里哀在创作的初期，也曾接受文学喜剧这种套路来编织剧情。正如

---

① [美]昂利·拜尔编：《方法、批评及文学史——朗松文论选》，徐继曾译，205～206 页，北京，中国社会科学出版社，1992。

② [美]昂利·拜尔编：《方法、批评及文学史——朗松文论选》，徐继曾译，217～218 页，北京，中国社会科学出版社，1992。

③ [美]昂利·拜尔编：《方法、批评及文学史——朗松文论选》，徐继曾译，218 页，北京，中国社会科学出版社，1992。

朗松所说："当年轻的莫里哀想跻身作家之林时，他先按照时尚来处理喜剧。所以在《冒失鬼》中有一连串的骗局，在《情怨》中有一套套的误会。"①

但是，到巴黎之后，当他开始摸索自己的创作道路的时候，莫里哀不再这样重视情节，而接受民间戏剧的经验了。朗松认为"当他写《可笑的女才子》，接着写《愤世嫉俗》或《逼婚》《达尔杜弗》或《德·浦尔叟雅克先生》《女学者》或《没病找病》的时候，那就跟特里弗兰和斯卡拉姆什演的剧本一样，情节只不过是把滑稽情景串起来的一根线，是把可笑的镜头凑起来的一个框架而已，情节只不过是那些活着的木偶提线的借口，而正是那些活木偶富有表情的手势才构成喜剧。"②情节的重要性被淡化，情节为人物服务，喜剧的来源是"活着的木偶"，是人物。

于是，莫里哀就从文学喜剧的那种故弄玄虚的编剧套路中解脱出来，回归到学习民间戏剧的道路；他独辟蹊径，走的是一条不重情节而重人物的道路。这才是真正的莫里哀的喜剧。朗松非常明确地告诉我们："莫里哀的喜剧根本不以情节取胜。"③

当然，在莫里哀喜剧的情节构成要素中，并不缺乏有价值的东西，尤其是那些"与情节联系不大也不以情节为归宿的场景"。这种场景在他的作品里俯拾皆是。这些场景的意义"远远超出了情节的要求，对全剧的结局，对文学喜剧所必需的那种调和，既不起阻碍也不起推动的作用。这些场景如果从情节中脱离出来，也能保持它们的基本价值和饶有兴味的实质——这价值和这实质完全是通过对话对风俗和人物进行的质朴而诱人的表现体现出来的。"④不过，那不是莫里哀的独创，因为"这风俗和人物进行的富有表现力的对话（稍加情节或根本不带情节），这正是意大利闹剧（加上荒诞的

---

① 〔美〕昂利·拜尔编：《方法、批评及文学史——朗松文论选》，徐继曾译，219 页，北京，中国社会科学出版社，1992。

② 〔美〕昂利·拜尔编：《方法、批评及文学史——朗松文论选》，徐继曾译，219 页，北京，中国社会科学出版社，1992。

③ 〔美〕昂利·拜尔编：《方法、批评及文学史——朗松文论选》，徐继曾译，218 页，北京，中国社会科学出版社，1992。

④ 〔美〕昂利·拜尔编：《方法、批评及文学史——朗松文论选》，徐继曾译，219～220 页，北京，中国社会科学出版社，1992。

插科打诨)和法国闹剧(加上些无聊的大白话)的本质"①。莫里哀真正的创造,是"将正式的性格喜剧与闹剧靠拢"。"这是他最富有独创性的地方",他在这方面"做出了独一无二的典范"。②说得更明白一些就是:莫里哀把性格喜剧与闹剧结合,从闹剧的路子来探索性格戏剧,从而创造了真正的性格喜剧。这里的关键是对人物性格的认识。自古以来,也有专为突出一个有特色的滑稽人物的喜剧,也有人物分类的做法。不过,那种做法是"按照角色的年龄、性别和职业,将人的气质和爱好分了分类……剧中人也就按照他所属的类别决定他该说怎样的话"。这样的分类往往是以亚里士多德和贺拉斯就人生的四个时期所作的归纳,以及以泰伦提乌斯提出的各种典范为根据的。这样写出的人物,根本谈不上什么"人物性格"。莫里哀心目中的"性格"应该是一个人物身上固有的支配着他的一切思想和行动的而且是不会改变的激情或者恶习。朗松认为,莫里哀在接受"闹剧美学"后,形成了自己关于人物性格的认识:

> 按照莫里哀所给予的意义,一种人物性格就是一种高度统一的天性,把它统一起来的是占统帅地位的某种激情或者某种恶习,这种激情或者恶习把人物心灵的其他一切情感和力量破坏掉或压抑下去,成了他一切思想和行动的本原。③

莫里哀没能在以往的所谓性格喜剧中找到他心目中的性格。然而从《可笑的女才子》和《斯嘎纳耐勒》这两部莫里哀早期作品的创作中,我们可以发现,他最初心目中的性格,是具有经过法国闹剧演员改造了的意大利"假面喜剧"这样的形式的,后来才越来越明确,越来越成熟。

意大利即兴喜剧的"假面典型"可以说有了"一般性格"的雏形,不过那

---

① [美]昂利·拜尔编:《方法、批评及文学史——朗松文论选》,徐继曾译,220页,北京,中国社会科学出版社,1992。

② [美]昂利·拜尔编:《方法、批评及文学史——朗松文论选》,徐继曾译,220页,北京,中国社会科学出版社,1992。

③ [美]昂利·拜尔编:《方法、批评及文学史——朗松文论选》,徐继曾译,220页,北京,中国社会科学出版社,1992。

不成熟，只能说是"试制品"。人物的籍贯与职业的特色给这种一般性加以特殊化。到了法国，这个特殊性消失了。来到法国的那些意大利演员不再强调人物的籍贯和职业，而突出了一般性格。他们这样做是可以理解的，因为他们面对的是法国观众，籍贯和职业的特色对观众理解剧本已经没有意义。于是，这些"假面典型"虽然穿着意大利的服装，而法国观众看到的，是愚蠢、奸诈、放荡、吝啬等性格的表现，"这些性格都是永恒的人性"。莫里哀在这样的表演中得到启发，他开始自己来创造"假面典型"，把自己的观察、自己的创造注入"假面典型"中去。

莫里哀首先参照"假面典型"创造了两个人物：马斯卡里叶和斯嘎纳耐勒。马斯卡里叶在莫里哀早期创作的一部意大利风格的作品《冒失鬼》中已经出现，他的名字是莫里哀的独创。他的身份是仆人，由莫里哀自己扮演，演出时戴假面具，服装和扮相都是意大利式的。在剧中，他一次又一次地帮助小主人克服困难实现了爱情理想。他第二次出现在《可笑的女才子》里。他奉主人之命假扮成侯爵，模仿上流社会的陋习，向女才子献殷勤。他的巧智和狡黠交织在一起，这个"假面典型"式的角色带有明显的意大利遗风。斯嘎纳耐勒是莫里哀创造的第二个"假面典型"。这个角色只有名字有意大利来源，形象特色已经是法国的了。莫里哀在早期作品《飞医生》里曾经写过这个角色，后来有五个剧本里用上这个角色（《斯嘎纳耐勒》《丈夫学堂》《逼婚》《堂·璜》《屈打成医》）。这个角色的身份并不固定，可以是仆人，也可以是市民，是农民。在剧本中，表演的是笨蛋、自私鬼、酒徒、胆小鬼、傻瓜。不管是什么身份，他总是被偷、上当、挨打。总之，是一个滑稽人物，一个可笑的角色。这些个斯嘎纳耐勒只有名字相同，性格有所类同而已，已经与意大利的"假面典型"有所不同了，那是"在同一名字底下整整一大族的性格和气质了"。

意大利的"假面典型"是对生活中人们的某种面貌加以分类，固定于某种特征性的外貌之中。莫里哀从意大利人那里学会了如何简化对生活的表现。当他熟悉了、学会了这种方法之后，他前进了一步，改变这种集多种性格与气质在一起的做法而注意到人物的区别。于是他写的同一姓名的角色有了区别。他的笔下有六个斯嘎纳耐勒，他们具有共同的名字，有一些共同的特点，但是他们有不同的身份，生活在不同的环境，具有不同的经历。《屈打成医》里的斯嘎纳耐勒和《逼婚》里的斯嘎纳耐勒，一个是贪杯、老婆为了报复而让他被迫当上医生的农民，另一个是坠入不幸婚姻的老市民。"这是两种不同生活的两个人"。这时，"莫里哀将他的喜剧与意大利即兴喜剧的最后一道外部联系斩断了"，莫里走上了将典型加以个性化的道路。

朗松总结莫里哀的这一段创作道路说：

> 一六六六年以前，他已经时不时地摆脱马斯卡里耶（马斯卡里叶）和斯嘎纳赖尔（斯嘎纳耐勒），到了一六六六年以后，他就再也不用那些"假面典型"了。要是把达尔杜弗叫做虚伪的马斯卡里耶，把奥尔贡叫做虔诚的斯嘎纳赖尔，那该蒙受多大的损失！给每一个市民，每一个骗子手都单独起一个名字，作者照样可以表现市民共有的通情达理和胆小轻信，照样可以表现骗子手的刁钻机灵和胆大妄为。但他不让那抽象的、笼统的典型占主导地位。他为自己保持了将典型加以个性化，用使之不断更新的特征来加以刻画的自由。这样的典型就接近生活了。斯嘎纳赖尔对马斯卡里耶来说，是进了一步，而斯嘎纳赖尔和马斯卡里耶的消失则标志着对世态的真实模仿的一个新阶段。[1]

当然，即使这样，莫里哀的典型也没有完全脱离"假面典型"带来的特征。正如朗松所说：

> 他尽管抛弃了"假面典型"的外衣，还是保留了它的结构。阿诺尔夫、阿尔巴贡、达尔杜弗、阿耳塞斯特这些人物的形成，跟那六个斯嘎纳赖尔没有什么两样……他们跟意大利的"假面典型"有这么一个相同之处，就是在全剧各种场景当中性格都固定不变……情节的目的并不在于促使人物情感产生变化，而是在各幕当中，让那人物的独一无二的情感不断地迸发出来……阿尔巴贡所说的每一个音节当中都显示

---

① ［美］昂利·拜尔编：《方法、批评及文学史——朗松文论选》，徐继曾译，224 页，北京，中国社会科学出版社，1992。

出他的吝啬，达尔杜弗呢，显示的则是他的伪善……人物必须自始至终一成不变，说了"不"就不能说"是"，因为那个"不"是他们的本质要求他们说的……这些典型人物也不可能违背其本性，不可能对自己的行动有悔恨一说。[①]

莫里哀在为争取《达尔杜弗》公演而给国王的《第一陈情表》中谈到自己如何塑造达尔杜弗形象时，这样说："描画的时候，也只用鲜明的颜色和主要的特征，人一接触，立时认出他是一个真正、道地的伪君子来。"

莫里哀从仿照意大利"假面典型"起始，经过一步步将其蜕变的过程，走出了自己的创作道路。那时，他在巴黎的艺术生涯已经度过一半，方才成功地摸索到这条属于自己的道路。这条道路用今天的文艺理论术语来表述，那就是人物典型化的道路。在这条道路上，莫里哀创造了一种新型的典型。这种典型表现了某种激情、某种习性，或是某种恶习的共性，同时这种共性又体现在它所独有的固定不变、始终如一的个性特征之中。那才是莫里哀式的典型。莫里哀就是凭借这样的创造赢得了广大观众的认可，确立了自己在戏剧史上的独特地位。

五

朗松的论文最后一部分篇幅不长，可是提出了相当重要的观点。他在论述了莫里哀的创造与外国的，也就是意大利的闹剧的关系之后，回过头来进一步说明莫里哀喜剧与自己本民族的民间戏剧——法国闹剧的关系，说明他所创造的新型喜剧的那种现实性特征从何而来。朗松在这一部分回答了这个问题，同时也就说明了莫里哀从法国闹剧学到了什么，他的喜剧如何与社会现实相联系，以及他的喜剧与人民大众的联系。

朗松指出，与意大利闹剧相比，"法国的闹剧有它独特的地方，那就是它描画出社会关系的可笑图像"。它表现的内容来之于现实生活。它描写的人物不是抽象的形象，而是现实社会中存在的各个阶层的人，是贵族、教

---

① [美]昂利·拜尔编：《方法、批评及文学史——朗松文论选》，徐继曾译，224～225 页，北京，中国社会科学出版社，1992。

士、律师、雇佣兵、平民、修鞋的、裁缝、制鞋商，等等。他不表现爱情而表现夫妻冲突，他写的这种冲突不是来自两种伦理关系之间的对立而来自两种社会状况之间的关系，通过男女两性相互间耍的一套套把戏，为我们显示的是婚姻制度这个东西。总之，它具有现实性社会性。就在这一点上，莫里哀跟法国传统的闹剧走到一起来了。我们有理由相信，莫里哀接触过传统的法国闹剧（不是意大利化的法国闹剧），因为，他所创造的角色叫人联想起传统闹剧里的人物，他所栽培的苗子和他创作杰作时运用的喜剧手法，都可以在那里找到根源。他笔下的人物虽然内容无比充实，轮廓无比鲜明，但构成这些人物的方法，他们对生活的看法，就是早些年的法国模样。

朗松把莫里哀笔下的一些重要人物，分为两大类，以此进一步说明莫里哀喜剧与法国传统闹剧的关系。他所说的两个大类，一类是"冠以传统姓氏的人物"，如阿耳塞斯特、达尔杜弗、阿尔巴贡，那是一些"代表普通人性的'假面典型'"；另一类是"具有真姓名的人物"，如浦尔叟雅克、乔治·当丹、汝尔丹、阿诺尔夫，这些人物出之于更纯粹的法国传统。前一类人物较抽象，含有较多的伦理意义；后一类人物更富有地方色彩，更富有社会意义。当然，从这一类人物更可以看出传统法国闹剧的影响。

朗松还从传统法国闹剧与意大利喜剧在艺术风格上的不同来说明：尽管莫里哀向意大利喜剧学到了那么多，然而他所遵循的创作路线是法国的而不是意大利的。朗松说："旧法国闹剧跟意大利闹剧有所不同，后者是纯艺术性的，而前者由于其社会性而含有道德教训。当然这道德教训还是很低级的，很粗浅的，但总是对人物或情景的一种评价，而这些人物或情景往往也是根据这个评价提供出来的。"①正因为这样，"许多闹剧都表现了人民的思想意识，表现了他们观察家庭与社会关系的方式"。莫里哀在接受传统闹剧的影响的时候，也自然接受了这样的思维方式，从这样的角度来观察社会，观察人。于是，"他有意无意地走在法兰西民族闹剧的道路上，讥

---

① ［美］昂利·拜尔编：《方法、批评及文学史——朗松文论选》，徐继曾译，227～228 页，北京，中国社会科学出版社，1992。

笑那有违道德的论断，讥笑那违反公众社会舆论的东西"①。

朗松在文章的最后几段话总结了莫里哀与民间戏剧的关系。他以闹剧开始，从闹剧学到了表现手法、哑剧原则、生动活泼的手势、俏皮机警的词语、字字珠玑的对白，等等。重要的是，"他从闹剧中学到了努力的方向，创作的手法"。这里提到的"方向"和"手法"，朗松把它归纳成一项原则和一条规律：一项原则是"集中刻画一个一般性格或者表现社会性的可笑事物这项原则"②，一条规律是"将笑的源泉置于情节之外，完全置于人物与真实生活的关系——感官可以感知的关系之中这样一条规律"。"他的作品虽然充分吸收了博学者和才子们的一切创造，但主导形式和基本风味却取之于意大利或法国的民间喜剧。""不管我们把莫里哀的天才，他的创造能力，古代意大利、法兰西、西班牙喜剧对他的启发强调到什么程度，我们总还是看到他真正的根在什么地方。"③

【附】居斯塔夫·朗松：《莫里哀与闹剧》④

我们向来是怀着崇敬之情谈起莫里哀，在听到他那些最荒唐的笑话时也是洗耳恭听，把它们当作含有重大深刻意义的事情，结果当他的同代人索梅士说他是"法国第一位闹剧演员"，或者当蒙弗勒里说他是斯卡拉姆什⑤的继承人时，我们就会认为这些赞美之词都是对莫里哀的侮辱。当我们从什么谤文里读到我们伟大的莫里哀曾在洛维埃丹⑥处学艺，并在他的露天舞

---

① ［美］昂利·拜尔编：《方法、批评及文学史——朗松文论选》，徐继曾译，227～228页，北京，中国社会科学出版社，1992。

② 在文章的末尾，朗松更突出了莫里哀对塑造典型的人物形象重要性的认识，他说："这种民间喜剧教导他，在'引正派的人发笑这项稀奇差事'当中，唯一有效的办法就是展示出一些典型的人物形象。"

③ ［美］昂利·拜尔编：《方法、批评及文学史——朗松文论选》，徐继曾译，227～228页，北京，中国社会科学出版社，1992。

④ 发表于《巴黎评论》，1901年5月1日，129～153页。——原注

⑤ 斯卡拉姆什（Scaramouche），为意大利最早的戏剧人物之一，对青年莫里哀决心投身戏剧界起过作用。

⑥ 洛维埃丹（I'Orviétan））当时在巴黎闹市新桥办一个小剧场，据称莫里哀曾拜他为师。

台上演出，从乐师勃拉盖特的小丑普洛斯贝那里或者从闹剧演员吉约-戈叙的遗孀那里收买剧本底稿来编剧时，那我们是会感到气愤，并且耸耸肩膀为莫里哀感到痛心的。

我们希望那些话纯粹出之于恶意和妒忌。说一个成就不容置疑的剧作家收买别人的手稿，这是否定他的才华的最方便的办法；这种神话，评论家已经清除了；而要把莫里哀与洛维埃丹之间的关系这种故事当成真实的历史，也未免有欠谨慎。

不过，在任何神话当中，除了事实以外总还有点别的东西。如果在恶意编造出来的东西当中全是谎言的话，那么这恶意也就太愚蠢，不至（致）产生什么危害了。莫里哀是个闹剧演员、闹剧作家，他抄袭人家的演技，剽窃别人的剧本？如果公众当真感觉不出在莫里哀的性格与闹剧的性格之间有什么关联，有什么相似之处的话，那么那些闲话中蕴涵的恶意中伤也就不会起什么作用；而那种可以感觉出来的关系正是歪曲与诬蔑赖以建立的基础。

当我们对索梅士等人和《多愁善感的埃洛米尔》①这类的剧作以及一切载有闲言碎语的文章嗤之以鼻以后，又该做点什么呢？星期二上法兰西喜剧院，在看到斯嘎纳赖尔（斯嘎纳耐勒）和翟隆特（皆隆特）②这类角色相互间拳打脚踢、棍棒交加的时候不动声色？看到江湖医生拿着吓死人的注射器追赶吓掉魂的滑稽角色的时候板着面孔？听到那带有象（像）"从菜市场阴沟里捞出来的"脏话的插科打诨的时候还一本正经？上流社会人士的脸色是何等的冷漠，那神气是充满了何等的鄙夷，他们差点儿要说："这个莫里哀只配在集市上演演！"

我们的评论家竭力把这些低级粗俗的成分从高尚精细的部分中分开。他们制造出分隔开的包厢，定出了种种定义，什么性格喜剧，世态喜剧、闹剧，把思想深刻的杰作隔绝起来，免得粗俗的滑稽动作"以其形象的感染"玷污了象（像）《愤世嫉俗》（一译《恨世者》）和《达尔杜弗》在我们心中形成的对喜剧天才的高尚而纯粹的概念。这些评论家说，棒打、开玩笑、插科

---

① 《多愁善感的埃洛米尔》出自莫里哀的同代人勒布朗热（Le Boulanger de Chalussay）之手。

② 斯嘎纳赖尔是倒霉的丈夫这种角色，在莫里哀好几个剧本中出现。翟隆特在《屈打成医》和《司卡潘（司卡班）的诡计》中都有以此为名的人物。

打诨这条边界线很容易突破，说莫里哀踏进这条界线里去是为了吸引观众，好养活他的剧团，好创造条件来写作并上演并不叫座的高级作品。至于莫里哀写这些再庸俗低级不过、然而激情却如此自由奔放的小剧本、小场景是不是不由自主，勉强为之，那就信不信全由我们自己了。

我们这些人自以为在鉴赏趣味上是不受拘束的，自从布瓦洛写了下列这些诗行以来，我们是不是进了很大一步呢？

> 莫里哀如果这样来琢磨他的作品，
> 他在那行艺术里也许能冠绝古今，
> 可惜他太爱平民，常把精湛的画面
> 用来演出那些扭捏难堪的嘴脸，
> 可惜他专爱滑稽，丢开风雅与细致，
> 无聊地把塔巴兰硬跟泰伦斯扯上，
> 还把司卡潘装进可笑的袋子，
> 他哪还象（像）是一个写《恨世者》(《愤世嫉俗》)的作家！①

诗人的这位朋友其实还没有他的敌人看得清楚。莫里哀如果不是一个"优秀的闹剧演员"的话，他也就不成其为莫里哀了。

我不想把散布在莫里哀喜剧中的所有闹剧效果——检阅一番，也不想劝说别人对这些效果发生兴趣，为之笑得前仰后合：人并不是想笑就笑的，也不会听了谁的什么道理就笑得不可开交。我也不想花工夫去探索，把莫里哀的闹剧和他的高级喜剧分开是易是难，还有吝啬鬼抓住自己的胳臂来阻拦自己、装死、一个劲儿吹灭雅克师傅不停地重新点上的蜡烛；《女学者》中的菲拉曼特（不是她的妹妹贝莉丝）这个角色竟由一个男人，由那位于贝来扮演②；就在那高贵纯粹的《愤世嫉俗》剧中，那个傻大个儿子爵往井里吐痰，看水面上的波纹，还有那吓得要命的仆人把一个一个衣袋都掏遍找那封信；在那严肃而带点悲剧味道的《达尔杜弗》当中，当那伪君子调戏那

---

① 见布瓦洛《诗的艺术》，译者不同译文也有差别。此文根据任典译文，人民文学出版社1959年版，文字略有改动。塔巴兰（Tabarin）为 17 世纪初法国名噪一时的闹剧演员。

② 当时剧团中女演员都年轻，不愿演这样的角色。

位夫人的时候，她丈夫躲在桌子底下——所有这一切是不是闹剧的效果、词句和手法，对此我也不想花工夫去研究。几乎无法否认，在莫里哀作品中无处不有闹剧渗入，就在那些最难以设想是闹剧的剧作当中，一加分析就能发现闹剧成分的踪迹。

我说这些并不是为了贬低莫里哀的天才，只是说明这是怎样的天才。我们这些上流社会人士的厌恶之情，还有评论家对剧种所作的区分，都有一个毛病，就是把莫里哀的喜剧跟现实的联系割断，把他的喜剧悬在真空之中，与它的历史背景相隔绝，把它生根滋长的民间土壤挖走。

莫里哀的喜剧十分丰富与复杂：跟所有的天才一样，莫里哀很善于利用一切可利用的东西，因为在文学中也不能无中生有。他对拉丁、意大利、西班牙的喜剧，意大利和法国的闹剧，意大利和法国的中短篇小说等等、等等，总之一切诙谐、讽刺、道德文学，不管是以戏剧形式还是其他形式出现的，一概利用不误。但他把从四处汲取来的材料都熔铸成一个形式，化为同一个灵感，那么这个形式和这个灵感是从何而来的呢？它们只能是出之于当时存在的滑稽戏剧的两个来源，两个范例：一是文学喜剧——其中由拉丁喜剧衍生的那个类型是由文艺复兴时期的意大利人搞出来的，另一个是民间喜剧——也就是闹剧。

在这两者之间，没有犹豫的可能。莫里哀喜剧，包括这种喜剧的最高表现形式，世态喜剧与性格喜剧，其渊源都要到闹剧中去寻找。莫里哀出之于闹剧，来之于闹剧：他以高超的天才创造出来的对生活的独创一格的表现，他以强健灵活的头脑，在可笑的人物的滑稽形象中引进的严肃深刻的思想，都是嫁接在闹剧这个树干上的。莫里哀正是通过这闹剧的培育和改造（其妙无比的改造），创造了他那些在外表上把闹剧滑稽成分清除得最彻底的杰作。

（一）

莫里哀生于路易十三统治期间的巴黎，童年也在这里度过，现在让我们来看看他可能在这里接受怎样的戏剧教育。文学史家几乎只看到文学喜剧，只看到那由有学问的人写的，在贵妇内室沙龙和学院里演的那种喜剧，也就是今天我们还能读到的那种喜剧。他们极少谈到闹剧——闹剧只有很少粗俗的脚本保留下来。而在十七世纪上半期，闹剧却是劳动人民和市民共享的娱乐。到处都在演：新桥演、乐师的露天舞台上也演，名演员有塔巴兰，有外号叫"刮油男爵"的代贡布以及他们的后辈；圣德尼集市上也演；勃艮第府邸剧场里也演；有的取材于正剧（悲剧、悲喜剧和喜剧都有），正是这样的闹剧最叫座，吸引圣德尼街上的商人、教士、学生和仆役①。也正是这样的闹剧使得演员享有盛名；从里伽尔先生②的书里可以看到，直到一六三〇年前后，直到贝尔罗丝和蒙多里③，我们对任何一位演员的才华都缺乏详细的了解，只有在闹剧方面所知还比较多些。

路易十三时期在巴黎所演的闹剧已经不再是在十五、十六世纪如此繁荣的法国型闹剧了。这些分成几场，没有情节（或者只有十分简单的情节），用八音节诗行写的小剧并没有消失。现在还有一些在一六一〇至一六三五年间在巴黎、里昂、特鲁瓦印刷的这种剧本④，它们之所以付印，显然是因为当时还在上演。这种类型的闹剧在外省则继续在演出；拉封丹在一六五九年还写了一部真正的闹剧，并同几位朋友一起参加演出，编写和演出的情况、主题、精神、剧的长度、八音节诗，这一切都告诉我们这是《波里夏笑料集》中被称之为芭蕾剧（ballet）的那种东西。

但在巴黎，法国闹剧却被意大利闹剧取而代之了。我们都知道，意大利即兴喜剧（又称"假面喜剧"）早在查理九世那个时候就取得成功；这种即兴喜剧中的对话由一个灵活而松懈的情节统摄着，喜剧人物（或称"假面典型"⑤）是固定的，如邦达隆（Pantalon）、博士（Ie Docteur）、充好汉（Ie Capitan）、勃里盖拉（Brighella）、阿勒甘（Arlequin）等等，他们的性情脾气、举止行动的特征在每个剧里，任何情景中都是一样。自"醋坛子"这个"假面典

---

① "喜剧如果没有这种配菜（闹剧），就等于有肉而没有沙司，就等于胖纪尧姆脸上不涂白粉。"（吉约-戈叙：《辩解》，1634 年）。——原注。译者按：胖纪尧姆跟吉约-戈叙一样，也是当时有名的闹剧演员。

② 见里伽尔（Rigal）：《亚历山大·阿尔迪和法国戏剧》，第 133 页。——原注

③ 贝尔罗丝、蒙多里都是当时有名的喜剧演员。

④ N. 鲁塞（N. Rousset）的集子 1612 年于巴黎出版；被称之为哥本哈根集的那部 1619 年在里昂出版；1624 年、1628 年、1632 年在特鲁瓦由乌多出了多种闹剧。——原注

⑤ 为叙述方便起见，我所谓的"假面典型"（masque）指意大利即兴喜剧中的固定典型人物而在法国也按原型演出者。——原注

型"取得成功以后，在亨利三世、亨利四世、路易十三时期，意大利演员经常到巴黎来，以其逗人的欢快和精湛的演技，以其"假面典型"的富有表现力的新奇古怪而脍炙人口①，而表演这些"假面典型"，则各剧团和各演员各有千秋，日益增添异彩。特别是仆人这一行当，其典型人物日见增多，各不相同而都富有魅力。出了勃里盖拉、阿勒甘以后，又来了司卡潘(Scapin)、特里夫兰（Trivelin），最后还有那大名鼎鼎的斯卡拉姆什（Scaramouche）。每个演员在他生前都或多或少地具有由他创造或加工过的那个"假面典型"的特性。

法国闹剧演员正是按这个得到公众欣赏的模式组织起来的。这在一六二○年左右占了新桥这个地盘的乐师们那里就已经很明显了。现在唯一还保留着的代贡布的闹剧是《驼背》，它的背景来自中世纪的韵文故事，但按照意大利的做法，原先对话中象（像）《巴特兰律师》和《丈夫偷情的女人》这些闹剧里的诗句现在用散文代替了。现存的四部塔巴兰闹剧②也是用散文写的，也是意大利情节的框架：看中街坊的老婆或者女儿的情郎、促成或者阻挠这种目的的巧计或误会、情书不幸落到丈夫手里、乔装打扮，不消说还有那老头儿或者假充好汉的窝囊废被劝说躲进那大口袋，结果挨了一顿好打。这些框架给那些"假面典型"以广阔的活动余地，他们当中有必法尼和老吕加，两个都是有妇之夫，都是放荡色鬼；有洛多蒙队长，有伊莎贝尔这个坏心眼的青年女子，还有那狡猾的仆人塔巴兰和他的老婆弗朗西斯基纳③。安托万·吉拉尔是江湖医生蒙多尔的兄弟，独出心裁，革新了上个世纪塔巴兰这个意大利典型角色④。塔巴兰和弗朗西斯基纳只是舞台上的夫妻，是闹剧把他们结合在一起的。安托万·吉拉尔则当真在罗马娶了维多利亚·必昂卡，在舞台上的弗朗西斯基纳身上是有着安娜·勃戈这个女子的影子的。

一六三○或一六三二年前后，勃艮第府邸也演出了这样的戏剧。出现

---

① 详见巴谢(Baschet)：《法国宫廷中的意大利喜剧演员》。——原注

② 《塔巴兰全集》第 1 卷，第 219 页；第 2 卷，第 137 页。——原注

③ 有出闹剧里的弗朗西斯基纳则是吕加的老婆。弗朗西斯基纳是个普普通通的婆娘，成天嘻嘻哈哈，倒也规矩本分。——原注

④ 见里伽尔：《巴黎戏剧史纲要(1548—1635)》，第 90 页。又见巴谢前引书第 13 页。——原注

了这样的用散文演的情节闹剧：奉主子之命看守小姐的仆人为她传递情郎的消息，中饱他送来的礼物，或者是仆人帮助主人勾引老财主的妻子[1]。这些情况使仆人成了统帅情节的人物，从而背弃了这种闹剧的意大利渊源。

但有一点非常清楚，闹剧剧团是按意大利的模式组成的：每一个演员都有他演出的"假面典型"这个固定的典型，每次演出时都用固定不变的名字。所以在勃艮第府邸演出的演员都有三个名字，一是本名，一是演正剧时用的艺名，一是闹剧名：如罗贝·盖兰，演正剧时叫拉弗勒尔，演闹剧时叫胖纪尧姆；昂利·勒格朗，演正剧时叫贝尔维尔，演闹剧时叫蒂吕班；于格·盖吕演正剧时叫弗莱歇尔，演闹剧时叫戈基埃-伽基耶。最后这个闹剧名就是一个"假面典型"。这是演员所演的那个角色的名字，代表每一类典型人物的名字。

有两种仆人，一种是胖纪尧姆，"脸上白粉涂得象（像）磨坊主"，头戴红直筒无边高帽，身穿白罩衫，带宽条的红裤子，肚子大无比，罩衫外面上下两条皮带更把它烘托渲染：这是一个贪杯的憨厚的仆人；"朴实得一望可知"，"说起话来不知所云"，"脸蛋儿倒挺喜人"。跟他形成对比的是蒂吕班，戴面具，服饰与勃里盖拉相仿，机灵，狡猾，爱讲俏皮话。

还有一批老头儿，一批滑稽可笑的丈夫或父亲，还有老色鬼。戈基埃-伽基耶是又高又瘦的老头儿，戴面具，发白如雪，戴大圆眼镜，身穿红袖黑色紧身短上衣，头戴无边圆帽，黑紧身裤，黑鞋，腰上挂了文具盒[2]和钱包，手里拿根棍棒。这老头儿在意大利剧中是博士，法国化后成了律师。这是个又爱吃醋、又贪财、又好女色的骚老头子。继承戈基埃-伽基耶的是吉约-戈叙，是从一个乡村剧团里找来的。这个"假面典型"是一个演员的创造，他学过医，以模仿医生的行话和笑料而深受观众欢迎——他把行医这门职业当作自己表演的专业领域。博尼法斯这个老头儿则是商人，有时是博士或者冬烘先生。贝利纳太太（当然是个男人演的）是戈基埃-伽基耶的老

---

① 由巴尔费兄弟刊印的闹剧，第 4 卷，第 25 页。——剧中的巴黎老头是个商人，往返于法国、印度之间，正将登船出航。由此该剧有意大利色彩，从这个老头身上可以看出威尼斯的那位邦达隆。——原注

② 在一位滑稽戏作家请他写的剧本《遗嘱》中，戈基埃-伽基耶身后留下的是一把短剑和一个钱包，但在纪戈莫那本书的插图上，根本没有什么短剑，还是一只文具盒。——原注

婆，经常和他吵架，奥拉斯（Horace，喜剧演员贝尔罗丝扮演的"假面典型"）则在仆人蒂吕班帮助下向她调情。

那真叫人受不了的弗拉加斯队长则把那不勒斯（这是他的故乡）的西班牙人的吹牛跟加斯科尼人的夸口（这是法国活生生的典型）结合在一起。——阿利松是老婆子的"假面典型"，或是奶妈，或是长舌妇，演员则是男子。——弗洛朗蒂纳是谈恋爱中的女子，有了她，整个戏班子也就齐全了。差不多也在这个时期，也有一些别的典型人物，是由名声不那么大的闹剧演员演出的，如法布里斯大夫、吉戈尼（Gigogne）婆娘、格兰嘎雷，这些"假面典型"在半个世纪当中由好些演员先后扮演。还有一个叫戈格吕的，是个吃白食的，有幅版画上画的是他外出野餐，手上端只盘子，背上背个背篓，里面装了他全家人员：老婆、孩子，还有狗和猫，他们吃的显然比他挣的要多。据说这个戈格吕想取代胖纪尧姆呢①。

如前所述，勃艮第府邸这个剧团是意大利剧团的翻版。然而法国的传统并没有完全消失，它跟它所受到的外国的影响交织起来了。除了按意大利传统的戴面具的演员以外，还有按法国传统的抹白脸的演员：蒂吕班戴面具，胖纪尧姆则是抹白脸②。除了这些意大利框架的剧作以外，还依稀可见没有一点情节的影子的对口相声，例如蒂吕班和胖纪尧姆演出的双人闹剧，其中蒂吕班是丈夫，胖纪尧姆则是他的老婆，两口子吵架——尽管是用散文即兴演出的，但再合乎法国传统也没有了。

蒙多里在巴黎成立了一个与之相竞争的剧团，他看不起闹剧；不演闹剧：他想把他的才华和剧院奉献给正派男女可以从中得到乐趣的正规的文学剧作。然而为了生活，他也不得不上演闹剧；我们可以从他主持的沼泽剧院中看到好些闹剧人物：如试图与戈基埃-伽基耶抗衡的蒂波·伽雷，头

---

① 关于这些闹剧演员，请看《戈基埃-伽基耶的遗嘱》（收在《戈基埃-伽基耶之歌》中，富尼埃版）；达勒芒：《小故事》《蒙多里》；里伽尔：《亚历山大·阿尔迪》第122～133页；纪尧莫：《法国戏剧的服装》。——原注

② 克莱芒·马罗（Clément Marot）在优秀闹剧演员让·德·赛尔墓志铭中写道：

…当他把舞台上，
穿了那件衬衫脏又脏，
脑门、腮帮、鼻梁上
面粉涂得没空档。——原注

戴浮肿脸面具，身子如侏儒；仆人菲里班；特别是充好汉的马达莫，他是贝尔莫创造出来的，竟使对方剧团的弗拉加斯队长相形见绌；还有若德莱是个"头脑简单的白脸角色"，大高个儿，骨瘦如柴，齇鼻儿。于连·德·莱斯必(Julien de l′Espy)在各不相同的场景里演出这个胆小如鼠、傻里傻气却蛮横无理的仆人达五十年之久，而观众毫不厌倦。

小波克兰在十一二岁时看到的就是这样的戏——如果象（像）传说中所说的那样，他祖父领他去看戏的话。

这种闹剧，特别是其中的"假面典型"是如此风行一时，作家们不止一次地把最受欢迎的闹剧演员写进他们的剧本之中，依然保留他们的名字和典型。迪里埃①在他的《胥莱纳的摘葡萄季节》中摆进了胖纪尧姆；阿利松成了一部五幕培剧的主角；高乃依跟别的一些作家把马达莫这个假充好汉的自吹自擂用优美的文体写了出来，而若德莱这个"假面典型"成了斯卡龙②及其同代人好几部喜剧的标题。

然而在十七世纪中期，闹剧毕竟日趋消亡③。文学喜剧把它吸收了，扼杀了。也许它归根结底是上流社会有教养的人手下的牺牲品。朗布伊耶夫人④听不得一句粗话（达勒芒是这样说的，他对她这种做法不以为然）；闹剧不容易过那些高贵耳朵的关，高乃依、罗特鲁⑤，还有几位文雅的作家创造了有风趣的、体面的喜剧来代替闹剧，这种喜剧——哪怕是斯卡龙某些大胆的写法——不至（致）引起优雅的上流社会人士的反感。

（二）

闹剧除了若德莱在沼泽剧场还上演以外，在巴黎几乎已经绝迹了，而

---

① 迪里埃(Du Ryer，1605—1658)，17 世纪法国剧作家，作品以《卢克莱修》和《赛伏拉》较著名。

② 斯卡龙(Paul Scarron，1610—1660)，法国作家，写过喜剧和悲喜剧，传世名作则是一部体裁新颖的《滑稽小说》。

③ 斯卡龙：《滑稽小说》；达勒芒：《小故事》《蒙多里》。——原注

④ 朗布伊耶夫人(Mme de Rambouillet)在其府邸定期接待上流社会人士及文人，古典主义文学中有教养的人的概念即萌发于她主持的沙龙中。

⑤ 罗特鲁(Jean Rotrou，1609—1650)，法国剧作家，写过情节喜剧、悲剧、悲喜剧三十余部。

在外省则依然存在于乡村剧团，特别是在贝雅尔兄妹和莫里哀的那个剧团之中。当他们于一六五八年到达巴黎时，他们使人回忆起二十五年前在勃艮第府邸演出的闹剧演员。这个剧团的每个演员都有他的"假面典型"，有固定的名字和性格：演老头儿的有博士和戈吉必斯，演仆人的首先是胖勒内，又叫"大白脸"，一脸雪白，挺个大肚子，没有心眼（所谓"没有半点棱角的人"），贪婪杯中之物，是胖纪尧姆的接班人；他可有他特有的一套乱七八糟的哲理，满口滑稽可笑的学说，除了胖勒内之外，还有两个"假面典型"，一个叫马斯卡里耶（马斯卡里叶），一个叫斯嘎纳赖尔，是剧团主人先后塑造出来的。

一六五八年十月二十四日，当该团演员在卢浮宫演完高乃依的《妮高梅德》后，莫里哀请求陛下准许他演一出"曾享誉外省的消遣戏"①，他演了《多情的医生》。这是一出闹剧，由于闹剧当时已不流行，所以莫里哀不敢用这个名称，而用了"消遣戏"字样。"由于久已无人谈起这种短小喜剧，倒仿佛象（像）是一种新的创造似的"②。

就这样，莫里哀最初是以闹剧作家与演员的身份出现在路易十四和巴黎观众面前的。他的剧团介于勃艮第府邸与沼泽剧场之间，以复兴这种剧种而与众不同。他继承胖纪尧姆、戈基埃 伽基耶和蒂吕班的传统，有人说他收买了吉约-戈叙的剧本底稿，这是荒唐的指责，但这指责当中不也含有一点真实的种子吗？

再说，他献给巴黎人的新鲜品种，并不是象（像）《冒失鬼》或者《说谎者》③那样的大喜剧，而是一部闹剧。《可笑的女才子》在发表时，作者把它称之为喜剧，我们为了对作者的尊敬，可以不用闹剧这个名称。但名称算不了什么，倒是让我们来看看剧本本身吧。先是三个"假面典型"式的人物，地地道道的意大利即兴喜剧中的人物，都早在别的情节中以原姓名原面貌在观众面前出现过的：他们是戈吉必斯、马斯卡里耶、若德莱。别的人物

---

① 见拉·格朗日（La Grange），1682 年版序。——原注

拉·格朗日是莫里哀剧团的重要伙伴，他编有一份该剧团自 1659 年复活节直至 1685 年 9 月 1 日上演的剧目表与大事记。

② 拉·格朗日弄错了，当时还有若德莱，但也仅有他一人而已。——原注

③ 《冒失鬼》（1655），莫里哀作；《说谎者》（1644），出自高乃依之手。

连个名字也没有，用的是扮演这些人物的演员的名字：拉·格朗日、迪克瓦、马德隆、卡多、马洛特——马德隆多半是马德莱娜·贝雅尔，卡多就是卡特琳娜·迪·罗塞（即德·布里小姐），马洛特就是马洛特·博普雷。这难道是文学喜剧的做法吗？此外，剧本用的是散文，这在莫里哀以前的十七世纪喜剧里也很少见，能举出的几个例外全都跟闹剧有紧密的关系。

对世态的讽刺，如把马斯卡里耶叫侯爵，把若德莱叫子爵，这种讽刺所赖以树立的滑稽因素又是什么呢？我们见过胖纪尧姆成了蒂吕班的老婆，即兴意大利喜剧还让斯卡拉姆什充当隐修士，让阿勒甘充当王宫的洗衣妇，让戈隆比纳当上律师——这不正是莫里哀编剧手法的特点吗？

老若德莱急急忙忙参加这个年轻的剧团，因为他继续着以他为代表的传统，而莫里哀也急急忙忙把他接纳进来。莫里哀让人在剧终把若德莱穿的马甲一层又一层地脱下来，来这一套插科打诨，难道是出于对这位老前辈的敬意吗？马斯卡里耶感兴趣的不正是若德莱感兴趣的吗？蒂吕班在胖纪尧姆面前出现时那副模样不正是戴上面具的马斯卡里耶在抹了白脸的若德莱面前出现时那副模样吗？[1] 请看这个人物的出场和服装：

> 夫人，请设想一下，他的头套那么大，每次鞠躬都拖到地上，他的帽子又是那么小，显然侯爵把它拿在手上的时间比戴在头上的时间多；他的领巾大得简直是件毫不含糊的浴衣，他齐膝裤下那镶花边彩带的喇叭花大得可以给孩子们玩捉迷藏；说真的，夫人，我想当年跟居鲁士大帝打过仗的马萨盖特人的帐篷也不见得比这些令人肃然起敬的喇叭花大。从衣袋露出一束饰带结，倒象（像）是丰收角里的花果一样；鞋子上满是绸带；连我也说不清到底这鞋是用俄罗斯皮、英国皮还是摩洛哥皮做的。不过我很清楚，这鞋至少有半尺高；我真不明白，这么高、这么细的鞋跟怎能承受得起侯爵、那些绸带、那些喇叭花，

---

[1] "他先让马斯卡里耶戴面具来装做侯爵，因为他不敢用别种方式表现爵爷们。后来，他对我们说，马斯卡里耶的脸挺滑稽的，不用戴面具就能演滑稽角色。"（德·维里埃：《侯爵复仇记》第7场）——原注

还有他一脸的香粉的全部份（分）量①。

这外观不就说明这角色是什么格调，说明他是个闹剧人物吗？

我们知道，莫里哀的演技接近于意大利闹剧的表演，他很欣赏斯卡拉姆什，同他一起共享小波旁宫的剧场。我们也知道，他的敌人是如何指责他做鬼脸，扭胳臂，做出各式各样的姿态，而这就说明莫里哀是采取了意大利人富有表情的姿态，生动活泼的手势的。那么是不是说，作为剧作家的莫里哀跟作为演员的莫里哀拜的是同样的老师，他的剧本跟他的演技出之于同样的来源呢？

首先应该指出，当剧作家是个演员的时候，那么怎么样的演技就必然要求怎么样的风格，他写的东西是他要演的东西。莫里哀以前的文学喜剧跟悲剧一样，是既看不见也不表现人的身体的，是通过抽象的言词，通过语言风格的精细分析或者生动形象来表现习俗风尚的；在莫里哀以前，所谓滑稽角色只不过是一个滑稽可笑的人的声音而已，而在莫里哀的戏中，内心的情感形之于外，使整个人都动了起来，台词伴之以鬼脸、手势，把情感表现出来，充实起来。文字的铺陈，作者自己的言词，如果不包含显示人物性格的手势的话，那就没有他们立足的余地。莫里哀文字风格中那种没有个人色彩的质朴与他的演出的性质有着紧密的关系；他在写剧本的时候关心的是给自己留下制造生动活泼的艺术形象的余地，他既没有时间，也没有兴趣去炫耀他的才智。

再来看看作家发展的情况。他在外省是以闹剧创业的，如独幕：《小学生胖勒内》《粗制滥造》《戈吉必斯在袋中》《多情的医生》《大白脸吃醋》，他运用散文（《可笑的女才子》也是这种形式），当然还有"假面典型"即固定性格的人物。《可笑的女才子》以后是《斯嘎纳赖尔》，无论从主题还是格调来看，都还是闹剧，而且也是独幕，不过添了韵文。再往后是《堂·纳瓦尔》，文学喜剧型，韵文，五幕，意大利情节，对话风趣；再往后，他又回到刚离开的道路，从独幕转为三幕（这是意大利即兴喜剧普遍使用的形式），仍用

---

① 见戴雅尔丹小姐：《女才子闹剧的故事》。——这位小姐并不敌视闹剧，而是恰恰相反。——原注

韵文：这样的戏有《丈夫学堂》和《讨厌鬼》。后来，他又回到五幕剧这种堂皇的形式，如《太太学堂》，但他这是已经经历几度尝试，在才华和手法已逐渐拓宽之后回到这种形式，并非是由于机械地遵守在他以前的成规。

莫里哀显然走了两条路，一条是文学喜剧的路(《冒失鬼》《情怨》《堂·纳瓦尔》)，一条是闹剧的路(《粗制滥造》这一类、《可笑的女才子》《斯嘎纳赖尔》)。莫里哀的喜剧天才的高级表现形式是世态喜剧和性格喜剧，那么这两种喜剧归根结底属于哪条路呢？《冒失鬼》除了罗特鲁或者勒尼阿尔①之外，还能产生什么呢？而《可笑的女才子》不也是"规矩喜剧"吗？莫里哀既然让马斯卡里耶跟马德隆谈话②，后来创造了吝啬鬼和伪善者这样的人物，有谁会感到意外呢？他既然表现了斯嘎纳赖尔的胡思乱想，后来创造了阿尔诺耳弗这个人物和他的恐惧，克里萨尔③和他的愤怒，又有谁能感到意外呢？

有人可能会说："不错，《可笑的女才子》《斯嘎纳赖尔》还近乎闹剧，可也已经是喜剧了。莫里哀的进步是出两方面的努力构成的，一方面是他虽然没有把闹剧的因素完全摆脱掉，至少是把它越来越削弱了；另一方面是他把在《可笑的女才子》的闹剧底下埋藏着的真正的喜剧因素加以发展了。他的杰作是在他几乎把闹剧一扫而空的时候写出来的。"

为了避免混淆，这里有两样东西应该加以区别：一是闹剧的舞台效果，一是闹剧的美学原理。闹剧的舞台效果是粗俗的，因为它面向的观众就是如此。莫里哀杰作中的闹剧舞台效果少了，他用比粗俗的漫画形象较为高尚的手法来引人发笑，这都是肯定的。但这只不过是闹剧的外表，闹剧的包装。闹剧是一种戏剧，有它的美学，有它的构思方法——这些字眼虽然看来似乎有些大而无当。可我要在莫里哀的那些杰作当中，毫不含糊地找出来的，正是这个闹剧美学，正是这个闹剧的构思方法——也就是处理生活素材的一种独特的方法。

---

① 勒尼阿尔(Jean-Francois Regnard，1655—1709)，法国剧作家，其喜剧作品显然受莫里哀影响，著名的有《赌徒》(1696)，《唯一的遗产继承人》(1708)。

② 在《可笑的女才子》中，马德隆是一个外省资产阶级的女儿，一位青年向她求婚，但因不会贵族沙龙那套谈情说爱的语言而遭拒绝。马斯卡里耶(由莫里哀扮演)是他的仆人，扮作侯爵和她赋诗论文，赢得她的钦佩。

③ 斯嘎纳赖尔(莫里哀扮演)最早在 1660 年出现于《斯嘎纳赖尔或疑心自己当了王八的人》中。阿尔诺耳弗，《太太学堂》中的人物。克里萨尔为《女学者》中的人物。

（三）

如果说戏剧艺术当中有莫里哀所不知晓或者予以鄙视的一种手法的话，那就是编造情节，把情节里的各种技巧都发动起来，通过种种曲折弯转，种种意外突然，把观众引向结局这样一种手法。这种手法先把问题搞复杂，再来予以澄清，哪个细节看样子要衰竭了，就赶忙让它重新弹跳起来，哪个细节看样子要澄清了，就赶忙又把它搅浑，等到看来已经无法解决时，却突然轻而易举地把它理清——莫里哀从来不用这种手法。在这一方面，他跟博马舍，跟斯克里布，跟萨尔都先生①，甚至跟高乃依相比，都只是个小学生。《太太学堂》的结构基础很不高明，只是一个误会，拖得太久，最后由毫无伏笔的相认来解决；《女学者》用的是信手拈来的幼稚的伪造信件的手法；《达尔杜弗》用的是传下国王圣旨这种奇迹——真是 deus ex machi-na（解围之神）啊！《吝啬鬼》里接二连三的相认，使得两对人的成婚成为喜剧的必然结果而丝毫无损于阿尔巴贡的性格；《乔治·当丹》根本没有结局，样样事情在剧终后跟剧终前一个样。就说是情节最简单的《愤世嫉俗》，也得来个找到信件这样一个出乎意外的手法才收场。

由此可以看出，莫里哀的喜剧根本不以情节取胜。这点大家都是承认的。但让我们来看一看承认这点的意义所在。意大利文艺复兴取之于古代喜剧的文学喜剧的特征却正是情节。意大利授予西班牙和法国来构成它们的现代喜剧的也正是情节。作家的构思就在于把一大堆骗局与误会编织起来，然后分解开来，inganno（骗局）是兴趣和笑的永不枯竭的源泉。因此，各种品质、各式服装的仆人、拉皮条的、骗子手就是这种戏剧的主角：他们洋洋得意地占领着舞台，因为推动情节发展的发条就藏在他们的脑子里。

在莫里哀以前的法国喜剧，大多数也是以情节统帅的，例如梅雷（Mairet）的《奥索纳公爵的甜言蜜语》、高乃依的《说谎者》、罗特鲁的《妹妹》、布瓦罗贝（Boisrobert）的《看不见的美女》、乌维尔（Ouville）的《家神》、基诺（Quinault）的《冒失鬼师傅》都是如此。当年轻的莫里哀想跻身作家之林

---

① 斯克里布（Eugéne Scribe，1791—1861，法国剧作家，一生共写了 350 多部剧本。萨尔都（Victorien Sardou，1831—1908），法国剧作家，继承斯克里布及小仲马传统。

时，他先按照时尚来处理喜剧，所以在《冒失鬼》中有一连串的骗局，《情怨》中有一套套的误会。

但当他写《可笑的女才子》，接着写《愤世嫉俗》或《逼婚》《达尔杜弗》或《浦尔叟雅克》《女学者》或《没病找病》的时候，那就跟特里弗兰和斯卡拉姆什演的剧本一样，情节只不过是把滑稽情景串起来的一根线，是把可笑的镜头凑起来的一个框架而已，情节只不过是那些活着的木偶提线的借口，而正是那些活木偶富有表情的手势才构成喜剧。

至于《讨厌鬼》，我就不说了：那毫无意义的情节只是用来召唤人物（猎人、乐师、学者、赌徒等）上场罢了。这不是我们古时滑稽独白起死回生吗？不过有了情节，上场的就不是一个怪物（就像）那类节目中的杰作，那挺有趣的"巴诺莱的自由弓箭手"），而是一个个古怪家伙来到我们跟前，一个一个自报家门。

《讨厌鬼》是个例外。莫里哀作品中与情节联系不大也不以情节为归宿的场景俯拾皆是。《情怨》中的各场戏分三次跟三个不同的情节勉强联系起来，到处都可以拆开，独立成为一个有趣的小闹剧——法兰西喜剧院当真就这样做过。在《堂·璜》中，斯嘎纳赖尔跟他的主人商谈那一场，堂·璜摆脱债主那一场；在《吝啬鬼》里，阿尔巴贡寻思要请客那一场，他想起债主代替现金而给的系狗的绳子那一场；在《女学者》中，众学究在沙龙卖弄学问那一场，克里萨尔和他老婆争吵那一场；在《愤世嫉俗》里，读十四行诗那一场，妖艳的赛莉麦娜跟假正经阿里席诺艾交谈那一场——这些场景，还有许许多多类似的场景，它们的意义远远超出了情节的要求，对全剧的结局，对文学喜剧所必需的那种调和，既不起阻碍也不起推动的作用。这些场景如果从情节中脱离出来，也能保持它们的基本价值和饶有兴味的实质——这价值和这实质完全是通过对话对风俗和人物进行的质朴而诱人的表现体现出来的。这风俗和人物进行的富有表现力的对话（稍加情节或根本不带情节），这正是意大利闹剧（加上荒诞的插科打诨）和法国闹剧（加上些无聊的大白话）的本质。莫里哀把这框架加以扩大，把每一种典型都扩大为几种典型，扩大为几种表现式；但他仍坚守原则，即总是从与生活的关系中，而不是与戏剧结局的关系中去求索喜剧效果。

莫里哀作出了独一无二的典范，将正式的性格喜剧与闹剧靠拢，这当然显得很大胆。这是他最富有独创性的地方。但他这想法是从何而来的呢?

这显然不是来之于文学喜剧,在文学喜剧中情节是统帅。作者围绕这情节通过似真性来进行说教。剧中的情景在每个演员身上激起与他在剧中的利害关系和他所演的角色相应的情感。按照角色的年龄、性别和职业,将人的气质和爱好大致分了分类,亚里士多德和贺拉斯就人生的四个时期所作的归纳,以及泰伦提乌斯提出的各种典范,为这种分类提供了内容,而剧中人物也就按照他所属的类别决定他该说怎样的话。同样的情景在不同的人物身上唤起类似的情感,而不同的情景则在同一人物身上激起不同的情感。相互之间区别得不是十分清楚的各种面貌,以及大致真实然而个别来说缺乏统一性的各种气质——这些就是文学喜剧提供给莫里哀的东西。这里谈不上什么人物性格。

按照莫里哀所给予的意义,一种人物性格就是一种高度统一的天性,把它统一起来的是占统帅地位的某种激情或者某种恶习,这种激情或者恶习把人物心灵的其他一切情感和力量破坏掉或压抑下去,成了他一切思想和行动的本原。有时,只有爱能够抗击这种暴政,也就从爱的这种抵抗,从爱的部分的失败或暂时的妥协当中,喜剧之泉迸发了出来。

文学喜剧中还是有几部作品有助于使莫里哀踏上他的道路的。这些作品不是高乃依的《说谎者》(今天谁也不会把它看成是性格喜剧),而是他那以异想天开的充好汉马达莫为主角的《可笑的幻想》,还有包括书呆子、充好汉和农民等典型的《书呆子上当》;另外还有特里斯当的《门客》——也是一个假充好汉和一个门客;斯卡龙的《唐·雅菲》和《若德莱兄弟》这些漫画式的人物;特别是吉耶·德·拉岱松纳里(Gillet de la Tessonnerie))的《乡巴佬》,其中传统的假充好汉几乎完全变成是一个刻画得惟妙惟肖的乡下绅士了。——所有以上作品当中,情节都为一个突出的滑稽人物的表演服务,这不就是性格喜剧的雏形和样板吗? 可能这就是莫里哀的起点。

几乎所有以上喜剧的性格都是从法国或外国闹剧中的角色①引入情节而

---

① 若德莱的充好汉取之于当代法国闹剧中。斯卡龙、托马·高乃依还有别的一些作家利用叫做 Comedia de figurin(人物喜剧)的西班牙剧种,而这些人物显然是从民间喜剧移入文学戏剧的。但特里斯当剧中的门客,除了其中的个人讽刺外,只不过是大段大段的独白,是诙谐文体的变体而已。岱马雷(Desmarets)的《幻想者》我看也是这样;其中的人物不过是各种文学夸张的标签而已。——原注

得来，这就更可能是莫里哀的起点了。莫里哀可能从这里出发，但他实际并不是由此出发的。这是因为，为什么他就不是通过诗体喜剧继承了高乃依的马达莫、吉耶的乡巴佬这样的人物呢？为什么在他最初的性格塑造中回到那有局限的框架，回到散文，回到闹剧的手法中去了呢？

如果性格喜剧以《可笑的女才子》和《斯嘎纳赖尔》(《斯嘎纳耐勒》)肇始的话，那就证明莫里哀最初心目中的性格，是具有经过法国闹剧演员改造了的意大利"假面典型"这样的形式的。

意大利即兴喜剧的"假面典型"不是别的，而是一般性格的试制品。当然，最初"假面典型"具有地方和职业的特色，这些特色把一般性加以特殊化了，如邦达隆原是威尼斯商人，博士原是布洛尼人，顾名思义是个法学专家，阿勒甘是贝尔加马斯克的农民，斯卡拉姆什是那不勒斯的冒险家(也夹杂有西班牙人的味道)，充好汉并不象(像)他自己吹嘘的那样是什么大领主，只不过是有点钱的贵族罢了。

到了法国，这些籍贯和出身的特色不见了，代之以一般的性格。充好汉成了虚荣和胆怯的化身；斯卡拉姆什是诬骗和无耻，勃里盖拉是放肆狡猾的仆人，阿勒甘成了忠厚笨拙的当差，博士成了文史哲方面的书呆子，邦达隆代表凄凉、吝啬、受骗上当的老年。后来在法国的意大利作家把他们的人物原型用以改造，使之有所变化，把一般性格更加突出——特里夫兰和阿勒甘就是按这条路子改造的。许多"假面典型"用的方言和穿的服装虽然长期显示出他们源出何处，但法国观众所看到的，所能看到的也只是愚蠢或奸诈、放荡或吝啬这些性格的表现——这些性格都是永恒的人性，但通过演员个人的幻想或观察而被优雅地个性化了。

以上就是莫里哀心目中的人物性格的本原。他这种想法是如此坚定，以至他最初曾想把他的观察，把他的创造都铸入那些"假面典型"中去。

他先创造了马斯卡里耶和斯嘎纳赖尔[①]；这是两个仆人的"假面典型"，

① 这两个"假面典型"中，只有马斯卡里耶是戴面具的。斯嘎纳赖尔则至少自《丈夫学堂》起，就不戴面具了。据文件记载(参看纪尧姆作品)，他的眉毛和胡子都浓浓地涂上煤炭或墨水：

"那雅南饱满的腮帮子，

有时涂白有时抹黑……"(摘自龙萨：《献给卡德琳·德·美第奇》)

这个演员不戴面具，但脸是抹上颜色的(不一定抹白粉)，比戴面具的演员更符合法国传统。——原注但他按照意大利人的办法，在必要时让他们具有别的身份。

马斯卡里耶这个超级大滑头是司卡潘的近亲，容貌和服装完全是意大利式的，被莫里哀用到《可笑的女才子》当中。但这个仆人的"假面典型"用途较窄。他只是个滑头而已，只能模仿别的身份的人，只能通过讽刺性的模拟，突出夸大他们的怪癖。在这个人物身上，并不真实地体现法国风俗，这是担任各式各样职务的马斯卡里耶，是假扮侯爵的马斯卡里耶，而不是诗人现在所构想的搬到舞台上的一个现实生活中的侯爵。

年青（轻）时的莫里哀不甘寂寞，又创造一个仆人的角色——斯嘎纳赖尔。这个角色身上属于意大利的就只他的名字了，他原先是戴面具的，莫里哀把它摘了。尽管是个仆人，他却仿佛要当吉约-戈叙的继承人。他演出了医学的可笑之处。我们三度见他穿上医生的长袍，一次在《小偷医生》，一次在《屈打成医》，一次在《堂·璜》。但莫里哀把这个"假面典型"加以扩展，改造了这个斯嘎纳赖尔。跟基本上是仆人的马斯卡里耶不同，他当仆人是逢场作戏，而基本上是普通老百姓、笨蛋、自私、酒徒、胆小鬼、傻瓜——只有当怕字当头或者利害攸关时才有高招，这高招来自平平常常的情理，而不是出之于光焰逼人的优雅和轻快的意兴。斯嘎纳赖尔不管是在壮年还是老年，不管是农民还是资产者，不管是当丈夫、监护人还是父亲，反正总是被偷、上当、挨打。从一六六〇到一六六六年，莫里哀抛弃了马斯卡里耶以后，一共在六个剧本里推出了斯嘎纳赖尔，显然原来这个"假面典型"已经在他手里拆散了。在那几个斯嘎纳赖尔当中，只有名字相同，性格有所类同而已。这已经不象（像）意大利的阿勒甘和邦达隆那样一成不变了；现在是在同一名字底下整整一大族的性格和气质了。

但莫里哀往后还是要甩掉斯嘎纳赖尔。意大利的"假面典型"曾帮助他简化对生活的表现，帮助他把某种精神面貌固定于某种特征性的外貌之中；当他对这种方法驾轻就熟时，他就把这"假面典型"抛弃了。既然《屈打成医》中那个贪婪酒杯、老婆为了报复而被逼当上医生的农民是斯嘎纳赖尔，那么，《逼婚》中那堕入情网的老市民就不是斯嘎纳赖尔了。这是两种不同生活的两个人，而不是两种不同身份的一个人。莫里哀将他的喜剧与意大利即兴喜剧的最后一道外部联系斩断了。他甚至竭力要从公众脑子里把这两个斯嘎纳赖尔是同一个人这样的印象消除掉；他让这两个斯嘎纳赖尔穿不同的服装，他去世时留下的行头清单上列着：一个穿深红缎衣，一个穿麝色缎衣；一个穿短裤和橄榄色外套，一个穿着带金黄色花的衬裙①。

一六六六年以前，他已经时不时地摆脱马斯卡里耶和斯嘎纳赖尔，到了一六六六年以后，他就再也不用那些"假面典型"了。要是把达尔杜弗叫做虚伪的马斯卡里耶，把奥尔贡叫做虔信的斯嘎纳赖尔，那该蒙受多大的损失！给每一个市民，每一个骗子手都单独起一个名字，作者照样可以表现市民共有的通达情理和胆小轻信，照样可以表现骗子手共有的刁钻机灵和胆大妄为。但他不让那抽象的、笼统的典型占主导地位。他为自己保持了将典型加以个性化，用使之不断更新的特征来加以刻画的自由。这样的典型就接近生活了。斯嘎纳赖尔对马斯卡里耶来说，是进了一步，而斯嘎纳赖尔和马斯卡里耶的消失则标志着对世态的真实模仿的一个新阶段。

莫里哀在巴黎的艺术生涯度过一半之后才做到这一步。但他尽管抛弃了"假面典型"的外表，还是保留了它的结构。阿诺尔夫、阿尔巴贡、达尔杜弗、阿耳塞斯特这些人物的形成，跟那六个斯嘎纳赖尔没有什么两样，跟邦达隆或斯卡拉姆什没有什么两样。他们跟意大利的"假面典型"有这么一个相同之处，就是在全剧各种场景当中性格都固定不变。你把他们摆到观众面前，你给他们机会，在符合他们气质的任何处境中出现，做一切符合他们气质的动作。我们看见那位恨世者跟和他拥抱的人、跟爱虚荣的才子，跟假正经的女人，跟妖艳的婆娘打交道；跟所有的人，不管男女，他总是说那显示他性格的话，做那显示他性格的鬼脸。妒忌心重再加上性情抑郁，就使得原来单纯的醋坛子②那些敏感的思想感情显得滑稽可笑了；然而阿耳塞斯特虽然来自《唐·加尔西》，来自文学喜剧，但还是无与伦比的。在别的剧本中，情节的目的并不在于促使人物情感产生变化，而是在各幕当中，让那人物的独一无二的情感不断地迸发出来。譬如阿勒甘吧，不管他做什么姿态，总是显出他那貌似狡黠实则憨厚的性格，而阿尔巴贡所说

---

① 苏里埃《莫里哀及其家庭研究》中说，莫里哀晚年也使马斯卡里耶与其意大利原型有别：1682年版扉页上《可笑的女才子》中的马斯卡里耶一眼就可辨出，戴他通常戴的头套，穿他通常穿的服装，但无面具；现在这两样都没有了，面部则是莫里哀，斯嘎纳赖尔也是如此。——原注

② 大家知道，《愤世嫉俗》中最有力的情景和最美的诗行是取之于《唐·加尔西》的。原作中妒忌心的步步演化巧妙地寓于这位直言不讳的人物的可笑的一成不变之中。——原注

的每一个音节当中都显示出他的吝啬，达尔杜弗呢，显示的则是他的伪善。

这些典型的一成不变是显而易见的。因此，拉布吕耶尔说他们未免粗糙，而费讷隆则认为他们失之于牵强。也正由于此，莫里哀的喜剧没有一个结局，因为人物必须自始至终一成不变，说了"不"就不能再说"是"，因为那个"不"是他们的本质要求他们说的；要有个结局，诗人就得进行人为的安排。正如斯卡拉姆什不可能有勇敢或正直之举一样，这些典型人物也不可能违背其本性，不可能对自己的行动有悔恨一说。

(四)

但在莫里哀的喜剧中还有一个重要的方面，是意大利闹剧所没有的——至少对法国观众来说是如此。那就是对各种社会地位和社会关系的描绘。

莫里哀为我们表现了他那时候构成法国社会的一切阶级和一切关系：农民、市民、乡绅、才子、大领主、女仆人、城市妇女、小姐、贵妇人。他把各色恶习和可笑之处在不同的阶层之间进行巧妙的分配，这也是他的一份才干。

在斯嘎纳赖尔身上，他就铸造了在我们喜剧传统中众所共知的形象。斯嘎纳赖尔跟意大利即兴喜剧中的邦达隆或阿勒甘相象（像），但他无论是当仆人还是当主子，有老婆还是老婆死了，正谈恋爱还是当了父亲，更跟我们在闹剧中的平民（vilain）相象（像），跟他一样，也有三个地方最敏感：一是背，要挨打；二是钱包，要挨偷；三是老婆，要给他绿帽子戴。圣伯夫早就看出来了：斯嘎纳赖尔身上既有阿诺尔夫，又有乔治·当丹，又有奥尔贡；尽管他取了个意大利名字，却是纯种法兰西人。

跟意大利"假面典型"这种性格的雏形相比，法国的闹剧有它独特的地方，那就是它描画出社会关系的可笑图象（像）。它为我们显示的不是一群色鬼和吝啬鬼，不是一群骗子手，而是贵族、教士、律师、雇佣兵、平民、修鞋的、裁缝、制鞋商这些阶层。它不表现爱情而表现夫妻关系，要说爱情，那是夫妻关系当中的干扰，那就是当丈夫的后顾之忧。它广泛地展现夫妻之间的吵架和不如意的事情；但女人的狡猾和男人的粗暴之间这个永恒的冲突，更多的是作为两种社会状况之间的关系，而不是作为两种伦理关系之间的对立而产生出来的。通过男女两性相互间耍的一套套把戏为我们显示的是婚姻制度这个东西。

就在这一点上，莫里哀跟法国古代闹剧走到一起来了。他是在哪里结识这种闹剧的呢？在新桥跟勃艮第府邸的意大利化了的闹剧中还能看得出法国大闹剧的精神和倾向吗？他是在仍然上演闹剧的外省接触到的，还是从书中看来的？莫非他手头有与我们有幸仍能看到的乌多、鲁塞、巴纳贝·修萨这些集子相类似的小册子？他接触过法国闹剧，这一点是肯定无疑的，因为他有时利用其中的材料，但通过什么途径就不清楚了。他知道有这样的剧种，虽然诗人的天才，古典主义艺术的精巧之处也造成了差异，但阿诺尔夫、汝尔丹、乔治·当丹、浦尔叟雅克还是叫人联想起古闹剧里的诺岱、乔治·勒佛、戈兰这些人物，想起呢绒商纪尧姆、律师巴特兰。后来得到莫里哀栽培的苗子就生长在这里，莫里哀用来创造杰作的喜剧手法最初也在这里得到使用。他笔下的人物虽然内容无比充实，轮廓无比鲜明，但构成这些人物的方法，他们对生活的看法，跟当年把路易十一和路易十二治下的法国臣民逗得哈哈大笑的粗野卤（鲁）莽的汉子们没有什么两样。

那些冠以传统姓氏的人物，象（像）阿耳塞斯特、达尔杜弗、阿尔巴贡，都是一些代表普通人性的"假面典型"，而那些具有真姓名的人物如浦尔叟雅克、乔治·当丹、汝尔丹、阿诺尔夫（或阿努尔）则出之于更纯粹的法国传统：前一类人物较抽象，含有较多的伦理道德意义；后一类人物更富有地方色彩，更富有社会意义。

两类人物都有一个共同的性质（这种戏剧的统一性正是由此而来），那就是都通过言词天真地表达自己的思想感情。喜剧就是一种生动的对话；对话就是一切，这对话既带表情又带动作，它长段长段地出现，甚至突破情节的框子，将其中富有特色的独出心裁之处毫无保留地、不间断地、有力地显露出来。

最后，旧法国闹剧跟意大利闹剧有所不同，后者是纯艺术性的，而前者由于其社会性而含有道德教训。当然这道德教训还是很低级、很粗浅的，但总是对人物或情景的一种评价，而这些人物或情景往往也是根据这个评价提供出来的。《洗衣桶》和《驴桥》就包含有对夫妻关系的看法；《乔治·勒佛》肯定了跟社会地位低下的人通婚这一点；《米曼大爷求学》和《贝尔耐上学堂》讲到知识的有用。《诺岱》赞扬平民向贵族进行报复，这就是费加罗的寓意——对于主人，彼所不欲，必施与之。"巴诺莱的自由弓箭手"，还有"来自那不勒斯，随身带着一名土耳其俘虏"的戈兰则批判打家劫舍的大兵。总而言之，许多闹剧都表现了人民的思想意识，表现了他们观察家庭与社会关系的方式。这种粗糙的伦理道德与莫里哀喜剧的深刻哲理之间自有极大的距离：他自有他独有的思想的严肃性、力量与自由的表达。而当他在喜剧中表达世界观时，他追随的既不是写《说谎者》的高乃依，也不是罗特鲁或斯卡尤，更不是马基耶弗利或阿雷蒂诺，也不是罗哈斯或莫雷塔[①]，他有意无意地走在法兰西民族闹剧的道路上，讥笑那有违道德的论断，讥笑那违反公众社会舆论的东西。

不管我们把莫里哀的天才，他的创造能力，古代、意大利、法兰西、西班牙喜剧对他的启发强调到什么程度，我们总还是看到他真正的根在什么地方。他是以闹剧始，在闹剧中形成了他富有表现力的生动手法的。他从闹剧中学到它的哑剧原则，学到了那生动活泼的手势——这使他不用费心搜索俏皮机警的词语和字字珠玑的对白。他从闹剧中学到了努力的方向，创作的手法，学会了集中刻画一个一般性格或者表现社会性的可笑事物这项原则，特别是学会了将笑的源泉置于情节之外，完全置于人物与真实生活的关系——感官可以感知的关系之中这样一条规律。

因此，当时的人心怀恶意地说什么莫里哀是"法国第一位闹剧演员"，这话我们应该接受。这句来自敌人的话倒比布瓦洛的话更真实——布瓦洛指责他的朋友太大众化。布瓦洛希望有一个学院式的莫里哀，而真正的莫里哀却是法兰喜剧院那幅画上跟所有意大利和法国的知名闹剧演员在一起的莫里哀。在这幅《闹剧演员群象（像）》中，莫里哀跟阿勒甘、胖纪尧姆、斯卡拉姆什和基约-戈叙济济一堂。他们是他的老师，他从他们那里而来。

---

① 马基耶弗利（Machiavelli，1469—1527），意大利政治学家、史学家、文学家，其《君主论》最早完整地提出资产阶级国家学说，所作《曼陀罗花》是文艺复兴时期意大利喜剧杰作。阿雷蒂诺（Aretino，1492—1556），意大利文学家，写过几部散文喜剧。罗哈斯（Rojas，1465—1541），西班牙作家，著名对话体小说《塞莱斯蒂娜》的作者，此书对欧洲戏剧颇有影响。莫雷塔（Moreta，1681—1669），西班牙剧作家，其作品常为17世纪英法作家所模仿。

他是个伟大的人物，不必为他的出身而脸红。

他是闹剧演员中的第一人，因此也是喜剧演员中的第一人。正由于此，他在二百五十年间一直永葆青春。高乃依，尤其是拉辛，现在只有受过高级教育并学会怎样欣赏他们的美的文人们才能接受，人民大众则无需经过学习，一下就能听懂莫里哀，爱上莫里哀；莫里哀也一下子就能钻进他们的头脑，钻进他们的心坎。他善于跟人民大众相处，因为他来自人民大众；因为他的作品虽然充分吸收了博学者和才子们的一切创造，但主导形式和基本风味却取之于意大利或法兰西的民间喜剧；因为这种民间喜剧教导他，在"引正派的人发笑这项希（稀）奇差事"当中，唯一有效的办法就是展示出一些典型的人物形象。

选自［美］昂利·拜尔编：《方法、批评及文学史——朗松文论选》，徐继曾译，203～229 页，北京，中国社会科学出版社，1992。

李健吾论莫里哀

　　李健吾（1906—1982）是我国著名的戏剧家、文学家、翻译家、文学评论家和法国文学研究专家。1949 年前，曾历任上海暨南大学、复旦大学、上海市立实验戏剧学校等校的教授。1949 年后，担任上海戏剧专科学校（现名上海戏剧学院）文学系主任。1954 年调入北京大学文学研究所（即中国社会科学院文学研究所前身），任研究员。1964 年后，一直任中国社会科学院外国文学研究所研究员。

一

　　李健吾从小热爱戏剧，在北京师范大学附中上学的时候，就试着写独幕剧。1925 年考入清华大学中文系，后转学西洋文学系。在校期间，他始终没有放弃对戏剧的爱好，曾被推选为清华戏剧社社长。

　　留法回国后，李健吾一方面研究法国文学，一方面积极从事戏剧活动：组织剧社，创办剧校，创作剧本等。1934 年后，他的创作方向有了变化：从写悲剧转为写喜剧。这时，莫里哀进入了他的心灵。莫里哀剧本的辛辣的讽刺、巧妙的构思、滑稽突梯的情节、机智隽永的语言，深深地吸引着他。于是，他开始钻研莫里哀，学习莫里哀的风格写剧本。《这不过是春天》《以身作则》《新学究》……这些带有莫里哀风格的剧作，以崭新的面貌出现在 20 世纪 30 年代上海的舞台上。

　　长期以来，李健吾深为中国没有一部比较完全的莫里哀作品的译本而感到遗憾。后来在曹禺、巴金等众多朋友的鼓励和催促之下，终于下决心自己动手，系统地翻译介绍莫里哀的剧作。他选译了莫里哀喜剧中那些他

"深深感到兴会的"剧本，共十七种。1949 年年初，他完成了这个计划，然后把这十七种剧本按照原剧语言运用的不同，分为两辑（原剧是散文体的为上辑，诗体的为下辑），交上海开明书店出版。他明知这项工作的艰难，"吃力不讨好"，但还是尽力而为，认真从事。每个译本都附有序言和详细的注释，书前有总序和"莫里哀创作年表"。当年 6 月，上辑八种便出现在上海福州路开明书店的新书架上。① 出版家在书后附言里，称这一套书为"莫里哀戏剧集"，而且预告：这只是上辑，另有下辑续后。附言中有一段话说明了出版这套书的意义：

> 李健吾先生是中国现代有数的喜剧家，语言犀利，讽刺深刻，醇于欧洲文学，莫里哀由他翻译过来，极其相宜。这在中国戏剧方面、文艺方面和翻译方面，都说得上是一件大事。②

这是李健吾为翻译介绍莫里哀所做的一件大事，也是那时我国文坛上介绍莫里哀的最重大的事件。从此，人们只要提起莫里哀，就会想到李健吾，提到李健吾，就会想到他为介绍莫里哀的所作所为。李健吾与莫里哀结下了不解之缘。

1954 年，他调到北京后，专心研究法国文学。这时，他把自己敬仰的莫里哀作为研究的重点之一。两年之后，就见成果，写出长篇论文《莫里哀的喜剧》，全面评论莫里哀的创作。《文学研究集刊》第三册发表了这篇长达五万字的论文。在我国，这样认真、全面地评论莫里哀的文章，还是第一次见到。此后的二十多年间，李健吾不遗余力地为研究介绍莫里哀而进行多方面的工作。翻译、研究自不待言，只要是有关于莫里哀的活动，都离不开李健吾。凡是有剧团要上演莫里哀的喜剧，必定想到请李健吾为他们做指导。于是，北京、上海、辽宁、甘肃等地都留下他的足迹。他把翻译与研究紧密地结合起来，一次比一次更接近于完成"一部比较完全的译本"的愿望。凡出版莫里哀喜剧的译文时，他必定写有长篇的序言，阐述他的

---

① 这八部译作包括《可笑的女才子》《堂·璜》《屈打成医》《乔治·当丹》《吝啬鬼》《德·浦尔叟雅克先生》《向贵人看齐》《没病找病》，1949 年 6 月，由上海开明书店出版。

② 莫里哀：《可笑的女才子》书末附言，李健吾译，44 页，上海，开明书店，1949。

研究成果。

全面翻译介绍莫里哀的剧本是他早年就立下的夙愿，1946 年的开明书店版《莫里哀戏剧集》只是一个开始。调到北京后，他继续努力，1962 年，出版了《莫里哀喜剧六种》。1982 年年初，他完成了莫里哀二十七种主要作品的翻译工作，终于实现了自己的夙愿。《莫里哀喜剧》第一集于 1982 年年初出版。第二集于当年 4 月出版。李健吾满怀着期待，希望能看到他日夜操劳的成果——《莫里哀喜剧》全四集出齐。可是，就在那年的 10 月 24 日，他因操劳过度而与世长逝。遗憾的是他生前未能见到《莫里哀喜剧》中译本的第三集和第四集。可以告慰他的是，《莫里哀喜剧》的后两集已于 1984 年出齐。他为译介莫里哀所做的贡献，人们将永志不忘。

二

1949 年开明书店版的《莫里哀戏剧集》，共收李健吾的译文八种，分册出版。每册前都有序言。这些序言体现了李健吾一贯的风格。他写稿不喜欢一本正经地讲道理，而是像谈话一样，随感式地信手写来。这八篇序言篇幅各不相同，长的五六千字，短的千把字。文章的写法也不拘一格，有的是介绍写作背景，有的是与历来的名家之言进行探讨，有的是对剧中人物和情节的解析，也有的是赞叹莫里哀技艺之高超，它们各有侧重。李健吾凭着一个戏剧艺术家的敏感和睿智，凭着自己丰富的知识和实践经验，往往能指明莫里哀作品的精华所在，给人以难得的启示。这八篇序言，篇篇都是有感而发，而且一剧一议，独立成章。本想把八篇序言加以梳理，归纳成几个基本论点，哪知如此一来，八篇活生生的佳作变成了干巴巴的几个条条，索然无味。因此，决定改主意：学习李健吾的做法，写成读后感，一篇一议，不求统一。这样，写起来自然，读起来轻松。

*　　*　　*　　*　　*

《可笑的女才子》是莫里哀来到巴黎后的第一部作品。它篇幅不大而意义非凡。李健吾对它的评价很高。在他看来，它不但打开了莫里哀创作的新路，而且是世界喜剧史上一部划时代的作品：

一出笑剧，而且独幕，但是演出的效果和讽刺的力量，新鲜活泼，集中深厚，一下子就把时代克服，带着它往前跨越一步，朝着一个永生的青春方向走了下去。法兰西文学史从这一天起翻了一页，世界戏剧史从这一天起在喜剧方面有了更光荣的记录……①

对莫里哀本人来说，这是一个转折点。对喜剧史来说，这是一个新时代的起点。为什么这么说？李健吾指出，以前，莫里哀是学着意大利假面喜剧演戏写戏，讨好大众，却缺乏"隽永的意义"。长年生活在民间，他向民众学习了很多，培养了他的"健康和独立的自由精神"和戏剧技巧。他懂得了什么是喜剧，也懂得喜剧的第一个效果是要观众开心。不过，他为自己另添了一个新使命：要观众笑，但是，要笑得有意义；作品本身是艺术，用意却为服务。他来到巴黎，感到这里"空气的噎窒，开始以正常人生的观点鞭挞腐恶虚伪"。他"放弃传统的定型人物和机械的剧情进展，拿实在生活和风俗作为他的描绘的范本"。就这样，《可笑的女才子》出世了。他把喜剧引入了现实生活的轨道，从而也就决定了自己的一生要在人海里搏斗。正如李健吾所说，"一次他跳入人海，终其身和风险搏斗"。②

为什么说这部短剧是法国文学史和喜剧史上新时代的起点？李健吾回顾了文学史上一部作品便实现了新旧交替的实例。塞万提斯的《堂吉诃德》扫荡了骑士小说的遗毒，福楼拜的《包法利夫人》敲响了浪漫主义的丧钟。"艺术作品并不直接攻击，然而，不着一字，尽得风流，笔之所至，金石俱裂。"③以法国的历史来说，从 15 世纪跨到 17 世纪，从中世纪跨到近代，经过多少人的努力，文化面貌有了巨大变化，从质野不分到文质彬彬，那是一个大变化大跨度。后来，朗布叶夫人开"沙龙"文化之先河，贵人们纷纷效仿，讲究所谓高雅，贵族文化趋于颓废。"朗布叶夫人的小小的功绩，临

---

① 李健吾：《可笑的女才子》序，见莫里哀：《可笑的女才子》，李健吾译，11 页，上海，开明书店，1949。

② 李健吾：《可笑的女才子》序，见莫里哀：《可笑的女才子》，李健吾译，12 页，上海，开明书店，1949。

③ 李健吾：《可笑的女才子》序，见莫里哀：《可笑的女才子》，李健吾译，13 页，上海，开明书店，1949。

了也被这些愚妄的贵人轻轻断送。"①莫里哀看出了贵族文化已经"走着没落的道路",他的《可笑的女才子》就是一个打击文坛恶劣风气的辉煌战果。同时,它也是把喜剧推进到近代水平的首创。

* * * * *

莫里哀的《堂·璜》是一部奇书。正如李健吾所说:在一切都要讲规则的年代,它全然不顾规则;它原来是一则僧侣们用来布道的例证,充满中世纪神秘剧的气息,到了他的手里,"故事贬做一架工具",传说"有了灵魂,有了哲学"。

堂·璜的传说可能发源于西班牙。西班牙"黄金时代"的剧作家莫里纳把它写成了一出悲喜剧。"堂·璜在这里及时行乐,处处留下改悔的可能,临死呼吁神圣解救。"剧本的内容充满了矛盾。传到意大利人那里,传说变成了滑稽戏。插科打诨、机关布景,一时轰动剧坛,风行全国。

莫里哀为解决《达尔杜弗》被禁后剧团面临的困难,抓住这个热门题材,赶写出一部新剧。莫里哀的拿手好戏是写现实性题材的作品。对于这样利用广为人知的现成的传说来进行再创造的创作,"他的功力永远不在重复故事,而在把生命赋给性格和生活背景,成为一个有灵性,也就是有个性的存在。原来庸俗,几乎停了脉搏的生命,经过天才和现实的加工炼制,重新获得撼动宇宙的活力"②。莎士比亚写《哈姆雷特》、歌德写《浮士德》是作家与传说人物合好无间、心心相印。莫里哀写《堂·璜》的情况不是这样。堂·璜的传说具有浪漫传奇的性质,和在现实里面打拼的莫里哀显然有着本质的距离。他关注这个传说"几乎完全是从客观的哲理的观点出发"的。他对这个传说之所以感兴趣,"只是堂·璜这个怪人而已"。他从传说里看到的是一个名为高贵、实则为非作歹的没落贵族的形象。"他拾起一个中世纪人物,给了他一个新的性格"。莫里哀把当代贵族的性格赋予堂·璜。"他看够了那些出入宫廷的大小贵族,他们的日常言行便是堂·璜的生命的

① 李健吾:《可笑的女才子》序,见莫里哀:《可笑的女才子》,李健吾译,18页,上海,开明书店,1949。
② 李健吾:《堂·璜》序,见莫里哀:《堂·璜》,李健吾译,4页,上海,开明书店,1949。

源泉"。莫里哀不失机会地在剧本里鞭挞了那些"不给祖先留体面的贵人"。①

序言的末尾，李健吾认为：莫里哀在这里预言了贵族已经开始往下坡路走。敢于这样"想到也就说到了的"，他是"头一个。"像莫里哀这样以进步的姿态攻击他应当伺候的主子们的，勇气应当分外足"。

*　　*　　*　　*　　*

除《堂·璜》之外，莫里哀有不少作品是借用现成的材料进行再创作的。莫里哀说过，"我随手捡拾我的财富"。的确，凡是对他有用的，他从不舍弃。他随手捡拾和利用过的东西确实不少，而且范围极广，民间的、外国的、古代的都有。《吝啬鬼》可以说是他借用前人作品最多的一部作品。有人考证，大概有五六个作品可能是它的来源，其中用得最多的是古代罗马戏剧家普劳图斯的《一坛黄金》。

在本剧的序言里，李健吾引用了多个名人的评价，说明历来人们对《吝啬鬼》这部作品的看法是如何的不同。18 世纪法国启蒙运动兴起时，运动的主要人物之一卢梭对它就有所非议。卢梭本来就对戏剧，特别是对喜剧有偏见，说戏剧是"伤风败俗的学校"。他在给朋友的一封信里特别以莫里哀的《吝啬鬼》为例，来说明自己的这个观点。他说，剧本里写的吝啬和高利贷是一种罪恶，写到儿子因此而对父亲不敬，那是一种更大的罪恶。那儿子在剧中居然还得到众人的喜爱，这样的戏剧不是伤风败俗的学校又是什么？李健吾对这种一边倒地维护父亲尊严的道德观，显然是不同意的。他引用一个著名戏剧评论家吉辣旦的观点，从喜剧创作的角度来为莫里哀辩护，说这是戏剧创作的一种策略：把浪费和吝啬两种罪过进行对比，以取得更好的戏剧效果。李健吾对这样的辩护并不满意，他站在更高的角度来说明自己对莫里哀在剧中所要表达的思想和人性应当是一个，假如成了两个，一定在本质上起了变化，成为卢梭所拥护的形式主义、空无一物的礼教：

> 莫里哀要的不是卢梭的拘泥的猥琐的道德，违反人性的礼教他永

---

① 李健吾：《堂·璜》序，见莫里哀：《堂·璜》，李健吾译，7 页，上海，开明书店，1949。

远在他的喜剧里面加以惩罚，最高的道德和人性应当是一个，假如成
了两个，一定在本质上起了变化，成为卢梭所拥护的形式主义、空无
一物的礼教。所以，从一个更高的精神意义来看，有真正道德的是莫
里哀，正确的指示属于他在喜剧里面所给的启发，因为他爱的不是空
洞的教条，而是广大的芸芸众生，把生趣分给每一个人。①

李健吾从人道主义思想出发，认为，《吝啬鬼》不仅是一出普通的风俗
喜剧，而且已经成为一出社会喜剧。

李健吾在序言中介绍的第三位对《吝啬鬼》有评论的名人是德国大诗人
歌德，通过歌德的评论把序言对剧本的评价推向高峰。歌德在他与其助手
爱克曼的谈话中，多次赞扬了莫里哀。在这次谈话中，一提到莫里哀，他
情不自禁地夸耀莫里哀，说莫里哀是一个真实的人，他恰如其分地描绘人
们，并加以惩罚。还说"莫里哀是那样伟大，每次读他，每次被他惊到"。
再谈到《吝啬鬼》，歌德说出了一番惊人的评价：

> 他的戏濒近悲剧，它们握有未来，没有人有勇气模仿它们。他的
> 《吝啬鬼》，罪恶在这里摧毁父子之间一切自然的情愫，特别伟大，是
> 高度地悲剧的。②

接着，李健吾就悲剧性问题写下自己的意见：既赞扬了歌德的见识，
又肯定了莫里哀喜剧的这一个特点——喜剧而又濒临悲剧的巨大意义：

> 拿悲剧这个字样来点定《吝啬鬼》的造诣，我们唯有拜倒于歌德的
> 胆大的微妙的运用。而且他对。莫里哀的最大的喜剧，都有力量撼动
> 我们的灵魂，叫我们在狂笑之后沉下心来思维，有时候甚至于不等笑
> 声收煞，一种悲感就在我们的心头涌起。③

---

① 李健吾：《吝啬鬼》序，见莫里哀：《吝啬鬼》，李健吾译，5页，上海，开明书店，1949。
② 李健吾：《吝啬鬼》序，见莫里哀：《吝啬鬼》，李健吾，6页，上海，开明书店，1949。
③ 李健吾：《吝啬鬼》序，见莫里哀：《吝啬鬼》，李健吾，7页，上海，开明书店，1949。

序言的最后部分提出了一个很重要的观点。李健吾认为，如果挑毛病，《吝啬鬼》的结局——传奇式的团圆来得不真实，但那是喜剧在形式上必须满足的要求，莫里哀也不可能征服人生本身的遗憾。所以要怪他，不如索性指责喜剧本身。莫里哀最关注的是创造性格。他对情节并不过于在乎，但是在风俗上，在行动上，在心理上，特别是在性格上，永远忠实。他往往"跳过技巧，运用他最高的才分把他的观察写成喜剧，而且写成性格喜剧"。李健吾特别强调这一点，他说：

> 这是莫里哀的独特成就。唯其全部精力注意在一个性格的解剖，把它和社会的关系一个一个集中而又隔离地加强给我们看，我们明白剧作者的目的决不止于逗我们一笑而已。他要我们看清楚这种性格和它的习惯所含的祸害，有时候远在本身以外，具有社会性的害群的意义。[1]

*   *   *   *   *

《屈打成医》和《德·浦尔叟雅克先生》是两出闹剧（李健吾的译法是"笑剧"），是莫里哀特地为老百姓写的戏。

莫里哀把两个民间传说糅在一起而写成了《屈打成医》。李健吾认为，这是一出"百分之百的"闹剧。但是，并不因为是闹剧而品位不高。恰恰相反，这样的闹剧，至今没有一出闹剧能与它匹敌。原因就在于它"品高"。

莫里哀写它就为博得一个哄堂大笑，但是，也并不因此而降低品位。道学先生可能嫌它粗野，但是，它"健康、质实"，适合老百姓的口味。莫里哀"高人一等"的地方，就在于他始终忠于生活，忠于现实。剧本的情节，即使是"胡闹""也不全靠外在动作，一切顺序发展，依据人生，从来不肯走了样子"，还有语言的巧妙、新鲜、有力，有的甚至被看作成经典。所以，它是闹剧，然而它闹剧而品高，闹剧也可以写成极品，"假如有人把它看做喜剧，一点儿勿需乎奇怪"。[2]

---

① 李健吾：《吝啬鬼》序，见莫里哀：《吝啬鬼》，李健吾译，8页，上海，开明书店，1949。

② 李健吾：《屈打成医》序，见莫里哀：《屈打成医》，李健吾译，3～4页，上海，开明书店，1949。

《德·浦尔叟雅克先生》，照李健吾的说法，"这应当是莫氏最最胡闹的笑剧（闹剧）"。剧中那些滑稽奇突的地方，令人想起古代的阿里斯托芬和法国的拉伯雷。但是，莫里哀比之前人更是"资力雄厚"，因为在他的作品里，"自然和艺术在这里得到完整深厚的生命，不像现代那样纤巧，也不像古代那样粗疏。"

李健吾认为，这出闹剧最可贵的地方是剧本塑造了一个有性格的中心人物，而且"他的性格有厚度，不是一个纸扎人。虽说由人拨弄，始终稳如泰山"。这个性格有厚度的中心人物就是浦尔叟雅克先生，一个外省的乡绅。他以为自己身份不低，带着乡鄙冒冒失失地来到京城，想要娶一个他并不相识的阔小姐，自己成为富商的女婿。他的行动会破坏一对年轻人的好事。人们就利用他的自负一再把他捉弄。他惧怕这场婚姻，吓得化装成女人逃出京城。自负是这个人物的性格特征，他受到种种惩罚，大半也是由于他的自负。

从李健吾对这两个闹剧的分析，我们一方面可以看到李健吾对莫里哀的闹剧抱有欣赏和喜爱的态度；另一方面也可以看出，李健吾对闹剧的创作有着自己的看法。他并不认为，闹剧就必定是插科打诨、逗乐取笑。闹剧写得好，和喜剧一样，可以有严肃的内容，可以塑造性格。真正优秀的闹剧也就在它如何脱俗诫媚，一是要有严肃的创作目的，二是要扎根生活、扎根现实。

* * * * *

1949 年开明书店版的《莫里哀戏剧集》里，有两部作品描写了当时法国社会出现的一种普遍存在的却又是新奇的现象。在这个封建制度盛极而衰、资本主义兴起的时代，高傲的世袭贵族原来自以为高人一等，根本瞧不起那些发了财的土老帽，如今他们却不得不放下架子，有的愿意与之结交（目的是从那里弄到钱），有的甚至把女儿下嫁，与之联姻。至于那些趁着时机把钱袋塞满的暴发户，更是千方百计地想要弄一个身份，挤进上流社会。一个地位高而缺钱，一个有钱而缺身份，他们正好因各有所求而凑在一起。贵族因堕落而厚颜无耻，资产者因虚荣而吃亏上当。敏锐的莫里哀及时抓住这种现象，嘲笑了这两种人物。

《向贵人看齐》(即现译的《贵人迷》)本来是奉旨而写的一出戏。路易十四为了报复土耳其使节的狂妄而命令莫里哀写一出嘲弄土耳其的戏。莫里哀并没有按照国王的旨意写戏。他的创作意图完全不在如何实现国王的意图。但是,他不能不顾国王的命令,对国王要求的土耳其内容作出了巧妙的安排。正如李健吾所说:"莫里哀,灵魂深湛,把土耳其典礼作为高潮放在他的喜剧里面,为自己另外物色了一个目的:人性的掘发。"①莫里哀感兴趣的不是如何嘲笑土耳其,而是他在社会观察中发现的现象,发掘这个现象中的"人性",描绘出这种人性。剧中出现了两个具有时代特色的人物:破落贵族道朗特和那个被自己的虚荣心折腾得忘乎所以的汝尔丹。于是,这样一出本来是以声色之娱为目的的喜剧,莫里哀把它写成了一部具有深刻意义的喜剧。如今,人们对它感兴趣的,不单是它的娱乐性,而"始终是那个绝人"汝尔丹先生。

《向贵人看齐》序一开始,李健吾就告诉我们:"了解它的意义,必须先有当时法国的社会背景做底子,因为莫里哀的深厚的刻画,向来具有强烈的现实的敏感。"②这可以说是阅读了解莫里哀作品的一个原则。不了解 17世纪法国社会的特点,就并不能体会《向贵人看齐》对社会现实和人物性格刻画的深刻性。再则,李健吾的序言中对剧本的创作过程的论述,有两点是值得注意的:一则是他如何对待国王的命令;二则是莫里哀创作的要旨,即发掘人性,创造性格。

如果说《向贵人看齐》嘲笑了资产阶级对贵族身份的羡慕和向往,那么,《乔治·当丹》写出了他们那种通过联姻来改变身份的意图,给他们带来了严重的后果:"企图高攀,反而遭受屈辱",到头来自食其果,后悔莫及。

在这篇序言里,李健吾对我们欣赏莫里哀作品提出了一个很值得注意的问题:"看戏和读戏不是一件事",莫里哀写剧本是为了演出,"很少是纯粹为了读的"。因此,他讲究的是喜剧演出的舞台效果,不能以理想主义的或者道德至上的标准来要求它们。"浪漫或者道德气质的读者",往往就欣

---

① 李健吾:《向贵人看齐》序,见莫里哀:《向贵人看齐》,李健吾译,4~5页,上海,开明书店,1949。

② 李健吾:《向贵人看齐》序,见莫里哀:《向贵人看齐》,李健吾译,3页,上海,开明书店,1949。

赏不了。《乔治·当丹》本来就是一出闹剧，从闹剧的立场来说，它很完美，无可非议。但是戏中没有一个人物值得同情，恶人没有得到惩罚，像卢梭这样的人就接受不了。莫里哀是按照生活原来的样子写来，颇像19世纪的自然主义，还带有中世纪的粗野无情。既不浪漫，又不那么严肃，卢梭等人自然不会满意。

＊　＊　＊　＊　＊

《没病找病》是莫里哀的最后一个作品，李健吾为它写了一篇长序。这篇长序用了相当多的篇幅记叙了莫里哀晚年不愉快的遭遇，描写了他带病表演《没病找病》的情景以及他为戏剧鞠躬尽瘁的动人事迹，文中充满着李健吾对这位戏剧家的悼念之情。

这出喜剧曾经得到歌德的赞赏，尤其是其中的第二幕第八场，被歌德认为是舞台艺术的典范，后人可以在这里学到的实际知识比任何理论都多。歌德还就此而发挥，谈到自己从小就喜爱莫里哀，每年都要读几本莫里哀的作品，"为了永远保持和完美往来的心境"。李健吾在序言的一开头就直截了当地引出歌德的话。是什么让歌德这样入迷呢？歌德说："这不仅仅是一种熟练的艺术家的经验让我入迷，而尤其是那种可爱的自然，诗人的灵魂的最高的修养。"①

李健吾把歌德一整段话都在文中引出，而且认为这是对剧本的"最好的引言"。看来，李健吾对歌德的话，包括对《没病找病》的艺术手法，也是推崇备至的。

《没病找病》的内容有相当一部分讽刺了医学的弊病——迷信和食古不化。对当时法国的医学界，这样的讽刺挖苦也许不无根据，有其针对性。不过，李健吾由此而引申到中医，就不恰当了。

三

1954年调来北京后，李健吾对莫里哀进行了系统的深入的研究。他的

---

① 李健吾：《没病找病》序，见莫里哀：《没病找病》，李健吾译，4页，上海，开明书店，1949。这段译文与朱光潜的译法不同。

研究大致包括两方面：一方面是全面地研究作家，对他的作品的内容和思想意义进行具体的分析；另一方面是研究莫里哀的创作原则和创作特点。从李健吾所写的论文以及工作的过程看，这两方面又是同时进行、互相结合的。与此同时，他还不放松翻译莫里哀的剧本。

李健吾说："莫里哀是世界上最伟大的喜剧家。"[①]这是大家公认的说法，并不特殊。但是，李健吾对这位他所敬重的喜剧家又有自己特定的看法。他在四卷集《莫里哀喜剧》序言的第一段里这样说：

> 莫里哀是法国现实主义喜剧的创始人……这里说"现实主义"，因为这最能说明他的战斗精神。[②]

这段文字里包含着多方面的意思。不过，其中最引人注目的是他在说明了莫里哀是"法国现实主义喜剧的创始人"之后，对这里的"现实主义"一词作出特定的解释："这里说'现实主义'，因为这最能说明他的战斗精神。"把莫里哀认定是现实主义喜剧家，李健吾不是唯一的人，但是，对莫里哀的现实主义作出这样的解释，特意说明那是指作家的"战斗精神"，却还是独特的。从他对莫里哀的总体评价看，李健吾的意思是很明白的。他所说的具有战斗精神的"现实主义"，有着特定的内涵：一方面指的是莫里哀敢于直面现实、取材现实、描写现实；另一方面，更是指他能够"揭露一切虚假事物的反动面目"、"向同代人提出了各种社会问题"的勇敢精神。

莫里哀是一个自觉的戏剧家。他选择了喜剧，而且坚持终身，是因为他真正懂得了喜剧的责任和喜剧的意义，明白从事喜剧的创作和演出，就是背负着一种社会使命，要完成这样的使命就必须做好与恶势力战斗的准备：

> 喜剧的责任既然是通过娱乐改正人的错误，我相信，我要把工作

---

① 李健吾：《莫里哀的喜剧艺术》，见《李健吾戏剧评论选》，448 页，北京，中国戏剧出版社，1982。

② ［法］莫里哀：《莫里哀喜剧》，第 1 集，李健吾译，1 页，长沙，湖南人民出版社，1982。

做好，最好就是以滑稽突梯的描画，攻击我的世纪的恶习……①

由此可见，莫里哀的"战斗精神"是自觉的。正是这种"战斗精神"使他能够大胆地直面现实，勇敢地揭露生活中的矛盾，揭露一切腐朽的虚假的事物的反动面目。这也是李健吾最看重莫里哀的地方。

事实说明，李健吾在他的莫里哀研究的工作里，从一开始就抓住了莫里哀的这个基本特点，后来再三强调的也是莫里哀的"战斗精神"。他的那篇长文《莫里哀的喜剧》，用社会学的阶级分析的方法，把莫里哀全部作品，以主要人物的阶级属性为准，按照当时法国的封建等级制，分成了四个大类：第一等级，教会人士；第二等级，贵族阶级；第三等级，资产阶级；最后，年轻人和"下等人"。然后挑出每个大类中的几个重要作品，分析其内容和社会意义。其中贯穿的就是莫里哀的那种具有"战斗精神"的现实主义。

所谓"第一等级"的剧本，指的是有关宗教和宗教人物的内容的剧本，文章论及的作品有《太太学堂》《达尔杜弗》和《堂·璜》。李健吾指出，在 17 世纪，随着专制政体的稳定，统治阶级竭力维护政教统一的体制。教会的势力有所加强，抢占和垄断了慈善和教育方面的机构。这是教会在权力斗争中获得的重大胜利。教会希望把年轻人和女孩子都训练成天父的忠实信徒和家长的驯服儿女，从这方面来进一步控制人民的思想，维护封建制度。所以，《太太学堂》虽然主要是攻击封建的夫权思想，却必然碰伤教会垄断的教育事业。剧本的意义也超出了婚姻的范围，其讽刺的矛头同时指向了封建思想和它的维护者教会。剧本演出后，封建思想的卫道者和教会两股势力向莫里哀攻来。莫里哀勇敢应战，在巴黎的剧坛形成了一场对垒战。紧接着，是一场更加激烈的斗争，即所谓"达尔杜弗之战"。剧本撕破了教会的所谓"良心导师"的假面具和上流社会的伪善恶习。反动势力采取高压手段打压莫里哀，莫里哀直接与教会的反动势力交锋，充分表现出他的"战斗精神"。

---

① [法]莫里哀：《莫里哀喜剧》，李健吾译，第 2 集，261 页，长沙，湖南人民出版社，1982。

　　第二等级，指的是贵族。随着封建制度的由盛而衰，世袭贵族也开始走向没落。莫里哀的《可笑的女才子》《堂·璜》《讨厌鬼》《愤世嫉俗》等作品里，把这个已趋颓势的阶级的腐朽生活，特别是把那些在路易十四周围讨生活的宫廷贵族的丑恶面目，揭露得十分透彻。《愤世嫉俗》写了"一个完整的宫廷贵族社会"。在这里，神气十足的贵人们唯一的正务就是"挖苦张三李四，卖弄并不俏皮的俏皮话"。他们"彼此关系虚伪"，在他们的客厅里，表面上客客气气，"然而空气紧张，阴谋百出"。看不惯这个世界的阿耳塞斯特，一个"正派的贵人"也是孤芳自赏而已。一般的贵族，已经无法维持往日的辉煌，只能以表面的风雅来维持自鸣得意的气概，然而掩盖不了可笑的本质（《可笑的女才子》）。更有人利用资产阶级向上爬的弱点，出卖自己的女儿来堵住"大窟窿"的（《逼婚》《乔治·当丹》）。《堂·璜》里的老贵族责骂自己那个荒唐的儿子说："你以为平日为非作歹，只要出身高贵，就脸上有光吗？不，不，没有人品，门第不值分文。"①贵族的身份和往日的功勋，早已被他们自己败坏。莫里哀写出了这个没落阶级的丑态，连阿耳塞斯特都痛恨这个社会，都已经感觉到这个社会是要不得的。

　　所谓第三等级，也就是上层资产阶级。莫里哀并没有因为自己出身在这个阶级而姑息资产者和他们的恶习。他的喜剧大部分用在描绘资产阶级社会，通过生动的形象写出了"金钱在这里变成一把万能的钥匙"。资产阶级"由于过分看重金钱，吝啬成了他们的绝对情欲"。在《吝啬鬼》里，莫里哀"给我们刻画了一个最丑恶、最可畏，也最可笑的拜金主义者的形象——阿尔巴贡"。在剧中，"莫里哀把吝啬鬼的形象结合到伤天害理的放高利贷者的形象，自然而然也就收到集中一击的效果"。资产阶级发了财，希望自己能够与贵人分庭抗礼。他们用钱来买官职，成为"长袍贵族"，或者通过与世家联姻，让自己也做贵人。《贵人迷》里的汝尔丹就是这种风尚的代表。虚荣心把他带入了歧途。为了实现这个美梦他不吝惜花钱，与阿尔巴贡走的是另一个极端。结果是同样给家庭带来灾难，自己成了个冤大头和遭人耻笑的"滑稽人"。

---

　　① ［法］莫里哀：《莫里哀喜剧》，第2集，李健吾译，325～326页，长沙，湖南人民出版社，1982。

　　李健吾分析的第四类人物是"年轻人"和"下等人"。莫里哀写过许多家庭喜剧，而这些家庭喜剧"几乎出出全是父子或者父女之间斗争的实录"。这种斗争多半是儿女的婚姻问题。"最好的时候，父亲从财富观点，考虑儿女婚姻问题。但是他们还有最坏的时候，就是牺牲儿女的幸福来满足一己的自私打算。"①他们的行为还得到父权这种传统观念的支持。在这场家庭冲突中，那些在优裕的生活下长大的少爷小姐就显得软弱无力。在这个"最要智慧和行动的重要当口，他们显出了阶级习惯上不可克服的弱点。"莫里哀站在民主主义和人道主义的立场上，站在年轻人一边，同情他们为争取爱情自由而进行的努力。"为了帮助青年男女成功，他把他从生活和传统学来的喜剧技巧，全部贡献出来，对付这些自以为是的封建家长。他的喜剧也由于这种面向幸福和未来的战斗精神，充满了青春和欢乐气息。"②

　　为了帮助年轻人，莫里哀像古今中外的许多喜剧作家一样，"重用下等人"，也就是男女仆人。正是这些"下等人"的智慧和才干，帮助青年人战胜了那些顽固、自私的老年人。"他们是喜剧转向闹剧的关键人物……他们实际是喜剧的灵魂。"③不过，莫里哀接受这个传统，却并不因袭过去。这些下等人的身上有了与过去同类人物不同的特点，那就是他们有了初步的阶级自觉性。"他们的社会地位同他们的智慧和勇敢不相称，他们自己也有一点感觉到，仅仅由于时代限制，他们还得立人檐下罢了。他们在经济上、制度上受制于人，然而在心理上，他们开始体会出来自己的力量。"④另外，他们在整个戏剧中的地位也有了区别。正如李健吾所说："莫里哀给了他们一种更高的戏剧任务。他根据自己的正确观察，象（像）他说的，把'丑型'人物派给贵族阶级的侯爵承当，或者资产阶级的商人承当。从莫里哀起，喜剧开始大力负起正确分析阶级的艺术使命。'下等人'在这里获得了——如

---

　　① 李健吾：《莫里哀的喜剧》，见《李健吾戏剧评论选》，120 页，北京，中国戏剧出版社，1982。

　　② 李健吾：《莫里哀的喜剧》，见《李健吾戏剧评论选》，121 页，北京，中国戏剧出版社，1982。

　　③ 李健吾：《莫里哀的喜剧》，见《李健吾戏剧评论选》，124 页，北京，中国戏剧出版社，1982。

　　④ 李健吾：《莫里哀的喜剧》，见《李健吾戏剧评论选》，124 页，北京，中国戏剧出版社，1982。

果不是社会的，至少是艺术的——重要地位。"①

我们这样详细地介绍李健吾《莫里哀的喜剧》这篇论文中的主要内容，是为了说明李健吾所说的莫里哀的现实主义"战斗精神"，在具体作品中是如何体现的。在李健吾的眼中，莫里哀的全部喜剧是一个整体，仿佛是演出了一部17世纪法国的"人间喜剧"。他依照法国封建社会的等级制，把莫里哀喜剧中的人物加以分类，就好像打造了一个分层分格的大柜，全部法国城市里的人都囊括在内，让我们看到了当时法国城市的风土人情（莫里哀没有写过农村题材的作品）：那里生活着一些什么样的人，他们之间有什么关系，发生了什么事情……与此同时，他对各类人都有自己的评价和态度，不管是谁，有恶习，有毛病，都逃不过他的法眼。喜剧是需要勇气的。"他选择了一个需要勇气百倍的表现形式"；喜剧需要有"战斗精神"，他下决心要在作品里"攻击我的世纪的恶习"。的确，他是这样说的，也是这样做的。他的作品里，"题材一般是当代的，精神永远是批判的"，题材和精神贯穿着现实主义的战斗精神。②

四

17世纪的法国，从分裂割据、战乱不断的状况中走了出来，进入一个政局统一的时期。到路易十四时代，君主专制制度发展到鼎盛时期。在王权的支持下，古典主义思潮盛行。"不可否认，古典主义在法兰西文化形成上，起过极其重要的作用。这里显出各阶层对国家统一的愿望，同时资产阶级知识分子对文学事业的热衷、贵族阶级有心之士对自身教养的关怀，也在这里得到充分表现。"③古典主义与王权有着密切的关系，而且对文艺家和文艺创作提出严格要求：艺术家的创作要为王权服务，要遵守各种规则。它的贵族倾向是十分明显的。莫里哀早年长期在民间活动，与古典主义没

① 李健吾：《莫里哀的喜剧》，见《李健吾戏剧评论选》，123页，北京，中国戏剧出版社，1982。

② 李健吾：《莫里哀的喜剧》，见《李健吾戏剧评论选》，127页，北京，中国戏剧出版社，1982。

③ 李健吾：《莫里哀的喜剧》，见《李健吾戏剧评论选》，131页，北京，中国戏剧出版社，1982。

有什么关系。但是，来到巴黎后，情况就不一样了。他要在巴黎站住脚，要在舞台上"攻击世纪的恶习"，没有王权的支持，不但难以实行，恐怕连性命都难以保住。他不得不奉命参加宫廷盛典的制作，也不得不接受占据文坛主流的古典主义。李健吾认为，莫里哀的艺术思想和创作风格，在他进巴黎之前已经形成，所以，他所能采取的态度是"接受当时的风气，然而并不屈服。他始终尽可能保持他的独立见解"①。李健吾在后来所写的文章里也说："他和古典主义艺术作家保持若即若离的关系，很多艺术见解他们并不一致。"②古典主义的代表人物夏普兰认为"悲剧是最高贵的戏剧制作"，喜剧则属于低一级种类；悲剧模仿王公贵族的行动，喜剧模仿下等、最多也就是中等人的行动。莫里哀在创作中根本不顾这样的限制。上至宫廷贵族，下至平民百姓，都可以成为他描写的人物，甚至还认为"侯爵成了今天喜剧的丑角"。古典主义悲剧取材不是古代的就是外国的，从来不提倡写当代法国的。莫里哀针对这一点，强调喜剧必须真实地描写当代现实：喜剧"描画人的时候，就必须照自然描画。大家要求形象逼真；要是认不出是本世纪的人来，你就白干啦"。夏普兰劝作家不要学闹剧演员去讨好那些被他叫做"贱氓"的老百姓。古典主义的理论家布瓦洛也惋惜莫里哀太靠近普通老百姓，说他"如果少和人民来往"，"或许就会抢到本行的冠军"。莫里哀对这些劝告都不以为然。他以舞台生涯为荣，而且始终不忘为池座的观众写戏演戏，尊重他们的欣赏习惯，信任他们对戏剧作品的评价。夏普兰认为，"三一律"是评定戏剧作品优劣的标准，只有遵守规矩才是作品完美的基本条件，只有学者才有评判作品优劣的能力。"莫里哀并不反对艺术法则。在他看来，法则是一种'观察心得'，应当和有机创造活在一起，决不可以成为它的压力……（如果）不在创造过程中起积极作用，完成作品的主题任务，法则是没有意义的。"③他更反对墨守成规。对于三一律，他尽可能遵守，但是，"为了自然，他宁可破坏法则"。拉辛的儿子在他的回忆录里记载了莫

① 李健吾：《莫里哀的喜剧》，见《李健吾戏剧评论选》，133页，北京，中国戏剧出版社，1982。

② 李健吾：《关于莫里哀的三个喜剧作品》，30页，载《戏剧学习》，1979(2)。

③ 李健吾：《莫里艾的喜剧》，见《李健吾戏剧评论选》，139页，北京，中国戏剧出版社，1982。

里哀与拉辛一起修改朋友的诗篇时的情景。莫里哀批评了那篇作品过于拘泥于法则，而且说了这样一番话："为了表现正确，必须牺牲规格；艺术应当教我们从艺术法则解放出来。"①应该说，在创作思想方面，莫里哀同样表现了他的"战斗精神"。

那么，莫里哀的艺术见解是什么样的呢？他的喜剧作品有什么特点呢？李健吾在《莫里哀的喜剧》里曾经总结莫里哀喜剧作品的三个特点："发挥主题，逗观众笑，说明性格。"后来，在另一篇文章《试谈导演莫里哀的喜剧》里，谈到导演莫里哀喜剧时应该注意的问题时，提出了五点：一是熟悉他的时代；二是掌握讽刺的深度，即明确他的每一出喜剧的倾向性或目的性；三是讽刺性与可笑性的绝妙结合；四是明确各个剧本的性质，也就是恰当地运用闹剧手法；五是在看到意大利职业喜剧对莫里哀的影响时，应该注意他是如何加以改变，来适应他自己从现实中得到的观察，正确反映法国社会的面貌。

以上两类意见，有着内在的联系，归纳起来，可以看到李健吾对莫里哀艺术思想的基本分析。首先，他指出，"莫里哀是一个高度自觉的伟大喜剧作家"②，他写戏演戏都为"通过滑稽突梯的描画纠正人的恶习"，他的每一出戏都是根据自己对现实的观察分析，抓住社会上流行的某种恶习，动用讽刺的手段给以致命的打击。关于这一点，上文已经有了具体的论述，不再赘言。李健吾在这里进一步说明的是另一层意思："莫里哀看重的，第一是主题任务，第二是喜剧效果。不逗笑，不合乎喜剧本身的要求。不说明问题，就失去戏剧的教育意义。"③所以，他告诫我们，对莫里哀的作品，欣赏也好，演出也好，我们首先应该注重的，是他的作品的"目的性和倾向性"。不能把握好这一点，就会走偏方向，出现各种问题。但是，如果片面地关注讽刺性和目的性，喜剧也就不成其为喜剧。他之所以提出正确处理

---

① 李健吾：《莫里哀的喜剧》，见《李健吾戏剧评论选》，138 页，北京，中国戏剧出版社，1982。

② 李健吾：《莫里哀的喜剧》，见《李健吾戏剧评论选》，140 页，北京，中国戏剧出版社，1982。

③ 李健吾：《莫里哀的喜剧》，见《李健吾戏剧评论选》，140 页，北京，中国戏剧出版社，1982。

讽刺性和喜剧性、可笑性之间的辩证关系，原因也在于此。

李健吾指出，强调目的性和讽刺性，不能因此就把喜剧搞成一种不逗笑的东西。"喜剧的可笑性应当远比讽刺性更是基本的。讽刺作品不一定就笑，掉过头来说，滑稽作品不一定就讽刺。"他认为，莫里哀喜剧是把二者和谐地统一在一起了：

> 莫里哀的喜剧，一般却是二者绝妙地溶合在一起的。讽刺力量从真实里来，真实而又逗笑，实在并不简单……他要他的喜剧从生活出发，人物要真实，还要起逗笑的作用。单要真实，不合他的要求；单要诙谐，也不合他的要求。他对喜剧任务提出严格要求。真实和诙谐在他的喜剧里应当统一起来。①

在这个问题上，李健吾特别提醒说，有的导演刻意追求喜剧演出的舞台效果，"苦心孤诣之余，把逗笑当做衡量喜剧的唯一标尺"，这就坏了事。一般导演为了让演出活泼生动，喜欢运用闹剧手法，但是不恰当地运用闹剧手法，同样会坏事。莫里哀本来就是优秀的闹剧作家和闹剧演员，在这方面，他有丰富的经验，也有许多成功的范例。李健吾对此进行了深入的研究。他说：

> 莫里哀在民间待了十多年，深深体会闹剧作为制造笑料的手段的重要性。他始终偏爱闹剧手法。即使是身份较高的"大喜剧"，他也结合实际，采用闹剧手法。不过即使是闹剧，我们明白，他总是把根扎在生活基础上或者性格发展上，决不是一下子就把戏带上不可思议的空中楼阁。"可信"象（像）是一个药引子，或者一个火捻子，把观众导入可能存在的境界，先让观众对造成闹剧的形势或者人物的性格和剧中人物有了同感，然后在非如此不可的布局下，转入闹剧以至于大

---

① 李健吾：《试谈导演莫里哀的喜剧》，见《李健吾戏剧评论选》，237页，北京，中国戏剧出版社，1982。

闹剧。①

　　闹剧手法是剧作家用来加强喜剧性和可笑性的，是为了更好地表现主题、刻画人物的。不过，闹剧性的情节和场面往往超出生活的常轨，是夸张的、奇特的，甚至是非理性的。所以莫里哀说它是剧作家创造的"不可思议的空中楼阁"，但是，它又必须具有可信性，不然，对于一部严肃的戏剧作品有害无益。李健吾指出，莫里哀的闹剧手法的运用之所以获得成功，是做到了两个基本点。第一，他总是把（闹剧的）根扎在生活基础上或者人物性格发展上。也就是说，闹剧不是胡闹，它来自生活，或者来自人物性格。它必须具有可信性，必须有现实根据。第二，必须在"非此不可的布局下"，才转入闹剧，也就是掌握好时机。这个时机就是观众和剧中人都对戏剧的转型有了足够的思想准备。在介绍莫里哀运用闹剧手法的经验时，李健吾特别提醒一点：

　　　　强调闹剧手法，必须有它的限度。什么地方是它的限度呢？划这一条分界线，相当困难。不过我们好不好这样说：一觉得主题的严肃意图受伤，就要赶紧停止闹剧手法的继续运用。②

　　闹剧手法的运用，是莫里哀喜剧获得成功的一大特色。看来，李健吾对此也欣赏备至。他尤其赞赏《贵人迷》里的闹剧手法，说："闹剧在这里不但不破坏喜剧人物的性格，反而把它发展到一种极端境界，使人物具有莫里哀所肯定的'滑稽人'的面相。"他不厌其烦地给大家介绍莫里哀的经验：

　　　　莫里哀写闹剧，为什么总从正常开始，值得我们思索。他这样制造可信性，稳定情节，安定观众。他先把主要人物的性格在观众心目中建立好，例如《贵人迷》；或者把斗争的对象明确起来，例如《德·浦

　　① 李健吾：《试谈导演莫里哀的喜剧》，见《李健吾戏剧评论选》，238～239 页，北京，中国戏剧出版社，1982。
　　② 李健吾：《试谈导演莫里哀的喜剧》，见《李健吾戏剧评论选》，239～240 页，北京，中国戏剧出版社，1982。

尔叟雅克先生》。他以一种自然的气势，通过统一的愿望（在观众和剧作者的愿望一致了以后），才放手夸张，把戏带进不可思议的境界。一句话，他先制造可能性或者可信性。制造的时候，他力求自然，力求在生活上有根有据。他的闹剧手法（是）有准备（的）……①

不论是谈闹剧还是谈其他问题，李健吾多次强调：

莫里哀的"大喜剧"，几乎都扎根在性格和世态的深处。它们在表现上会和闹剧手法结合的……不过即使是闹剧手法，也一定要和性格和世态紧密结合，才能收顺水行舟的效果。因为一脱离性格和世态，把人物的现实根据抽去，剧作者所要打击的恶习就容易失去依据，变成一种概念似的东西，冲淡剧作者要观众起的爱恶之情了。②

"扎根在性格和世态的深处"，这是李健吾评论莫里哀时一再重复的一句话，也是他评论莫里哀时最重要最中肯最精辟的一句话。它抓住了重点，抓住了关键，抓住了要害。"世态"和"性格"，是莫里哀喜剧最精彩之处。他的作品之所以具有独特的魅力，之所以具有民族风格，之所以超群出众，之所以具有开创性，把喜剧推向近现代水平的，也在于此。特别是性格塑造，李健吾谈得最多。我们不妨先罗列一下李健吾有关于这方面的意见：

（"说明性格"）是莫里哀喜剧的第三个、也是最大的一个特点。③
莫里哀把刻画人物性格看成他的首要艺术工作。④
他的艺术匠心首先就是建立人物性格的明朗……《达尔杜弗》这出

---

① 李健吾：《试谈导演莫里哀的喜剧》，见《李健吾戏剧评论选》，244 页，北京，中国戏剧出版社，1982。

② 李健吾：《试谈导演莫里哀的喜剧》，见《李健吾戏剧评论选》，235 页，北京，中国戏剧出版社，1982。

③ 李健吾：《莫里哀的喜剧》，见《李健吾戏剧评论选》，142 页，北京，中国戏剧出版社，1982。

④ 李健吾：《莫里哀的喜剧》，见《李健吾戏剧评论选》，143 页，北京，中国戏剧出版社，1982。

喜剧的直接任务是打击宗教骗子,如果宗教骗子的伪君子形象,没有在观众心里建立起来的话,观众对全部工作就会发生怀疑。①

他的造诣最高的喜剧,其所以格调高于一般喜剧,未尝不是由于他在这方面下了极深的功力的缘故。②

李健吾反反复复地从各个角度强调了莫里哀喜剧在性格塑造方面的成就:这是莫里哀在创作过程中最用心用力的地方,是他的作品最重要的特点,是他的作品之所以高于一般喜剧的原因,也是莫里哀对喜剧发展作出的最重要的贡献。

不厌其烦地强调这一点,为我们很好地掌握莫里哀喜剧的精华指明了方向。在莫里哀作品里,有那么丰富的风土人情的描写,有那么多滑稽逗笑的情节,有那么多精彩、机智的语言,我们在阅读时,在演出时,在研究时,应该把重点放在哪里?回答是明确的:性格!必须是性格!如果你不抓住莫里哀喜剧中的性格鲜明的人物典型,那就是不得要领。套用莫里哀在《〈太太学堂〉的批评》里的一句话:"你就白干了!"

李健吾在谈到莫里哀的性格创造时,探讨了他的经验。首先,他指出了性格与社会生活的关系:性格来自于社会生活,同时与生活处于相互作用的关系之中:

莫里哀的戏剧动力,是从深刻体会主要人物的社会存在得来的。它不靠传奇式情节的布局,也不要求情节过分复杂。他着重的只是生活对性格、性格对生活的相互作用,和通过这种作用所起的社会与道德影响。③

① 李健吾:《莫里哀的喜剧》,见《李健吾戏剧评论选》,142~143页,北京,中国戏剧出版社,1982。
② 李健吾:《莫里哀的喜剧》,见《李健吾戏剧评论选》,142页,北京,中国戏剧出版社,1982。
③ 李健吾:《莫里哀的喜剧》,见《李健吾戏剧评论选》,146页,北京,中国戏剧出版社,1982。

李健吾的莫里哀评论中贯穿着一个基本观点，那就是莫里哀与社会生活、与现实的联系。他说："生活是莫里哀喜剧艺术的最大根据。"[①]莫里哀"是一位永远从生活出发的现实主义喜剧家。他的绝大部分作品都是深刻观察生活的艺术成就"[②]。莫里哀笔下的"滑稽人"来自当代的社会生活，他"刻画喜剧人物，是在真实基础之上要他滑稽"[③]。当时的观众可以认出他们属于"本世纪"。

谈到莫里哀喜剧的人物，评论界有一种说法，认为莫里哀喜剧里的人物性格单一，没有莎士比亚的人物性格的那种复杂多面。相比之下，有褒贬之意。李健吾对此有自己的看法。他认为，莫里哀虽然"没有创造出来哈姆雷特那样一个复杂而有深度的悲剧人物，但是在理论上，他是同意这种创造典型的方法的。"他举出《〈太太学堂〉的批评》里一个作家代言人道朗特的话："一个人在某些事上滑稽，在另外一些事上正派，并不矛盾。"问题在于莫里哀是喜剧作家，他写的是喜剧，不是悲剧。为发挥喜剧的力量，他有自己的写法。首先，他采取集中概括的手法来描写人物，"把全部力量集中在打击某一恶习上"[④]。也就是说，他是有意这样来塑造人物的。其次，既然是喜剧，他必须把恶人变成"滑稽人"，恶人不但可恶，同时还得可笑。在这样的情况下，把人物写复杂了，它的可笑性就会发生变化。这不符合喜剧的要求。总之，这是莫里哀与莎士比亚不同的创造典型的方法。他曾这样指导演出莫里哀作品的导演和演员：

> 莫里哀要抽出人物性格的特征，集中打击，一棍子打死，因此他创造的手法是与莎士比亚不同的，他把吝啬的特征都集中起来放在吝啬鬼的身上，使得起教育作用。我们了解他的认识，要根据这个认识

① 李健吾：《莫里哀的喜剧》，见《李健吾戏剧评论选》，145 页，北京，中国戏剧出版社，1982。

② 李健吾：《试谈导演莫里哀的喜剧》，见《李健吾戏剧评论选》，233 页，北京，中国戏剧出版社，1982。

③ 李健吾：《莫里哀的喜剧》，见《李健吾戏剧评论选》，149 页，北京，中国戏剧出版社，1982。

④ 李健吾：《莫里哀的喜剧》，见《李健吾戏剧评论选》，148 页，北京，中国戏剧出版社，1982。

来演，要显示莫里哀的特征，集中打击，教育群众。他的戏是为改良社会服务的，我们演这个角色要从这个认识出发，这就像灯光照明使性格突出，教育人（的作用）更大。……莎士比亚从生活的全面说明问题，莫里哀是抽出其中精华来说明，前者好像有血有肉，后者似乎是架子多一些，前者的人物有时难解释，莫里哀的人物一目了然。……现在莫里哀的主要人物都成为一般普通的名词了，如阿尔巴贡、达尔杜弗、堂·璜、汝尔丹。这都是一种典型的创造方法，与莎士比亚是不同的。①

李健吾反复说明，这是莫里哀创造的刻画性格、塑造典型的独到的创作方法。写一种恶习，他就集中力量把它写足、写透，甚至采取夸张的手法把它写得异乎寻常。对于那些代表某种恶习的人物，他集中笔力攻击其恶习，就像把聚光灯打在恶习身上，突出一点，攻其一点，其他的部分都可以消失在阴影里。

为了说明问题，李健吾对《太太学堂》里主人公阿尔诺耳弗进行了具体的分析。这是一个有着浓厚的封建思想的市民，手头有钱，养成了他过分的自尊自信、自鸣得意、爱讥笑旁人的性格特征。他特别自私，为了个人利益，可以不惜牺牲女孩子的终身幸福；他也很狡猾，有办法对付意想不到的变化。但同时，他看重友谊，为人大方，他对女孩子的感情不无真挚的一面。这一系列的特征，说明莫里哀同样可以写出性格复杂的人物。但是剧本集中笔力写他的自尊和自信，正是这种性格让他一再判断失误，败在一个小丫头手下。整个戏剧的发展都与他的性格息息相关。"性格在这里变成戏剧效果的根源。"②李健吾还把这个人物与莎士比亚的哈姆雷特进行比较，说明这两个人物在许多方面有共同点（独白多，痛苦深，对现实不满，调侃别人），但是，莫里哀写的是喜剧，他要把全部力量集中在打击某一恶习上，而且因为这是喜剧，他必须把恶人变成"滑稽人"，做到让"恶习变成人人的笑柄"，这就不可能把阿尔诺耳弗写成哈姆雷特一类的复杂的悲剧人

---

① 李健吾：《关于莫里哀的三个喜剧作品》，35～36页，载《戏剧学习》，1979(2)。
② 李健吾：《莫里哀〈喜剧六种〉译本序》，见《莫里哀戏剧评论选》，255页，北京，中国戏剧出版社，1982。

物。他让"阿尔诺耳弗具有哈姆雷特所没有的那种逗人笑的滑稽情调",于是,人物只能沿着既定的方向演变,剧本始终保持着喜剧的本色,就连这个人物对女孩子的那番可怜兮兮的真情表白,听起来非但不能感人,反倒是令人可笑。①

当然,莫里哀的喜剧作品并不是完美无缺的。对这个问题,李健吾是这样说的:问题多半发生在结尾。这不是莫里哀的无能,只是"他很难在事件本身发展规律以内,满足喜剧的圆满结束的要求",只能大量借用"无巧不成书"的传奇程式。另外古典主义的"经院法则"也往往对他成为一种限制,例如地点只许一个,就给他的喜剧带来不小的困难。②

五

在谈过有关莫里哀喜剧艺术的许多有价值的见解后,李健吾在晚年特地以《莫里哀的喜剧艺术》为题,写了一篇文章,于 1981 年发表。③ 文章的题目颇大,篇幅却仅仅五页有余,让人感到他仿佛在晚年突然有所感悟,已经捉摸到一些苗头,想写一个大题目,却又未能完全想好。文章的前半部分谈了莫里哀的成就以及人们如何喜爱他的情况,然后设问:"他的喜剧艺术到底巧妙在什么地方呢? ……难道他靠所有的喜剧手法?"李健吾不否认这一点,"莫里哀的确把喜剧手法用尽了,后人再也超过不了"。然而,他对此又有了新的认识:

> 我已经谈过莫里哀的手法了,例如重复,夸张……大家看我那本《戏剧新天》就知道了。我现在另外指出两点来:一个是自然,一个是奇袭。它们好象(像)是死对头,其实是做成人们喜爱他的喜剧的最基本的东西。莫里哀最反对装腔作势,说人在演喜剧,所以要处处逗哏,

---

① 李健吾:《莫里哀的喜剧》,见《李健吾戏剧评论选》,148~149 页,北京,中国戏剧出版社,1982。

② 李健吾:《莫里哀的喜剧》,见《李健吾戏剧评论选》,150 页,北京,中国戏剧出版社,1982。

③ 李健吾:《莫里哀的喜剧艺术》,见《李健吾戏剧评论选》,448~453 页,北京,中国戏剧出版社,1982。

可是闹剧满天飞，喜剧如潮涌，而一切都不自然，那就坏事了……什么是奇袭呢？就是在观众意想不到之处，忽然别开生面，来一场最入情入理的逗笑的戏……又自然（这是歌德的），又意想不到（我叫做"奇袭"），这是"静观人"①观察社会生活得来的妙到秋毫的对立面。这个对立面却又统一在"合情合理"之中。②

李健吾在文中提出了两个颇有哲学意味的观点："自然"和"奇袭"。这是两个对立面，然而又统一在"合情合理"之中。他明确地告诉我们：这是莫里哀喜剧的"最基本的东西"。看来，晚年的李健吾，在他完成了莫里哀喜剧的翻译工作之后，对莫里哀的喜剧艺术有了新的更深的理解，从而有了从一个新的高度来总结莫里哀艺术思想的想法。实际上他已经有了一些收获。他提出"自然"与"奇袭"，以及把两者在合情合理的前提下统一的意见。他还说：这是莫里哀喜剧的"最基本的东西"。从这一观点可以看出，他试图从艺术哲学的角度来认识莫里哀的喜剧手法；他把莫里哀的各种喜剧手法看成一个有着内部联系的整体，其中贯穿着既互相对立又互相联系的辩证统一的关系。至少，他已经看到其中贯穿着自然与奇袭的辩证关系。这是李健吾的莫里哀研究的新发现，是他的一个创见。他希望找到莫里哀喜剧艺术的精髓。这也可能就是他把这篇篇幅不大而题目所指颇为庞大的文章取名为《莫里哀的喜剧艺术》的原因——它不是谈论某些艺术手法，而是研究其中的哲理。

李健吾在文章中提到歌德对莫里哀《没病找病》的一场小孩子戏的赞赏，提醒我们说："这是一场最自然不过的入情入理的好戏，而又是绝妙的奇袭之笔。"③歌德说："它象征着对舞台的透彻了解"，可以从这里学会写戏；（学习它），"你所获得的实际教益比一切理论所能给你的都要多"④。李健吾

---

① 这是有人给莫里哀起的外号。那人本来不怀好意，可是恰好说出了莫里哀的一个好习惯：注意观察生活、观察人。

② 李健吾：《莫里哀的喜剧艺术》，见《李健吾戏剧评论选》，451～453 页，北京，中国戏剧出版社，1982。

③ 李健吾：《莫里哀的喜剧艺术》，见《李健吾戏剧评论选》，452 页，北京，中国戏剧出版社，1982。

④ ［德］爱克曼：《歌德谈话录》，朱光潜译，124～125 页，北京，人民文学出版社，1978。

在这里重复歌德的意见，为我们提出了一个学习的范例。相信李健吾如果能够，继续深入研究莫里哀的艺术哲学，定会有了不起的论著问世。

李健吾不仅对莫里哀的喜剧思想提出了新的意见，而且对如何进一步研究莫里哀的喜剧作品提出了自己的设想。他这样说：

> 莫里哀写戏是为了演出，观众喜欢他，也因为他是个大演员，所以我们不能只把他当剧作家了解，对我们更好的是要从演员的立场来认识他。这是近二三十年研究莫里哀的转变，过去只从文学上研究他。现在研究他要从舞台、演出、导演、文学各个角度研究他的剧本……①

李健吾为翻译和研究莫里哀作出的功绩是全面的、有创见的。他的研究实践为我们树立了榜样。他的建议为我们提出了一个新的目标：综合性地研究莫里哀，把他的剧本创作和舞台演出结合起来，把他的戏剧思想和实践经验联系起来，钻研其中的艺术哲学。实际上，李健吾晚年写的文章已经开始这样做了（如《试谈导演莫里哀的喜剧》《莫里哀的喜剧艺术》）。相信这样的研究一定能把我国的莫里哀研究提升到新的高度。

---

① 李健吾：《关于莫里哀的三个喜剧作品》，31 页，载《戏剧学习》，1979(2)。

莫里哀与布瓦洛

布瓦洛(1636—1711)是17世纪法国最重要的文学理论家。他出身在一个政府官员的家庭，父亲是高等法院的主庭书记官。他起初学习法律，大学毕业后获律师职位。在兄长的鼓励下，他喜欢上文学。21岁时获得父亲的一笔遗产后，得以脱离法院而独立生活，专心于文学研究和诗歌创作。他写有诗歌作品《讽刺诗》12篇、《书简诗》12篇，他的最重要的作品是一部理论著作《诗的艺术》。

布瓦洛的思想在创作的前期与后期，有着明显的变化。他早期的讽刺诗锋芒毕露，敢于抨击一些名人，尤其是大胆地批评一些贵族文人的作品，批评他们生活作风中的不当之处，因此名声大噪。那时，他和莫里哀在创作倾向上颇有共同之处。

1662年，莫里哀创作和演出了《太太学堂》，轰动了巴黎。那时的莫里哀还是一个初出茅庐的演员和剧作家，他的作品敢于向传统的封建恶习开火，甚至把矛头指向教会，以致受到各种恶势力的围攻。在一场围绕《太太学堂》的争论中，布瓦洛站在莫里哀一边，写诗称赞莫里哀的作品，批评那些攻击莫里哀的人：

莫里哀，许多妒忌的才子
竟敢蔑视你最美丽的作品，
他们的谴责也不过是白费力气，
你的可爱的天真烂漫
将一代又一代地
永远使后人喜笑开怀。

你笑得多么令人喜欢，
你的戏谑又多么熟练！
能打败纽曼细亚的人、
统治迦太基的人、
先前借用泰伦斯名字的人。
会取笑取得比你还高明？

你的女神以有用之道，
快活地说出了真理；
人人在你的学堂得到好处；
一切是美，一切有益；
你最诙谐的语言，
往往是渊博的教诲。

妒忌你的人由他们去噪叫，
他们到处乱叫也不顶事，
你白费心思去娱乐庸人，
你的诗句也没有可笑的地方；
倘使你不怎么懂得讨人喜欢，
你就不会使他们那样讨厌。[①]

　　那时，布瓦洛与莫里哀并不相识，但是他已经看到了莫里哀与自己志同道合。不久，他们成了朋友。布瓦洛特别欣赏莫里哀的才华，1664 年写的讽刺诗《韵脚与理性——致莫里哀先生》，设想一个蹩脚诗人写诗找不到韵脚时内心向莫里哀求救的情形，从侧面赞美莫里哀的才情：

---

　　① ［法］布瓦洛：《诗——写给莫里哀》，见莫里哀：《莫里哀喜剧》，第 1 集，李健吾译，26～27 页，长沙，湖南人民出版社，1982。

> 罕见与有名的才人，你写诗的时候，
>
> 肥沃的才气不用劳动与辛苦；
>
> 阿波罗为你打开他的宝藏，
>
> 你知道什么是诗的特征；
>
> 在智力战斗中，比剑的能手，
>
> 莫里哀，教教我：你从哪儿找到韵脚。
>
> 据说你要它时，它自己就来报名；
>
> 临到每句末了，你从不跌跤；
>
> 你不拐弯抹角，也不为它作难，
>
> 你才一开口，它已经稳稳坐在上头。①

那时，布瓦洛还积极支持莫里哀的创作。1664 年，莫里哀演出《达尔杜弗》，遭到以王太后和大主教为首的顽固派的反对，剧本被禁止公演。莫里哀到处奔走，争取解禁。这时，布瓦洛帮助了莫瓦洛，他陪同莫里哀找到大法官申诉，希望能挽回局面。1668 年，莫里哀的《吝啬鬼》上演，起初没能引起重视。布瓦洛为剧本叫好，公演时，他几乎天天到场，在剧场里看得开怀大笑，出了剧场，逢人便推荐说这是个好剧本。有人妒忌莫里哀的成功，问布瓦洛为什么在剧场这样大笑。他说："我不相信你看了《吝啬鬼》不发笑，至少你的内心是笑了的。"过了一段时间，人们了解了该剧的意义，当剧本再次公演的时候，人们纷纷拥入剧场去看这部新戏，一年内盛况不衰。

中年以后的布瓦洛思想上有了变化。他一心维护王权，没有像莫里哀那样仍然在精神上保持着平民的本色。他写诗为国王歌功颂德，他的诗歌所表现的思想也比较保守。后来，他得到路易十四的赏识，成了宫廷诗人，又被任命为宫廷史官。于是，布瓦洛成了真正的御用文人。他写的《诗的艺术》尽管也有某些合理的东西，而它的基本立脚点在于为专制王权制度下的文艺立法。它要求作家的创作适应宫廷的鉴赏力和理解力。在这样的情况

---

① ［法］布瓦洛：《韵脚与理性——致莫里哀先生》，见莫里哀：《莫里哀喜剧》，第 1 集，李健吾译，28 页，长沙，湖南人民出版社，1982。

下，他与莫里哀虽然仍然保持着良好的友谊，但是在思想上却出现了分歧。布瓦洛对于莫里哀身上的平民味很不满意。他认为，莫里哀是当代的大才子，凭着莫里哀的才情，完全可以写出传世杰作。可惜的是他总在演戏，而且总是不忘他的那些池座里的平民百姓观众。《司卡班的诡计》这一出真正平民化的喜剧的创作和演出，让布瓦洛很为朋友惋惜。他在自己所写的《诗的艺术》一书中，公开批评了莫里哀：

> 可惜他太爱平民，常把精湛的画面
> 用来演出那些扭捏难堪的嘴脸，
> 可惜他专爱滑稽，丢开风雅与细致，
> 无聊地把塔巴兰硬结合上特朗斯（泰伦斯）：
> 在那可笑的袋里史嘉本（司卡班）把他装下，
> 他哪还象（像）是一个写《愤世者》（《愤世嫉俗》）的作家！①

布瓦洛站在宫廷的立场，肯定莫里哀的《愤世嫉俗》，而批评他的《司卡班的诡计》，肯定前者的所谓高雅细致，而否定后者的平民风格，其意图当然是希望莫里哀放弃他的平民作风而纳入宫廷的轨道。《诗的艺术》并不是一本普通的理论著作，它经路易十四过目，代表了宫廷对艺术创作的要求和态度，被认为是古典主义的艺术法典。所以，在一定意义上，布瓦洛对莫里哀的批评可以说是代表了官方的意见。据说，布瓦洛曾经劝莫里哀放弃演戏，凭自己的才华，完全可以进法兰西学院。法兰西学院是朝廷专门为宫廷认可的文人设立的机构。进入法兰西学院被认为是一种荣誉，院士被称为"不朽者"，而且名额限定为四十名。这是当时许多文人的梦想。但是，莫里哀拒绝了布瓦洛的劝告，他说："我不能放弃演戏，只有坚持舞台生活才是我的荣耀。"

布瓦洛为莫里哀感到惋惜，但是他还是真正了解莫里哀对法国文学的贡献的。莫里哀去世不久，路易十四在一次谈话时，无意中问布瓦洛：

"谁是当今法国最伟大的作家？"

---

① ［法］布瓦洛：《诗的艺术》，任典译，56页，北京，人民文学出版社，1959。

"莫里哀。非他莫属!"布瓦洛脱口而出,回答了国王的提问。

"是吗?"路易十四感到意外,接着,他说,"不过,你是这方面的行家,也许你说得对。"

布瓦洛的结论是正确的,在路易十四时代,有成就的作家不少,但是,如果要问哪个最伟大的话,那么,确实非莫里哀莫属。

莫里哀和布瓦洛是两个出身相仿的作家,他们有过一段类似的经历,他们始终是好朋友,但是他们的内心和他们的道路却大有差别,特别在后期。相比之下,更可以看到莫里哀的可敬。

莫里哀与路易十四

17世纪的法国，从战乱和分裂走向统一，封建贵族的势力与新生资产阶级的势力处于势均力敌的状况。在这样的历史时期，国王充当着两种势力之间的"中间人"，这有利于国家的安定与统一，有利于社会的发展。也就是在这样的时期，法国的专制君主制顺利发展，在路易十四当政时达到鼎盛时期。路易十四被称为"太阳王"，他有权统治全国，宫廷成为全国政治、文化中心，庞大的官僚机构掌控着国家的一切。与此同时，也形成一种王权高于一切、以侍奉国王为荣的社会风气。

了解了这一点，对于我们了解莫里哀为什么进入宫廷，为什么一个时期与路易十四有着比较密切的关系，以及对于了解他为什么在一些作品里歌颂国王等，都是很有必要的。

一

莫里哀从外省返回巴黎的时候，路易十四虽然已经登基，但因年龄尚小而并未亲政。那时，莫里哀已经带着他的剧团在外省巡回演出十三年，有了自己的剧目，有了丰富的经验。他们的表演很受欢迎，名传各地。1658年，莫里哀在扶植他的亲王的举荐下，应召进宫为国王和太后献艺。这应该是莫里哀第一次与国王相识的机会。

莫里哀剧团里的重要演员拉·格朗吉在他为1682年版莫里哀作品集所写的序言中记述了这次演出：

舞台是国王事前在旧卢浮宫的警卫大厅设置好了的。高乃依的悲剧《尼高梅德》是这次响亮的首演选定的剧目。新演员并不讨厌，大家对女演员的美好与演技，尤其感到满意。当时提高布尔高涅府声价的著名演员也都在场。戏演完了，莫里哀来到台口；他用十分谦逊的措辞感谢圣上赏脸，请求圣上宽恕他的缺点和他的剧团的缺点，他们从来没有在这样一个庄严的集会演过戏，难免惴惴不安，他说娱乐世上最伟大的国王使他们荣幸，他们忘记圣上驾前还有技艺高超的创新者，他们只是仿制品而已；不过，既然圣上已经赏脸看过他们乡野的玩艺（意），他就十分卑微地恳求圣上批准他们再演一个小把戏，他曾经用这些小玩艺（意）博得外省的欢乐，收到一些声誉。

这段话说得委婉动听，圣上开恩接受了。这里提到的只是一个撮要，赢得整个宫廷的彩声，特别是演出的那个小喜剧，就是《闹恋爱的医生》。……许久以来，没有人再讲起这些小喜剧了，这就变成了新事物。当天的演出使人人感到欢娱和新奇。莫里哀扮演医生；他演这个角色的方式赢得极大的重视，圣上下令他的剧团留在巴黎。小·布尔崩的大厅给他演喜剧，和意大利演员轮流用。[1]

看来，这次献演起初并不成功。不过，也可能是莫里哀早有预料。他明白，演悲剧本来就不是自己的强项，难免失败，可是按照惯例，又不能不演，只有在演了悲剧之后，设法争取到演喜剧的机会，才有获胜的希望。他在国王面前所说的那套谦卑委婉的言辞，早有准备，因此，话说得很及时，很得体，博得了国王的欢心。

路易十四那时是二十岁，平时就喜欢打猎、看戏。看来，当时他心情不错，不但没有责怪莫里哀的不成功的悲剧表演，反而兴致勃勃地准许莫里哀演他的"小把戏"。

莫里哀在卢浮宫演出的《闹恋爱的医生》现在已经失传，据推想，那应该是他在外省演得出了名的那种滑稽逗笑、生动活泼的小闹剧。莫里哀在

---

① [法]莫里哀：《莫里哀喜剧》，第 1 集，李健吾译，16～17 页，长沙，湖南人民出版社，1982。

国王面前把它叫做"小把戏""小玩意儿",既是自谦,同时也流露出一种自鸣得意的意味。这类剧种原来在巴黎新桥一带是常见的。自从 1633 年闹剧名角塔巴兰去世之后,它在巴黎几乎已经绝迹,只在外省尚有。在王宫里,更见不到这种被认为是不登大雅之堂的剧种。因此,当莫里哀把这种带着乡野味的小戏搬到卢浮宫来演出的时候,人们感到新鲜。国王、太后和朝臣们看得开怀大笑,好像从来没有见过似的。路易十四当即就下令把剧团留下,还拨给剧场——小·布尔崩宫大厅供他使用,看来还有再看他的表演的兴趣。这对莫里哀来讲,无疑是最好的结果。

在卢浮宫的险胜,改变了莫里哀一生的道路。从此,他脱离了流浪生活,可以在京都的舞台上,在宫廷里,一展自己的才华。要知道,"在路易十四时期,住在外省是不会有所作为的,有才能的人都为宫廷效劳"①。

卢浮宫的演出,给路易十四留下了好印象,他开始关注莫里哀。1659 年 11 月,莫里哀演出了他在巴黎创作的第一部作品《可笑的女才子》,一炮打响,演出获得了满场的掌声。却不料有个贵人,据说是"沙龙中有声望的常客",设法阻止了莫里哀的演出,直到十三天之后该作品才得以重新上演。据说,那是由于国王的干预,莫里哀才有了重演的机会。

1660 年,莫里哀上演了一出新戏《斯嘎纳耐勒,或名疑心自己当了乌龟的人》。这是一部接近于闹剧的诗体喜剧,演出得到好评。国王听说后,把他召到万森去演出。演出获得成功,却招来了嫉妒者的敌视。他们心怀叵测,想要搞垮莫里哀的剧团。10 月 11 日,宫廷的建筑总监德·拉塔邦突然命令工人拆除小·布尔崩宫剧场,目的是使莫里哀剧团失去安身之处。同时,竞争对手勃艮第府剧团和马雷剧团乘人之危,都来挖墙脚。莫里哀一时处于险境。

国王从御弟那里得知莫里哀的困境,答应亲王的建议,把王宫里的珀莱-瓦亚尔大厅拨给莫里哀使用,这才解决了莫里哀的困难。莫里哀将大厅修缮成一个可以容纳一千五百名观众的大剧场。1661 年 6 月,新剧场落成开演。莫里哀把自己的一部重要作品——《丈夫学堂》,作为他在新剧场上演的第一个剧目。从此,莫里哀剧团有了自己的演出场地。这对一个剧团

---

① [法]皮埃尔·米盖尔:《法国史》,蔡鸿滨等译,221 页,北京,商务印书馆,1985。

来讲，是一件天大的喜事。他的戏剧生涯也在这里开始了一个崭新的阶段。

1661 年 8 月，朝廷大臣、财务总监富凯在他新建的豪华府邸——"沃堡"进行盛大游艺会。莫里哀应邀出演，演的是《讨厌鬼》。莫里哀得知国王要来看戏，非常高兴有机会表达自己对国王的感恩之情。他在正剧演出之前，加了一场与剧情毫无关系的序幕：一位水仙为了瞻仰最伟大的国王，走出幽深的穴坎，来到现场。一个巨大的贝壳打开，出现由剧团的主要演员玛德莱娜扮演的水仙，她走到台口，朗诵了一首颂扬国王的序诗。

莫里哀在他为这个剧本所写的《与国王书》中说："身世高贵的人们，可以在建立功勋方面为圣上效命；但是，象（像）我这样的人，我能盼到的荣誉，也只有娱乐圣上。我的野心不过尔尔，可是我相信，我能尽一分力，致悦法兰西国王，对法兰西来说，也不就一点没有用处。"①在他的心目中，路易十四是自己的恩主，是一个勤于政务的好国王。他愿意为国王贡献自己的微薄之力，为他效劳。

《讨厌鬼》里写的"讨厌鬼"，实际是那些无所事事、成天惹是生非的宫廷贵族。路易十四看得哈哈大笑，十分喜欢。看完戏，他意犹未尽，把莫里哀叫到跟前，给他指了指专爱打猎的斯瓦古尔侯爵，对他说："这是一个怪人，你还没有写过"，建议把他写进戏里。莫里哀心领神会，在他后来再演此剧时，加了一场戏（第二幕第六场），写一个专爱打猎的讨厌鬼，唠唠叨叨地讲述他的马，他的狗队，津津有味地讲他打鹿时被一个愚蠢的乡绅搅乱的故事，十分招人讨厌。

路易十四很喜欢《讨厌鬼》，他希望王后也能看到这出戏（王后因为怀孕未能去沃堡参加富凯的盛宴），便把莫里哀召到枫丹白露来，与王后一起再一次观赏莫里哀的表演。8 月 25 日，国王又召莫里哀在圣路易演出《讨厌鬼》。

在法国历史上，富凯的沃堡游艺会本是富有戏剧性的一页。富凯的贪污和富有，已经不是什么秘密。路易十四对他早有不满，在沃堡，他从富凯的族徽看出此人有着无止境的野心（富凯的族徽是一只松鼠爬上了树，下

---

① ［法］莫里哀：《莫里哀喜剧》，第 1 集，李健吾译，393 页，长沙，湖南人民出版社，1982。

面有题词"我何处不去攀登")。事后，路易十四查实了富凯的罪状，判他终身监禁。富凯一案是路易十四亲政以来整顿政务的一件大事，除富凯之外还惩处了与这一起案件有关的一批人。莫里哀当然也担心自己因有过为富凯效劳的行为而受到牵连。可是，国王并没有因此而开罪于他。莫里哀由衷地感谢国王对他宽容，自然也增加了他对国王的好感。尤其是国王亲自指点他修改剧本，更让他受宠若惊。他甚至想到，如果有机会再一次得到国王的旨意，可以写一部完整的喜剧。当他后来把剧本付印出版的时候，加上一篇给国王的献词，表达对国王的谢意和自己的心愿：

> 陛下，成功超过我的期望，而我之所以能成功，不仅是由于圣上在献演的时候，驾临看戏，盛加称许，引起广大的赞赏，也更由于圣谕，要我在戏里增加一个讨厌鬼人物。这是全戏最美的所在，而是圣上亲自启发我写的。陛下，我应当指出，我写东西从来没有象（像）写圣上要我从事的这场戏那样又顺又快的。服从圣上，在我只有快活，这比服从阿波罗和全体缪斯好多了。这让我想到，如果我有同样旨意做灵感的话，我能写成一出完整的喜剧来的。①

路易十四也欣然接受了这篇献词。从此以后，莫里哀与路易十四的关系也变得亲近起来。

莫里哀在上演了几出好戏之后，名声大振。但酝酿新作需要时间，剧团一时未能上演新戏，几乎难以维持。幸好有国王的支持，帮他们渡过了难关。路易十四两次召剧团进宫演戏，给以丰厚的赏赐。1662 年 5 月，剧团在圣日尔曼待了六天。6 月 24 日到 8 月 15 日，又在那里待了七个星期。这两次演出，国王赏了 17000 里弗尔，外加 15428 里弗尔作为剧团开支的补偿。有一些支持莫里哀的贵族看到国王对莫里哀的爱护，也效法国王，请他唱堂会。有了这样的帮助，莫里哀就有可能专心创作新戏，不必为剧团的生计而过多地分散精力。

---

① ［法］莫里哀：《莫里哀喜剧》，第 1 集，李健吾译，393 页，长沙，湖南人民出版社，1982。

1662 年的年末，经过一年多的劳作，莫里哀的新作终于写成。这一年的圣诞节刚过，也就是 12 月 26 日，剧团上演了一出新戏，那就是有名的《太太学堂》。首场演出就获得了空前的成功，轰动了巴黎。国王也召他们到卢浮宫去演出。

不料，演出的成功随即遭到一阵恶意的攻击。首先发难的是巴黎的同行——当时法国最有名的勃高涅府剧团的剧作家和演员们。据说，当时最著名的剧作家高乃依出于嫉妒也对《太太学堂》多有贬词。至于那些封建思想的卫道者，更是恶毒地诋毁剧本，说它"轻佻""淫秽""有伤风化""诋毁宗教"，等等。更有些人毫无根据地攻击莫里哀的剧本是抄袭，是"外表美好的魔鬼"，甚至对莫里哀进行人身攻击。

为了回击那些反对者的谰言，1663 年 6 月 1 日，莫里哀演出了一部新戏《〈太太学堂〉的批评》，以戏剧的方式与对方展开论战。莫里哀把这部作品叫做"对话的论文"。在这部对话式的论文里，莫里哀把社会上流传的那些攻击他的剧本的言论集中起来，通过人物之间的争论，一一给以批驳。反对派并不会因此而偃旗息鼓，他们对莫里哀发动了又一次进攻，说："这出所谓的喜剧结构混乱、语言乏味，只能算是一本恶毒的、不公正的、愚蠢的小册子……没有一场戏是好看的，没有一场得到较好的引导，也没有一场得到较好的展开，几乎没有一点东西看上去象（像）是真的。"[①]论战趋于白热化。

莫里哀在自己受到恶意攻击的时候，本不想理睬。他认为，只要观众喜爱，就是自己的成功。但是，国王关心这场争论，他希望莫里哀尽快写一出戏进行答辩。莫里哀知道王命难抗，必须写。（《凡尔赛宫即兴》第一场，莫里哀说："国王吩咐我写，我怎么好不写？"）他更明白，这是国王对他的支持，当然乐意从命。于是，他立刻动笔，写成了又一出论战性的剧本《凡尔赛宫即兴》，于当年 10 月 14 日上演。

在莫里哀遭受越来越疯狂的围攻的时候，国王的态度十分重要。应该说，从《太太学堂》演出，莫里哀开始遭受攻击后，路易十四都是支持他的。

---

① ［法］皮埃尔·加克索特：《莫里哀传》，朱延生译，177 页，北京，中国戏剧出版社，1986。

《太太学堂》和《〈太太学堂〉的批评》都曾在万圣为国王演出，路易十四对这两部戏都给以肯定，在演出现场看得哈哈大笑，事后给以赞赏。那时，他刚刚亲政，一上台就独揽大权，受到保守势力的阻挠。莫里哀的剧本对路易十四来讲，不仅给他带来欢快，也符合他对保守势力的厌恶之心，他当然是高兴的。因此，当反对派围攻莫里哀的时候，为了压一压这种嚣张的气焰，他支持了莫里哀。就在攻击《太太学堂》的叫嚣声中，他召莫里哀剧团进宫演出。1663 年 3 月 17 日，国王授予莫里哀"优秀喜剧诗人"的称号，而且赏以 1000 里弗尔的年金。

　　称号和年金是荣誉和奖励，对那时处在围攻中的莫里哀来讲，更重要的是支持。莫里哀怀着感激的心情写了一首诗来歌颂国王。在诗中，他想象他的诗神欲去卢浮宫，他劝诗神最好把自己装扮成一个侯爵，提高嗓门不停地叫喊"掌门官先生，某某侯爵来了！"进得宫门，就站在国王将要走过的地方，等着歌舞到来的时候赞美国王。可是，话要简短：

> 我们这位国王更是朝政繁忙，
> 没功（工）夫听你的长篇演讲。
> 恭维和谄媚轻易不能打动他的心肠。
> 只要你唇启口张，
> 想对他的恩典善行加以颂扬，
> 他就知道你肚里的文章。
> 他先是莞尔一笑，
> 怡悦的神情能在每个人心中引起
> 美妙的遐想，
> 然后象（像）一阵风走过你的身旁，
> 你就该心满意足，
> 因为你的奉承已得到他的赞赏。①

　　在这首诗里，他想象国王是一个以国事为重、不喜欢奉承但能善待众

---

① ［法］皮埃尔·加克索特：《莫里哀传》，朱延生译，169 页，北京，中国戏剧出版社，1986。

臣的开明君主。

11 月，也就是《凡尔赛宫即兴》演出一个月后的某一天，莫里哀在国王的起居室见到了国王，路易十四对他大加赞扬，在场的拉辛记录了此事。

即使这样，反对派对他的围攻依然没有停止。他们捏造事实，抹黑莫里哀的婚姻，丑化他的为人，企图一棍子把他打垮。路易十四并没有听信这些谣传，凡收到这样的控告信，一律扔进火炉，不予理睬。1664 年 1 月19 日，莫里哀的儿子诞生，2 月 28 日孩子领洗时，一些人担心莫里哀的婚姻不合法，不敢当教父。路易十四却不顾这些，主动出面当孩子的教父，用自己的名字为孩子命名，以此为莫里哀解围。

在此后的一个时期，莫里哀与国王的关系越来越密切。国王对他信任有加，不仅召他进宫演戏，而且让他筹备王宫的娱乐活动。

二

在莫里哀与路易十四相处的过程里，《达尔杜弗》的演出、被禁和开禁的事件是值得深思的一章。

路易十四自 1661 年亲政以来，想方设法树立自己的威望。他经常举行各种豪华的宫廷活动，以显示自己的财富、才华、仪表和地位，从物质和精神两个方面来镇住那些桀骜不驯、行为不轨的贵族。1664 年 5 月，他在经过扩建的凡尔赛宫举行以"魔岛狂欢"为名的盛大游园会。

莫里哀在游园会上演出了《达尔杜弗》（三幕剧）。这出喜剧不同一般，它主题严肃，针对性极强。它的讽刺矛头直接指向宗教骗子，同时也击中了虚伪这种流行于上流社会的时弊，让那些伪君子原形毕露。莫里哀深知，在"魔岛欢乐"游园会上演出这样的喜剧是要冒风险的。所以，在演出之前，他先把剧本呈交路易十四。因为他明白，只有得到国王的认可，他才能够闯过难关。路易十四看了剧本，认为它"很有意思"。莫里哀这才放心。

5 月 12 日，三幕剧《达尔杜弗》按时在凡尔赛宫演出。现场的气氛非常紧张。路易十四看到台上揭露伪君子的恶行，感到解气。然而，在他身边陪着看戏的那些"达尔杜弗"们却一个个坐立不安。他们对莫里哀恨得咬牙切齿，当着国王的面又不好发作。演出一结束，他们便四出活动。王太后、路易十四的忏悔教师、巴黎大主教，都来向国王施加压力。路易十四没想到剧本会引起这样强烈的反应。在顽固势力的包围下，他下令此剧暂不公演。不过，他的态度是温和的。他并不指责莫里哀，也没有批评剧本，而说作者用意善良，作品没有丝毫不匙的地方，只是对于宗教问题的态度需要慎重，所以该剧先不公演，等戏写成之后，再作处理。

《达尔杜弗》被禁止公演，莫里哀当然有些沮丧，不过他知道，国王的决定是迫不得已的。所以，他一方面不得不遵守命令，暂不公演，另一方面却争取一切机会让它与人们见面，让社会了解该剧。教皇亚力山大七世的特使希基来到巴黎，莫里哀利用娱乐国宾的机会，为他朗诵《达尔杜弗》，博得特使与他的侍从的称赞。他还在许多私人家里朗读和演出，譬如在法兰西学院院士德蒙莫尔的家里，在尼农·德·朗克洛家里朗读过，在奥尔良公爵府第、帕拉蒂娜公主的城堡里演出过。正因为禁演，人们对于《达尔杜弗》的兴趣反而更浓了，大家都想听莫里哀朗读剧本。

人们在了解了剧本的内容之后，也就明白了为什么有些人会这样使劲地反对《达尔杜弗》。一天，宫里演出《隐修士斯卡拉姆什》，路易十四去看戏，看完演出之后，他问身边的一位亲王说："我真想知道那些对莫里哀的喜剧如此深恶痛绝的人为什么对《斯卡拉姆什》却一言不发。"那亲王的回答一语中的："《斯卡拉姆什》演的是上天和宗教，他们用不着担心，而莫里哀演的就是他们这些人，他们才无法忍受。"

"达尔杜弗"们见禁演没能达到目的，便施展出更恶毒、更卑劣的伎俩。当年 8 月 15 日，圣-巴尔代勒米教堂的堂长皮埃尔·卢莱，写了一本名义上是有关宗教方面的书，却故意附上一篇题为《人世光荣的国王或在所有国王之中最光荣的路易十四》的颂词，一并呈给国王。这篇献词表面上是歌颂国王，实际借机攻击莫里哀，鼓动国王惩处莫里哀。他把莫里哀的作品说成魔鬼的制作，把莫里哀的脑袋说成是魔鬼的脑袋；还说莫里哀是一个装扮成人而有肉身子的魔鬼、一个自由思想分子、一个应该处以极刑的不信教的人。他甚至恶毒地说：把莫里哀用火烧死还嫌不够。

面对顽固势力的攻击，莫里哀并不慌乱。他知道国王本来是支持他的，便想动用最高权威的力量来对付这些越来越激烈、越来越恶毒的攻击。8 月 31 日，他向国王上书，陈述自己的高尚的创作动机，并且义正词严地驳斥了卢莱之流的诽谤。他相信国王自有明断，自己只需"必（毕）恭必（毕）敬，等候敕令"。这就是有名的《第一陈情表》,其目的显然是希望国王出来公开表态。

双方的态度变得强硬起来,路易十四的反应却十分微妙。对于那些诬陷莫里哀的言论,他既不采纳也不反驳。对于莫里哀的请求,他也不作正面答复,只是采取了一些行动来安抚莫里哀。他从不阻止莫里哀在私人家里朗读或表演《达尔杜弗》;他自己一再召剧团进宫演戏。1664 年 10 月下旬,莫里哀应召在凡尔赛宫演出时,演的竟然是《达尔杜弗》,而且连演两天。1665 年 8 月,剧团在圣-日耳曼演出时,路易十四宣布把莫里哀剧团收为自己所有,改称"国王剧团",每年赐给津贴 6000 里弗尔(后来加到 8000 里弗尔)。

1667 年 5 月,王太后去世,反对派少了一个得力的后台,莫里哀抓紧时机,通过亲王夫人向国王提出请求,希望国王撤销禁令,批准《达尔杜弗》公演。那时,路易十四正准备去北方打仗,出发之前,匆匆地给了口头应允。莫里哀立即抓紧时间修改和排练,争取早日公演。1667 年 8 月 5 日,《达尔杜弗》终于在王宫剧场公演。莫里哀为了减少阻力,对剧本里有可能引起麻烦的地方,都作了修改。当然,这些修改并没有改变剧本的基本倾向,它的讽刺锋芒也没有削弱。当时,路易十四已经去了北方,由巴黎法院负责维持秩序,而巴黎法院的主席拉莫瓦永就是一个顽固的反对派,他利用手中的权力,对莫里哀进行迫害。8 月 6 日,《达尔杜弗》公演的第二天,警察闯进剧院,执达吏宣布拉莫瓦永的禁演令,然后,赶走观众,捣毁剧场。《达尔杜弗》的这次公演就这样被破坏。

莫里哀再次陷入困境。那时,国王正在前线。1667 年 8 月 8 日,也就是《达尔杜弗》公演被破坏的第三天,莫里哀派了剧团里两个得力的青年演员拉格朗吉和拉陶芮里耶尔,赶到前线去拜见国王,向国王呈上他的第二份陈情表,希望得到国王的支持。这份陈情表与上一份相比,言辞犀利,而且饱含着激愤之情。他一针见血地指出,有些人反对《达尔杜弗》是因为"他们不能饶恕我当众揭发他们的欺骗行为",这些人"自命虔诚,恰和真正的虔诚背道而驰"。在书信的最后,莫里哀的口气变得强硬起来。他说:"如果'达尔杜弗'们占了上风的话,我是再也不想写喜剧了。"因为此例一开,他们便有理由反对莫里哀的任何作品,莫里哀也就无法再写戏了。

两个演员受到国王的接待。国王还答应班师之后过问此事，使该剧得以公演。可是，他滞留前方很久，直到 9 月才回。反对派却在这期间进一步发动攻势。8 月 11 日，也就是巴黎法院主席发布禁演令之后的第五天，巴黎大主教佩雷菲克斯（路易十四的师傅）也下了一道命令，紧急禁止该剧的演出、阅读或听人朗读，不论在公开场合还是在私人场合，不论以谁的名义和什么借口都不行，违者革除教籍。这样一来，就杜绝了《达尔杜弗》与群众联系的一切可能，而且把剧本上演的批准权，揽到了教会手里，连国王都不能单独作出决定。

1667 年 9 月 7 日，国王返回巴黎，得知莫里哀的处境，仍然还是采取往常的做法。他多次召剧团进宫演戏，表示对莫里哀的欣赏，却仍然没有对《达尔杜弗》开禁。

直到 1669 年 1 月，路易十四和罗马教皇克雷曼九世决定缔结"教皇和平条约"，教皇颁发敕书，教派纠纷暂时平息，宗教迫害有所收敛的时候，路易十四批准了《达尔杜弗》的公演。这是莫里哀盼望已久的一天。当天，他怀着兴奋的心情向国王呈上他的第三份陈情表。信中，他把这一天称为《达尔杜弗》的"死而复生的伟大的日子"，并以胜利者的愉快心情向国王表示感谢，欢呼"圣恩浩荡，《达尔杜弗》活过来了"。

三

1668 年年初，莫里哀为剧团提供了一部新作《昂分垂永》。这是根据古代罗马神话改编的喜剧。神话中说，伟大英雄海尔库勒（即希腊的赫拉克勒斯）是天帝裘彼特和武拜将军昂分垂永之妻阿耳克梅娜所生。古代罗马戏剧家普劳图斯曾经用这个题材写过一部喜剧。莫里哀在创作自己的剧本时，利用了这部作品的情节的基本框架：裘彼特爱上了武拜将军昂分垂永的妻子阿耳克梅娜，他曾化身为昂分垂永与阿耳克梅娜相亲相爱。

莫里哀为什么在这时写这样一部作品？研究者的意见并不统一，争议的焦点在于：剧本是不是专为国王的所作所为辩解？

《昂分垂永》借神话来反映宫廷生活，揭开了宫廷中的一些侧面。莫里哀对宫廷里的这种糜烂的生活作风不满，借着神话加以揭露。剧中有昂分垂永知道妻子与裘彼特有染的事情之后大发脾气的一场戏，说明裘彼特的行为导致了君臣之间发生矛盾，破坏了昂分垂永的家庭，损坏了阿耳克梅娜的名誉。但是，他又把这一事件加以化解：裘彼特对阿耳克梅娜是真心相爱的，阿耳克梅娜更是在全然不知真相的情况下接受了裘彼特的恩爱，她是无辜的。于是，一场婚外恋变成了一个甜蜜的爱情故事。

最后，一场激烈的矛盾以裘彼特赠给昂分垂永两项许诺而结束。

扫西的两段话耐人寻味。对于裘彼特的"恩赐"，他说：

> 裘彼特大帝懂得给丸药镀一层金。[1]
>
> （第三幕第十场）

这句带有讽刺意味的话让我们知道，莫里哀对裘彼特的行为并不是肯定的。剧本最后以扫西的这样一句话结束：

> 各人都安安静静回家去吧：关于这类事，永远是、最好是无可奉告。[2]

为什么要对这样的事保持缄默？看来，在莫里哀的心目中，这样的事算不得什么光彩的好事，最好不去深究。这两段话透露出莫里哀写这个剧本时的矛盾心理：他一方面希望能为国王开脱，平息宫廷里因国王的风流韵事而引起的风波；另一方面又觉得自己难圆所说，只希望不了了之。

1666 年 12 月，路易十四在圣日耳曼庄园举办名为"缪斯之舞"的娱乐活动。这次活动除了是一次关于艺术的谈话，实际上是宫廷里的人的自娱自乐。整个活动安排了十二个节目，有舞蹈，有音乐会，有戏剧演出。活动时间比较长，一直持续到 1667 年 2 月才结束，原因是其间不断出现其他事情（王后分娩、太后逝世一周年纪念等），活动经常被打断。莫里哀剧团应召参加演出活动，在那里待了两个月。

---

① ［法］莫里哀：《莫里哀喜剧》，第 3 集，李健吾译，219 页，长沙，湖南人民出版社，1982。

② ［法］莫里哀：《莫里哀喜剧》，第 3 集，李健吾译，220 页，长沙，湖南人民出版社，1982。

莫里哀刚刚放开手脚，为老百姓写了一部闹剧性的作品《屈打成医》，现在又来到宫廷。他不得不马上调整心态，改弦易辙，为国王和宫廷赶制风格完全不同的剧本。他为这次活动的戏剧表演献上了三个节目：《麦里赛尔特》《滑稽牧歌》《西西里人或者画家的爱情》。现在，我们可以见到第一个戏的片断和第二个戏的提要及歌词，只有《西西里人》完整地保留了下来。这三部戏都适合宫廷活动的需要，或是歌舞剧，或是穿插着歌舞。

国王对"缪斯之舞"活动甚为满意，付给了丰厚的报酬。演出结束后，莫里哀剧团的每个团员带着分到的3352里弗尔和一大批礼品高高兴兴地返回巴黎。莫里哀的心情却是复杂的。他能为自己的剧团挣得一笔收入，缓和了经济拮据的状况，当然是松了一口气。

四

1668年春，法国和西班牙之间发生了一场战争。路易十四亲临战场指挥。战后，福朗德归法国所有，路易十四班师回国。莫里哀听闻这个消息，立刻向国王献上一首十四行诗。其中有这样的诗句：

> 伟大的国王，您建立了空前未有的业绩！
> 您取胜之快，赛过激流、风速和霹雳。
> 您行动神速，没等我们将赞歌备齐，
> 您已经从前方命使者传来胜利的消息，
> 让我们想要献上一两句颂词都来不及。[1]

这年夏天，凡尔赛宫举行庆祝活动。这次活动取名"王家盛大娱乐"，其规模相当可观。据记载，7月18日，宫廷要员在王宫花园的一条小径上聚餐，食品之多，到了果酱流成河、杏仁饼堆成山的程度。

莫里哀当然要为庆祝活动献艺。7月10日，他率领剧团来到凡尔赛宫，7月18日，在绿色舞台上演出了一部新戏《乔治·当丹，或者受气大夫》。

---

[1] 转引自加克索特：《莫里哀传》，朱延生译，300页，北京，中国戏剧出版社，1986。引用时，文字有改动。

这是一部三幕喜剧，演的是一个发家致富的平民自以为娶一个贵族小姐就可以有贵族的头衔，成为上等人，结果受尽了屈辱。

这一年的秋天，路易十四多次召他进宫演出。8月，他两次被召去圣日耳曼，9月17日，他又被召去尚堡尔，在那里待了五个星期。在这期间，他用了两个星期，顺利地完成了一部新剧——《德·浦尔叟雅克先生》的写作和排练。10月7日，新作在尚堡尔庄园演出。

《德·浦尔叟雅克先生》演出后，路易十四没有让莫里哀喘口气，就又交给他一个新的工作——筹备1670年2月的狂欢节。于是，整个12月，莫里哀在宫里忙于完成王命，得不到休息。关于狂欢节的活动，路易十四交给他一个提纲，命莫里哀按照提纲的要求尽快写出脚本，安排好各种表演。

路易十四的提纲很简单，只有简简单单的几句话："两个王子互相敌对，他们为庆祝匹蒂克节而在坦佩谷地的乡间小住时，都竭力向一位年轻的公主和她的母亲大献殷勤。"莫里哀根据这个提纲，充分发挥了他的想象力，把这个简单的提纲（实际只是一个提示）演绎成一个具有完整情节和一定思想内涵的故事，完成了一部喜剧：《讲排场的情人们》。1670年2月4日，这部作品在狂欢节上首演。

为了适应宫廷娱乐的需要，剧本还是采用了喜剧—芭蕾舞的形式。喜剧的开端是一场规模庞大的表演，广阔的大海边，悬崖矗立，众多的神（爱神、风神、河神）还有渔翁上场。合唱声中，海神尼普顿来到，接着是一番歌颂海神的威力的歌唱。在喜剧进行的各幕中，都穿插着歌唱、芭蕾舞、哑剧等表演。剧末是一系列的芭蕾舞表演。最后，太阳神阿波罗登场，有年轻人与阿波罗的合唱，几位扮演太阳神随从的大臣唱起阿波罗的赞歌。整个演出极其豪华，场面五彩缤纷，莫里哀成功地把各种表演都组织在这部喜剧的演出过程中。

剧本是根据国王的要求和设想来写成的，而且达到了预期的效果，整个演出非常成功。它一共演出了五场。路易十四不但参加了节日的娱乐活动，而且在《讲排场的情人们》一剧中扮演过海神尼普顿和太阳神阿波罗。莫里哀自己也登台，扮演剧中的一个宫廷小丑。

1669年到1670年，可以说是莫里哀一生中最得意的时候。《达尔杜弗》成功解禁，正式公演，这当然是他最高兴的事。他与国王的关系如此密切，工作如此顺利，也是前些时候少有的。

五

路易十四对前来觐见而态度傲慢的土耳其使团不满，命令莫里哀等三人在当年的庆典活动中，上演一出有土耳其的服装和姿态的戏，意在嘲弄土耳其人。莫里哀不久就完成了一部作品，于 1670 年 10 月 14 日在尚堡尔庄园演出。这就是喜剧—芭蕾舞《贵人迷》。

这部喜剧虽然是按照国王的要求写成的，不过，莫里哀并没有把它写成一部纯娱乐性的剧本，也不单单是为了写一部带有土耳其色彩的剧本，他在满足国王的意图之外，让剧本具有非常鲜明的现实内容。

这个剧本比莫里哀以往的任何一个作品都更加明显地表现出作家的平民意识和阶级自尊。剧本明显地流露出作家自己的创作意图：否定资产阶级贵族化的倾向，鼓励他们树立阶级自尊心，克服自卑感。

莫里哀的这种思想与路易十四的政治愿望并不符合。作为封建王朝的最高统治者，路易十四始终维护的是封建贵族阶级的利益。他虽然对资产阶级有过某种照顾，但其出发点是为了维护封建统治，其做法也是把资产阶级纳入封建统治的肌体，而不是让他们独立发展。所以，他赞赏资产阶级贵族化的倾向，希望资产阶级成为朝廷的附庸。但是，莫里哀在剧本中，把贵族人物写成骗子和无赖，把汝尔丹的家人，包括仆人都写成正直而富有理智的正面人物，对于汝尔丹的贵人梦则尽情地加以嘲弄，其倾向当然是不赞成资产阶级贵族化。由此我们可以想到，莫里哀的《贵人迷》不合国王的胃口。再说，莫里哀本是奉命而作，国王的意思是让他把土耳其人嘲笑一番，出一出心中的恶气。莫里哀只是在剧中附带描写了一点土耳其的风俗，并没有把嘲笑土耳其当作全剧的主旨，即使那一场土耳其风俗戏，也没有多少可笑的地方，这当然也不合国王的心意。

10 月 14 日，《贵人迷》在尚堡尔首次为国王演出。莫里哀亲自扮演主角汝尔丹。路易十四观看了演出，散场后沉默不语，态度十分冷淡。以往，每当国王看完莫里哀的表演，总是高高兴兴地接待他，夸奖他的剧本和表演，有说有笑，气氛很热烈。然而，那天的情况与往常不同。国王就餐时，莫里哀站在一旁伺候，路易十四对他板着脸，不说一句话。一种紧张的气氛笼罩着大厅。莫里哀不知如何是好，动作都变得笨拙了。国王的暧昧态度立刻就产生了作用，种种流言蜚语在宫廷中传开。一些人攻击剧本，一些人嗤笑作者。

宫廷里议论纷纷，莫里哀承受着莫大的精神压力，甚至不敢出门见人。两天之内，路易十四明知这对莫里哀的压力有多大，但他仍然保持缄默，态度暧昧。

10 月 16 日第二场演出时，国王又来看戏。演出结束，他把莫里哀叫到自己身边。"我想谈谈你的戏，"国王一开口，莫里哀的心情就紧张起来，国王接着说："看完上一场戏，我对你什么也没说，因为我还没有想好。现在想好了。你写了一个好剧本，你的表演也很精彩。"听完这番话，莫里哀心里一块石头落地，宫里那些见风使舵的朝臣们见国王称赞莫里哀，一个个也改变了口气。

尽管莫里哀感到周围的压力减轻了，但是他感到国王的态度大不如从前热情。这件事在他的头脑中留下了一层阴影，长久不能消除。他隐隐约约地觉得，国王在耍弄他。

1671 年的狂欢节即将来临时，国王命令莫里哀在狂欢节宫廷游园会期间准备一个新剧目。这次活动安排在巴黎的杜依勒里宫，那里原本有一座大剧场，有人把它叫作"机关布景厅"。剧场的舞台又高又深，可以装置最复杂的机关布景和效果设备，它还有约 12 米高的顶楼和约 5.2 米深的地下室，可以表演神从天降的场面和地狱、大海等场景。穹顶有优美的绘画，场内布满雕塑和各种装饰，墙壁被画上大理石花纹，圆柱的柱头柱座都被刷成金黄色的。观众席可容纳七八千人。国王要求莫里哀利用这些条件，设计出一套豪华的节目。

莫里哀决定再次采用古代题材，把古希腊神话中关于浦西色的故事搬上舞台。浦西色是一位公主，她的美貌不下于美神维纳斯。美神的儿子——爱神丘比特与她相爱，但是每天只能在晚上和她相会，且不准她见到自己的真容。浦西色在姐妹的怂恿下破坏限制，偷看了丘比特，爱神立刻消失不见了。浦西色为了寻找情人到处奔波，受尽折磨，最后终于和丘比特相聚。

这个题材的好处是涉及面极其广泛，天空、宫殿、仙境、地狱，都可涉及，很适合在这个豪华剧场演出。但是，那将是一个巨大的工程。当时，莫里哀在长期的劳累之下，病情加重，体质很差，时时感到体力不支。他估计在短短的时间内，自己一个人不可能完成这样一个豪华演出的新剧本，更何况还有从编剧到排练到上演的整个过程，于是，他邀请老作家高乃依和吉诺与他合作。高乃依和吉诺欣然接受邀请，大师们进行了一段愉快的合作。大约用了十五天的时间，剧本按时完成，吕利为它谱了曲，芭蕾舞教练博尚也参与了合作。

1671年1月17日，《浦西色》准时在杜依勒里宫演出。莫里哀充分利用剧场的优越条件，使得整个演出极其壮观，极其豪华。好大喜功的路易十四喜欢这样的娱乐，全然不顾巨额的开支。据记载，这次演出的总支出高达334 645里弗尔。

莫里哀刚刚为国王演过《浦西色》，国王又命令他筹备当年8月的圣日尔曼庆典。那是为庆祝国王御弟续弦而举行的宫廷活动。莫里哀不敢怠慢，抓紧时间赶写剧本。《艾斯喀尔巴雅斯伯爵夫人》就是为这次庆典活动演出的喜剧。

莫里哀和国王的关系时好时坏。国王对《贵人迷》不满意，让莫里哀受到难堪；《浦西色》满足了国王的要求，似乎又挽回了国王对他的宠爱。但是，莫里哀已经看到了自己与宫廷之间的裂痕，亲身感受到一个艺术家的苦恼。在王权具有绝对权威的时代，要想在巴黎立足，自己就不得不依附宫廷；为了抵御来自有权有势者的攻击，就不得不利用国王这顶保护伞。

1670年6月，亲王夫人去世。一年之后，亲王续弦。国王为亲王的婚礼举行庆祝活动，命令莫里哀为庆祝活动筹备戏剧表演。亲王和夫人曾经多次帮助过他，莫里哀当然乐意从命，愿为亲王效劳。

12月1日，新的亲王夫人到达圣日耳曼，从第二天起，庆祝活动就开始了。为了做好准备工作，五天前，即11月27日，莫里哀就提前率团来到这里。庆祝活动的节目单上这样说明，国王提议为迎接殿下夫人来到宫内，为夫人安排一次娱乐活动，节目由戏剧中最美妙的东西组成，为此，他选择了几年来为他表演的节目中最好的地方，并命令莫里哀写一出喜剧，把所有这些音乐舞蹈的优美片断串联起来，以便使这么多各不相同的东西豪华壮观地组合成为在圣日耳曼昂莱剧场中能看到的最好的东西。

路易十四为这次演出选中的歌舞包括《浦西色》第一个幕间剧、剧中的女神芭蕾舞、《乔治·当丹》的第三个幕间剧、《贵人迷》中的土耳其典礼和该剧末尾的各国舞蹈。据说，莫里哀按照国王的要求，演了一出五幕的田园剧，但是，这个剧的本子没有保留下来。

《女学者》也曾在凡尔赛宫为国王演出。不过，路易十四似乎对它并不感兴趣。他对该剧的态度是故技重演，先是保持沉默，引起了宫中一批小人对莫里哀的攻击，然后假惺惺地称赞几句，作为收场。其结果当然是又给了莫里哀一次精神打击。

1672年的冬天，还发生了一件让莫里哀十分难堪的事。宫里通知他，下一次狂欢节游园会不再邀他为国王效劳。这意味着莫里哀已经失宠，国王对他不再重用。更让他伤心和气愤的是，他的老搭档意大利音乐家吕利居然背信弃义，抢先在国王那里申请到许多特权，成了音乐和歌剧方面的垄断者。于是，不经吕利的允许，别人不能公开举办音乐会；没有吕利的同意，不得将戏剧改编成歌剧，等等。本来，路易十四喜欢音乐，莫里哀有的作品也在向歌剧方面发展，为此他曾打算向国王申请演出歌剧的优先权，邀请吕利同他合作。谁知，正是朋友在暗中玩弄手脚，把他从宫中排挤了出去。莫里哀的气愤是可想而知的。

六

等莫里哀去世以后，这一消息很快传开，他的许多忠实的观众都等待着为他送葬。当人们知道教会在这位受人尊敬的戏剧家的安葬问题上有意刁难后，一股愤怒的情绪在群众中滋长。安葬的时间拖得越久，这股情绪就越加强烈。人们开始议论纷纷，骚动不安。这个消息传到宫里，引起了国王的警觉。国内各地的动乱已经使他十分不安，他不希望再在巴黎出什么乱子。所以当莫里哀的妻子阿尔芒德和他的学生巴朗来到跟前向他求情的时候，他明白，莫里哀安葬一事必须妥善处理。因此，国王向大主教传令："请准许安葬莫里哀的遗体，要避免引起轰动和丑闻。"

莫里哀去世不久，路易十四在一次谈话时，无意中问布瓦洛：

"谁是当今法国最伟大的作家？"

"莫里哀。非他莫属！"布瓦洛脱口而出，回答了国王的提问。

"是吗?"路易十四感到意外，犹疑了片刻，接着，他说，"不过，你是这方面的行家，也许你说得对。"

可怜莫里哀尸骨未寒，他大半生兢兢业业地为之服务的路易十四，却并不了解他的真正功绩。他也曾得到路易十四的支持，那是因为他的作品满足了国王享乐的需要，而且在某些方面恰恰符合了王权的需要。一旦他离开了人世，在国王看来，他也就失去了存在的价值，根本想不到这位伟大戏剧家的作品的不朽意义。再说，他的兴趣早已转移到音乐和歌剧，他的宠信也转移到了意大利来的吕利身上。他甚至收回剧院赐给吕利，还打算解散莫里哀剧团。幸亏有阿尔芒德的坚持和努力，重组剧团，才有后来的法兰西喜剧院——"莫里哀之家"。演员们继承和发扬了莫里哀的优良传统，一直坚持到近四百年后的今天。

莫里哀与路易十四的关系令人唏嘘。年轻时候的路易十四纵情娱乐，喜欢打猎、音乐、舞蹈。莫里哀的一场御前演出让他开怀大笑，马上下旨，留在身边，为的是取乐。莫里哀在巴黎的几场有趣的演出，讽刺了傲慢的、装腔作势的贵族沙龙，讽刺了令人讨厌的宫廷贵族，讽刺了自信满满的市民，他感到莫里哀的志趣与自己颇为相似。特别是在他亲政之后，在他想要有所作为的时候，他感到这样的喜剧既可乐又解气，很有意思，很合己意。再说，每当他要在宫廷大办宴乐、显示威权的时候，莫里哀都能又快又好地提供佳作，用起来得心应手。于是，他觉得莫里哀这个"戏子"有用、好用，对其宠信有加。令人深思的是，每当莫里哀的作品触犯一些严肃问题的时候，他也给予维护。这又是为什么呢? 当然，这也是出于他自身的需要。

以"达尔杜弗之战"为例。双方的矛盾如此激烈，路易十四却始终采取模糊的态度，既不听反对派的意见，把莫里哀打入地狱，也不接受莫里哀三番两次的公演请求，这是为什么? 路易十四态度暧昧是他的切身利益决定的。自中世纪以来，天主教成了欧洲各国封建制度的精神支柱。在17世纪的法国，天主教被定为国教，势力很大，天主教会和僧侣已经形成一股强大的社会势力，一股几乎可以与王权抗衡的势力，所以，作为王权代表的路易十四，对这股宗教势力是又要依靠又有顾忌的。他上台以来，竭力加强王权，要求教会服从他的统治，为他所控制，对于教会那种超然于政权之上的独立地位和它的控制政权的欲望，是非常不满的，但是他又必须得到教会的支持。他在宣布"朕即国家"的时候，还要以"君权神授"为理论依据。所以，看到《达尔杜弗》对教会和宗教骗子的揭露，他感到解气，从内心是支持的。但是，他不能不考虑剧本已经引起宗教势力的愤怒，他不想把事情闹大，引出更多的麻烦，这就是他对《达尔杜弗》既有支持又不敢放手的原因。表面看来，他仿佛扮演了一个和事佬的角色。

晚年的路易十四，性格怪异，生活奢靡，而且穷兵黩武，妄图称霸欧洲。他对莫里哀作品中表现出来民主主义精神越来越感到不满。他的个人兴趣也放弃戏剧而往音乐和歌剧方面转移。这时，他几乎忘了莫里哀，甚至怀疑莫里哀对法国的贡献。莫里哀晚年的遭遇是一场令人感慨的悲剧！

莫里哀创作的新起点——《可笑的女才子》

　　1659 年 11 月初，莫里哀开始了他在巴黎的演出活动。起先上演的还是他在外省写出的旧戏——《冒失鬼》。当月的 18 日，也就是《冒失鬼》上演后的半个月，莫里哀上演了他来到巴黎后的第一部新作——《可笑的女才子》。这部篇幅不大的散文体的喜剧一上演就大受欢迎，用拉·格朗吉的话说，"成功超出了他的喜悦"。他用普通的票价在第一天上演，可是看戏的人太多了，第二天起票价加了一倍，剧场里还是挤得满满的。

　　这次演出打破了一年来人们对莫里哀的沉默。欢呼声和指责声同时喧哗，莫里哀一时成了巴黎舆论界的议论中心。那些自命高雅的沙龙贵族由于自己的丑态被暴露而恼羞成怒，那些对沙龙里的怪象早已不满的开明人士则拍手称快。反对者竭力加以扼杀。当天就有个贵人，据说是"沙龙里颇有声望的常客"，依仗自己的势力，设法禁止了剧本的演出。这样的行动引起了众多人的不满。反对者不但没有达到破坏的目的，反而使它引起了更大的关注。据传，事情传到了国王那里，由于国王的干预，13 天之后，即 12 月 2 日，《可笑的女才子》得以再度上演。为了取得更好的效果，莫里哀对剧本进行了修改，删去了不必要的东西，使剧本更加精彩。

　　这次上演引起了巨大的轰动，巴黎人纷纷涌向小布崩宫剧场观看《可笑的女才子》。票价翻倍，剧场里依然满座。起初，莫里哀把它与一个大戏合在一起演出，譬如首场演出是和高乃依的一部悲剧《西拿》合在一起上演的，后来他发现观众是专为观看《可笑的女才子》而来，他就把它与几个小戏合在一起演出。这一来，演出更受到观众的欢迎了。一连好几个月，盛况不衰，剧场里人山人海，欢声不断，不少有名望的人都来看戏。剧团还接受达官贵人的邀请，到他们的府邸里去唱堂会。元帅在万森接待国王和王太后的时候，也邀请莫里哀到那里去演出。《可笑的女才子》的成功使莫里哀在巴黎名声大振，也给剧团带来丰厚的收入。

《可笑的女才子》与莫里哀以前的喜剧作品不同，它摆脱了传统的喜剧和闹剧的老套子，直接取材于现实生活；它不是只为逗乐，一般地扮演笑料，而是讽刺现实生活当中那些不正常的因而应该排除的现象，把笑当作生活的清洁剂。剧中的主人公是两个来自外省的女孩子，她们来到巴黎，向往贵族沙龙里那种所谓风雅的生活到了痴迷的程度，甚至讨厌自己的父亲粗俗，怀疑自己的身世被搞错。她们盼望有人把她们引进沙龙，希望有人像沙龙小说里描写的那样来谈情说爱。有两个青年来求爱，因为不懂"风雅"，没有遵照沙龙里的做派，被她俩冷落。那两个青年设计报复，命他们的仆人穿上贵族的服装，一个扮成侯爵，一个扮成子爵，按照沙龙里的样子造访那两个女孩子，和她们大讲风雅，把她们捧得天花乱坠。搞得那两个女孩忘乎所以，真以为自己遇到了贵人。最后，引出一场即兴舞会。正当她们得意忘形、跳舞狂欢的时候，那两个青年赶来，剥去仆人的外衣，揭露他们的身份，把两个女孩子着实奚落了一番。

剧本讽刺的矛头直指贵族沙龙，把那里流行的那套古怪的语言、作风、习惯统统暴露在光天化日之下，剥去其高雅的外衣，揭露其做作、虚假、可笑的本质。他们讲话咬文嚼字，引经据典，一般人听不懂，即使最普通的话，也被化成"雅语"。譬如，他们说"美之顾问"，指的是镜子；他们说"谈话之利器"，指的是"椅子"。他们仿佛生活在沙龙小说所写的世界里，一切都要符合那里的一套规矩。譬如求婚要有既定的套路，有特别的装束，见面、问候、谈话、写诗、作曲、论戏，等等，处处都要像小说里写的那样矫揉造作。明明是平庸乏味的东西也要自夸得如获至宝。莫里哀对贵族社会里流行的这些东西给以辛辣的讽刺。剧本最后，愤怒的老父发出诅咒："无聊透顶的东西、闲人的有害的娱乐：传奇、诗词、歌曲、十四行诗和十三行诗，全见鬼去！"

沙龙文化是法国特有的一种贵族文化。在封建割据的时代，法国贵族社会曾经在文化上相当落后，大贵族只知争权夺利，穷兵黩武，文化上却是粗俗野蛮的。当法国从割据混乱向统一集中的君主制过度的时候，沙龙文化的出现是社会文明走向进步的一种表现。开创沙龙文明的朗布耶夫人引进先进的意大利文化，开放自己的客厅，提倡文明高雅。许多贵夫人效法她，一时形成一种讲文明的风气。这应该说是上流社会自我调节，走出愚昧粗野，走向理性和规范的一种表现。它不无可取之处。但是，到了路易十四时代，封建割据已经消除，君主专制的时代已经发展到极盛时期。在这样的时代，国家的一切权力都集中在国王手中，宫廷是一切的中心。文化当然也不能例外。但是沙龙文化盛行的结果是把文化的中心确立在贵夫人的客厅而不在宫廷，指导文明、左右文化的力量是贵夫人而不是君主，这无疑是文化上的大权旁落，王权是不赞成的。再说，沙龙文化发展到莫里哀的时代已经从它的辉煌时期走向没落，正像它的创始人朗布耶夫人那样早已失去她当年的风韵（1659 年她已经 70 高龄）。沙龙里那种刻意追求高雅的作风已经变成矫揉造作、荒唐可笑。那些把贵族生活和贵族形象理想化的作品越写越离奇，越写越离谱，早已成为笑柄，没有了欣赏价值。莫里哀在外省的十几年已经熟悉贫瘠的环境，养成了一种脚踏实地的思维模式，习惯了朴素自然的风气。他在外省见到过这种可笑的贵族文化，不以为然（有人认为《可笑的女才子》是他在外省写成的）。来到巴黎，来到这个贵族云集、沙龙林立的京都，见到那么多无所事事的贵人们天天在沙龙里玩弄那些无聊的虚幻的可笑的东西，他更是十分敏感，也是十分反感的，这也许是他重返巴黎后所得到的一个最突出的印象。他把自己的所感写在了他在巴黎创作的第一个剧本里。莫里哀不见得对沙龙文化的实质有什么明确的认识，但是他的平民观念，他的剧作家的敏感，让他捕捉到了当代法国社会中一个具有代表性的现象，从而写成了一部佳作。他并不为攻击某个个人，只是表现了自己的一种现实感受。

莫里哀对于贵族社会恶劣风气的揭露和嘲笑大快人心。据拉·格朗吉的 1682 年莫里哀作品集序言记载，演出现场"喝彩的声音震耳欲聋"。还有人传说，在演出现场就有人高呼："这才是真正的喜剧，莫里哀，太好了，太好了！"有个文人在观看《可笑的女才子》之后对别人说："从此以后，我们再也不该鼓励那些矫揉造作的东西了，以前我们崇拜的东西应该毁掉。"从艺术上讲，《可笑的女才子》表现了一种独创性。这是莫里哀喜剧艺术探索的新成就，也是他对西方喜剧发展的一个新贡献。关于这一点，加克索特做出了如下精彩的论述：

《可笑的女才子》的产生是法国文学史上的一个重大事件。在这之前，这个世纪的喜剧仍然不过是意大利式或西班牙式的情节喜剧，依然十分接近于悲喜剧，或者闹剧，或者田野剧。其中没有一丝一毫诚心诚意地直接地观察现实的痕迹；人物都是传统角色，都是"静止不动的面孔"，都是性格特点永远固定的"典型"。这些人物和下面的人颇为相似：假充好汉的滑稽人物、寄生虫、学究、怪癖的诗人、坠入情网的和妒忌而吝啬的老头、搞阴谋诡计的女人、奶妈、滑稽调皮的仆人。戏剧唯一主题就是一个受阻挠的爱情通过巧妙的方法而获得成功。德马雷、斯卡隆、特里斯唐、莱尔密特、西哈诺极力表现的是逗人的想象力，而不是对现实的观察。[1]

莫里哀的早期作品也是走的故事有现成、人物有定型的俗套，戏剧手法也无非是误会、诱拐、假扮等老传统，但是，《可笑的女才子》却抛弃了这些老套子，直接面对生活，题材是现实的，人物是鲜活的，把当前社会生活中那些可笑的风习、可笑的人物，搬上舞台，而且单刀直入，一下子就捅到了丑恶现象的痛处。应该说，这些特征在当时是具有独创性的。它与过去那些靠插科打诨、滑稽动作来逗人发笑的以娱乐性为主的喜剧不同，而是寓庄于谐、寓教于乐，具有现实性和深刻的讽刺意义。这就使喜剧脱离了旧传统，走入源于现实、直面现实、讽刺现实的轨道。莫里哀把闹剧提升一步，又把它的特点发挥到极致。每场戏都充满笑料，全剧一气呵成。正如加克索特所说："莫里哀崭露头角了，他毫无羁绊，他的天才的巨大潜力开始发挥出来了。"[2]

这出戏的成功给了莫里哀莫大的鼓舞，更重要的是给了他巨大的启发。《可笑的女才子》的成功告诉莫里哀，以取乐为主的传统闹剧可以脱俗升华，演化成严肃的喜剧。也就在这里，他找到了自己创作的路子。我们从他后来的创作中可以发现，《可笑的女才子》是他为自己开辟的一条成功之路，

---

① ［法］加克索特：《莫里哀传》，朱延生译，113 页，北京，中国戏剧出版社，1986。

② ［法］加克索特：《莫里哀传》，朱延生译，109 页，北京，中国戏剧出版社，1986。

是莫里哀创作道路的新的起点。他一生写了那么多成功的喜剧作品，都是因为他坚持了从这里为起点的道路。他也曾试图写作过其他类型的剧本，但是最终还是要回到这条路上来，那些真正有价值的作品也是因为他遵循了这条道路的原则。再进一步，如果说莫里哀对喜剧发展的主要贡献在于他把喜剧引上了近代化的道路，那么我们可以说，《可笑的女才子》是莫里哀创造真正近代意义的喜剧的开始。所以，加克索特说《可笑的女才子》是法国文学史上的一件大事，并不为过。其实，它的意义远远超出了法国的国界，它可以说是近代新喜剧的苗子。

《可笑的女才子》是一部闹剧式的小喜剧，尽管它有着全新的意义，但是作为一部从旧喜剧中脱胎出来的作品，其中不免还有旧式闹剧的痕迹。譬如，按照习惯，剧中的有些人物以演员的真名命名，有的角色还留有闹剧式的打扮。两个求婚的青年拉·格朗吉和迪·克卢瓦西用的就是演员的真名。两个内地来的丫头玛德龙和喀豆也是女演员玛德莱娜和卡特琳的名字的简称。姚得赖由新近加入剧团的名丑扮演，用的也是演员的原名。演出时，按照法国闹剧的传统，他的脸上抹上白粉。可能是莫里哀为了给观众解释这个现实性的人物为什么要不伦不类地抹上白粉，在剧中特意加上两句台词（"他新近害了一场病，所以，象（像）你们看到的，脸色发白"，"这是宫里守夜和作战疲劳的结果"）。剧中还出现莫里哀早期作品中常见的人物。如高尔吉毕斯和马斯卡里叶。前者是莫里哀自己创造的人物，经常扮演封建家长一类角色。马斯卡里叶也是他独创的人物，在《冒失鬼》《爱情的怨气》里都曾出现。他在《可笑的女才子》里是主要人物之一，由莫里哀亲自扮演。在剧中，他戴着面具，装束十分夸张和可笑，后来有人写剧本提到这个人物时，带着讥讽的语气来描写他："他的假发那样大，他每一鞠躬，就在地上扫来扫去，他的帽子那样小，人立刻就明白，侯爵拿在手里的时候比戴在头上的时候多多了，他的领花可以正正经经地叫做梳头用的披肩，他的膝襦好像做了来就为藏小孩子，捉迷藏用……鞋有半尺高，我很难想出那样高那样小的后跟，怎样撑得起侯爵的鼻子、他的带子、他的膝襦和他的香粉来。"这也是闹剧痕迹。这两个人物在《可笑的女才子》里告别了观众，从此不再在莫里哀的剧本里出现。在以后的创作中，莫里哀并没有放弃运用闹剧因素和闹剧手法，但是像抹白粉、戴面具、穿奇服一类的非现实的现象已不再出现。

剧本演出后，不但有人企图把它扼杀，还有人恶意中伤。有个自称"知名人士"的索梅兹恶意污蔑莫里哀抄袭别人，理由是剧中有仆人冒充主人的情节。有人说他剽窃皮尔神父的一出意大利喜剧。当然这样的指责是不能成立的，无人理睬，连那个皮尔神父本人也没有说什么。索梅兹并不罢休，继续玩弄卑鄙手法。起先，他勾结臭名昭著的书商让·芮布，买通了剧团内部的某个人，弄到一个手抄本，然后，急急忙忙地把它加以改编，以欺骗手段搞到出书的许可证，企图公开出版，以说明《可笑的女才子》不是莫里哀的原创，败坏其名声。莫里哀及时得知了这个消息，立刻提出抗议。结果，那个许可证被吊销，索梅兹的阴谋没有得逞。然而，芮布和索梅兹还不死心，他们约人把剧本改成诗体，又搞到出版许可证，以《诗体·可笑的女才子》的书名盗版出书。

一出小戏引出如此众多的麻烦，这是莫里哀始料不及的。面对多方面的压力，他感到自己已经被卷入社会舆论的中心。他明白，在这样的时候，不能退却，必须及时应对。打官司，提出上诉，那只能消耗时日，不能及时消除恶劣影响。最好的办法，不如赶紧把剧本公开，以正视听。于是，他决定把剧稿交给出版商德·吕依。出版商为了竞争，日夜地催促。莫里哀深感情势紧迫，不让他有喘息的机会。他情不自禁地借用罗马演说家西塞罗的一句话喊出："呕，时代！呕，风俗！"一个剧团有了自己的好剧目，本不应该急急忙忙就公之于世，但是，莫里哀迫于形势，不得不这样做。剧本于1660年1月29日出版。

《可笑的女才子》出版时，莫里哀在书前附有一篇自序。在这篇自序里，他首先谴责那种盗印他人作品的恶劣做法，说明自己迫不得已将剧本公开的原因，同时也借此机会说明了自己在《可笑的女才子》一剧中所表现的意图以及它之所以成功的原因，实际上是粗略地表现了作家在长期艺术实践中得来的经验。譬如，他认为喜剧的讽刺对象是那些"模仿最完美的东西的扭曲与亵渎"，以维护完美；戏剧是舞台艺术，只有通过舞台演出才能成为完整的艺术品；观众是评判作品的唯一的裁判；等等。这篇自序体现了他的戏剧观，是莫里哀的第一篇理论文字，是我们研究莫里哀艺术思想的重要史料。

一个心理矛盾的"滑稽人"——《斯嘎纳耐勒》分析

　　《斯嘎纳耐勒》是莫里哀重返巴黎后创作的第二部作品，它算不上是莫里哀的重要作品，但是它在莫里哀的创作道路上却有着重要的意义。如果说《可笑的女才子》标志着他跨出了闹剧的门槛，那么，《斯嘎纳耐勒》可以说明他是如何跨出了至关重要的第二步。

　　1660 年 5 月 28 日，也就是《可笑的女才子》成功演出后的半年左右，莫里哀上演了这部新戏《斯嘎纳耐勒，或名疑心自己当了乌龟的人》。这也是一部接近于闹剧的诗体喜剧，共二十四场，一气呵成，不分幕。剧中的主要人物是一对情人和一对夫妻。赛丽与莱利相爱，并订有婚约，不料赛丽的父亲贪图钱财，命令赛丽毁约而另嫁一个富人。伤心的赛丽晕倒在地，好心的斯嘎纳耐勒扶她进了屋。他的妻子见此情景，误以为丈夫有了外遇，十分气恼。她拾到赛丽手中掉下来的莱利的肖像，正在端详，斯嘎纳耐勒从她背后过来。见此情景，斯嘎纳耐勒怀疑妻子与莱利有染，夺过肖像，责骂老婆背地偷人。二人争吵起来。莱利听说婚姻有变，又发现自己的肖像在斯嘎纳耐勒手中，气得快要晕倒。斯嘎纳耐勒的妻子刚好路过，好心地把他扶起。此情又被斯嘎纳耐勒撞见，更确信妻子对自己不忠。赛丽从斯嘎纳耐勒嘴里听到莱利与其妻子私通，气愤至极。就这样，四个人被卷进嫉妒的旋涡，乱作一团。多亏赛丽的女仆相助，才理清头绪，弄清了真相。结局出人意料，那富人退婚，赛丽和莱利喜结良缘。

　　这出戏的基本情节还是闹剧中常见的年轻人的爱情受到阻碍，最后在仆人帮助下如愿以偿的故事。莫里哀的喜剧与众不同之处是在老一辈的阻挠之外加入了那一团乱麻似的误会。剧情的开展由一张肖像引起，其中的情节曲折全是由误会造成。一个误会引出下一个误会，爆出笑料。这些都是传统闹剧的手法。莫里哀的创造，首先在于他把这种旧的套路移植到一个现实的环境之中。年轻人的爱情阻力来自既贪财又专制的父亲高尔吉毕斯。他对赛丽这样说：

> 就算你和他婚约一订再订，
> 来了财主，还不成了画饼。
> 莱利很好看，不过你要记住，
> 有财可发，什么事都得让步；
> 丑八怪有了金子也会顺眼，
> 没有金子，一切都是枉然。①
>
> （第一场）

莫里哀的创造还在于他把误会这种传统的手法发挥到极致，把剧情编织成一个误会套误会的疑团。他不怕把剧情弄得如此复杂，不怕自己会无法收场，而且有本事把疑团解开，以皆大欢喜收场。他先是把剧情推到一个极端，年轻人的爱情眼看就要遭殃，以引起观众对年轻人的同情，继而用误会的乱麻让观众为他们着急，剧情一步步向着乱而再乱的局面演进。观众被带进这样乱麻似的情节之中，急切的心情不断增加。剧本就这样紧紧抓住观众，剧场演出的效果也很好。这里充分显示了莫里哀的编剧才能。

这些都足以说明莫里哀不愧是闹剧的杰出继承者，一个优秀的闹剧作家和闹剧演员。但是，莫里哀的更重要的创造是他摆脱了闹剧以情节取胜、以滑稽逗趣为目标的老套，而把塑造人物形象放到了创作的中心，成功地塑造了一个鲜活的性格鲜明的人物——斯嘎纳耐勒。

斯嘎纳耐勒的身份是一个市民，一个忌妒心很重，以致无中生有地疑心妻子出轨，自己成了"乌龟"的人。剧本着重刻画他的这种性格和心理。他爱吃醋，见到妻子拿着一张男人的肖像，不经了解，无端地怀疑自己被戴上了绿帽子。他被这种忌妒心激怒，想要报仇，但是他又是一个胆小怕

---

① ［法］莫里哀：《莫里哀喜剧》，第 1 集，李健吾译，306 页，长沙，湖南人民出版社，1982。

事的人，于是在他的心里产生了报仇还是忍受的矛盾。莫里哀在剧中用了长达六十八句的独白，细致地刻画他的这种心理活动。他有时气壮如牛：

> 受到这样的羞辱，不说一句话，
> 除非这人是一个地道的傻瓜。
> 所以，赶快寻找这该死的东西，
> 报仇雪耻，显显自己的勇气。
> ……
> 不过，我觉得我这里肝火上升，
> 要我拿出男儿本色一拼。
> 是啊，我动了怒；这太懦怯；
> 我决计报仇，看我是不是好惹。
> 赶着冲劲儿正足，我要大闹，
> 逢人就讲：他和我太太睡觉。①
>
> （第十七场）

可是，他本来就不是一个血性男子，怕自己打不过对方反而挨打吃亏。他认为这样来争取荣誉可能致命，不值得：

> 我一逞强，对方力之所及，
> 就许一剑戳穿了我这肚皮：
> 我死的消息传遍大街小巷
> 亲爱的荣誉，请问，你会发胖？
> 害怕肚子疼的人们也嫌棺材
> 过于阴沉，过于卫生有碍。
> 就我来说，全盘考虑之后，

---

① ［法］莫里哀：《莫里哀喜剧》，第1集，李健吾译，328～331页，长沙，湖南人民出版社，1982。

我看，当王八比死还要好受。①

（第十七场）

于是，他找出种种理由来为自己的怯懦辩护。说什么错在妻子，不在自己；生活中的苦恼已经让自己精疲力竭，为什么还要自寻烦恼；像我这样的男人不止一个；"为了一件丢脸的小事，我决不大兴问罪之师"；等等。本想装个糊涂，不了了之。可是，忌妒心又使他无法平静，斯嘎纳耐勒陷入两难的苦恼之中：

我不报复，人家叫我傻瓜，
跑去找死，成了傻瓜大家。②

（第十七场）

莫里哀不仅写出了一部好戏，而且亲自扮演了斯嘎纳耐勒这个人物。当时留存的资料说明，莫里哀的这部作品取得了"罕见的成功"，莫里哀的表演更是精彩，"他的面部表情和特点动作把他的妒忌完全表现出来了，所以用不着他讲话，就可以看出他是男人中最爱吃醋的人"。还说："从来没有一个人能够像他那样善于运用面部表情，在这出戏……变了二十多次表情。"③

《斯嘎纳耐勒》的成功，特别是斯嘎纳耐勒的人物塑造的成功是莫里哀学习民间戏剧的一大收获，是他继承了民间戏剧中的优良传统，并发挥自己创造才能加以改造的崭新喜剧。他早已认识到定型人物是传统闹剧独有的、观众喜爱的特色，在自己的写作中开始学习这个传统，试验着塑造类似的人物形象，如《飞医生》里的斯嘎纳耐勒、《冒失鬼》《爱情的怨气》里的

---

① ［法］莫里哀：《莫里哀喜剧》，第 1 集，李健吾译，329 页，长沙，湖南人民出版社，1982。

② ［法］莫里哀：《莫里哀喜剧》，第 1 集，李健吾译，330 页，长沙，湖南人民出版社，1982。

③ ［法］皮埃尔·加克索特：《莫里哀传》，朱延生译，118 页，北京，中国戏剧出版社，1986。

马斯卡里叶。"斯嘎纳耐勒"这个名字来自意大利语的"沙纳赖勒"。那是意大利喜剧中一个滑稽可笑的仆人的名字，莫里哀稍加变化而成了斯嘎纳耐勒。"马斯卡里叶"的名字也是外来语的变异，有"小假面"的意思。莫里哀在扮演这个人物时可能在眉、鼻之间戴假面具，这些都是他学习民间戏剧的痕迹。当他写《斯嘎纳耐勒》的时候，他放弃"马斯卡里叶"，重新用"斯嘎纳耐勒"来为他的人物命名，此后一连几个剧本中的定型人物式的角色的名字，他都用的是"斯嘎纳耐勒"（《丈夫学堂》《逼婚》《堂·璜》《屈打成医》），也就是说，"斯嘎纳耐勒"是他认定的一个定型人物式的角色。这个角色的身份并不相同，有时是市民，有时是仆人，有时是农民，性格也并不完全相同，但都是一个滑稽人物，一个逗笑的人物，特别在表现市民的平庸和卑俗方面颇有特色。

斯嘎纳耐勒这个人物的创造说明了莫里哀很好地掌握了继承与创新的关系。他能够把握好传统当中那些优秀的仍然具有生命力的东西，同时从现实出发吸取营养，对传统加以改造，使之面目一新。加克索特说得好：

> 莫里哀太喜欢闹剧了，所以他并不嫌弃传统的典型角色。他把握住这些角色，加以修改，通过观察来丰富他们的形象，给他们以活力并赋予他们独特的人格来改变他们的形象，最后，他在现实中找到了一批新的人物……只要稍有诚意，人们就可以在莫里哀全部作品（或者几乎是全部作品）中找到闹剧中人物。但他对这些人物进行了重大改革，因此，在他的主要作品中，他的天才使这些人物面目一新。……就这样，在《可笑的女才子》之后，他演出了《斯嘎纳耐勒，或疑心自己当了乌龟的人》……把仍然具有生命力的戏剧传统与天赋才能结合，正是莫里哀的一大特点……①

斯嘎纳耐勒就是这样一个既有传统的基因，又有新的创造的人物形象。《可笑的女才子》的创作证明，闹剧完全可以变成喜剧，它的成功改变

---

① ［法］皮埃尔·加克索特：《莫里哀传》，朱延生译，113～121页，北京，中国戏剧出版社，1986。

了闹剧的老套路，把闹剧引上了新的道路。《斯嘎纳耐勒》又有了新的进展，一是把刻画人物形象放在了剧本创作的中心地位，二是把性格描写和心理分析作为人物塑造的主要方法。这一点，应该说是他学习闹剧的最重要的收获。莫里哀从他自己丰富的演出经验知道，闹剧虽然是以情节取胜、以逗趣为目的的，但是，闹剧的艺术精华在于人物的创造，特别是定型人物的创造。法国的民间闹剧如此，意大利即兴喜剧里的定型人物最为突出。这种定型人物备受观众喜爱，在演出时，只要他们一上场，马上就能吸引观众，剧场就活跃起来；定型人物的精彩表演是一出好戏的必备条件。莫里哀在以前的写作中有过这方面的试验（如《爱情的怨气》），取得了经验，为《斯嘎纳耐勒》的创作打下了基础。如今有了《斯嘎纳耐勒》的成功，莫里哀当然明白此路可取。如果说，《可笑的女才子》是在开拓喜剧的现实性题材方面具有独创性，那么《斯嘎纳耐勒》证明：人物形象的塑造和性格刻画对优秀剧作更为重要。这就为莫里哀从情节戏剧走向性格喜剧，创作更高水平的作品，开拓了新的道路。后来的创作也说明，莫里哀为自己的创作找到了新的正确的方向。所以，《斯嘎纳耐勒》这出戏虽然规模不大，思想意义并不深刻，然而，它在莫里哀喜剧艺术的发展和他整个创作道路上，却是一部具有特殊意义的作品。

近代社会问题剧的开端——《太太学堂》

一

17世纪中期，法国古典主义戏剧发展到它的极盛时期，但是其成就集中在悲剧方面，喜剧的领域还没有突破性的作品。历史正期盼着一位高手进行创造性的劳动，把它开发成肥田沃土，让它生长出奇花异果。莫里哀承担了这个历史性的大任。

莫里哀自从1658年结束了流浪生涯、重返巴黎之后，一直在摸索自己的创作道路。《可笑的女才子》和《斯嘎纳耐勒》的成功给了他很大的启发，那就是：贴近生活，从现实中发掘题材，把讽刺的矛头指向社会上那些假恶丑的东西。但是，他并不满足于这样小型的尚带有闹剧色彩的作品，很想试一试写作大型的更高层次的作品。1661年，他写了一部取材于西班牙、仿照西班牙风格的五幕诗体"英雄喜剧"《堂·纳瓦尔》，2月4日，剧本上演，他满心等待着观众的喝彩。但是，他失败了。最初几天，剧场里还有一些观众来捧场，可是到了第7天以后，情况就糟透了，剧场里经常是空空荡荡，观众寥寥。莫里哀经受了一次意外的打击。

《堂·纳瓦尔》可以证明莫里哀并不缺少写大戏的才能，剧中对嫉妒性格的描写也显示了作家的功力。但是，这个戏写得并不出色，说明他写贵族式的所谓高雅作品对莫里哀并不适合。观众是正确的，他们不希望莫里哀丢掉自己擅长的来自民间的生动活泼的喜剧，而去追求什么大和雅。《堂·纳瓦尔》的失败，使莫里哀不得不冷静地反思自己的写作方向，对他来讲，此路不通。他真正地明白了自己的长处是写取材现实的讽刺喜剧。

于是，他重新回到喜剧的道路上来，决心写一出好戏。4 个月后，1661 年 6 月 24 日，莫里哀剧团上演了他的一部喜剧新作——三幕诗体喜剧《丈夫学堂》。这是一出在婚姻与家庭问题上讽刺封建陋习、嘲笑夫权主义的喜剧。首场演出，人们似乎对莫里哀的改变还没有思想准备，观众不算太多。后来，人们发现莫里哀又上演他的拿手好戏了，观众便越来越多。它连演了 7 个星期，剧场的收入逐级增加。从首场收入的 410 里弗尔，依次上升为 650、701、760、812、805、1131、1132。它像《可笑的女才子》一样风靡了巴黎。国王和一些大臣也一再地让莫里哀剧团去唱堂会。一些文人对它赞不绝口，说"在喜剧中从来也没有过这么好笑，这么敏捷，这么正确的思想。一个普普通通的真理从未显示出这么丰富的色彩和魅力，一篇平平淡淡的演说词也从未达到这样美好的朗诵效果，一个十分简单的情节也从未被写得更稳妥、更灵活、更和谐"。《丈夫学堂》的创作说明莫里哀已经找到了自己的创作道路，它的成功更鼓励作家在这条道路上继续前进。

二

1662 年，莫里哀差不多花了一年的时间酝酿一出新戏。自从《丈夫学堂》获得成功以来，他经过了一系列的试验，已经熟悉了古典主义的创作方法，相信自己能达到当代戏剧艺术的高层次，写成"一出完整的喜剧"。这一年的末尾，这部喜剧终于写成。当年圣诞节后第二天，即 12 月 26 日，新戏上演，这就是五幕诗体喜剧《太太学堂》。

喜剧的主角阿尔诺耳弗，是巴黎一个富翁。他希望自己的妻子是一个愚昧无知的女子，因为只有这样的女子才百依百顺。为此，他买了一个名叫阿涅丝的 4 岁的女孩，寄养在修道院里，相信那里的教育能够培养出他所理想的那种太太。13 年后，阿涅丝长大成人，他把女孩从修道院接回家来，把她安置在一个远离巴黎的郊区，配两个愚钝的仆人，满以为无依无靠，单纯幼稚的阿涅丝，一定会听凭自己的摆布。不料就在他自以为百无一失而外出的时候，阿涅丝与青年奥拉斯认识。等到阿尔诺耳弗回来，二人已经相爱。奥拉斯不知道阿尔诺耳弗是阿涅丝的养父，只认为他是自己父亲的朋友，因而把自己的爱情向他和盘托出。阿尔诺耳弗听了心中恼火，又不想发作。他一面采取措施，严加防范，另一面向阿涅丝灌输宗教教条，要求她绝对服从。但是，这一切都无济于事。阿涅丝巧妙地利用他的防范，向奥拉斯传递信息，相约逃出家来。阿尔诺耳弗明知他们的逃跑计划，却无法阻挠。奥拉斯出于对阿尔诺耳弗的信任，误把逃出家来的阿涅丝交到阿尔诺耳弗手里。最后，奥拉斯的父亲来为他说亲，发现阿涅丝原来是某富翁的私生女，促成了他俩的好事。

我国研究莫里哀的专家李健吾在评价这部作品的时候，曾经这样说：

把法国喜剧送上一个新顶点，有划时代的意义的，却不是从《丈夫学堂》开始，而是从《太太学堂》开始。首先，它符合古典主义者关于"大喜剧"的规定：必须是诗体，又必须是五幕。单看它的表现形式，剧作者的确满足了当时的标准。不过这出喜剧之所以卓尔不群，在我们看来，还不光由于剧作者在表现形式上有更大的成就（回巴黎以前，他已经写过两出五幕诗体喜剧：《冒失鬼》和《爱情的怨气》），而是由于他深入人物的内心活动，让它成为性格喜剧，同时把女子教育和男女关系当作社会问题，提给他的观众，要求加以认真考虑。严肃的意图提高喜剧的性质。法国喜剧、即使是五幕和诗体的文学喜剧，在《太太学堂》问世之前，还很少为自己提出这样重大的近代主题任务。[1]

他更着重指出："莫里哀的性格喜剧从《太太学堂》起始"，"近代社会问题剧也从这出喜剧开端。"[2]概括地说，他从三个方面评价了这部喜剧的意义：它是古典主义喜剧的优秀作品，它是莫里哀性格喜剧的起始，它是近代社会问题剧的开端。这是对这部作品的非常中肯的评价。

喜剧的主人公阿尔诺耳弗（由莫里哀亲自扮演）是巴黎的一个富裕市民，然而他头脑里装的却是满脑子的封建夫权思想。他认为男子娶妻只为自己，他对妻子的要求是"处处看我的脸色，事事受我的挟制"，还说"我要她一无所知"，只要"懂得祷告上帝、爱我、缝缝纫纫，也就够了"。他对阿涅丝的

---

① 李健吾：《莫里哀喜剧六种》译本序，见《李健吾戏剧评论选》，253 页，北京，中国戏剧出版社，1982。

② 李健吾：《莫里哀喜剧六种》译本序，见《李健吾戏剧评论选》，255 页，北京，中国戏剧出版社，1982。

说教，也都是封建教条，什么女子生来比男子低贱，什么"女子活在世上，就只为了服从"；对于一个结了婚的女子，"丈夫就是她的长官、她的领主和她的主人"，还给她制定了"妇道格言"；等等。在他的这套封建观念中，婚姻建立在丈夫的绝对权威的基础之上，夫妻之间是一种统治与被统治的关系；女子没有自己的人格，没有自由，没有任何权利。莫里哀认为这种夫权主义观念压抑人的自然天性，剥夺人的自由，是不合理的，所以，在剧中通过对阿尔诺耳弗的嘲笑加以批判和否定。

剧中的奥拉斯针锋相对地提出另一种观念。他认为，夫权主义摧残人的理智，扼杀人的善良天性，把一个女子活生生地变成白痴。阿尔诺耳弗说自由恋爱是罪恶，死后要下地狱受罚；奥拉斯则认为，夫权主义才是应受惩罚的罪恶。

在剧中，夫权主义和宗教是结合在一起的。阿尔诺耳弗深知，要培养白痴式的妻子，最好的办法是把女孩子送进修道院。一进修道院便与世隔绝，每天只是做祷告，做女红，读圣书，除此之外，一无所知。从这里出去的女孩子便只知依赖和服从丈夫，正适合夫权主义的需要。阿尔诺耳弗之所以把阿涅丝送进一家小修道院，正是看中了这一点。阿尔诺耳弗还有另一个法宝就是宗教迷信，用打入地狱、下沸水锅一类的无稽之谈来吓唬幼稚的女孩子。这样，剧本从批判夫权主义出发，进一步深入挖掘，涉及这种封建观念的维护者——宗教以及修道院和女子教育等问题。

莫里哀相信，封建的、宗教的观念不可能扼杀人的天性，爱情可以促使人觉悟，可以教人变得聪明。阿涅丝在修道院里关了13年，什么都不懂，可是一旦有了爱情，就变得又聪明，又勇敢。即使再次落入阿尔诺耳弗之手，她也敢于为争取自己的幸福而努力。阿尔诺耳弗软硬兼施，仍然无可奈何。正如有的评论家所说，爱情是阿涅丝真正的老师；爱情开启了她的智慧和勇气。在剧中，奥拉斯的一段话仿佛是作家对这个问题的回答：

> 爱情是一位伟大的导师，教我们重新做人；由于它的教诲，我们的习性，往往在刹那之间，就完全改观；它摧毁我们天性中的故障，马到成功，仿佛奇迹一般；它让守财奴立时乐善好施，胆小鬼勇不可当，粗人彬彬有礼；它让最迟钝的人心思灵活，最无知的人也能随机

应变。是的，阿涅丝就是这样一种奇迹的现成例子。①

通过阿涅丝这一形象，莫里哀让我们看到封建观念和宗教禁锢是多么软弱无力。同时，我们也看到，他批判封建旧观念时，手中的武器仍然是文艺复兴以来的人文主义思想。

这样的喜剧不是一般的搞笑，不是单为取乐，而是以笑为手段，表现严肃的主题。它从婚姻问题入手，步步深入地提出妇女地位问题、女子教育问题、家庭关系问题和宗教问题，集中打击的是夫权主义这种封建道德。当然，我们不能说它对社会问题的提出有多尖锐，思想有多深刻，然而能够这样把严肃的主题和思想引进喜剧，就从根本上提高了喜剧的品位。这是就剧本本身的思想意义而言。如果再把它放在戏剧史上加以考察，那么，我们还可以发现，在此之前，还没有出现过这样思想严肃、提出重要社会问题的喜剧，所以李健吾说它是近代社会问题剧的开端，充分肯定了它在法国和欧洲戏剧史上所具有的划时代意义。

《太太学堂》在艺术上也是莫里哀创作道路上的一次飞跃。如果说莫里哀先前的作品还带有闹剧的特点，那么这出喜剧与《丈夫学堂》一样，而且比《丈夫学堂》更完美地显示出一种新的面貌。它不是用插科打诨的手法、逗趣的情节、诙谐的语言来获取剧场效果，而是着力在深入人物的内心，塑造人物性格，把喜剧性建立在刻画人物性格的基础上。剧中的阿尔诺耳弗是一个在性格上很有特点，而且富有时代特色的形象。他因自己的富有而自负。这是他一出场就表现给观众的最突出的性格特征。他觉得"自己够阔的了"，可以挑一个靠他活命的太太。他更自信可以用金钱买，用修道院管教，用种种约束和防范，来维护他的夫权。也是出于这种自负，他瞧不起贵族社会中普遍存在的那种夫妻之间互不忠诚的陋习，嘲笑那些活王八。在他看来，到处是讽刺的材料。别人说他的"最大的乐趣，就是每到一个地方，便拿人家的私情勾当到处嚷嚷"，对那些不幸的丈夫，像一条疯狗，见人就咬。他的自负几乎到了狂妄的地步。然而，恰恰就在他自鸣得意的时候，栽了个大跟斗。他从一个自负自信的狂徒，一下子跌到了彻底失败的

---

① ［法］莫里哀：《莫里哀喜剧》，第 2 集，李健吾译，42 页，长沙，湖南人民出版社，1984。

深渊，成为人们嘲笑的对象。他在笑话别人的时候，绝没有想到自己已经成为人们讽刺的对象，其实大家早就发现他像一个"滑稽人"①。阿尔诺耳弗的这种性格以及他的遭遇的大幅度落差，形成一种反讽，成为作品喜剧性的主要来源。

阿尔诺耳弗性格中还有好虚荣、重友谊、沉着老练等特征，这些也是构成喜剧性的来源。他本是个商人，但是他觉得自己的名字不好听②，都已经42岁了，还要更改名字，拿自己田庄上的一棵烂了的老树加以贵族化而成了名字，叫什么德·拉·树桩！他一方面瞧不起贵族社会，另一方面又想用一个贵族的姓氏来抬高自己的地位，岂不好笑。莫里哀把路易十四时代法国资产阶级那种独立性和妥协性兼有的特点表现得惟妙惟肖。阿尔诺耳弗性格中也不全是可笑的东西，然而，即使是他身上的正面的东西，作家也拿来放到特定情景之下，产生喜剧性的效果。譬如，他重友情，对奥拉斯慷慨相助，奥拉斯才把他当作自己在巴黎的唯一保护人，把所有的隐情和盘托出，这就让阿尔诺耳弗陷入尴尬可笑的境地。他亲自听到阿涅丝和奥拉斯的私情和计划，却因为他沉着自信，不会立即发作而自作聪明，结果一而再、再而三地做了违背自己意愿的蠢事。制人者被制于人，一个中年人居然会上一个傻丫头和一个愣小子的当，成了可笑的"滑稽人"。说实在的，阿尔诺耳弗除了他的夫权主义，也是真心喜欢阿涅丝的，第五幕第四场有一段爱情表白，说来真有点让人可怜。然而，这样的话从他的嘴里说出，依然是可笑的。怪不得阿涅丝听了不动心，观众也不会报以同情。

《太太学堂》与古典主义的关系，是一个比较复杂的问题。这个剧本把《丈夫学堂》开始的莫里哀在创作方法上的变化，推进到更加成熟的地步。按照当时的标准，只有五幕诗体的剧本才是有充分价值的正确的剧本，结构必须符合"三一律"，即在同一个地点和一天的时间内，完成单一的情节线。应该说《太太学堂》在形式上是完全符合这样的标准的。在此之前，法国还没有出现这样完整而成功的古典主义喜剧，《太太学堂》成了法国古典主义喜剧正式形成的标志。但是，它并不是在任何方面都是按照古典主义

① ［法］莫里哀：《莫里哀喜剧》，第2集，李健吾译，42页，长沙，湖南人民出版社，1984。

② 阿尔诺耳弗这个名字，来自中世纪的圣者阿尔诺耳弗，不知道什么缘故，这位圣者在中世纪变成王八丈夫的保护神。所以，阿尔诺耳弗不喜欢别人叫这个名字。——据李健吾的注释。

的框框来写成的，因此，不能说这是一个古典主义的典范。就像高乃依的《熙德》，我们说它是古典主义悲剧的奠基作，然而它在许多方面是不能用古典主义的条条框框来衡量的，不然就会看不到它的真正的价值。

前面提到，莫里哀的创作遵循自然，尊重观众，从实际出发而不是从法则出发。在当时，却有人用学究式的态度来衡量《太太学堂》，指责它如何不合法则，甚至否定它是一出戏。《〈太太学堂〉的批评》中，有一个叫李希达斯的人物说："戏剧诗这个名字是从一个希腊字来的，意思是'动'，表示这种诗的性质含在动作里头；可是这出喜剧没有动作，一切含在阿涅丝或者奥拉斯的叙述里头。"由此他提出诘问："一出戏根本违反戏之所以为戏，也好算戏？"莫里哀通过剧中另一个人物道琅特给以反驳："说整出戏只是叙述，话就不对。动作有许多，全在戏台子上发生，而且按照题材的组合，叙述本身就是动作；尤其是这些叙述，都是天真烂漫地讲给当事者听的。他回回听，回回窘，观众先就看了开心。再说，他一听到消息，就尽他的力量，想出种种办法来，打消他怕遇到的祸事。"①这里有根本出发点的不同。莫里哀并不是教条式地遵循古典主义法则，而是根据主题的需要和为了让人开心的喜剧原则来进行作品的艺术构思。另外，在人物塑造上，他也不像古典主义作品的人物那样性格单一和定型。阿尔诺耳弗的性格是多面的，前面已有论述。阿涅丝的形象是变化的发展的，也与一般古典主义戏剧人物不同。她从一个头脑简单、天真烂漫、百依百顺的女孩子成长为聪明智慧，甚至敢于反抗的姑娘。在这些地方，我们应该说，莫里哀突破了古典主义的框框。

三

《太太学堂》获得了空前的成功，首场演出便轰动了巴黎。全巴黎到处都在热烈地谈论《太太学堂》。剧场里的情况更是热闹。《太太学堂》演出时，池座里的观众报以会心的欢笑。包厢里和舞台上的观众却如坐针毡，洋相百出。舞台上的阿尔诺耳弗被人嘲笑，他们就像自己的灵魂被人拉出来示

---

① ［法］莫里哀：《莫里哀喜剧》，第 2 集，李健吾译，107 页，长沙，湖南人民出版社，1984。

众，又羞又恨。有的人蹙额皱眉，耸起肩膀；有的人捂脸怪叫；有的人干脆恼羞成怒，冲着池座里笑得前仰后合的平民观众，带着威胁的口吻大声嚷嚷："笑吧，池座的观众，笑吧！"演出结束，观众走出剧场，在大街上仍然争论不休。国王也召他们到卢浮宫去演出。有个文人记载了演出的盛况：

> 在华丽的沙龙或殿堂，
> 为了王公贵妇们的欣赏，
> 剧团演出了《太太学堂》。
> 陛下伉俪捧腹开怀，笑声回荡。
> ……
> 莫里哀亲手编剧，
> 自演主角，粉墨登场。
> 尽管有人横加挑剔，
> 观众依然踊跃前往。
> 哪怕是题材更为重大的戏剧，
> 也没见过如此盛况。[①]

《太太学堂》惹恼了那些封建思想的卫道者。他们攻击剧本"轻佻、淫秽、有伤风化、诋毁宗教"，企图禁止它演出。他们到处散布流言蜚语，恶毒攻击莫里哀，说他的剧本不合法则，抄袭别人，贬低《太太学堂》的价值。后来，一个名叫多诺·德·维泽的青年发表文章，把这些恶言恶语几乎都集中了起来。文章以某个戏迷就殿下剧团的某位演员向两个专家请教的方式，用一种嘲弄的口气谈论莫里哀。一个专家似乎不屑一顾；另一个专家大谈莫里哀的生平，用了很多恶毒的话。说莫里哀不论谁的作品他都抄袭，说莫里哀自做广告，让他的剧场里坐满了达官贵人，其实这些人不懂戏，甚至不知道演些什么，只为在剧场露露面。还说《太太学堂》抄袭博卡斯、斯卡隆等人的作品，大家都认为这出戏很恶毒，它虽然成功，却并不让人

[①] 转引自［法］加克索特：《莫里哀传》，朱延生译，162～163页，北京，中国戏剧出版社，1986。

喜爱，戏中没有一场戏不出错。"这是个外表美好的魔鬼。"文章还对莫里哀进行人身攻击，说："如果你们想要知道他为什么嘲弄当了王八的人，为什么这样自然地描写了好妒忌的人，那就是因为他本人就是其中的一员。"

但是，支持莫里哀的也不乏其人。当时尚未成名、后来成为古典主义理论大师的布瓦洛写诗鼓励莫里哀。他称赞莫里哀的作品"以有用之道快活地说出了真理""一切是美，一切有益"。他劝莫里哀根本不用理会那些嫉妒的人，他认为莫里哀胜过古代罗马大诗人泰伦斯。[1]

莫里哀当然不会在攻击和诬陷面前后退。1663 年 6 月 1 日，莫里哀演出了一部新作——《〈太太学堂〉的批评》给以回击。可是，多诺·维泽又抛出一部粗制滥造的剧本《真正的〈太太学堂〉的批评，批评的批评》。另一个作家埃德蒙·布尔叟，在一些人的指使下，写了剧本《画家的肖像，或〈太太学堂〉的反批评》再次重复一些攻击莫里哀的恶言恶语，把莫里哀诬蔑成滑稽可笑的人物。莫里哀又以惊人的速度，只用了 8 天的时间，便编写并排演了一出新戏——《凡尔赛宫即兴》，在凡尔赛宫演出，回击了那些诽谤性的剧本。这两部作品以戏剧的方式与攻击者展开辩论，实际是两篇对话体的文艺论著。莫里哀的这两出戏虽然是论战性的，是针锋相对的，然而它们并不纠缠于一言一语或某个细节，而是通过性格化的喜剧形象，让对方在舞台上作自我暴露，以显出其拙劣；同时，又抓住一些触及对方痛处的根本问题，一面作有力的反驳，一面作正面的阐述，有破有立，高屋建瓴。他通过剧中人发表了许多戏剧见解，他认为，喜剧的责任"是一般地表现人们的缺点、主要是本世纪的人们的缺点"，"侯爵成了今天喜剧的小丑"，宫廷里有无数的笑料可以作为喜剧的题材；喜剧比悲剧更难写，因为悲剧可以任意想象，可以抛开真实不管，喜剧却要照自然来描画人，要求形象逼真，要能认出是本世纪的人，要"恰如其分地表现人的滑稽言行，在戏台上轻松愉快地扮演每一个人的缺点"，这当然要比悲剧难写得多。关于如何评价戏剧作品的时候，他说："常识"应该成为评判作品的标准，批评作品的最好的方式不是依据法则，而是"就戏论戏，没有盲目的成见，没有

---

[1] 《法国十七世纪著名作家对莫里哀与其喜剧的评价》，见莫里哀：《莫里哀喜剧》，第 1 集，李健吾译，26～27 页，长沙，湖南人民出版社，1982。

假意的奉承，也没有好笑的苛求"，池座的观众多数能这样做，所以他们的意见往往更值得信任。谈到法则，他认为"在所有的法则中，最大的法则难道不是叫人喜欢？……如果照法则写出来的戏，人不喜欢，而人喜欢的戏不是照法则写出来的，结论必然是：法则本身很有问题"。谈到表演，莫里哀强调艺术要真实，要自然，同时批评了当时一些大剧团的那种矫揉造作的作风。[①]

对莫里哀来讲，正好通过这一场大论战，有机会总结自己在前一个时期摸索的经验体会，把它们上升到理论的高度，更自觉更坚定地在既定的道路上前进。因此《太太学堂》之后，他杰作不断，他的最好的作品《达尔杜弗》《堂·璜》《愤世嫉俗》《吝啬鬼》《贵人迷》《司卡班的诡计》等连连登场，从此步入了他的创作的巅峰时期。

---

① ［法］莫里哀：《莫里哀喜剧》，第 2 集，李健吾译，长沙，湖南人民出版社，1984。

短篇佳作——《逼婚》

1664年1月29日，莫里哀应国王之召，进宫演戏。在王太后的房间里，表演了他新近创作的剧目《逼婚》。

《逼婚》是一部闹剧式的短篇喜剧，它的题材颇为别致。富裕市民斯嘎纳耐勒想要结婚，与一个贵族家的女子道丽麦娜订有婚约。但是他生怕婚后被人戴绿帽子，到处找人询问自己该不该结婚，却没人给他肯定的回答。倒是道丽麦娜的表现让他看清这是一个风流女子。他决定退婚，不料女方的父兄坚决拒绝，非逼他成婚不可。道丽麦娜的哥哥甚至要与他决斗，拿起棍棒揍他。斯嘎纳耐勒迫于无奈，只得答应娶道丽麦娜为妻。

《逼婚》脱胎于一出民间闹剧。原剧描写一个男子惧怕结婚却被迫成婚的故事。莫里哀采用了这个闹剧的题材，不过，他只是把它作为剧情的轮廓，而且对它进行了彻底的改造。首先，他把这样一个普通的滑稽故事放到现实社会的背景中，事件和人物都是现实的而不是抽象的、虚构的；其次，莫里哀虽然写的也是婚姻故事，但是它只是剧本情节的基本架构，其内容已大大地向着深广之处开掘；最后，作家着力在人物塑造上下功夫，刻画了特色鲜明的艺术形象。于是，一部情节简单、篇幅不大的短剧改造成为内容充实、形象生动的佳品。

剧本的中心人物与《斯嘎纳耐勒，或名疑心自己当了乌龟的人》里的主人公同名，都是斯嘎纳耐勒，而且都是巴黎的市民，但只是名字相同，并非同一个人物。莫里哀的作品里，有六部作品（另外五部是《飞医生》《斯嘎纳耐勒》《丈夫学堂》《堂·璜》《屈打成医》）都出现名为"斯嘎纳耐勒"的人物。但是，他们的身份并不相同，在剧中的地位和作用也并不一致。

这出戏的一开始，作家就用非常简练的笔法给我们交代了此人的身份和性格特征。他要出门，临走时向家人交代说："有人给我送钱来，赶快到皆洛尼莫先生那边找我；有人问我要钱的话，就说我出门了，一整天不回来。"这几句话包含着多重意思，交代了关于此人的一些基本信息：第一，他是个商人，经常与钱打交道，不是有人来送钱就是有人来要钱，由此可见他可能是放贷人；第二，他是个财迷，喜欢进财，拖延出账；第三，他做事细心，为人谨慎。

斯嘎纳耐勒已经五十多岁，还有咳嗽病，但是，他不记得自己具体有多大年纪，别人告诉他已经五十二三岁，他感到意外。原先他讨厌结婚，如今他有了结婚的想法，而且已经看中了一位姑娘，与其父母商定婚约，当天就要举行婚礼。但他办事小心，生性多虑，有娶了老婆当"王八"的疑虑。于是，他到处征求意见。朋友告诉他，这个年纪已经不该往这上头想了，话说得很不客气："你一直是自由自在的，假如你现在自讨苦吃，戴上最沉重的锁链，我会把你当作世上最滑稽的人的。"他听了不高兴，一再说明自己身体好，说明他向往幸福的家庭生活，向往有一群孩子围着他嬉戏的天伦之乐，而且已经有了婚约。既然如此，事情已经决定，何必再去征求他人的意见呢？那样一再声辩，不就等于拒绝朋友的劝告吗？其实，他并不是犹豫不决，只是希望别人支持他。

剧本的第二场，他遇到了自己看中的道丽麦娜。那女子告诉他：结婚以后，希望"象（像）两个世故老（佬）一样过活"。她喜欢"形形色色的娱乐"，她希望丈夫不干涉她的生活，不起分毫忌妒的心思。斯嘎纳耐勒感到事情不那么理想，他的信心动摇了，顾虑加重了，但他还是继续向人请教。他找到两个哲学家，还找到两个埃及女人，问的问题已经不是该不该结婚，而是自己结婚后会不会当"王八"？可是谁都没有给他明确的回答（确实也很难给出回答）。直到他遇到道丽麦娜与她的情人在一起，而且明白说出她嫁给斯嘎纳耐勒这个糟老头子就是因为他富有，而且打算"没有多久，就把他打发了"，自己成为富婆。听到这番话斯嘎纳耐勒的结婚梦彻底破灭，决定退婚。他心疼钱，知道解除婚约少不了要花钱，但能衡量轻重，当机立断。遗憾的是此事已经由不得他了。

剧本以小见大，写的是婚姻问题，实际反映了正处于历史性变化时期的法国的一种奇特的社会现象。在那个封建制度盛极而衰、资本主义兴起的时代，新兴的、富裕起来的市民向往改变自己的社会地位，他们往往通过联姻的方式钻进贵族队伍。贵族则因经济的拮据而不得已把眼光投向他们原先瞧不起的市民。双方似乎各得其所，实际是各怀鬼胎。斯嘎纳耐勒的那种欲娶又怕的心理，恰当地表现了当时市民特有的心态。他们刚刚有了自主意识，渴望成为社会主流，但还没有足够成熟，怯生生地试探着伸出自己的腿脚时还顾虑重重。贵族阶级表面强悍，实在也是无可奈何之举。

道丽麦娜在剧中只出现过两次，台词也不多。在第二场有一大段台词，对了解这个人物很重要。斯嘎纳耐勒问她对这门亲事是否满意，她说：

> 十分满意，我对你说的是真心话；因为家父管我管得很严，直到今天，我过的还是最苦恼的奴才生活。我一想起他给我的有限度的自由，就不晓得要生多大的气。所以我一直巴不得他把我嫁出去，也好早日脱离他的管束，高兴做什么，就能做什么。感谢上帝，你来得正好，从今以后，我准备放手行乐，把我白过掉的时间，按照规矩，找补过来。你是一位君子，晓得怎么样才叫活着，我相信，我们会在一起，过最美满的家庭生活，你也决不是那些碍手碍脚的丈夫，要太太过着不见天日的生活。实对你说，这种生活我受不了，我怕透了寂寞，我爱赌钱，爱交际，爱集会，爱野餐，爱散步，一句话，爱形形色色的娱乐，娶我这样一位性情的太太，你一定喜欢得不得了。我们永远不会在一起吵架的，你做什么，我决不干涉，所以，我希望在你那方面，对我做什么，也决不干涉……总之，结婚以后，我们要象（像）两个世故老（佬）一样过活，不起分毫妒忌的心思……①
>
> （第二场）

这一番话说出了她的经历、她的生活态度和生活理想。如果我们把她和莫里哀前几部作品中所写的女孩子加以比较，就可以发现，她们有过类似的经历：在家长制和夫权制的压迫下，她们的命运掌握在监护人手里，没了自主权；她们渴望自由，渴望自己来主宰命运。《可笑的女才子》里两

---

① ［法］莫里哀：《莫里哀喜剧》，第 2 集，李健吾译，156 页，长沙，湖南人民出版社，1982。

个乡下来的蠢女子因此而埋怨父亲；道丽麦娜也不满父亲的严格管束，希望父亲早点把她嫁出去。但是，身份不同，性格不同，她们的理想和行为也就不同，结果也不同。"可笑的女才子"的目标是成为时髦的沙龙客，以至于丑态毕露；《丈夫学堂》里的伊萨白耳和《太太学堂》里的阿涅斯，靠自己的智慧和努力摆脱困境，争取到了爱情的自由和幸福。道丽麦娜的目标是什么呢？她自己说得很明白：脱离管束，"放手行乐"。她与前两种女子的理想全然不同，她信奉享乐主义。正是出于这种理想，她结婚就为盼望着斯嘎纳耐勒早点死去，自己当个风流寡妇，为所欲为。目的是那么自私与卑鄙。其实，她没等结婚就已经行为放荡，结婚之后将成为什么人，不堪设想。她的那种争取自由的欲望与《可笑的女才子》《丈夫学堂》《太太学堂》里的女性人物不同，如果说那几部喜剧里人物争取自由的行动值得称赞，那么道丽麦娜所向往的自由实际是那种极端放任和享乐主义的思想，是过惯了寄生生活的没落贵族阶级的愿望，只能加以鄙夷。由此，我们也可以看到，莫里哀虽然反对那种违背天性、束缚自由的封建主义的陋习，却也不赞成放任和享乐主义。

在剧本中，随着斯嘎纳耐勒为"结婚后会不会当'王八'"的问题而向人求教的过程，作家有意扩展剧本的视野和内容。首先，剧本把讽刺的矛头指向哲学。斯嘎纳耐勒请教了两个哲学家。第一个哲学家庞克拉斯博士是亚里士多德学派的信徒。那人根本不听斯嘎纳耐勒提出的问题，只顾纠缠在一场毫无意义的纠纷中。那场纠纷是："一顶帽子的形状"这句话中，应该用"形状"还是应该用"形象"？他认为，必须坚持用"形象"，用了"形状"，那是"一件万恶不赦、天诛地灭的事"。斯嘎纳耐勒要求他消消火，听一听自己的问题。庞克拉斯先是问用哪一种语言与他讲话？继而又问是用左边的耳朵听还是用右边的耳朵听？还问是不是想了解哲学属于艺术还是属于科学？后来竟自顾自地讲起语言的价值，就是不听斯嘎纳耐勒说话。气得斯嘎纳耐勒把他推进门去。庞克拉斯岂肯罢休，爬上窗户继续说，打开门走出来说，没完没了。斯嘎纳耐勒终于明白：

亚里士多德什么也不会，只会唠叨。

（第四场）

他找到的第二个哲学家是马尔夫利屋斯。此人是个怀疑论者，笛卡尔的信徒。他怀疑一切，对任何事情都不置可否，对任何问题的答复都模棱两可，只说"似乎"，不下断语。在他们两人的对话中，他也只说"似乎"，从来不敢说确有其事。对斯嘎纳耐勒提的问题，他的回答是"不见得不可能""也好也不好""也许""可能"。斯嘎纳耐勒气得拿起棍子揍他。

古希腊大学者亚里士多德的哲学在中世纪的欧洲被宗教利用，受到歪曲，在很长时间内被曲解成为一种脱离现实、近乎玄学的烦琐哲学。笛卡尔是 17 世纪法国最有名的哲学家，他的怀疑论本可以作为抵制宗教统治的武器，可是也已被当时的一些哲学家弄到极其荒谬的地步。

莫里哀很少在剧本里直接表示自己在哲学问题上的立场和态度，但是在这个剧本里，他对当时两种具有权威性的哲学进行了嘲讽，表明了自己的态度。这就涉及他的哲学观。有一种传说，莫里哀在克莱蒙中学上学的时候，曾经在同学沙派耳家里，一起听过加桑狄的讲课；从他的作品中的有些思想可以推断，莫里哀接受了加桑狄的影响。不管这个传说是否属实，学者们肯定莫里哀的思想中有不少观念与加桑狄的主张有关。另外，从他在上学时翻译古代罗马哲学家卢克莱修的著作《物性论》一事，可以推断他的思想接近唯物主义。《逼婚》中对于亚里士多德学派和怀疑论的嘲弄，也可以为这样的说法提供一个论据。

求教哲学家的两场戏本来很枯燥，很难写，但莫里哀有本事把它写得十分有趣。这特别得力于他向传统闹剧学来的技巧。两个哲学家的形象来源于闹剧里的博士形象。在意大利假面喜剧中，博士是伪学者的定型人物，演出时戴假面具。莫里哀把这种类型性人物落实到现实之中，并给予具体的喜剧性的性格特征，成为活生生的人物形象。

埃及人的上场把剧本推进到一种神秘的近乎荒唐的场景。埃及人为斯嘎纳耐勒看相算命只是胡言乱语，随口奉承，回答不着边际，莫名其妙，让本来就懵懂的斯嘎纳耐勒更加懵懂。剧本在这里用埃及人边唱边舞的表演与前一场哲学家冷静的回答形成对比，一动一静，把剧情推向高潮。剧本的讽刺矛头从哲学转向封建迷信。

剧本的最后几场戏写斯嘎纳耐勒退婚。他依然表现出他的那种懦弱的性格，明明有正当的理由，却不敢理直气壮地说出；阿尔康陶尔父子不依不饶，用武力强迫他服从。这种场面恰如当时的法国社会。在那个新旧交替刚刚开始的时期，贵族阶级还占据着社会上的优越地位，仗势欺人；资产阶级想要争得一席地位，却是怯生生地伸伸手脚，只落得受气受罪。

《逼婚》在莫里哀喜剧创作的探索过程中，还有着另一层意义。这出戏在宫中演出时，是一部三幕的喜剧—芭蕾舞剧，有戏剧情节，有人物，同时还有歌舞场面。莫里哀在先前演出的喜剧（如《讨厌鬼》）里曾经试着在喜剧中穿插歌舞，这样的演出博得了国王的喜爱。莫里哀从偶然的成功中得到启发：不妨把这两种不同的艺术形式结合在一起，形成一种新的戏剧形式——"喜剧—芭蕾舞"，"让舞剧和喜剧成为一个东西"。从这样的考虑出发，他发现，如果芭蕾舞表演只是一种穿插，那么它在整个喜剧里处于游离的状态，是可有可无的。应该把歌舞表演融合在戏剧内容里，成为整个戏剧动作的有机组成部分。所以，在《逼婚》的创作和演出时，莫里哀进行了新的尝试。他把大段的歌舞放进喜剧的内容里，让这些歌唱和舞蹈与戏剧内容联系在一起，成为内容的需要和延伸。在表演斯嘎纳耐勒对婚姻的犹豫和不安的时候，各种有象征性的人物（忌妒、忧郁、猜疑）上场歌舞，以具体的形象来表演斯嘎纳耐勒的内心。哲学家、埃及人、算命人用手势和舞蹈来回答斯嘎纳耐勒的问题，法师和魔鬼跳着舞进场，还有四个风流男子向道丽麦娜大献殷勤的舞蹈场面。最后，是热闹的婚礼。歌舞成为戏剧表演的一个部分，二者共同完成剧本的内容。

当年 1 月 31 日，《逼婚》在卢浮宫演出。莫里哀充分利用了宫里剧场的条件，发挥了歌舞对表现剧本内容的作用。演出时，宫廷音乐家吕利为该剧谱曲。喜好舞蹈又爱表现自己的路易十四，兴之所至竟然粉墨登场，亲自扮演了剧中的埃及人。同时，这出戏也是莫里哀探索新剧种的一次成功的尝试。当年 2 月 15 日开始，这出戏在王宫剧场公演。演出时，考虑到剧场的实际条件，也为适应观众的情况，莫里哀把它改成了独幕剧，删去了大部分歌舞场面，演出很成功。莫里哀在探索新剧种的道路上又前进了一步。

讽刺的矛头指向何方？——重读《达尔杜弗》

《达尔杜弗》是莫里哀的最受好评的一个剧本。剧本写的是一个骗子以宗教的名义和假虔诚的手段，骗得一个富商的信任，以期达到霸占财产、勾引人妻的罪恶目的，最后他的面目被揭穿，受到应有的惩罚。这是一部讽刺喜剧，学界并无异议。但是，它的讽刺矛头指向何方，或者说它到底是讽刺什么？讽刺谁的？许久以来，在这个问题上，各种说法并不一致。

剧本在思想意义上涉及两个基本方面：一是宗教，一是虚伪的恶习。两者是结合在一起的，因为伪善者的身份是一个宗教人士，他是打着宗教的名义行恶的。但是剧本的侧重点，或者说剧本的宗旨在于讽刺揭露宗教，还是通过这个宗教人物来讽刺揭露虚伪这种恶习？换句话说，它的讽刺的矛头主要是指向宗教，还是指向虚伪恶习？在这一点上，有必要加以厘清。因为这关系到如何准确地评价作品的意义和价值。

李健吾是我国介绍莫里哀最有成就、最重要的评论家和翻译家，新中国成立以前就已经翻译过多部莫里哀喜剧作品，而且在喜剧创作方面接受莫里哀的影响。新中国成立以后，他率先发表研究莫里哀的论文。1956 年《文学研究集刊》第 3 册发表了他的长达五万字的论文《莫里哀的喜剧》。文章对莫里哀作品的重要人物，按照其阶级身份，分成了几个大类来进行分析。17 世纪的法国是一个信奉天主教的等级制的封建国家，全体居民分成三个等级：宗教人士、贵族和平民。前两个等级享有特权，占有了国家的统治权。《达尔杜弗》的主人公是以宗教信士的面目出现的，属于第一等级。李健吾在文章中专有一节谈论第一等级人物，重点讨论的就是达尔杜弗。他对《达尔杜弗》这部喜剧的思想意义和讽刺目标，没有明确的概括性的结论，但是对于达尔杜弗这个人物却有着明确的评价，称之为"宗教骗子"

（"达尔杜弗 Tartuffe"的字义就是骗子，所以有的中译本把剧名译成《伪君子》是有道理的）。文章还具体叙述了这个伪善者的罪恶行径，进而联系那时的以伪善的面貌进行特务活动的"圣体会"，说明伪善已经成为当时宗教活动的一个特点。这样来揭露讽刺达尔杜弗这个人物，意味着什么呢？李健吾是这样说的："达尔杜弗的'骗子'精神，实际只是宗教的本质表现"，"这里反映的不是个别'骗子'，而是教会本身和它的特权人物。"①李健吾还认为：这种"骗子"精神是当时整个统治阶级的本质表现，这个形象具有更广泛的典型意义。当然，首当其冲的还是教会。李健吾虽然没有明说作品的讽刺目标是指向教会和宗教的，实际上已经把读者引导到这个方向来领会作品。1959 年新中国成立十周年之际，中央戏剧学院和北京人民艺术剧院都准备上演莫里哀的作品。李健吾对两个剧院的有关剧组做了指导性的讲话，后来由《戏剧学习》杂志的编辑人员整理成文《关于莫里哀的三个喜剧作品》，发表在该杂志 1979 年第 2 期上。在这篇文章中，李健吾从 17 世纪法国政坛上王权与宗教势力之间的斗争，来说明《达尔杜弗》创作和演出于一个严肃与残酷的政治斗争的背景，尽管剧中"一再声明真诚与虔诚有区别，打击的对象是达尔杜弗这样的骗子，而不是真正的信士，但实际上打击了整个宗教，说明宗教本身就是虚伪的……戏的伟大的主题思想也正在于它揭露了宗教的伪善"②。

其实，当时的外国文学研究者对这部作品，一般都持这样的看法。譬如那时最有代表性的外国文学教材《欧洲文学史》在谈到《达尔杜弗》时，就认为"它的讽刺矛头直接指向君主专制政体的重要支柱：教会"。1959 年人民文学出版社出版的《莫里哀喜剧选》的序言，调子要高一些，说剧本的讽刺矛头是直接指向了宗教，剧本是通过达尔杜弗的形象"揭穿基督教的罪恶"③。

"文化大革命"之后，学界评论《达尔杜弗》时，基本还是这样的观点。1979 年出版的由柳鸣九等中国社科院几位研究员撰写的《法国文学史》，以

---

① 李健吾：《莫里哀的喜剧》，见《文学研究集刊》，第 3 册，217 页，北京，人民文学出版社，1956。

② 李健吾：《关于莫里哀的三个喜剧作品》，41 页，载《戏剧学习》，1979(2)。

③ ［法］莫里哀：《莫里哀喜剧选》上，赵少侯等译，9 页，北京，人民文学出版社，1959。

宗教是统治阶级"麻醉人民的鸦片"、具有欺骗性为根据，认为达尔杜弗身上"生动地概括了宗教骗子们的本质"。北京外国语学院陈振亮教授主编的《法国文学史》说：在《达尔杜弗》一剧中，"莫里哀讽刺那些居心不良的天主教假信徒，借此揭露宗教的伪善"①。1999 年，郑克鲁教授主编的"面向 21 世纪课程教材"《外国文学史》，书中谈到《达尔杜弗》时说，剧本"深刻地揭露了教会势力的虚伪性和欺骗性"②。

回顾我自己的情况，也是这样。1978 年，我参加《外国文学简编》的编写工作，负责撰写"17 世纪文学与莫里哀"一章。在那本教材里，我分析《达尔杜弗》时说："剧本的锋芒指向教会"，"深刻地批判了宗教伪善的欺骗性和危害性"。③ 这本教材几经修改，这个提法却没有大的变化。直到 2000 年我为某家杂志写稿时，还是用的过去的观点，说："《达尔杜弗》有力地揭露了当时上流社会中普遍流行的伪善风气，其攻击的矛头直指教会。"④

以上情况说明，我们在分析《达尔杜弗》的思想和价值的时候，尽管提法有所不同，但是基本的着眼点，都认为莫里哀的这个剧本的讽刺目标是冲着宗教（或者教会）去的。有说它是揭露宗教伪善的，有说它是批判宗教的欺骗本质的，更有甚者，有论者竟然说"这个剧本实在是反对宗教的"，说莫里哀"不仅和虚伪习气与假仁假义进行斗争，而且和宗教本身也进行斗争"。⑤

最近，我在全面了解莫里哀的一生、重温他的全部作品之后，发现这样来看待这部作品并不恰当。我们这样高度评价这部作品，也许是出于对莫里哀的尊敬和佩服。莫里哀生活与创作在 17 世纪的法国，那时的法国教会势力很大，对敢于冒犯宗教的人采取极其残酷的手段。在这样的情况下，莫里哀竟然敢于把宗教人士写成骗子，敢于直面现实中的丑恶，那是很了不起的。正如普希金所说"写这样的剧本要有极高的勇气"。对于这样的作家，我们愿意把他的作品的意义写得更好一些，评价更高一些，以体现作

---

① 陈振亮主编：《法国文学史》，136 页，北京，外语教学与研究出版社，1989。

② 郑克鲁主编：《外国文学史》上，101 页，北京，高等教育出版社，1999。

③ 朱维之等主编：《外国文学简编》，101～111 页，北京，中国人民大学出版社，1980。

④ 陈惇：《陈惇自选集》，372 页，济南，山东文艺出版社，2007。

⑤ ［苏］莫库里斯基：《莫里哀》，徐云生译，38 页，上海，新文艺出版社，1957。

家的进步性。但是，冷静地思考一下，当我们分析评价他的作品的时候，还是应该采取实事求是的态度，给以恰当的结论。我越来越觉得，为了实事求是地看待莫里哀的这部作品，应该准确地评价作品的意义和价值，我们有必要调整自己的思路：必须联系莫里哀对宗教的态度，切实地了解莫里哀的创作意图，只有这样，才能给以恰如其分的评价。

　　莫里哀是一个基督徒，他对宗教并不抱敌对的态度。这一点对于一个生活在信奉天主教国家的人，并不奇怪。在 17 世纪的欧洲和法国，经过文艺复兴运动的冲击，其统治地位已经崩塌的宗教势力又卷土重来，掀起反宗教改革运动。新旧思想的斗争极其激烈。莫里哀在新的"自由思想"的影响下，对宗教问题抱着开放的态度。他并不反对宗教，但是，他反对盲目迷信。这一点我们在《达尔杜弗》中看得很明显。剧中的那个第二号被讽刺的人物奥尔贡还有他的母亲，就是因为盲目迷信而吃亏上当，差一点落到家破人亡的地步。对于那时的法国教会的种种反动的卑鄙龌龊的勾当，莫里哀嗤之以鼻，极为反感。他到巴黎后开始写大喜剧，他的那部引起轰动的作品《太太学堂》就指出：教会的女修道院就是封建的夫权主义思想的帮凶，一个白痴养成所。它对妇女的教育就是要她们在丈夫面前俯首帖耳，形同奴才。从此，莫里哀与教会接下了仇怨。他反对那时出现的一些人打着宗教的旗号而干着见不得人的勾当，对于真正虔诚的信士和教徒，他是敬重的，平时不断给以支持。我们看到在他去世前，还有两个修女在他家里等着他的接济。在他的心目中，这是两种不同的人，分得清清楚楚。《达尔杜弗》一剧中有个人物值得注意，那就是奥尔贡的大舅子克莱昂特。当达尔杜弗的恶行已经败露，奥尔贡气得怀疑一切高尚品德的人的时候，他提醒奥尔贡，思想不能偏激，不能"从一个极端跳到另一个极端"。他对奥尔贡说："你看到你的过错了，你也承认你上了貌为虔诚的大当。可是你改正错误，凭什么理由，再犯一个更大的过错，拿一个忘恩负义的无赖和全部品德高尚的人混为一谈？"①据说，在古典主义的剧本里，作家常常安排一个"代言人"，他的台词往往代表着作家的声音。且不论克莱昂特是不是这样

　　① ［法］莫里哀：《莫里哀喜剧》，第 2 集，李健吾译，247 页，长沙，湖南人民出版社，1982。

的"代言人"(有人否定这个看法),在剧本的情节发展到如此激动人心的时候,作家安排人物说出这样一段冷静的哲理性的台词,绝不是随意而为的。克莱昂特是在提醒奥尔贡,也就是作家在提醒我们:他反对的是那些披着宗教外衣的恶人,并不是所有的信士。从这样的思路出发,可以说《达尔杜弗》的讽刺矛头并不是指向所有的宗教人士,更不能说是指向宗教了。也许有人会说,那是作家为避免遭受宗教势力的压迫而故意设置的。即使这样,也可以说明:莫里哀对读者的希望是不要误解他的创作意图。因为在莫里哀看来,"本质最善良的事物,人能用过来为非作歹……甚至于最神圣的事物,也防止不了人加以败坏;我们看见恶棍,天天冒用宗教,安下坏心,拿它侍奉最大的罪恶。"①由此可见,莫里哀认为宗教是神圣的事物。他并不反对宗教,他反对的是坏人利用宗教干坏事。

那么,剧本的矛头究竟指向何方?我们不妨先考察一下莫里哀在那个时间段的创作情况。1664 年 5 月,《达尔杜弗》首演。剧本写的是一个伪君子披着宗教外衣而进行欺骗的罪行。该剧遭到反动势力的打压,当年未能公演。次年,莫里哀写出《堂·璜》,于当年 2 月 15 日公演。剧本写了一个作恶多端的恶少。剧中同样涉及宗教和虚伪这样两个基本思想。主人公堂·璜怀疑一切,故意戏弄宗教。但是又虚伪地作了一番忏悔,然后借题发挥,大谈虚伪在当时社会的作用:

> 虚伪是一种时髦的恶习,而任何时髦的恶习,都可以冒充道德。在所有的角色里面,道德高尚的人是今天人们所能扮演的最好的角色,而伪君子这种职业也有无上的便利。这是一种艺术,伪装在这里永远受到尊重;即使被人看破,也没有人敢说什么话反对。别的恶习,桩桩难逃公论,人人有自由口诛笔伐;可是虚伪是享受特权的恶习,钳制众口,逍遥自在,不受任何处分。②

这段话从一个反面人物的口中说出,表面是赞赏实际是讥讽和批判。

---

① 〔法〕莫里哀:《〈达尔杜弗〉的序言》,李健吾译,载《文艺理论译丛》,1958(4)。
② 〔法〕莫里哀:《莫里哀喜剧》,第 2 集,李健吾译,335 页,长沙,湖南人民出版社,1982。

它传达了作家对虚伪的厌恶和痛恨。莫里哀在创作《达尔杜弗》时已经看到了这种恶习流行于社会，揭露了虚伪的流行会给人们带来多大的危害。但是意犹未尽，更由于剧本被禁演而未能通畅地向大众表达自己的思想，他不吐不快，情不自禁地在下一个剧本《堂·璜》里，借着人物的嘴，插进上文所引的那段台词，直截了当地、更加明确地表达自己对虚伪恶习的痛恨。剧本因此被卫道者指斥为"亵渎神圣"而停演。莫里哀对虚伪恶习的批判揭露又一次遭到打压。值得注意的是，莫里哀对自己这种正义的行动并不因为两次受到打压而到此为止。紧接着的1666年，他又写了一部揭露批判虚伪恶习的作品《愤世嫉俗》。剧本里出现了一个宫廷贵族的群体。他们身份不同，表现各异，表面上讲文雅，讲礼貌，实际上人人都戴着虚伪的面具。他们以挖苦他人为乐趣，以阴谋诡计为能事，主人公因厌恶这一切而远离人世。

1664年到1666年的三年间，莫里哀连续写了三个剧本，都把揭露批判的矛头指向了虚伪的恶习。可以想见，他对虚伪这种流行的恶习已经深恶痛绝，即使恶势力一再打压，他也无法抑制。莫里哀一贯认为："喜剧的责任……是通过娱乐改正人的错误，我相信，我要把工作做好，最好就是以滑稽突梯的描画，攻击我的世纪的恶习。"紧接着这几句话。他说："虚伪是最通行、最麻烦和最危险的恶习之一。"①在他看来，这就是一种"世纪的恶习"。他把攻击"虚伪"这个"世纪的恶习"当做自己的一种责任，当做目前要做的主要工作。总之，在那个时候，莫里哀已经把讽刺揭露"虚伪"认作自己的主要目标。目标既已确定，他是不会退却的。这也就是他一而再、再而三地写剧本攻击"虚伪"的原因。

经过这样的考察，我们可以了解到作家当时的思想状况和创作心理。从而也可以明白，莫里哀写《达尔杜弗》的攻击目标就是针对"虚伪"这种恶习的。那么，攻击虚伪为什么要从宗教人士开刀呢？这是很容易理解的。在以天主教为国教的国家里，宗教是至高无上的，是最神圣最高尚的，宗教人士是受到人们敬重的。然而，有人居然拿它作掩护，打着宗教的旗号

---

① ［法］莫里哀：《莫里哀喜剧》，第2集，李健吾译，261页，长沙，湖南人民出版社，1982。

进行罪恶的勾当。他们以伪善的面目出现，隐藏着不可告人的目的。在这些人身上，圣洁的外表与卑劣的内在形成鲜明的对比和强烈的反差，这样的对比和反差无疑是更突出地体现了虚伪的本质。况且当时社会上的确不乏此类，连大主教和太后都参与其中的"圣体会"就专门干着这样很不体面的事情。所以，以宗教人士为攻击目标，揭穿神圣外衣下隐藏的罪恶，可以让人们更清楚地认识到这种恶习的欺骗性和危害性。

可是，在当时，写剧本攻击宗教人士非同小可，有可能带来杀身之祸。莫里哀为什么敢于这样做？那是因为他了解到，国王路易十四对教会那种在王权控制之外的半独立状态早就不满（据说国王对莫里哀暗示过教会不满的意思）。① 所以，他认为上演《达尔杜弗》这样揭露宗教骗子的戏，国王是支持的，不会反对的。为了慎重，首演之前，他还征得了国王的许可。不料，出乎国王和作家的意料，反对派的行动如此疯狂。莫里哀当然不会罢休，他一方面不断争取剧本在室内演出的机会（国王只是不准公演），以取得各方面的支持；另一方面两次上书国王，为自己的作品辩护。后来，他还写了一篇长长的序言，对自己的作品以及有关的争议进一步表态。从这些资料里，我们可以清楚地了解作家的创作意图。

莫里哀知道，《达尔杜弗》这样的作品本意虽然是揭露批判伪善的恶习，但是必然会得罪一批有权有势的人，必定会遇到麻烦（莫里哀在这篇序言里一开头就说，"戏里那些人，有本事叫人明白：他们在法国，比起到目前为止我演过的任何人，势力全大"）。为此，他预先有所防范，谨慎从事。在全剧的构思上，一定把矛头指向伪善者，不要让人产生歧义。正如他在《序言》所说：

> 材料需要慎重将事，我在处理上，不但采取了种种预防步骤，而且还竭尽所能，用一切方法和全部小心，把伪君子这种人物和真正的信士这种人物仔细区别开来。②

---

① 李健吾：《关于莫里哀的三个喜剧作品》，载《戏剧学习》，1979(2)。
② ［法］莫里哀：《〈达尔杜弗〉的序言》，李健吾译，载《文艺理论译丛》，1958(4)。

莫里哀不但这样说，也确实这样做。他在剧本的构思上费尽了心思。为了让观众在达尔杜弗出场之前就对他有所了解，足足用了两幕戏来准备他的上场，为了充分揭露他的面目，让他上场亮相就露出破绽。然后，让他在两次跌宕中显示其手段之狠毒，最后才暴露出流氓恶棍的真相。怪不得戏一演出，伪君子们即刻暴跳如雷，故伎重演，端出上帝来为自己打掩护，把一出好戏说成"一出冒犯虔诚的戏"。莫里哀坦然声言：

> 假如大家不偏不倚，不辞辛苦，检查一下我的喜剧，毫无疑问，就会看出我的用意处处善良，一点也没有搬（扮）演应当敬奉的事物的倾向。①

莫里哀的这一番声辩是认真的负责任的，让我们更明白，作品的讽刺矛头是指向伪善恶习的，而不是指向宗教的。这样来认识《达尔杜弗》，并不降低作品的价值。莫里哀在《序言》的最后讲了这样一个故事：

> 禁演了一星期以后，宫里上演一出叫作《隐士斯卡拉姆什》的戏。国王看完了出来，对我要说起的亲王（引者注：指孔代亲王）道："我很想知道，人为什么那样气不过莫里哀的喜剧，而对《斯卡拉姆什》这出喜剧，却一字不提。"亲王回答道，"原因就是《斯卡拉姆什》这出喜剧扮演的是上天和宗教，那些先生们并不关心；但是，莫里哀的喜剧扮演的却是他们自己，所以他们就不能容忍了。"②

亲王的回答说出了事情的真相：对于"达尔杜弗"们，莫里哀的剧本更有杀伤力！

【附】欧洲古典喜剧的经典作品——《达尔杜弗》

附言：为了读者了解我对这部作品的前后两种不同的看法，也为了全

---

① ［法］莫里哀：《〈达尔杜弗〉的序言》，李健吾译，载《文艺理论译丛》，1958(4)。
② ［法］莫里哀：《〈达尔杜弗〉的序言》，李健吾译，载《文艺理论译丛》，1958(4)。

面分析这部名著，我把自己以前发表的分析《达尔杜弗》的文章附载于此。

《达尔杜弗》是 17 世纪法国戏剧家莫里哀的一部名剧，写于 1664 年。它本是作家应宫廷娱乐的需要而写，但是，莫里哀却利用这个机会上演了一部具有强烈揭露性的作品。

莫里哀虽然于 1658 年重返巴黎后，日益向王权靠拢，但是，他始终没有改变其戏剧活动反封建反教会的基本方向。当时，正是法国专制君主制的极盛时期，莫里哀戏剧的这种倾向恰恰符合国王路易十四压抑大贵族和教会势力的政策需要，因此国王乐意给予支持。莫里哀与宫廷的关系一度十分密切。在艺术上，他也接受了古典主义的创作方法。

1664 年 5 月，路易十四在凡尔赛宫举行"仙岛狂欢"盛大游园会。莫里哀奉命上演一部新作。就在狂欢活动结束前一天，莫里哀演出了《达尔杜弗》。不料这出戏惹出了麻烦，引起了一场持续 5 年的风波。

那时，莫里哀回到巴黎已经 5 年多，对于巴黎和法国已经有了比先前深刻得多的认识。他在上流社会豪华的外表下，看到了它的腐败的本质，看到了一种普遍流行的伪善风气。他的《堂·璜》中的一个无耻之徒曾经这样来谈论伪善：

> 虚伪是一种时髦的恶习，而任何时髦的恶习，都可以冒充道德。在所有的角色里面，道德高尚的人是今天人们所能扮演的最好的角色，而伪君子这种职业也有无上的便利。这是一种艺术，伪装在这里永远受到尊重；即使被人看破，也没有人敢说什么话反对。别的恶习，桩桩难逃公论，人人有自由口诛笔伐；可是虚伪是享有特权的恶习，钳制众口，逍遥自在，不受任何处分。①

莫里哀痛恨这些伪君子，早有加以鞭挞的想法。在凡尔赛宫演出的，可能是一个尚未完成的本子，只有 3 幕（后来莫里哀对它进行过多次修改，

---

① ［法］莫里哀：《莫里哀喜剧》，第 2 集，李健吾译，335 页，长沙，湖南人民出版社，1984。

最后写成一部 5 幕的诗体喜剧）。演出之前，消息已传到了顽固派人士那里。他们听说要上演这样一出戏，立即惊慌起来。4 月 17 日，他们召集会议商量对策，决定要采取一切办法来阻止它的公演。

5 月 12 日，《达尔杜弗》在凡尔赛宫演出，现场的气氛非常紧张。那些"达尔杜弗"们看着台上揭露他们的恶行，一个个坐立不安，对莫里哀恨得咬牙切齿。他们当着国王的面不好发作，演出一结束便四处活动，调动各方面的人向国王施加压力，要求禁止该剧公演。其中有王太后，有路易十四的忏悔教师，有巴黎大主教等。

路易十四没想到剧本会引起这样强烈的反应。在顽固势力的包围下，他不得不下令此剧暂不公演。莫里哀不得不遵守命令停止公演，但是他并不就此放弃。他争取一切机会让该剧与人们见面。比如为教皇特使朗诵，在许多私人家里朗读和演出。

"达尔杜弗"们见禁演没能达到目的，又施展出更恶毒、更卑劣的伎俩。当年 8 月 15 日，圣-巴尔代勒米教堂的堂长皮埃尔·卢莱，写了一本宗教方面的书，其中附有一篇题为《人世光荣的国王或在所有国王之中最光荣的路易十四》的颂词，表面上歌颂国王，实际上大肆攻击莫里哀。他把莫里哀的作品说成魔鬼的制作，把莫里哀的脑袋说成魔鬼的脑袋，还说莫里哀是一个装扮成人、有肉身子的魔鬼，一个自由思想分子，应该活活烧死。

面对顽固势力的攻击，莫里哀沉着应战。8 月 31 日，他向国王上书，陈述自己高尚的创作动机，并且义正词严地驳斥了卢莱之流的诽谤。他说，"虚伪是最通行、最麻烦和最危险的恶习之一"，真正的信士当然欢迎《达尔杜弗》这样的作品，只有达尔杜弗之流才会感到害怕，他们暗中施展伎俩，蒙哄圣上，利用国王对神圣事物的尊敬，达到了他们禁止公演的目的。这就是有名的《第一陈情表》，其目的显然是希望国王出来主持正义，公开表态。

双方的态度都很强硬，路易十四的反应却十分微妙。对于顽固派的谬论，他既不采纳也不反驳；对于莫里哀的请求，他也不正面答复。不过，他从不阻止莫里哀在私人家里朗读或表演《达尔杜弗》。他还一再召剧团进宫演戏。1665 年 8 月，他又宣布把莫里哀剧团收为"国王剧团"，每年津贴6000 里弗尔（后来加到 8000 里弗尔）。这一切显然都是为了让世人明白他对莫里哀的支持。

在 17 世纪的法国，天主教被定为国教，势力很大。教会又是一个从上到下的完整的组织机构，形成一股可以与世俗政权抗衡的统治力量。路易十四亲政以来，竭力加强王权，要求教会服从他的统治，为他所控制，对于教会那种超然于政权之上的独立地位和控制政权的欲望十分不满。然而他又离不开教会的支持，不能忽视身边聚集着一股强大的宗教势力。在当时的法国，还有"圣体会"一类的秘密组织，打着宗教慈善事业的旗号，从事谍报活动。它指派一些人伪装成虔诚的信士，打进教徒家里，充当所谓良心导师，目的是刺探人们的言行，通过告密手段来迫害进步人士。教会实际已经成为王权以外的另一个政权。所以，早在 1661 年，马扎然就想取缔这个组织，只是因为王太后的阻挠而未能成功。路易十四亲政后，对它也早存戒心，恨不能将它取缔。所以，莫里哀此戏揭发宗教伪善，在他看来，就是冲着"圣体会"一类令人讨厌的组织去的，正合他的心意。他看了解气，愿意给予支持。但是，当顽固势力表示强烈的反对，对他形成一种威胁力量的时候，他又不能不有所顾忌。

1667 年 5 月，王太后去世，顽固派少了一个得力的后台，莫里哀抓紧时机，在路易十四去北方打仗前，提出公演《达尔杜弗》的请求。路易十四给以了口头应允。

1667 年 8 月 5 日，《达尔杜弗》在王宫剧场公演，莫里哀为了减少阻力，对剧本作了许多修改。剧名改为《骗子》，说明剧本所要打击的只是那些披着宗教外衣的伪善者，并不是一般的宗教人士。主人公不再是半僧半俗的打扮，而是交际家的装束，戴一顶小毡帽，留长头发，挽大领巾，佩一把宝剑，礼服沿了花边，一个贵族人物的模样，名字也改为巴女耳弗。这同样是为了减少来自教会方面的阻力。剧本的台词，也有改动，凡是有可能引起麻烦的地方，都小心删掉。当然，剧本的基本倾向没有改变，它的讽刺锋芒也没有削弱。因此，顽固派对它的态度也不会就此改变。8 月 6 日，《达尔杜弗》公演的第二天，王宫剧场里挤满了观众，剧团做好了开演的准备。突然，一队警察闯进剧院，宣布巴黎法院主席的禁演令，《达尔杜弗》的第一次公演就这样被破坏了。

意外的打击没有使莫里哀灰心。8 月 8 日，他派了剧团里两个得力的青年演员，赶到前方，向国王呈上他的第二份"陈情表"。这份书信与上一份相比，言辞犀利，而且饱含着愤激之情。他一针见血地指出：一些人反对《达尔杜弗》，其原因就在于这出戏扮演的就是他们自己，他们才决心与这出好戏对抗到底。在书信的最后，莫里哀的口气变得强硬起来。他说："如果达尔杜弗们占了上风的话，我是再也不写喜剧了。"

国王答应班师之后过问此事。可是，他滞留前方，不能回京。顽固派却进一步发动攻势。8月11日，也就是巴黎法院主席发布禁演令之后的第5天，巴黎大主教佩雷菲克斯也下令，"紧急禁止该剧的演出、阅读或听人朗读，不论在公开场合还是在私人场合，不论以谁的名义和什么借口都不行，违者革除教籍。"这一来，断绝了《达尔杜弗》与群众联系的一切可能，而且把剧本上演的批准权，揽到了教会手里，国王路易十四都不能单独作出决定。莫里哀气恨交加，大病了一场。公演一事，又被搁下。

1669年1月，路易十四和罗马教皇克雷曼九世决定缔结"教皇和平条约"。1月19日，教皇颁发敕书，教派纠纷暂时平息下来，宗教迫害也有所收敛。在这个时候，路易十四才批准《达尔杜弗》公演。2月5日，在《达尔杜弗》公演之日，莫里哀怀着兴奋的心情向国王呈上他的第三份"陈情表"。信中，他把这一天称为《达尔杜弗》的"死而复生的伟大的日子"，并以胜利者的愉快心情向国王表示感谢，欢呼"圣恩浩荡，《达尔杜弗》活过来了"。

《达尔杜弗》正式上演时，莫里哀再一次对剧本进行修改。主人公的名字又恢复为达尔杜弗，剧名改成《达尔杜弗，或者骗子》。人物的装束用了世俗的打扮而不穿僧侣黑袍。演出的第一天，无数观众涌进剧院，把剧院的大门都挤破了。剧院里人山人海，盛况空前。演出一直持续了9个星期。

莫里哀为《达尔杜弗》的公演奋斗了5年，终于取得了成功。

二

《达尔杜弗》有力地揭露了当时上流社会中普遍流行的伪善风气，其攻击的矛头直指教会。面对着一股强大的恶势力，正如莫里哀在剧本的序言中所说："戏里的那些人，有本事叫人明白，他们在法国，比起目前为止我演过的任何人，势力全大。"即使这样，他仍然顽强地奋斗，力争剧本能够公演。

剧中的主人公达尔杜弗集中体现了伪善这种恶习。论身份，他非僧非俗，既不是教会的神职人员，却又同僧侣的做派没什么两样。这是一个披着宗教的外衣进行罪恶活动的恶棍，一个骗子。就像当时那些所谓的"良心导师"一样，混进别人家里，表面上像个虔诚的教徒，实际上干着见不得人的勾当。莫里哀认为，这些人之所以可恶，不仅在于他们那种表里不一的虚伪性，还在于他们有着不可告人的卑鄙目的，在于他们披着宗教的外衣而不易被人识破。所以，剧本的创作目的，主要不在于进行道德批评，而在于揭露这种伪善掩盖之下的卑鄙目的和它可能造成的社会危害。在剧中，莫里哀采取人物自我暴露的手法，由表及里、层层深入地撕下达尔杜弗的假虔诚的外衣，揭露出他的卑劣用心、他的流氓恶棍的本质以及他的危害。

剧本首先从达尔杜弗的言行不一入手，撕破他的伪善外衣。他本是外省一个没落贵族，刚到巴黎时，穷得一双鞋都买不起，几乎成了乞丐。他的这种经历并非个别，在当时法国，随着封建制度的衰落，尤其是经过三十年宗教战争，整个贵族阶级都已衰败，不少人像达尔杜弗那样破落不堪。身份高的，进京投靠国王，身份一般的只能自找出路，有的成了小商贩，有的当盗匪沿路打劫，有的通过联姻的办法从资产阶级那里获取财源，也有的走宗教的路子。达尔杜弗没有什么本事，然而在贵族社会中他却学会了一套欺骗、伪善的手法，成了宗教骗子。剧中第一幕第五场，通过奥尔贡和克莱昂特的对话，揭露他如何用假虔诚的伎俩，骗取了奥尔贡的信任，混进了他的家。他的言行十分做作，表面上是宗教虔诚，骨子里是对奥尔贡的奉承。他看准了奥尔贡的虚荣心，便投其所好取得成功。从这里也可看出此人心计不凡。

进入奥尔贡家，他扮演良心导师的角色。当着人家的面，他总是手里拿着苦衣和教鞭，仿佛是个苦行僧。他对人大讲教义，劝奥尔贡一心侍奉上帝，把人世看成粪土，做到凡事冷淡，割断同尘世的联系。奥尔贡听了他的话，变得冷酷无情，可以看着自己的亲人一个个都死掉也全不在乎。其实，达尔杜弗自己从来不实行这一套。他贪吃贪睡，什么人间的享乐都不放过。他一顿饭能吃两只鹌鹑，还加半只切成小丁儿的羊腿肉，然后走进他的房间，躺到暖暖和和的床上，安安逸逸地一觉睡到天明。第二天一早，又要灌上四大杯葡萄酒。在这样的养生之道的滋养下，他变得又粗又胖，满脸红光，嘴唇红得发紫。就凭这副模样，哪像一个尘世的苦行僧呢？他的假仁假义和伪善面目昭然若揭。当然，这只是剧本对他进行的浅表性的揭露。

接着，剧本更深入地揭露达尔杜弗伪装虔诚的罪恶用心。达尔杜弗的伪善并不单纯是贪吃贪睡，品质恶劣。这个恶棍居心叵测，欲海无边，为了满足他的私欲，可以破坏别人的家庭，掠夺别人的财产，什么坏事都做得出来。剧本从他好色这一点开刀，让他显出了原形。达尔杜弗上场时道貌岸然，见到女仆道丽娜穿着袒胸的裙子，便背过脸去，一边还拿出一块手帕，要道丽娜把胸脯盖上，说是看不得这种"引起有罪的思想"的东西。不料他的内心被道丽娜一语道破，恰恰是这句话暴露了他脑子里时时都在转着淫乱的念头。达尔杜弗见到奥尔贡的太太艾耳密尔，立刻色相毕露，向她求爱，做出与信士身份绝不相容的丑事。但是，令人惊讶的是，他有本事把自己的这种丑行打扮成神圣的宗教行为，把自己的淫欲辩解为对于上帝的敬爱：

> 我们爱永生事物的美丽，不就因此不爱人间事物的美丽；上天制造完美的作品，我们的心灵就有可能容易入迷。类似您的妇女，个个儿反映上天的美丽，可是上天最珍贵的奇迹，却显示在您一个人身上：上天给了您一副美丽的脸，谁看了也目夺神移，您是完美的造物，我看在眼里，就不能不赞美造物主；您是造物主最美的自画像，我心里不能不感到热烈的爱。①

伪善的目的是作恶，因此伪善者少不了运用欺骗和诡辩的手段。不过，像达尔杜弗这样的诡辩本事，又的确非同一般。

他的恶行暴露了自己的面目，也使他面临危机。大密斯发现了他的罪行，并且向奥尔贡告发了他。在这样的险境下，达尔杜弗竟然镇定自若，反把自己伪装成受诬告者，还说什么自己把这件事看成上帝的惩罚，宁肯

---

① ［法］莫里哀：《莫里哀喜剧》，第 2 集，李健吾译，222 页，长沙，湖南人民出版社，1984。

"跪下来拜领奇耻大辱"。结果，奥尔贡又一次上当，把儿子赶走，把财产继承权送给了这个骗子。对于这一切，达尔杜弗居然恬不知耻地以"上天"的名义，接受了下来。其言其行，真是令人发指。不过，在观众面前，这个骗子既好色又贪财，他披着宗教外衣的恶棍面目，已经暴露。

剧本的下半部，继续沿着这个情节线索来揭露骗子。达尔杜弗再一次向艾耳密尔求欢。不过，这次是别人设下的巧计。艾耳密尔为了帮助丈夫认清达尔杜弗的面目，让他藏在桌子下面，亲自看看这个骗子的真面目。

达尔杜弗尽管老练，却经不起色迷心窍，急于求得"实惠"。为了求欢，他时刻挂在嘴边的上帝，成了可以随意抛弃的东西。众人的舆论更不值得一提。他认为"只有张扬出去的坏事才是坏事"，"私下里犯罪不叫犯罪"。此时，他的假面具统统被他自己撕破。

当伪善已经欺骗不了人的时候，达尔杜弗索性露出真相，拿出流氓恶棍的招数。他串通法院，要把奥尔贡一家赶出大门；他到宫廷告发奥尔贡私藏政治犯的密信，亲自带队来拘人。对于这一系列的罪恶勾当，他又找到一个新的借口："维护圣上的利益"。什么罪恶勾当都可以挂起冠冕堂皇的幌子，其伪善的手段如故。这样的人横行起来，善良的人们怎不遭殃。奥尔贡就这样受其祸害，几乎落到家破人亡的境地。

总之，莫里哀就是这样层层深入地剥下了达尔杜弗的伪装，不仅使之暴露出恶棍的本相，更把重点放在揭发其罪恶用心和社会危害上。唯其如此，剧本对于伪善恶习的揭发也就达到了相当的深度。现在，达尔杜弗已经成了伪善的典型，"达尔杜弗"一词也成了"伪善者"的同义语。

巴黎富商奥尔贡在剧中是一个受骗者的形象。这个人对外仰慕虚荣，对内专制武断。他对宗教的态度不过是为了追求时尚，看不出有什么真正的信仰。达尔杜弗就是利用了他的虚荣和轻信，才得以成功。也是轻信和武断使他分不清真假，几乎断送了自己和全家。莫里哀把他放在受害者的位置，就是要通过他的遭遇对世人发出警诫，让人们对达尔杜弗一类宗教骗子保持高度的警惕。

剧中反对达尔杜弗最坚决、最有办法的人物是女仆道丽娜。她从一开始就识破了达尔杜弗的伪善嘴脸，而且自始至终帮助奥尔贡一家揭穿这个骗子。在反对达尔杜弗的过程中，也处处表现出她的出众的智慧和敏锐的眼光，比起盲从的奥尔贡、莽撞的大密斯、软弱的玛丽雅娜，还有光说不做的克莱昂特，她都要高出一筹。

克莱昂特在剧中起着作家代言人的作用。他也是反达尔杜弗一派的人物；但是，当骗子的面目已经被揭露、应该受到惩罚的时候，他却唱起中庸之道的调子，甚至幻想达尔杜弗会痛改前非，回归道德正途。这些言论削弱了剧本的战斗性，也表现了莫里哀的思想局限。

剧本的结尾出人意料。英明的国王早已识破骗子，最后将他逮捕法办，一场灾难就此轻易地消弭。全剧并没有为这样的结局进行过铺垫，因此它不是剧情发展的自然结果。不过，莫里哀也是出于无奈。古典主义的喜剧要求有完满的结局，莫里哀却无法在现实生活中找到消除达尔杜弗这类大骗子的现实依据。于是，只得抬出国王来解决问题。这表现了莫里哀的政治立场，也说明当时社会不具备惩罚宗教骗子的客观条件。

三

《达尔杜弗》写于莫里哀创作的繁荣时期。那时，莫里哀从外省返回巴黎已经 5 年多，在创作上，早已熟悉古典主义的原则和方法，而且已经上演过《太太学堂》这样堪称古典主义喜剧奠基作的好戏。《达尔杜弗》是他运用古典主义创作方法写成的又一部杰作。全剧 5 幕，情节集中单一，只写达尔杜弗调戏艾耳密尔一事，地点只在奥尔贡家，时间不超过 24 小时（从早晨白尔奈耳夫人闹着要回家到晚上国王派人来抓达尔杜弗）。它完全符合"三一律"。但是，"三一律"在莫里哀的手中不但不是枷锁，反而成为构思全剧、安排情节、刻画人物、表现主题的有效手段，莫里哀充分发挥了这种创作规则的基本精神和积极作用——集中、简练。主人公的性格是单一的，然而这恰恰更能体现出它的高度的概括性，给观众留下极其深刻的印象。时间、地点、情节的限定，使得剧本从一开演就引人入胜，而且自始至终保持着戏剧性，紧紧地抓住观众的注意力。全部剧情都发生在室内环境，莫里哀就充分利用这个环境来进行巧妙的构思。达尔杜弗的调情，艾耳密尔的巧计，大密斯隔墙偷听，奥尔贡躲在桌下，都是只有在这样的环境才能发生的事。

《达尔杜弗》是一部性格喜剧，剧本的全部艺术构思都为塑造主要人物达尔杜弗的伪善性格，它的矛头所向是十分明显的。但是，为了避免麻烦，莫里哀必须注意掌握好分寸，为此而花费了一番苦心。正如他在剧本的序言中所说：

> 材料需要慎重将事，我在处理上，不但采取了种种预防步骤，而且还竭尽所能，用一切方法和全部小心，把伪君子这种人物和真正的信士这种人物仔细区别开来。我为了这样做，整整用了两幕，准备我的恶棍上场。我不让观众有一分一秒的犹疑；观众根据我送给他的标记，立即认清了他的面貌；从头到尾，他没有一句话，没有一件事，不是在为观众刻划（画）一个恶人的性格，同时我把真正的有德之士放在他的对面，也衬出有德之士的性格。①

当然，如前文所说，莫里哀刻画伪善性格，重点不在道德批评，而在揭穿伪善者的罪恶用心，指出他的危害，揭露他的流氓恶棍的本质。剧本的结构，就是为实现这个创作意图而设计的。第一、第二两幕，作家故意不让达尔杜弗出场，以便通过其他人物的活动，介绍他的为人和他的过去，让观众初步了解他的性格，为他的出场做好准备。第三、第四两幕，正面刻画达尔杜弗的形象。在这两幕里，作家通过人物自我暴露的方法，揭示伪善者的罪恶用心。第五幕，再进一步揭露他的凶恶面目和危害性。全剧的结构就这样层次分明，逐步深入，既紧凑又完整。

第一幕第一场，被歌德认为是"现存最伟大和最好的开场"。通过白尔奈耳夫人和一家人的争吵，一开场就提出了矛盾，吸引了观众。主人公虽然不在场，然而人物之间的争论却全是围绕着他而展开的。通过争论，剧本自然地介绍了达尔杜弗的经历，他的性格特点以及他是用什么手段混进奥尔贡家，等等。通过争论，每个人物的身份，人物之间的关系以及他们各自在这场反对达尔杜弗斗争中的态度和地位，都让观众看得明明白白。就这样，这个开场一举数得，自然而然地完成了剧本必须要做又很难做好的"交代"任务。有了这样的准备，后面的几幕便可以集中笔墨揭露达尔杜

---

① ［法］莫里哀：《〈达尔杜弗〉的序言》，李健吾译，121 页，载《文艺理论译丛》，1958(4)。

弗的伪善本质，不必再为交代前情而分散作家的笔力和观众的注意力。

第一幕第四场也是有名的场次。奥尔贡从乡下回来，对家里的任何事情都不过问，只关心达尔杜弗一人。道丽娜一再提醒他，太太生过病。他却一个劲儿地追问达尔杜弗。整个一场戏，奥尔贡没有别的台词，只有"达尔杜弗呢""可怜的人"这样两句。莫里哀运用喜剧艺术的重复手法，4次重复这两句台词，造成强烈的喜剧效果，从而把奥尔贡对达尔杜弗痴迷之深，表现得入木三分。

第三幕第二场，写达尔杜弗第一次登场。经过前两幕的准备，观众已经急切地等待着主人公的出场，所以，这一幕必须写好，不然，观众就会失望。达尔杜弗的形象也立不起来。莫里哀先让达尔杜弗拿着苦衣和教鞭上场，俨然一个苦行僧。接着，用掏手帕的动作，一下子就让这个伪装正人君子的色鬼显出了原形。真是单刀直入，痛快淋漓。其手法之简练，实在惊人。以后的几幕，莫里哀顺着他勾引艾耳密尔这一个情节线索，让他自己一层层地剥下伪装。在这时，莫里哀为他安排了两次不利的情势，不写他的成功，而写他的失败，写他如何转败为胜，如何应对自如，其目的是为了更加突出表现达尔杜弗的手段之毒，用心之狠，强调这类人物的危险和可怕，而这正是全剧的主旨所在。

这部作品的独特之处，还在于它作为一部喜剧，其戏剧冲突本身却带有悲剧的因素。达尔杜弗伪善的严重后果，是年轻人的幸福被破坏，奥尔贡身败名裂、家破人亡。这些悲剧性因素可以更强烈地显示伪善的危害，加强作品的震撼力。不这样写，不足以引起观众对伪善风气的痛恨。莫里哀这样做是成功的、可贵的。按照古典主义的规则，悲剧与喜剧应该严格区分，不得混淆。然而，莫里哀从戏剧创作的需要出发，顾不得那些清规戒律。莫里哀为了加强作品的艺术效果，还吸收了许多民间戏剧的手法，譬如打耳光，家庭吵架，父亲逼婚，父子反目，隔墙偷听，桌下藏人，等等。这些情节和技巧，本是古典主义作家所不屑一顾的。但是，深受民间艺术滋养的莫里哀完全懂得它们的价值，成功地把它们吸收在自己的创作中，从而大大增加了作品的喜剧性和生活气息。

古典主义的框框对于莫里哀并不是没有限制的，诸如人物性格缺乏丰富性，作品描写的生活面狭窄，结尾来得突然，等等。不过，瑕不掩瑜，

《达尔杜弗》在人物塑造、戏剧结构、情节安排、喜剧艺术等各个方面，都树立了成功的典范，不失为一部古典喜剧的经典之作，因而在欧洲乃至世界的戏剧史和文学史上，都堪称经典。

别具一格的《堂·璜》

　　《堂·璜》是莫里哀在 1665 年演出的一部新戏。那时，莫里哀为争取《达尔杜弗》公演权的行动连连失败，剧团由于没能上演新戏而陷入困境。现实告诉他，必须尽快赶出一部新作，以解燃眉之急。《堂·璜》就是在短时间内完成的一部急就章。莫里哀充分发挥他的才能，顾不得当时通行的写剧必须遵循的那些条条框框，挥洒自如，放手写来。正因为如此，他写成了一部与他自己历来所写作品的风格全不相同的杰作。

　　《堂·璜，或者石宴》（以下简称《堂·璜》）是一部五幕散文体的喜剧，取材于民间传说。长期以来，关于堂·璜的传说在欧洲各国广为流传，但是，堂·璜这个人物究竟是历史人物还是传说人物，究竟是确有其原型还是艺术家的创造，学者们各持己见。关于这个传说的起源，也有各种说法（西班牙说、意大利说、德国说），然而，至今都由于证据不足而无法得出最后的结论。

　　据西班牙的一部史书记载，堂·璜是一个贵族，一个好色的登徒子。有一次，他奸污了一个贵族小姐，杀死了她的父亲。家人把死者埋葬在教堂，还为之立了石像。僧侣以女人为诱饵，把堂·璜引到教堂后处死。事后散布流言，说是堂·璜在教堂里污辱石像，石像显灵，将他打入地狱。这则传说明显是篡改了民间传说，为进行宗教说教而编造的，而且充满神秘的气息。

　　从文艺复兴时期开始，有许多文学家、艺术家利用这个传说进行创作。但是，堂·璜的形象和故事的内涵都发生了根本的变化。据现有史料记载，最早利用这则传说进行创作的是西班牙作家特立兹。当时正值西班牙文学的"黄金时代"，戏剧艺术极其繁荣。特立兹是那时西班牙最重要的戏剧家之一，曾经写过四百多部剧作。1616 年，他利用堂·璜的传说写出剧本《塞尔维亚的嘲弄者》，于 1626 年上演，1630 年发表。发表时，作者的署名用的是笔名蒂尔索·德·莫利纳。这部剧作把有关堂·璜的传说和关于石宴的故事结合在一起，由此而形成了有关堂·璜故事的基本框架。剧本的内容比传说要丰富得多。在剧中，堂·璜是西班牙国王宠臣堂迪格的儿子，他行为放荡，玩弄种种手段诱奸女子，在意大利时调戏公爵的未婚妻伊莎贝拉，被告到法庭。回到西班牙后又勾引侯爵的情人安娜，其丑行被安娜的父亲龚萨罗发现，堂·璜与龚萨罗决斗，杀了龚萨罗。后来，他在一座教堂里见到龚萨罗的石像，石像邀请他共进晚餐，堂·璜居然应约而至。席间，石像把他引入停尸房，堂·璜被阴火活活烧死。剧本对文艺复兴以来因反禁欲主义而出现的纵欲现象进行了批判性的回应，剧中的神秘主义气氛相当浓厚。随着这部作品的流传，堂·璜的故事也流向西班牙境外。据研究，它最初流传到意大利，再由意大利传到欧洲各国。

　　堂·璜的传说流传到法国的时间，大约是在 17 世纪中期。1658 年，有一个意大利剧团到巴黎演出，他们的剧目中有一部以堂·璜传说为题材的即兴喜剧。这是迄今为止发现的堂·璜故事传到法国的最早记录。意大利剧团的演出把堂·璜的故事处理成喜剧，加重了滑稽成分，还有地崩火喷的机关布景。演出轰动了巴黎，由此也引起法国人对堂·璜传说的极大的兴趣，不断有戏剧家把它搬上舞台。据统计，从 1658 年到 1677 年，巴黎的戏剧舞台上先后出演过五部以堂·璜传说为题材的戏剧。人们对此热衷的程度可见一斑。那时活跃于巴黎戏剧界的莫里哀不会不注意这样一个受观众喜爱的题材。不过，在莫里哀写出《堂·璜》之前，莫利纳的剧本还没有法文翻译本，所以，莫里哀不可能直接受到莫利纳的影响。当然，意大利剧团带来的堂·璜的故事，已经为法国人所熟知。活跃于巴黎演艺界的莫里哀也会注意到堂·璜的传说是如何受到观众喜爱的情况，从而萌生了以此为题材创作一部新戏的打算。现在，剧团急需有新剧目上演，他只得急急忙忙地写出，供剧团演出，这也许是他来不及把剧本写成诗体而是散文体，而且在编剧上比较随意的原因。

　　莫里哀《堂·璜》的基本情节保持着意大利剧本的样子，但是在剧本的基本思想和艺术风格上，二者却大异其趣。意大利作家在运用堂·璜题材进行创作的时候，其用意在于博观众一笑，他们最感兴趣的是从斯嘎纳耐勒身上发掘笑料，而不是塑造人物形象。他们演出的戏把闹剧、悲剧、歌剧这些因素糅合在一起，加入大量插科打诨的场面，甚至加进恶作剧、杂耍、俏皮话等，几乎演成了闹剧。莫里哀则注意到这个题材中蕴含着的价值，把它处理成一部具有深刻思想内容的作品。在情节的取舍和安排上，莫里哀也做了独具匠心的处理。譬如，关于堂·璜玩弄女人的情节，只明写他欺骗两个村女一事，其他的事，包括引诱艾耳维尔、海上绑架渔家女等富有戏剧性的重要情节，都作暗场交代，在人物的对话中提及。也就是说，只写他未得手的事。这说明，他并不想把观众的兴趣引向堂·璜传说中那些胡作非为的风流韵事，而是着力去写那些有利于刻画人物形象、探索人物内心世界的情节。另外，西班牙作家的剧本里和意大利作家笔下的堂·璜，都有过真想后悔的表现，而莫里哀的堂·璜是一个拒绝任何人的劝告、死不忏悔的人。他在父亲跟前的悔过只是欺骗。莫里哀还把石像显灵的那场戏提前了一幕，为的是把堂·璜的恶行表现得更加充分。至于堂·璜所说的关于医学、伪善等重要内容的台词，还有艾耳维尔返场规劝堂·璜的情节，则全是莫里哀的创造。莫里哀笔下的堂·璜也已经从西班牙作家和意大利戏剧家的手下脱胎成一个崭新的人物。

剧中的主人公堂·璜是一个淫荡好色、无恶不作的登徒子。论身份，他是朝廷贵人。戏中第一幕第三场，艾耳维尔说堂·璜是"一位出入宫掖的人物"[1]，实际上是一个到处勾引女人的大骗子。他的仆人斯嘎纳耐勒这样介绍堂·璜：

> 我的主人堂·璜是世上自来有的最大的坏蛋，他是一个疯子、一只饿狼、一个魔鬼……一个异端，不信天，不信地狱，不信妖怪……他在各地娶的妇女，我要是一个一个把名字全告诉了你呀，可以一直说到天黑。[2]
>
> （第一幕第一场）

---

① ［法］莫里哀：《莫里哀喜剧》，第 2 集，李健吾译，283 页，长沙，湖南人民出版社，1982。

② ［法］莫里哀：《莫里哀喜剧》，第 2 集，李健吾译，275 页，长沙，湖南人民出版社，1982。

他曾从修道院里拐骗了一位名门闺秀——艾耳维尔，还杀死了她的父亲。结婚不久，玩腻了，甩手就扔，擅自出走。接着，他又去海上绑架别人的未婚妻，只是因海上遇险而失败。两个农民把他从海中救出，转眼间他就花言巧语勾引恩人的女友。他挥霍无度，借债不还，债主来讨债，他耍手腕把人骗走。他父亲好不容易找到了他，对他进行规劝，他假意忏悔，搪塞过去。艾耳维尔在返回修道院前再一次来劝他悔过自新，他无动于衷。他遇见骑士团统领的石像，居然敢邀请它共进晚餐。石像如约而来，他并不畏惧。一个幽魂显灵，对他进行最后的劝告，他依然拒绝悔改。这时，幽灵消失，石像再次出现，伸手与堂·璜握手，顿时天空雷电大作，堂·璜被巨雷击倒，陷入地狱。

这部喜剧在思想上的犀利程度，并不亚于《达尔杜弗》，其矛头无疑直指贵族阶级，同时又旁及宗教。堂·璜的形象就是法国封建社会中那些大贵族的代表。他们横行霸道，为非作歹，所倚仗的就是他们的身份和特权。莫里哀在剧本中对堂·璜的恶德败行指出：贵族特权不应该成为恶人的护身符。堂·璜的仆人斯嘎纳耐勒，一个慑于贵族的威权而不敢反对主人的胆小鬼，竟然也当面指责他的主人说：

> 您以为自己是贵人，有一顶卷成圆圈圈的金黄假头发，帽子上插着羽毛，礼服滚着金边，飘带象（像）火一样的颜色……您就以为自己才学比谁都渊博，可以无恶不作，旁人也就不敢当面直说啦？我虽然是您的听差，可是您听我讲，上天迟早要惩罚那些背教的人的，不干好事，不得好死……

> （第一幕第二场）

堂·璜的父亲，一个正直的贵族，懂得身份必须与贡献相符才具有真正的价值，他严厉地谴责自己的那个辱没门庭的儿子：

> 你配不上你的门第，你害不害羞？你有什么权利引以为荣？你倒是说给我听呀。你在人世立过什么功劳，也当贵人？你以为有名有姓，

有祖荫可庇，就够了吗？你以为平日为非作歹，只是出身高贵，就脸上有光吗？不，不，没有人品，门第不值分文。我们除非努力学我们的祖先，否则祖先的荣誉我们就没有份……你要知道，一位贵人，行为不检，就是自然界的一个怪物。品德是贵族的第一个头衔。我看重你的为人远在你的签名之上：一个挑夫的儿子，正直无欺，比起你这样的太子来，我更器重。

（第四幕第四场）

在封建社会中，门第和身份具有绝对重要的意义，它决定着一个人的社会地位，赋予一个人某种特殊的权利。但是，莫里哀在剧本中通过一个仆人和一个贵族，从两种不同的立场，提出一个共同的思想：品行高于门第，功德重于身份。这实际上就否定了门第和身份具有决定性的价值，否定了贵族特权的依据。

堂·璜除了是一个恶徒，一个登徒子，同时还是一个伪君子，而且是一个手段多样的惯骗。贵族身份和俊俏的外表，加上花言巧语，是他拐骗女人的主要手段。当他的恶德败行受到指责的时候，宗教就成为他的护身符。艾耳维尔指责他的背弃行为，堂·璜为自己作了这样的辩解：

为了娶你，我把你从修道院抢走，使你违背修行的初愿，上天对这一类事非常妒忌，所以我细细思量下来，唯恐上天震怒，不由起了疚心。我相信我们的婚事只是一种化装通奸，会给我们带来报应的，所以我最后不得不想法子把你忘掉，也好让你回头是岸，再能修行。

（第一幕第三场）

他靠诡辩给自己的恶行披上圣洁的外衣，把作恶说成是出于自己的"一种虔诚的思想"，是一种善举。他的背叛由此而获得冠冕堂皇的理由。这种伎俩同达尔杜弗的做法如出一辙。堂·卡尔劳斯对他背叛婚姻的恶行发出责问，他的回答也和达尔杜弗一样："我奉行上天的指示""这是上天的旨意"，以"上天"说事，把自己装成极端虔诚的样子。他还在父亲面前伪装出改邪归正的样子，斯嘎纳耐勒真以为他从此洗心革面，他却无耻地说：

　　如果我说，我希望改邪归正，那是我纯粹由于策略的缘故而形成的一种计划、一种有用的战略、一种我想逼迫自己采取的必要的虚伪手段……

（第五幕第二场）

　　听到这样的自白，斯嘎纳耐勒惊讶得目瞪口呆，连连惊叹："哎呀！什么样的人呀！什么样的人呀！"堂·璜却仍然沉醉在自己欺骗行为的成功之中，洋洋得意地讲了一篇有关伪善的歪理。听听这样的诡辩，真让人触目惊心。这篇诡辩的前半截，说什么虚伪是一种时髦的恶习，我们在前文曾经引过，这里不再重复，只听听他在后半截是怎样来为自己辩护：

　　多少我知道的人……不是仗着这种战略，偷天换日，把青年时期的放荡生活补缀起来？不是把宗教的道袍变成一面盾牌，拿这件为人尊敬的衣服打掩护，肆行无忌，成为世上最坏的人的？尽管大家晓得他们的诡计，清楚他们的为人，他们在社会上照样还是有人望。他们只要低那么一下头，叹一口有克制工夫的气，两只眼睛转动一下，他们干的任何坏事就都在社会上面目一新了。我希望将在这有利的避难地带，让我的事情有个安全保障……我把自己扮成上天的护法使者，然后利用这种方便的借口，击退我的仇敌，控告他们目无上天，想法子鼓动一些轻举妄动的热心人士和他们为难，不问情由，就公开攻讦，出口咒骂，然后运用私人的权势，在众目睽睽之下，把他们打入地狱。我们必须这样利用人们的弱点，一个识时务的人，也应该这样适应本世纪的恶习。

（第五幕第二场）

　　看来，堂·璜并不是一个毫无见识的花花公子，他具有敏锐的社会观察力，他能透过表面现象捉摸到其中的一些深层的东西。问题是他的作恶本性不可能把这种能力引向对社会有益的方面，而是让它为他的罪恶目的服务，给他的恶行寻找一个可以掩人耳目的理由。于是，堂·璜身上具有了莫里哀笔下那个大骗子达尔杜弗的特点：善于用诡辩把罪恶披上圣洁的外衣。他们俩都看到：虚伪既已普遍流行，利用伪善来达到自己的罪恶目的就是最好的办法。用堂·璜的话说，这是一种策略。堂·璜公开承认了自己的这种想法。达尔杜弗没有说出的心里话在这里由堂·璜说了。我们不妨把这两个伪善者的形象联系起来，就可以发现：作家通过堂·璜的嘴揭开了"达尔杜弗"们的卑鄙内心，堂·璜的形象可以说是莫里哀继《达尔杜弗》之后，对伪善恶习的进一步揭发。

莫里哀在塑造这两个伪善者的形象时，着墨点是不一样的。这两个人物虽然都是色鬼，不过，对于堂·璜来说，玩弄女人，征服女性，几乎是他的生活目标，是他的一切。而对于达尔杜弗，色欲只是他的邪念之一，而且并不是最主要的，他的目标是鲸吞他人的一切。堂·璜是明目张胆地作恶。正如他自己所说："看见绝色女子，我就色授魂与，情不由己，向这种销魂的暴力投顺。"如此说来，他仿佛是一个情种，但是问题在于他根本就否定钟情，认为"坚贞不渝，只对傻瓜有用"。下面的一段话让我们看到了他的内心：

> 恋爱的乐趣全在换来换去。说好话，赔小心，打动一个美貌少女的春心；看见自己一天比一天小有进展；装颠（癫）狂，流眼泪，叹长气，进攻一颗不愿投降的娇羞的心灵；一步一步摧毁她抵抗我们的各种微弱的障碍；战胜她引以为荣的重重顾虑，慢慢地把她带进我们希望她落入的圈套：我们感到一种乐不可支的欢愉。可是我们一成了她的主子，也就没有什么可说、可希（稀）罕的了。热情的妙处不见了；假使没有新的对象唤醒我们的欲望，没有引人入胜的征战的好景在心头出现，我们就要在这种爱情的死海睡着了。总之，世上没有再比打败一个绝色女子的抵抗好受的了。我在这上头有征服者的野心，永久由胜利飞向胜利，难以下定决心限制自己的希望。什么也阻止不了我的迫切的欲望，我觉得我有一颗心爱全地球，象（像）亚历山大一样，恨不得多来几个旁的世界，展开我爱情上的胜利。
>
> （第一幕第二场）

这一番恬不知耻的自白把他的人生目标说得再清楚不过。这是一个赤裸裸的征服狂。他以爱情为诱饵，把一个个真情的女子玩弄于自己的股掌之间，以满足其求胜的野心。其野心之大，自比征战于欧亚非三洲的古代帝王亚历山大。这就是他行动的动机和目的，一个骗子的内心世界。对于这样的人物，色狼、骗子一类的词汇已经不足以表达其所属的族类了。

但是，堂·璜与达尔杜弗相比，又不是单纯作恶，有时也会行善。有人遭难，他可以见义勇为，舍命相救。剧本的第三幕第三场，写堂·璜见到一个绅士遭到三个强盗抢劫，他感到三个人打一个人，不公平，便拔剑相助，赶走了匪徒。他说过，容忍恶棍作恶"等于同流合污"，也就是说，他还保留着一个绅士的荣誉感和正义感。堂·璜的形象就是这样比较复杂。

堂·璜的基本性格是他的那种肆无忌惮的放任，其中包含着叛逆性。这种放任和叛逆是针对一切的，因而在不同的场合、不同的问题上，起着不同的作用。在婚姻问题和道德问题上，他玩世不恭，不守信义。他的这种叛逆性表现为道德败坏，成为一个作恶多端的流氓恶棍。在医学问题上，他认为医生的医道"完全是样子货"（第三幕第一场）。当他的叛逆性表现在宗教问题上，就产生一种杀伤力。他否定一切信仰，否定一切虚无缥缈的东西，只求满足自己的欲望，天堂地狱、上帝鬼神一概不论，无所畏惧。这种叛逆性的负面意义是一种极端利己主义。不过，当他否定一切信仰的时候，同样也否定了宗教和教义；当他说自己什么都不信、什么都不怕的时候，他所否定的东西当然也包括教义和上帝。于是，他成了一个无神论者。在把天主教奉为国教的 17 世纪的法国，那是需要有足够勇气的。那么，他到底信仰什么？有没有信仰？他在回答斯嘎纳耐勒这样的提问时回答说："我相信二加二等于四……还有四加四等于八。"还是斯嘎纳耐勒最了解他的主人，他把话说到了点子上：他要的是"思想自由"。

剧本的第三幕第二场有一个非常大胆的插曲。一个穷人行乞，说是自己每天祷告上天赐给施主各样财富，让给我施舍的正人们前程万里。堂·璜讥笑他：既然你的祷告这样灵验，不如祷告上帝赐给你一件衣服，少管旁人的闲事。这样的戏弄，让那穷人无言以对。然后，堂·璜拿出一个金路易，对那穷人说：只要咒骂上天就可得到这个金币，那穷人感到为难，堂·璜却说，要想得到金币"非咒骂上天不可"。于是，堂·璜形象中有着明显的亵渎神灵的意义。他居然敢于触动宗教的软肋，敢于拿最神圣的东西来开玩笑。当他面对鬼神时，他也是毫不害怕，甚至见到石像开始晃动并开口说话这种异象，他仍然敢于对抗。在幽灵向他施威时，他居然拔剑相向，要试试这究竟是肉体还是灵魂。在这些可怕的预兆面前，斯嘎纳耐勒以为他应该会受到惊吓，悔过认错。他却说：

> 不，不，天下没有能叫我害怕的东西。
>
> （第五幕第五场）

他的父亲千里迢迢赶来劝他忏悔，他的妻子也是苦口婆心地、几次三番地劝他，他一概拒绝，不后悔，不忏悔。此时，这个形象有了令人惊愕的一面，带有一种非凡的色彩。这样一个既是恶棍又是勇士的人物，再加上他英俊的外表（当时演出时，由扮相俊美的青年演员拉·格朗吉扮演），伶俐的口才，颇有见地的大胆的叛逆思想，就显得相当复杂了。堂·璜的形象之所以具有特殊的魅力，其原因正在于这种复杂性。这样来描写一个艺术形象，在古典主义盛行时的欧洲，是非同一般的。

剧中另一个重要人物是堂·璜的仆人斯嘎纳耐勒。剧本首演的时候，莫里哀亲自扮演这个角色。在剧中，堂·璜和斯嘎纳耐勒主仆二人形影不离，令人想起塞万提斯《堂吉诃德》里的堂吉诃德和桑乔。桑乔在作品里与主要人物形成对比的关系，他的现实感与堂吉诃德的善于幻想，他的追求实利与堂吉诃德的理想主义都是不同的，作品通过这样的对比关系来突出主人公的形象。斯嘎纳耐勒在剧中也有这样的作用。他的善良、本分、虔诚、胆小是莫里哀创造的、以"斯嘎纳耐勒"命名的类型人物的共性，在这里却为突出堂·璜的叛逆性。整个剧本就像《堂吉诃德》一样，大部分的篇幅是在写主仆二人的活动与对话。

斯嘎纳耐勒在剧本里有一个特殊的作用很值得注意，那就是作家通过他的嘴来揭露堂·璜的本质，又是通过他的诘问引出堂·璜一次又一次地进行自我解剖，说出一套又一套歪理。前文所论的堂·璜关于自己的生活目的的自白、关于虚伪的辩解等重要台词，都是这样引出的。堂·璜的形象，特别是他的内心，由此而得到充分的展示。这正是莫里哀能够成功地塑造堂·璜形象的一大原因。剧中刻画堂·璜那种虚无主义思想就是在这样的一番对话里得到表现：

斯嘎纳耐勒　我想彻底了解您的思想。您真就一点也不相信上天吗？这可能吗？

堂·璜　这没有什么好谈的。

斯嘎纳耐勒　那就是说不相信。那么地狱呢？

堂·璜　哎呀！

斯嘎纳耐勒　照样不相信。请问，魔鬼呢？

堂·璜　是，是。

斯嘎纳耐勒　也不怎么相信。您对来世也决不相信？

堂·璜　哈！哈！哈！

斯嘎纳耐勒　……不过人在世上总得相信点什么：您到底相信什么？

堂·璜　我相信什么？

斯嘎纳耐勒　是的。

堂·璜　我相信二加二等于四……四加四等于八。

（第三幕第一场）

斯嘎纳耐勒敢于这样问主人，不过他并不勇敢。他知道他的主人既是贵族又是恶棍，很可怕，抱有畏惧心理。他说过："一位大贵人同时又是一个坏人，那就可怕了。我讨厌他，可是还得对他忠心，畏惧作成我的热心，管制我的热情，让我常常夸我心里痛恨的事。"他莫名其妙地畏惧堂·璜，但是，他又看不惯，不赞成。他或是提醒别人不要听信堂·璜的甜言蜜语，或是通过提问来表示对堂·璜的质疑。有时，他真敢于大着胆子批评主人，敢于当面反驳主人的歪理，其批评的言词有的是相当尖锐的。听听他对主人是这样指责的，那简直是诅咒：

上天迟早要惩罚那些背教的人的，不干好事，不得好死……

作恶到此，可以说是至矣尽矣……结局就是你要被打入地狱，与鬼为邻。

不过，斯嘎纳耐勒这样指责堂·璜是出于他的耿直和忠诚，正如他自己所说："您高兴怎么收拾我，就怎么收拾我吧，打我，揍我，杀我，请便；反正我作为义仆，得把心里的话、把该说的话说出来。"他只想自己是义仆，并不想当勇士。斯嘎纳耐勒的形象是完整的。

按照最可靠的 1683 年的版本，剧本的最后，堂·璜被打入地狱。这时，舞台上雷声轰鸣，电光闪耀，地面裂开，冒着火光，一片恐怖景象。唯有斯嘎纳耐勒一人在台上，他喊着"我的工钱，我的工钱"，引人发笑。全剧到此结束。这个结尾消减了舞台上的恐怖气氛，让剧本又回到了喜剧性的本原。

《堂·璜》不仅有着大胆的思想，而且在艺术风格上也与古典主义作品不同；不仅人物形象具有复杂性，不同一般，全剧的构思同样独出心裁，完全不遵守"三一律"。剧情包含的时间远远超出 24 小时，地点则随着主人公的足迹涉及府第、树林、海边、墓地等，情节线索更是多重交错。在古典主义盛行的路易十四时代，这样的剧本可以说是别具一格的。

《堂·璜》一共公演了 15 场，很受观众的欢迎。其中有一场，剧场收入达 2390 里弗尔。在此之前，王宫剧场还没有过这样高的记录。与此同时，反对派又利用剧本中的一些敏感问题，对莫里哀发动攻击。从上演的第一天起，一些人就开始攻击这出戏"亵渎宗教"。他们的理由是剧中充满渎神的言论而不受批判，只有一个仆人在作无力的反驳。巴黎法院的一个律师化名洛士蒙，发表了一本小册子《关于莫里哀喜剧〈石宴〉之我见》，攻击莫里哀鼓吹无神论，说莫里哀写剧逗人发笑，从而使人堕落；说他推翻了宗教的根基，宣传各种形式的不虔诚；说莫里哀就是人形的魔鬼，国王应该为上帝报仇，惩罚这个危险人物，不然就有洪水猛兽之祸。此后不久，当年曾经保护过莫里哀，现在皈依宗教顽固派的孔蒂亲王，在他的《按照教会的传统论喜剧》一文中也指责莫里哀，说莫里哀创立了一个无神论新流派。

面对这些攻击，莫里哀采取冷静和克制的态度。为了演出顺利进行，为了不使矛盾白热化，莫里哀从第二场演出起，就删去了特别有刺激性的那些场次（如穷人的那场戏），第一幕、第三幕里斯嘎纳耐勒关于宗教的那些台词也被删去。删去的可能还有斯嘎纳耐勒最后的"我的工钱！我的工钱"的喊叫。因为在上帝已经惩罚了堂·璜之后出现这样的场面，会被认为是亵渎神明。莫里哀这样做自有他的考虑。当时，围绕《达尔杜弗》的苦斗正在进行，他不想因为《堂·璜》而使斗争复杂化、扩大化。因此，对于这些攻击，他不作回答，而且删改了剧中的某些台词。演出15场之后，他就不再演出。据说，这是他接受官方的通知后，或者是接到国王的授意后作出的决定，目的是避免引起新的风暴。

在莫里哀生前，《堂·璜》未曾出版。1682年出版的《莫里哀作品全集》里，剧本作为"遗作"收入其内。另外，还有两种版本，一种是1683年荷兰出版的本子，一种是经过官方检查的、可能有删节的本子。一般认为，1683年的荷兰版更接近首演，其中保留着最敏感的那场戏，即第二幕第三场，而且最后一场结尾时斯嘎纳耐勒的那段台词以"我的工钱！我的工钱"开始，又以"我的工钱！我的工钱"结束，更有喜剧味。

随着莫里哀的喜剧在欧洲各国的流传，堂·璜的故事也得到更加广泛的传播，成为欧洲文艺史上有名的原型人物之一。在莫里哀之后，不断有文艺家利用这个形象进行再创作，写出一些优秀的作品，如英国诗人拜伦的长诗《堂·璜》、俄罗斯诗人普希金的《石客》、莫扎特的歌剧《堂·璜》等。当然，后人创作的堂·璜形象又各有自己的特点。这种文学现象引起了比较文学家的兴趣，从19世纪以来，就有学者研究从原始的传说到后来各种以堂·璜为原型的文艺作品的流变过程，写出了一些有价值的著作。在这个过程中，我们时时可以看到莫里哀的影响。

古典主义喜剧的范例——《愤世嫉俗》

　　《愤世嫉俗》于 1666 年 6 月 4 日首演。它一上演就受到好评，甚至被认为是一部杰作，是莫里哀的代表作。莫里哀大约在 1664 年就已经开始构思这部作品了，经过几年的精心创作才告完成。据说，演出之前，有些片段曾在一些贵族沙龙里朗读，并受到称赞。所以，人们早已盼望它的上演。

　　古希腊戏剧家米南德曾经写过一部作品，题名《古怪人》，又名《愤世嫉俗》。剧本共五幕。剧中的主人公克涅蒙是一个性格孤僻、行为固执、无法与人相处、只想遁世的人。他性情古怪，活到老也没有同哪个人说过一句亲切的话，没有主动和别人打过招呼。他自认为可以无须别人帮助，几乎与所有的人对立。不过，当他掉到井里，受到众人搭救之后，他才认识到自己的错误，感慨自己不该看到某些人的自私就认为所有的人都不存好心。剧本表现的是人与人之间应该相亲相爱的思想。莫里哀《愤世嫉俗》很可能受到这部作品的影响，两部作品的主人公的性格类似，但是它们所表现的主题和思想却并不相同。

　　莫里哀这部喜剧是一部社会讽刺剧，讽刺矛头指向了贵族阶级。在剧中出现了各种各样的贵族人物，好像是一幅贵族阶级的群丑图。剧中的主人公阿耳塞斯特自认为刚直方正，看不惯周围的一切。他恨每一个人，恨不得逃到沙漠里，与世隔绝。一个好卖弄的贵族奥隆特，写了一首平庸无聊的歪诗，到处炫耀，也希望得到阿耳塞斯特的夸奖。阿耳塞斯特实在看不过去，直截了当地指出，这不过是文字游戏，矫揉造作。奥隆特恼羞成怒，到贵族审判委员会告发了阿耳塞斯特。他和阿耳塞斯特还同时爱上了风流寡妇赛莉麦娜。其实，赛莉麦娜对谁都卖弄风情，对谁都没有真心。后来，她的追求者们发现了她背信弃义的花招，纷纷离她而去。阿耳塞斯特虽然知道自己也上了当，不过，他仍然希望赛莉麦娜和他一起离开这是非之地。赛莉麦娜拒绝了他，阿耳塞斯特决定独自一人离开巴黎，找一个穷乡僻壤安身，去做他的"正人君子"。

剧中所写的不是一般的贵族，而是当时巴黎社会中存在的一个特殊的贵族群体——宫廷贵族。如前所述，到了路易十四时代，贵族阶级已经走向没落。16世纪以来，随着海外经商的蓬勃兴起和殖民事业的开展，大量黄金流入欧洲，引起货币的贬值。这对于那些依靠田租剥削的外省贵族是十分不利的，因为传统的田租是固定不变的，而货币贬值就等于减少收入。许多外省贵族单靠田租已经不能维持他们的奢侈生活，眼看着自己破落而没有另外的生财本事，更何况传统的清规戒律不允许他们去经商，否则便会被开除出高等阶层。这些破落贵族在日暮途穷的时候，有的出卖祖业，有的沦为乞丐，甚至连拦路打劫成为盗匪的也大有人在。随着专制王权的加强，宫廷势力的兴盛，大批贵族来到巴黎投靠国王，在宫廷里谋个一官半职，专吃俸禄。国王也有意把他们笼络在宫廷，免得他们在外地为非作歹。这批人专以侍奉国王为职业，以讨取国王的欢心为能事。他们身居要职却从来不问国事，成天无所事事，聚在一起便钩心斗角，纠纷不断。这些情况说明，17世纪的法国贵族，虽然处于社会的上层阶级，其实已经失去早先那种以国家栋梁自居的豪迈的精神状态，变得没落、腐败、颓废；他们徒有高贵的身份，实则不过是一群寄生虫。莫里哀以一个艺术家的锐利眼光，看出了这批宫廷贵族金玉其外、败絮其中的实质，他们再也不配充当悲剧里那些受人敬重的英雄，而正好是喜剧里加以讽刺的对象。早在《凡尔赛宫即兴》里，莫里哀说过：

> 侯爵成了今天喜剧的小丑，古时候喜剧，出出总有一个诙谐听差，逗观众笑，同样，在我们现时出出戏里，也得总有一个滑稽侯爵，娱乐观众。

> （第一场）

在《愤世嫉俗》里，莫里哀描写了这个特殊群体里的各式各样的人物。他们身份不同，表现各异，然而有一个共同的特征，那就是虚伪。他们表面上讲文雅，讲礼貌，见了面又是寒暄，又是抱吻，背地里却互相攻击，互相诽谤。在这个贵族社交圈里，充满着争风吃醋，阴谋诡计。他们以挖苦对方为乐事，一点点小事就可以弄到决斗和诉讼的地步。凡此种种，让我们看到一个没落阶级内部腐朽、堕落的情景。剧本的第二幕第四场，赛莉麦娜数落贵人们的丑态，谁也别想逃过她的那张利嘴。别人提一个她说一个，一连八个，把那些人的愚蠢、无能、恶俗、猥琐却又自负、傲慢的特性，揭露得淋漓尽致。

值得注意的是剧本隐隐约约地暗示出：这样一个庸俗、腐败群体的制造者和支持者，正是当今的朝廷和国王。奥隆特恬不知耻地告诉别人："我在国王面前算得上一个人物，言听计从，说真的，国王待我，永远礼遇优渥，简直无以复加。"这种话可以理解为人物的自吹，不过如此夸张的话，在那个专制王权统治时期，可不是随便能说的。这些人在朝廷上是有影响的，连赛莉麦娜都明白："这些人在朝廷上，可以高谈阔论。他们不管合适不合适，就参与种种谈话。"阿耳塞斯特说得更明白，这些人如果"不在朝廷，当然就要失去只有它今天能给的支持和地位"，应该说，这些台词在剧本里只是一语带过，并不重要，也可能是作家不经心自然流露的。然而，如果我们把这些话与《达尔杜弗》的结尾联系起来，比较一下，就不难发现作家对国王的认识有了变化。在《达尔杜弗》里，国王是一个英明公正、明察秋毫的君主，是社会恶习的敌人；而在《愤世嫉俗》里，作家开始思考起他所讽刺的对象的根源，把社会的恶习与朝廷和国王联系了起来。

《愤世嫉俗》对宫廷贵族的嘲讽是深刻有力的，但这只能说是剧本中人物活动的背景，作家真正的创作意图是写出在这样的社会背景下，人们不同的生活态度以及他们之间的矛盾冲突。剧本一开始就以这样的冲突开场，冲突的双方是阿耳塞斯特和费南特。

阿耳塞斯特是剧本的主角，是各种矛盾冲突的焦点。莫里哀生前亲自扮演这个角色。据现在保留下来的材料，他扮演这个人物时所穿的服装是"男短裤和带金色条纹的锦缎与灰色绸子制成的男式齐膝紧身外衣，用波纹绸作衬里（经过轧光的塔夫绸），并装饰着绿绸带子；还有金色锦缎上衣，绸裤子和松紧袜带"。这套打扮显然是为了明确表明他的身份是一个宫廷贵族。他生活在这个群体之中，其言行却与这个宫廷贵族群体格格不入。

阿耳塞斯特为人正直，追求高尚。他明明知道在这个社会里，只有倚靠宫廷才能得到地位和支持，可是他不屑于此。他打官司不走门路，宁肯失败也要看看世人是多么无耻。他不能容忍任何卑鄙的言行，讨厌恶俗的风气。他看到有些人靠着下流的伎俩爬到上流社会，义愤填膺。他看到这样的人居然还身居高位，明明是谁都清楚这些人的底细，却无人出来揭露，更是痛心疾首。按说，这样正直的性格，这种疾恶如仇的人生态度，应该得到肯定。但是，他思想偏激，个性孤傲。他看到人世间存在丑恶，便认为世上一切皆是恶俗，甚至于仇恨一切，仇恨所有的人，把全人类当作自己仇恨的对象：

> 我发现到处全是卑鄙的阿谀，全是不正义、自私自利、奸佞和欺诈。我受不下去，我一肚子的气闷。我打定了主意和全人类翻脸。
>
> （第一幕第一场）

正如莫里哀为这部喜剧所取的名字，他"愤世嫉俗"。这个词在莫里哀时代的意思是"一个粗暴、吝啬、不愿见任何人的人"。按照法兰西学院的说法，它是指"一个粗暴、讨厌、似乎总不高兴并与社会为敌的人"[①]。阿耳塞斯特的确具有这样的特性。有时候他感情冲动，"恨不得逃到沙漠地，和人世断绝往来"。

有学者把阿耳塞斯特与莎士比亚笔下的哈姆莱特相提并论，说莫里哀的功绩是写出了"一个法国的哈姆莱特"。这种说法有待商榷。是的，阿耳塞斯特和哈姆莱特有着某些相似的东西，但是，他们并不是同类人。他们俩一样有正义感，一样疾恶如仇，对人世间的种种丑恶现象不能容忍，而且也一样孤独，但是他们的思想境界是不同的。哈姆莱特有崇高的理想，思想境界更为远大。阿耳塞斯特也有自己的一套人生哲学，不过，他最看重的是人的道德品质，是为人的真诚和言行一致。他说："我们首先是人，在任何场合，直言无隐，说的全是由衷之言，我们的感情永远不戴空洞恭

---

① ［法］皮埃尔·加克索特：《莫里哀传》，朱延生译，271 页，北京，中国戏剧出版社，1986。

维的假面具。"然而，在他生活的那个圈子里，偏偏流行着虚伪的恶习。两个人明明素不相识，连姓名都不知，见了面却表示一百二十分的情意，又是吻抱，又是连声许诺任凭差遣。过后说起来，只当此人与自己毫不相干。在他看来，这样的虚伪作风最为可鄙。他说过，"一个人下流到了言行不符的地步，实在恶劣、卑鄙、无耻"。作家对于这样的道德追求是肯定的。剧本中通过一个正面人物的嘴来赞美阿耳塞斯特：

> 他对真诚有自豪感，就其本身而论，也未尝没有高贵、壮烈的味道。这在我们本世纪是一种罕有的道德。

> （第四幕第一场）

但是，他的追求仅在道德范围内，并没有更多的内涵。正因为如此，他不可能像哈姆莱特那样为实现理想而奋斗，而献身。他没有目标，最多就是自恃清高，不与世人为伍，或者干脆遁入沙漠，与世隔绝，其实就是逃避。再说，他的追求是不彻底的，他与这个充满卑鄙与丑恶的社会是不可能隔绝的。这一点，他的朋友费南特看得最清楚。费南特以他对赛莉麦娜的感情为例，有力地指出了他的不彻底：

> 你和人类闹翻了，似乎已经到了难以挽回的地步，可是尽管你有种种理由厌恶人类，还是从中选了一个使你入迷的女人……你对时下的风俗，既然深恶痛绝，这位美人一身时下的习气，你怎么又忍受下来啦？

> （第一幕第一场）

更重要的是，他缺乏哈姆莱特的那种深刻的思考和探索精神。他只是生气，愤怒，甚至发展到偏执、古怪、荒唐的程度。他到处挑剔，不论别人说什么，他总是持相反的意见。他发现自己的看法与某人的看法一致，就会以为自己也变成了庸人。他迷恋于标新立异，明明是他的见解，只要别人说出，他就立刻加以反驳，常常以己之矛攻己之盾。他总是气愤，然而，他的气愤和气愤的原因总是让人感到并不相称。他不满虚伪的社会风气，便仇恨全人类，向全世界挑战。他自以为高尚，实际上并不是在主持正义，往往是孤芳自赏，失之反常，因而显得十分可笑。所以，阿耳塞斯特只能是一个"滑稽人"。莫里哀是正确的，他对阿耳塞斯特既有肯定又有批评；他并没有像莎士比亚写哈姆莱特那样把他写成一个悲剧人物，而把他写成一个喜剧人物。

但是，阿耳塞斯特这个喜剧人物与其他一些喜剧人物有所不同。我们在这个人物身上感受到的，不全是可笑的东西，他对社会恶习的痛恨和义愤，还是很有感染力的，有些言辞仿佛是意有所指。应该说，这是莫里哀在通过人物的嘴传达自己的思想感情。如果我们联系当时莫里哀的处境，联系到他的《达尔杜弗》对伪善的揭露以及因此而受到的迫害，自然可以理解阿耳塞斯特的激愤并非空穴来风。剧中对于虚伪的愤慨和揭露，可以说是《达尔杜弗》和《堂·璜》的继续，阿耳塞斯特的激愤同样也可以说饱含着莫里哀对顽固势力的激愤。

剧中另一个重要人物费南特是阿耳塞斯特的朋友，但是他们二人在处世态度上截然不同。他不赞成阿耳塞斯特的直率和偏激，他对于社会上流行的虚伪恶习和种种丑闻，见怪而不以为怪。他认为，生活在这样的世界里，就应该随大流，应该冷静，应该学会适应风俗。在他看来，像阿耳塞斯特那样到处挑剔，反对时下的风俗，见到不顺眼就暴跳如雷，只能成为众人的笑料。这是一种圆滑、世故、玩世不恭的处世态度，与阿耳塞斯特的认真严肃、义愤填膺的处世态度截然相反。对于这样的态度，费南特自有一套理论：

> 我的上帝，我们就少为时下风俗担忧，多原谅一点人性吧。我们衡量人性，不要失之过严，看见缺点，也应从宽发落。社会上需要的是一种和易可亲的道德；过分正直，也不见得就不受责备；健全的理智不走任何极端，要人立身处世，适可而止。古代的道德，严正不阿，离我们的世纪和世俗的习惯相去太远，而且以古例今，要世人十全十美，就不妥当：固执没有用，我们应当随波逐流，跟着时间走；妄想改革社会，是天字第一号的傻事。我象（像）你一样，每天看到有许多事，只要换一个方向，就会往好里变的，不过即使遍地荆棘，一步一

颠，我也决不会象（像）你那样大怒不止。人是什么样子，我就本本分分，看成什么样子，养成习惯，容忍他们的作为。我相信我的冷血和你的肝火一样，在宫廷也吧（罢），在城市也吧（罢），有哲学上的依据。

（第一幕第一场）

不要小看这一番话，篇幅虽不长，其中却包含着多重歪理。在他看来，人世间的各种丑恶都不过是人性使然，不足为怪。他说过："我看见一个人诡诈、不公道、自私自利，就像看见嗜肉的秃鹰、恶作剧的猴子和疯狂的饿狼一样，并不分外生气。"也就是说，人之初，性本恶，为人作恶，无法避免。由此推理，社会当然也无法改变。"妄想改革社会，是天字第一号的傻事。""人世不会因为有你操心，就变样子的。"于是，他得出结论：既然人有作恶的本性，社会又无法变革，那么，人活在世界上，只能随波逐流，不必过于认真。"社会上需要的是一种和易可亲的道德"，正是由于他信奉了这一套庸人哲学，他对社会恶习采取了容忍的，甚至是顺从、迁就的态度。

在待人处世方面，费南特更是入世随俗，学会了虚伪的作风。阿耳塞斯特就因看见他虚伪待人而鄙视他：

我看见你拼命和一个人要好，对他表示一百二十分的情意；你嫌吻抱不够热烈，又连声许诺，但凭差遣，立誓为证。过后我问你这人是谁，你连他叫什么，也差点说不上来；两个人一分手，你就热情下降，和我说起他来，当作不相干的人看待。一个人下流到了言行不符的地步，实在恶劣、卑鄙、无耻。

（第一幕第一场）

剧中还写他对奥隆特的歪诗倍加赞许的行为，简直令人肉麻。难怪阿耳塞斯特骂他是"马屁精"。这个人物身上的负面意义是明显的，莫里哀正是通过他来说明虚伪风尚的普遍影响，显示这种风尚的丑陋，同时，明确表示自己对这种人生态度和流行风尚的否定。有的思想家由此而产生偏激的批评，对这个人物可鄙的一面深恶痛绝。不过就人物本身来讲，他不是一个反面角色。他是阿耳塞斯特真正的朋友，别人嘲笑阿耳塞斯特，但是他尊重这个朋友。他知道这个朋友正直的内心，也了解其缺点。他对阿耳塞斯特没有虚伪的恭维，而是真心的劝诫，希望他更理智，不偏激，不要成为人们的笑料，尽管他的那套歪理并不可取。他爱艾莉昂特，但是当他发现艾莉昂特仰慕阿耳塞斯特，而且爱上这个朋友的时候，他可以压制自己的感情而欲促成这件好事。从这个意义上讲，作家对他除了鄙夷其随波逐流之外，多少还有欣赏的一面。

剧本的第二场紧接着写了另一种性质的冲突，直接展开阿耳塞斯特与这个虚伪社会里的一个代表人物——奥隆特的矛盾。奥隆特一出场就让我们看到这个社交圈里的那套虚伪的做派。本来素不相识，但第一次与阿耳塞斯特见面，就是一番肉麻的恭维。他称赞阿耳塞斯特说："本国最有名望的人物，我认为也不及你。""国家就没有一样东西能和你的长才相比。"接着，又要拉手，又要吻抱，说是要交朋友，要与阿耳塞斯特成为莫逆之交。但等到阿耳塞斯特批评他的歪诗时，马上恶语相对，翻脸不认人，而且小题大做，要打官司。可见，这是个惹是生非的能手。

剧本就这样开门见山，一开场就展现了三种生活态度之间的矛盾。

剧本从第二幕开始，写了阿耳塞斯特与三个不同类型的女人（赛莉麦娜、阿尔席诺艾、艾莉昂特）之间的关系。

赛莉麦娜是这个虚伪社会里的一个特殊人物。起初，她在这个社会里似乎如鱼得水，春风得意。但是，从她对那些贵人的揭露看，她鄙视这个群体里的人，她对这个虚伪社会里的人有着清醒的认识。可是，当她尖酸刻薄地嘲弄过的人一出现，她就会立刻迎上前去，引天为证，愿供差遣。她口齿伶俐，善于敷衍各种人物，惯于应付各种场面。第三幕第四场，她与情场对手阿尔席诺艾唇枪舌剑的一番争论，充分显示出她的机智和应对才能。第四幕第三场，当阿耳塞斯特以真凭实据揭发她的虚伪时，她居然临危不惧，反唇相讥。看来，她颇有现代社会中交际花的本事。她在风月场里玩弄把戏，把众多的追求者吸引到自己的周围，一时间觉得自己如同众星拱月，有那么多人围着自己转，颇为得意，其实她对谁都没有真心。

不过，她这样做自有其难言的苦衷。她长得如花似玉，才二十多岁，年纪轻轻的却失去了丈夫，成了寡妇。从她在回答阿耳塞斯特的诘问中可以得知，她失去丈夫之后就没了依靠，生活不如意，没有人帮助。她也明白，周围那些人在朝廷上说得上话，她不敢得罪。由此可知，她没有显赫的地位，没有多大的社会影响，她要在这个社会里生存，只能靠着自己的姿色来玩弄手段，以求在这个势利的圈子里获得虚荣和私利。当然，她的把戏是不可能维持多久的，她周围的那些追求者，如其中之一的阿卡斯特自供，他们不是为了害单相思、做赔本生意来到世上的，他们各怀鬼胎，自有所图。当赛莉麦娜的把戏被拆穿，他们的目的泡汤的时候，便纷纷离她而去。这时候，在赛莉麦娜的面前摆着两条路：或是跟随阿耳塞斯特，离开这个势利而虚伪的圈子；或是在这里继续鬼混。当然，她决不会跟随阿耳塞斯特弃世而独处，因为她就是这个社会的产物，她依赖这个社会，她离不开这个丑陋的世界。莫里哀在剧本里安排这样一个人物，显然是为了与阿耳塞斯特形成对比。同是在这个社会里出现的两个人物，却抱有不同的生活态度，一个与社会对立，最终为社会所不容；另一个与之适应，也曾得意，但也不会有什么好下场。

阿尔席诺艾与赛莉麦娜不同，她虽然也是一个在这个社会里玩弄爱情把戏的女人，不过她比赛莉麦娜有地位，有势力。不然，她不可能答应阿耳塞斯特：如果阿耳塞斯特有在朝廷做官的想法，她有办法帮助他实现这个愿望。她最大的本事就是争风吃醋、搬弄是非。她以虔诚、正经的面貌出现在众人面前，骨子里却春心荡漾，不甘寂寞，主动追求阿耳塞斯特。她本已徐娘半老，却要与赛莉麦娜在情场上争个高低。她忌妒赛莉麦娜有那么多的追求者，忍不住当面发动攻击。当然，赛莉麦娜也不是好惹的，于是产生了一个精彩绝伦的戏剧场面（第三幕第四场）。两个女人唇枪舌剑，互不相让。她们互相揭老底，折磨对方，可是表面上都很有礼貌。明明内心里充满忌妒、仇恨，却都装得无比友好。一个以关怀对方为理由，揭穿其卑鄙行径；另一个却满怀自信，嘲笑对手的尴尬处境，反被动为主动。赛莉麦娜总因其年轻和机智而得胜。恼羞成怒的阿尔席诺艾设法拿到赛莉麦娜虚伪的证据，终于挑起了一场风波，让赛莉麦娜声名扫地。这是一个女版的奥隆特。

艾莉昂特是剧中唯一一个正面人物。她是一个受过古典教育的、有理想的好姑娘。她向往忠诚的爱情，特别欣赏情人之间那种痴迷的状态。她说："他们的痴情不但让他们从来看不出意中人有什么不好，反而样样觉得可爱……情人就是这样的，心一入迷，专走极端，连意中人的缺点也爱。"研究者指出，这段话是从古代罗马哲学家、诗人卢克莱修的《物性论》第四卷中摘引来的。莫里哀把它引用在这里，显然有双重的意义：既可说明这个姑娘的文化修养，显示她的爱情观，也可说明她为什么对阿耳塞斯特有好感，以至于在众人都认为阿耳塞斯特性情古怪、她自己也完全明白阿耳塞斯特的缺点的情况下，仍然爱上了他。她不赞成阿耳塞斯特的做法，但是她赏识其品德；她不赞成阿耳塞斯特的偏执和任性，但是她从中看到了阿耳塞斯特的高贵。只有她真正懂得阿耳塞斯特。当然，她不是无原则的，当阿耳塞斯特发现自己受了赛莉麦娜的骗，不经思考，只是为了报复而向她求爱的时候，她拒绝了。因为她明白，那不过是阿耳塞斯特的一时冲动。不好理解的是她为什么突然决定接受费南特的爱，也许是她看到了费南特的某些优点，相信在他身上可以得到自己向往的那种爱情。

不同的人物有不同的人生态度，莫里哀对他们的褒贬与取舍也是十分明确的，不过，值得我们仔细品味的是莫里哀对人物（当然也就是对人物的人生态度）进行了细致的区分，并不是简单地划分为正与负，不是简单地褒或简单地贬。

《愤世嫉俗》在艺术上严格遵守古典主义的规则，因此被认为是"高级喜剧"的典范。就剧本的性质而论，它是严格的喜剧，没有一点插科打诨式的笑料；就剧情而论，剧本集中写阿耳塞斯特和虚伪世俗的矛盾，尤其集中写他与赛莉麦娜的爱情纠葛，不枝不蔓；时间的跨度从阿耳塞斯特与费南特在早上的争论开始，到晚上阿耳塞斯特决定单独离开这"恶习横流的深渊"，不超过 24 小时；全部情节都发生在赛莉麦娜家的客厅。它充分体现了古典主义戏剧那种集中紧凑、干净利索的特点，因而能紧紧抓住观众的注意力。

不过，《愤世嫉俗》与古典主义戏剧的一般要求有所不同。首先是人物的性格的不同。古典主义剧本强调理性，人物性格单一，但是，《愤世嫉俗》里的人物，如前所述，阿耳塞斯特、费南特等（尤其是前者）就不那么简单。阿耳塞斯特仇恨所有的人，可是偏偏爱上一个世俗气十足的女人。费南特欣赏阿耳塞斯特的正直，可是他自己又随波逐流。另一点值得注意的是剧本的结局。古典主义要求喜剧有圆满的结尾，这是区别喜剧与悲剧的最重要的标准。但是，《愤世嫉俗》比较特别。阿耳塞斯特的爱情故事不欢而散，主人公决定退出是非之地，结局并不圆满。在这里，我们不禁联想到作家在处理《达尔杜弗》结尾时的办法，那时，他凭想象虚构了英明国王惩罚骗子的故事，而如今他写的结尾就不再采取这种虚构的办法，情节更具现实性。与此同时，我们也自然想到，这部作品虽以喜剧的面目出现，然而细细品味，可以发现它内在具有悲剧意味的严肃性，尤其是主人公阿耳塞斯特，他的思想与行动之间的矛盾，他的高尚追求与客观环境之间的矛盾，都有悲剧意味。有人说他与堂吉诃德类似，不无道理。

《愤世嫉俗》公演的前两场观众不少，剧团的收入也还可以。但是它的严肃性使得一般观众望而却步，剧场的票房收入起伏不定，但是在评论界，这部作品始终受到好评。布瓦洛在他的《诗的艺术》里夸奖莫里哀时，不提别的作品，只提《愤世嫉俗》。这部作品也得到后世许多作家的赞赏。德国大诗人歌德说，《愤世嫉俗》是一部令他"百读不厌"的、他"最喜爱的"佳作。法国大作家司汤达说，莫里哀在这部作品里"显示出比任何人百倍地有天才"。

这部作品也曾给莫里哀带来一场虚惊。巴黎人看戏，尤其是看喜剧，总喜欢把剧中人物和现实生活中的人物挂上钩，认为某个角色就是演的某个人。《愤世嫉俗》演出后，有些人到处传言，说剧中的阿耳塞斯特的原型就是蒙托西艾侯爵。其实，莫里哀在写作时根本没有这种想法。可是，如果这种说法传到蒙托西艾侯爵那里，后果将不堪设想。这位蒙托西艾侯爵是个以性格粗暴出名的人物，为一点小事，他就可以与人动武。后来，他当了王太子的师傅，动不动就动用戒尺，连太子都敢打。坊间传说，他已经知道莫里哀在《愤世嫉俗》里讽刺他，大发雷霆，而且扬言要用棍子打死莫里哀。有人把这个传闻告诉了莫里哀，要他小心提防，所以莫里哀总是躲着这个粗暴的人。国王观看《愤世嫉俗》那天，蒙托西艾也在场。戏一演完，就有人到后台来通知莫里哀，说蒙托西艾侯爵有事找他。莫里哀心想，此次在劫难逃，只得硬着头皮战战兢兢地来到蒙托西艾跟前，准备挨打受骂。谁知蒙托西艾见了莫里哀，不但没有骂他打他，反而和颜悦色地伸开双臂，拥抱了莫里哀。他称赞莫里哀的剧本，还说自己能当上阿耳塞斯特这样高尚的人物的原型，感到十分荣幸，感谢莫里哀用这样的方式来描写他。莫里哀庆幸自己逃过一劫。蒙托西艾侯爵的表现确实出人意料，不知是因为他没有看懂剧本，还是他故作姿态，聊以解嘲。

推陈出新的《屈打成医》

　　十三年的外省流浪生涯，使莫里哀养成了一种平民百姓的本性。他的性情，他的志趣，他从内心里喜欢的戏剧，是那种老百姓喜爱的、闹剧风格的剧本，更何况他的剧团要想生存，也离不开广大平民观众的支持。因此，他很乐意为老百姓写剧，写那些充满生活气息、活泼愉快的、具有民间喜剧风格的作品。那才是他的拿手好戏。他的创作道路是从学习闹剧开始的。重返巴黎以来，他有了新的艺术追求。他接受时代主潮和文人喜剧的影响，撰写了大量主题严肃的大型喜剧，那是他进行创作探索的最新收获，是他的创作走向成熟的成果。另外，由于环境所迫，由于生存所需，他不得不为国王和宫廷服务，必须写一些在风格上适应宫廷口味的作品，即"喜剧—芭蕾舞"。于是，在他的创作中出现了三种风格完全不同的作品：主题严肃的大喜剧、民间喜剧风格的准闹剧和"喜剧—芭蕾舞"。然而，不可否认，闹剧是莫里哀喜剧创作的根，我们不仅可以看到他的作品里处处有着民间闹剧的影响，更可以看到，写民间喜剧风格的作品始终是莫里哀不能放弃的爱好。只要有时间，有可能，他在创作大型喜剧之后，就会撰写具有闹剧风格的作品。1666 年，当他经过长时间的打磨，精心制作，完成了一部主题严肃的大喜剧——《愤世嫉俗》之后，仅仅过了两个月，一部闹剧风格的新作——《屈打成医》即告完成，1666 年 8 月 6 日在王宫剧场公演。

　　《屈打成医》是一部根据民间文学作品改编的三幕短剧，采用的是散文体。剧中的主人公也叫斯嘎纳耐勒，不过，他的身份与前几个作品里的斯嘎纳耐勒不同。他不是市民，不是富人，而是樵夫。他的打柴本事不大，却惯于打老婆。他的妻子马婷意欲报复。这时财主皆隆特因女儿吕散德突然得了绝症，成了哑巴，正派人到处寻访高明的医生。马婷便趁机推荐斯嘎纳耐勒，但是她说明，此人总是装成傻头傻脑的樵夫，不露真身，非得在棍棒之下才肯承认自己是医生。斯嘎纳耐勒被绑架去治病，被迫承认自己是医生。其实，吕散德并未得病，只为抗婚。斯嘎纳耐勒胡乱开方，吕散德突然恢复说话能力，可是她声明非赖昂德不嫁，闹得皆隆特无法忍受，要求斯嘎纳耐勒再把她治成哑巴。赖昂德扮成药剂师，和斯嘎纳耐勒一起来治病。见到吕散德后，他俩设计一起逃出了家庭。皆隆特认为是斯嘎纳耐勒骗走了女儿，要把他绞死。幸好赖昂德得到一笔遗产，及时赶了回来说明真相。皆隆特答应了年轻人的婚事，斯嘎纳耐勒与马婷也重归于好。

剧本是根据法国中世纪的一篇民间故事诗《农民医生》改编而成的。原诗的主人公不是樵夫，而是农民。他经常打妻子。正好这时公主得了哑病，国王派公差到处寻找医生为公主治病。妻子为报复丈夫，找到公差，谎称丈夫能治百病，只是在棍棒之下才答应给人治病。公差找到农民，带进宫中。那农民在公差的毒打之下被迫承认自己是医生，他用各种杂耍逗公主高兴。公主看了哈哈大笑，果然病愈。原来她只是被鱼刺卡住嗓子，不能发音，大笑时咳出鱼刺，病状全无。事后，农民的名声大振，无数病人前来求助。农民推托不了，只得说：可以把病得最重的人烧成灰，那灰可以治百病。众人被吓得纷纷逃离，农民才得以解围。这篇故事诗赞扬了农民的机智，非常风趣，而且很有闹剧特色，因此受到老百姓的喜爱，在当时广为流传，而且一直传到了莫里哀的时代。作家大概是在他随流浪剧团在外省巡回演出的时候，接触到了这个故事诗，并特别喜爱。我们在他在外省时期写成的作品名单上，发现有《樵夫》一剧，它很有可能是莫里哀根据《农民医生》改编的剧本。也就是说，莫里哀在那时已经对这个故事产生了兴趣，而且把其中的主人公由农民改成樵夫，写成了一部作品。这部《樵夫》可能就是《屈打成医》的雏形。这就怪不得他能在很短的时间内完成一部新作，而且很快就把它搬上舞台。当然，在莫里哀的时代，《农民医生》还没有被记录下来，没有文字版本，所以，他能依据的只是在民间口头流传的版本。不过，也许是故事诗在流传的过程中已经发生了变化，莫里哀见到的不是《农民医生》的原作而是已经发生变化的作品。

我们把莫里哀的剧本和原来的民间故事诗加以比较，就可以发现，莫里哀很注意保留民间作品原有的那种滑稽戏谑的情节和粗犷的风格，因此他采取闹剧的风格来改编这个作品是十分恰当的。全剧几乎是由一连串的闹剧场面构成。然而应该注意到，两者除了某些情节上的关联，其中的人物、内容和思想，都有着根本的变化。也就是说，《屈打成医》虽然取材于民间故事诗，但实际上是对民间文艺进行的一次脱胎换骨的改造，是一次新的创作。

首先，莫里哀放进了时代内容，把一个发生在中世纪的故事改为发生在当代的故事。时代变了，人物的身份也就不同。剧中没有了国王、公主，代之以财主和他的女儿。主人公的身份也由农民改为樵夫。不仅是身份的变化，人物面貌也大不相同。莫里哀笔下的斯嘎纳耐勒比起故事诗里的农民要复杂得多。他们同样是机智的，但是，斯嘎纳耐勒的机智带有狡黠的特色。当他被误认成医生的时候，他将错就错，借机赚钱。他利用年轻人的爱情理想，从中取利，时时不忘让自己得到好处。这个形象已经不是淳朴的农民，而更像近代城市里的那些市民。人物身份的改变也许正是出于这个考虑。再从剧本的立意来看，故事诗的重点在于赞扬农民的智慧，然而，莫里哀的剧本已经把重点放在反对封建婚姻、主张爱情自由、婚姻自主的问题上。斯嘎纳耐勒有私心，但他的行动支持了男女主人公摆脱封建家长的控制、争取爱情自由的行为。最后，莫里哀在剧中添加了原来的故事诗所没有的内容——对当时医学的批评。莫里哀这一时期的许多作品都有这个特点。《堂·璜》的内容本与医学毫不相干，但莫里哀凭空加了一段这方面的内容。在《屈打成医》里，他也借斯嘎纳耐勒这个假医生的嘴，把医学界挖苦了一番：

> 我觉得行医这个道道，是个顶好的职业，因为，看好了也罢，看坏了也罢，反正照样有人付钱。出了偏差，我们什么也不担当。料子随我们剪裁，爱怎么剪裁就怎么剪裁；一个做皮鞋的，不敢剪错一块皮，错剪了，赔也赔不起。可是治坏了一个人，一根毫毛也不用赔。我们自来不会有差池，过失总在死鬼身上。总而言之，干这行的好处可大啦，死鬼全有最高的美德、规矩、谨慎，大夫把人医死了，从来没有见过死人抱怨的。
>
> （第三幕第一场）

　　莫里哀在这里又一次调侃了医学界，说话虽有些过分，不过如前所说，那是他的亲身感受，所以就情不自禁地流露了出来。

　　《屈打成医》的初演日期值得深思。如前所说，1666 年 6 月 4 日，《愤世嫉俗》的初演虽然受到好评，可是票房收入却呈下降趋势。莫里哀明白，那是因为剧本严肃有余而诙谐不足，普通观众一时难以接受。他相信，一旦观众了解了剧本的意义，他们一定会欢迎它的。为了争取观众，他把《屈打成医》与观众欢迎的《讨厌鬼》同台上演，果然收到了好效果。由此我们也可以知道，《屈打成医》就是他专门为普通观众写的一个剧本。

神话新编：《昂分垂永》

　　莫里哀在巴黎演出的喜剧，大部分取材于现实生活，即使取材于现成的古老的题材也要把背景改换成当代的现实生活（如《屈打成医》）。这可能是在古典主义盛行的环境下，他接受了主流意识的影响的结果。另外，我们还应该注意，莫里哀在这时正把注意力针对着上流社会的生活，《愤世嫉俗》已经深入到宫廷的外围，写的是宫廷贵族，现在再进一步，那就是写宫廷内部了。《昂分垂永》就是写宫廷生活的尝试。在专制王权的统治下，写这样的题材，必须谨慎从事，弄不好就有极大的危险。所以，借用神话题材，避开现实生活，应该是比较安全的做法，这也许是莫里哀写神话题材的原因吧。

　　《昂分垂永》就是借神话来反映宫廷生活的，它揭开了宫廷中的一些侧面。宫廷中常常传出路易十四的风流韵事。就在莫里哀写《昂分垂永》前不久，国王又有了新欢，那就是蒙特斯帮的夫人。蒙特斯帮不能容忍，为此在宫中大吵大闹。莫里哀对宫廷里这种糜烂的生活作风不满，在剧中借着神话加以揭露。但是，他的态度是矛盾的。剧中有昂分垂永知道妻子与裘彼特有染的事情之后，对妻子大发脾气的一场戏，说明裘彼特的行为破坏了昂分垂永的家庭，损坏了阿耳克梅娜的名誉。但是，他又把这一事件加以化解：裘彼特对阿耳克梅娜是真心相爱的，知道阿耳克梅娜的忠贞无法攻破才不得不采用化身的办法；阿耳克梅娜更是在全然不知真相的情况下接受了裘彼特的恩爱，她是无辜的。于是，一场婚外恋变成了一个甜蜜的爱情故事。剧中有专门描写两人亲密相爱的一场戏（第一幕第三场），作家写了裘彼特那么多的甜言蜜语，就为渲染他的真情（据说布瓦洛批评剧中裘彼特这个角色向女人献殷勤的东西过多，他不喜欢这个角色）。剧本的末尾，裘彼特在云端现身，亲自向昂分垂永解释事情的原委，说了这样一番话：

> 我的名字不断受到人间的膜拜，有权堵塞种种传闻的不实之词。和裘彼特平分秋色，根本不算耻辱，毫无疑问，看见自己是众神之君的情敌，他只能感到荣幸，对你的爱情，也决不会议论纷纷。对这件出乎你意料的事情，别瞧我是神，妒忌的应该是我，我用尽了本事，阿耳克梅娜的心还是整个向着你。她一定是你的爱情的十分甜蜜的对象，为了讨她欢喜，我没有别的办法，除非变成她的丈夫；裘彼特尽管有不朽的名声，就难以战胜她的信念，我从她赤热的心收到的东西仍然只能还给你。[①]

这段话把裘彼特和阿耳克梅娜都解脱了，一个出于真情，一个忠贞不渝，因此他们都无可指责。裘彼特还对昂分垂永进行安抚，赠以两项许诺：他会得到一个事业享誉全宇宙的儿子海尔库勒，他将万事如意。事情似乎就这样圆满了结。至此，剧本的创作意图已经十分明显。实际上，这样来为路易十四解脱，从情理上讲，是缺乏说服力的，难道出于真爱就可以成为偷情的理由？几项恩赐就可以抹平一切？这些理由在今天看来都不能成立，但是，在那个专制王权至高无上的时代，国王的所作所为就是无可厚非的，更何况那还是天帝的化身！加克索特在《莫里哀传》里提到，有人认为这个剧本是作家应路易十四的要求而写的。但是他反对这种说法，他认为路易十四不可能利用戏剧来让自己难堪，何况他只是在该剧于土依勒利宫演出第三场的时候才去观看，后来，他还让剧团进宫演了两场。不管怎样，剧本所写是很容易让人把它与宫中发生的风流韵事联系起来的。有意思的是当裘彼特说完上面所引的那段台词之后，莫里哀立刻接上扫西的一句话：

---

① ［法］莫里哀：《莫里哀喜剧》，第 3 集，李健吾译，219 页，长沙，湖南人民出版社，1982。

裘彼特大帝懂得给丸药镀一层金。①

这句带有讽刺意味的话让我们知道,莫里哀对裘彼特的行为并不是全盘肯定的。

莫里哀在塑造裘彼特的形象时,十分细心。当裘彼特是一个神的时候,他威严无比,高高在上;当他化身为人的时候,就具有人性。最有意思的是,他在阿耳克梅娜的面前,居然有着作为情人的心理矛盾:

> 可爱的美人阿耳克梅娜,在我这里,你有一个丈夫,你有一个情人;可是,把话直说了吧,我在意的只有情人的身分(份);我在你身边,丈夫这个身分(份)总在跟情人身分(份)为难。这个情人身分(份),对什么也妒忌到极点,指望你的心单单给他独自享受,他的激情就不喜欢丈夫独占鳌头。他愿意从纯洁的源头得到你的热爱,一点也不喜欢成亲那套把戏……②

由此,人物和情节都有了真实感。莫里哀通过人物(水星)说出了他的这个构思的意图:"在真个销魂的温柔乡里,高贵的身份就成了碍手碍脚的东西。裘彼特,毫无疑问,是个寻欢的能手,懂得走下他的尊严的宝座;为了容易进入他喜悦的场所,他完全走出自己,成了不是裘彼特的裘彼特。"

剧中的笑料来自真假昂分垂永引出的、昂分垂永与阿耳克梅娜之间的误会,来自坠入迷津的昂分垂永的糊涂行动,同时也来自真假扫西之间。真假扫西有同样的长相,穿同样的衣服,别人分辨不清。为了让观众能认出他们的区别,同时也为了剧情的需要,莫里哀赋予他俩不同的性格。水星化身的假扫西粗暴、强势,真扫西则性格软弱,胆小怕事。唯有这样,假扫西才可能把真扫西制服,让他不干扰裘彼特的好事。其实,这两个方面正好是"神使"这个身份的人物都可以具备的性格特征。作为众神之神的

---

① [法]莫里哀:《莫里哀喜剧》,第3集,李健吾译,219页,长沙,湖南人民出版社,1982。

② [法]莫里哀:《莫里哀喜剧》,第3集,李健吾译,177页,长沙,湖南人民出版社,1982。

使者，他可以传达最高之神的命令，可以狐假虎威地欺压别人；作为裘彼特的下人，他又奴性十足。

真扫西是剧中最有趣的人物，莫里哀亲自扮演这个角色。第一幕第一场就是专门为此人写的独角戏。他一上场就亮明了自己的身份和特征。他抱怨当奴才如何冤屈，可是本性所趋，又屈服在主人的威严之下。接着，他预先练习自己当前的工作：向夫人报告主人已凯旋，马上到家。他一个人既扮演自己，又扮演夫人，还要加插话。三个方面，人物和语气完全不同。表演时必须把三者理清，需要有高超的演技。下一场，真假扫西交锋。真扫西先是虚张声势，很快就屈服在假扫西的淫威下。可是，他挨了打，却不知道如何理解眼前发生的怪事，一连串十个"难道"引出的排比句，充分表现了他当时的疑惑。在以后的台词里，必须把自己和另一个自己说清楚。这些都需要扎实的语言功夫，莫里哀在这里充分表现出自己的表演才能。

《昂分垂永》不仅笑料百出，莫里哀还以豪华的方式演出这部神话剧，服装极其华丽而讲究。据莫里哀的遗产清单上写着的他扮演扫西一角所穿的服装，有"绿色塔夫绸制成的短灯笼裤，镶有细银线小花边；用同样的塔夫绸做的短袖衬衣；两个红缎子护腿，一双有银线饰带的鞋子；配有淡绿色绸袜子，还有花彩，一条腰带，一条裙子（下摆很长的外衣）和一项用金银细线刺绣的便帽……"一个仆从的穿戴如此讲究，可想而知，那主神、将军、夫人之类的人物的服装该是如何豪华了。莫里哀还利用王宫剧场的优越条件和刚刚兴起的机关布景，营造出奇幻的舞台效果。序幕一场，水星驾着彩云出现在天空，等待着夜神。夜神是一个年轻的夫人，赶着双驾马车进场。后来，水星又能驾着云朵飞上天去。最后一场，裘彼特出现在天上的云彩里，说完话，就消失在云里。当时有位批评家说，这些机关布景"比星辰还要光彩夺目"，可以想见现场演出的美好情景。这样五光十色的演出，对当时的观众来讲，确实是难得一见的。

1668 年 1 月 13 日，《昂分垂永》在王宫剧场首场演出就获得成功。当天的剧场收入有 1565 里弗尔。1 月 15 日的演出收入高达 1668 里弗尔。后来连演了 29 场，盛况不衰。路易十四有两次把莫里哀召进宫里演戏的时候，他表演了这个剧本。4 月，该剧又在凡尔赛宫演出。此后，到 1680 年，再没有在宫中演出过。

虚荣的代价——《乔治·当丹》分析

1668年春，法国和西班牙之间发生了一场战争。路易十四亲临战场指挥。战后，福朗德归法国所有，路易十四班师回国。莫里哀听闻这个消息，立刻向国王献上一首十四行诗。其中有这样的诗句：

> 伟大的国王，您建立了空前未有的业绩！
> 您取胜之快，赛过激流、风速和霹雳。
> 您行动神速，没等我们将赞歌备齐，
> 您已经从前方命使者传来胜利的消息，
> 让我们想要献上一两句颂词都来不及。

这年夏天，凡尔赛宫举行庆祝活动。这次活动取名"王家盛大娱乐"，其规模相当可观。据记载，7月18日，宫廷要员在王宫花园的一条小径上聚餐，食品之多，到了果酱流成河、杏仁饼堆成山的程度。

莫里哀当然要为庆祝活动献艺。7月10日，他率领剧团来到凡尔赛宫。7月18日，在绿色舞台上演出了一部新戏《乔治·当丹，或者受气丈夫》。这是一部三幕喜剧，主人公是一个农民。在莫里哀的遗物中，有一个盒子是收藏他上演这部喜剧时所穿的服装，里面装有塔夫绸的短裤和斗篷，同样材料的衣领，有全缀着花边与银扣的同样材料的腰带，有深红缎子的小上衣，有用各种颜色的锦缎制作的缀银花边的外衣，有褶皱领和皮鞋。这些服装说明，这是一个发家致富的农民。剧名"乔治·当丹"就是这个人物的名字。他身为富裕平民，却羡慕贵族的身份和地位。他以为娶一个贵族小姐自己就可以有贵族的头衔，成为上等人，将来他的子女也可以改变姓氏，有贵族的身份。出于这样的目的，他花了一大笔钱财，替一个乡间贵人叟汤维勒（字义是"蠢人在城市"）填补了亏空，娶到他的女儿昂皆丽克。结婚以后，他的名字加长了，不再叫乔治·当丹，得了个"德·拉·当狄尼耶尔"的头衔。但除此以外，他什么也没有得到，当然也没有改变他的地位。他见了岳父，不能以翁婿相称，必须把人家尊称为"先生"，称岳母为"夫人"。对于妻子，不许叫"老婆"，必须尊称"小姐"。叟汤维勒夫人警告他说："虽说你是我们的姑爷，你和我们之间还有老大距离，你就应该有自知之明。"昂皆丽克更是看不起他的粗俗和低贱，径自和一个贵族青年私通。乔治·当丹在一天里三次捉奸，每次都让妻子倒打一耙。叟汤维勒夫妇也袒护自己的女儿。最后，弄得乔治·当丹在人家面前下跪赔礼。

莫里哀通过乔治·当丹的不幸遭遇，深刻地揭示了当时法国社会两个阶级联姻的实质。贵族已趋没落，空有地位而经济拮据，他们希望改变自己的经济状况。资产者的情况恰恰相反，他们有钱却没有社会地位，他们希望改变自己的身份。不过，在当时，在 17 世纪，他们还没有阶级自觉，还不懂得如何来争取自己的社会地位。联姻似乎是这两个不同的阶级为达到各自的目的而采取的一种办法。然而实际上他们各有所图，不可能解决问题。贵族不会改变他们傲慢的本性，吃亏的只能是资产阶级。正如莫里哀在剧本中所描写的，叟汤维勒夫妇答应把女儿嫁给乔治·当丹，为的是得到一笔钱财，填补他们入不敷出造成的大窟窿。他们并不因为乔治·当丹成了他们的女婿而消除阶级界限。昂皆丽克则认为自己下嫁乔治·当丹等于被父母出卖，自己在丈夫面前决不能降低身份。她还对乔治·当丹说：你娶我只同我父母商量，并没有得到我的同意，所以，你娶的是他们而不是我，"我没有必要做你的意志的奴隶"。结果，乔治·当丹上了当，不但没当上什么贵人，反被戴上了绿帽子，吃足了苦头。

乔治·当丹的故事让人发笑，但是这个角色内心充满着苦涩和悔恨。他上场的第一次独白就吐露出这种心情：

啊！讨一个贵族小姐做老婆，简直成了一桩怪事！农民想提高身份，跟我一样，和贵族家庭联亲，我的婚姻就是一个说明问题的教训！……他们跟我们走亲，并不看重我们的为人；他们联的是我们的财产……乔治·当丹，乔治·当丹，你做了一桩傻事，人世间最傻的事。

（第一幕第一场）

吃足了苦头的乔治·当丹无法摆脱困境，只落得无可奈何，自我责备：

啊！我……是你要这样做嘛；是你要这样做嘛，乔治·当丹，是
你要这么做嘛；这叫自作自受，该当如此，你受的是你该当受的。

（第一幕第七场）

剧本的结尾，乔治·当丹走到了绝境。作家特地为他安排了一场戏，
让他说出如此凄惨的一段独白：

人要是象（像）我娶了一个恶毒的女人呀，最好的办法就是头朝前，
去跳河。

（第三幕第八场）

乔治·当丹贪求虚荣的遭遇是可笑的，同时又是苦涩的。他自作自受，
又自怨自艾；他不甘失败，想要挣扎但又屡屡失败；始终无法摆脱困境，
真是既可厌又可怜。他用现身说法告诉人们：这种攀高枝与贵族联姻的道
路只会让自己落入陷阱。

如果说莫里哀对乔治·当丹还有几分同情，把他放在可笑的位置上，
那么当他描写贵族形象的时候，态度就比较严厉。叟汤维勒夫妇本已负债
累累，不得不出卖姓氏和女儿，然而，即使如此，他们仍然仗着其贵族的
地位表现得如此傲慢和霸道。他们在任何场合都把祖先的功劳、祖先的高
贵身世放在嘴边，把体面和姓氏、荣誉和礼数看得高于一切，尽管那些都
已经毫无意义。他们袒护偷情的女儿，欺侮平民女婿，却端着架子，自认
为高贵。昂皆丽克和克利汤德是一对猥琐的男女：一个是贵族家庭的千金
小姐，一个是出入宫廷的贵人，有着高贵的身份。然而，他们的行为极其
卑劣，干的是偷偷摸摸、见不得人的勾当，偷情、欺骗、说谎，无所不为，
没有道德底线。这四个人物把已经败落却还硬撑着场面的贵族的面目表现

得入骨三分。有评论家认为乔治·当丹娶昂皆丽克为妻时，并没有征求过她的同意，他只是与其父母订有婚约，因此他没有权利要求昂皆丽克对他忠实。此话似乎也有一定的道理，不过，出自昂皆丽克之口，成了她为自己的丑行辩解的歪理，其性质就起了变化。如果由此而认为乔治·当丹被戴上绿帽子责任全在他自己，那就未免有失公平了。

莫里哀为这个剧本在宫中初演时制作的节目单上，把它称作"音乐喜剧"，因为在凡尔赛宫演出时，剧中有歌舞场面。全剧以牧人的合唱开场。在戏剧的末尾，当乔治·当丹说要投河时，酒神崇拜者和爱神崇拜者冲上舞台，他们就爱神和酒神的威力孰高孰低展开了争论，接着，一个牧人上场，劝双方各自容忍，说："理智能使我们握手言和，化敌为友"，于是双方和解。最后是一段大合唱：

> 且把他们的温雅柔美融合一起，
> 让我们的声音交织在这迷人的天地，
> 让四周的回声回荡不息，
> 再没有什么比酒神和爱神更加甜蜜。

这些歌舞表演增加了演出的喜庆气氛，与剧本的内容没有什么联系，显然是为了适应宫廷庆祝活动的需要而外加的。所以，后来公演时，莫里哀取消了这些歌舞表演，使演出更具有完整性。另外，他对剧中的某些台词也作了修改。

《乔治·当丹》是一个三幕剧。按照古典主义的惯例，一出大戏应该是五幕，可是，莫里哀在接受古典主义的创作原则以来就从未死守陈规。他根据内容的需要来组织剧情和剧本的结构。因此，他的剧本有五幕的大戏，有不分幕的，也有三幕的。抛开他在接受古典主义创作原则之前所写的剧本，他按照古典主义"三一律"写的第一部剧本《丈夫学堂》就是三幕剧，后来的《讨厌鬼》，甚至《达尔杜弗》在初演时也是三幕剧（如果把它作为一个完整的剧本来看待）。自《昂分垂永》以来，这样的三幕剧就更多，接踵而来的《乔治·当丹》，以及《德·浦尔叟雅克先生》《司卡班的诡计》，直到他最后一个剧本《没病找病》，都是三幕剧。看来，这种戏剧结构对他来讲，更为得心应手，特别是在他晚年的时候。因此，有人说，莫里哀在晚年找到了他自己独特的组织喜剧素材的方式。

为了更好地表现内容，莫里哀还采用了他拿手的闹剧手法，这样的情节有跳窗出走、夜间错认、巧计约会等。最有趣的是，当乔治·当丹抓住昂皆丽克夜间外出与人约会而欲把她关在门外，结果自己反被关在了门外的情节（莫里哀在他的早期创作《小丑吃醋记》里就用过这个情节，现在又一次使出了他从民间喜剧学来的拿手好戏）。这些都能给剧本增加许多笑料。用这些带有浓厚的民间色彩的手法也确实更适合表现这个发生在尚未脱离粗俗的富农之身的故事。

《乔治·当丹》在公演之前，有个了解剧本内容的朋友就警告莫里哀说，巴黎某富翁平时的做派很像剧中的主人公，一演出，此人准会以为乔治·当丹是拿他当原型的，剧本是冲着他而来的，此人岂肯罢休，一场风波在所难免。莫里哀一面感谢朋友的关心，一面说，此事不妨，他能设法对付。当天晚上，那人正好来剧场看戏。莫里哀很有礼貌地走到他的跟前，问他什么时候有空，自己愿意为他宣读一部新作。那人喜出望外，几乎不敢相信自己的耳朵。因为富翁知道，莫里哀是受国王宠爱的作家，国王常常听他诵读新作，他的作品往往先在宫里演出，然后再公演。因此，富翁把莫里哀愿意为他朗诵新作一事看成一种荣幸，因为那是国王才能享受的特权。他当即表示，任何时候都有空，第二天晚上就可以。事后，他到处邀请客人，同时郑重地说："莫里哀要求来我家宣读他的一部新作。"到了晚上，他的家里坐满了客人，莫里哀朗读了他尚未公演的《乔治·当丹》的剧本，全屋子的人都为他鼓掌。不知那位主人是不是听懂了剧本的内容，反正他的虚荣心已经大大地得到了满足。从此以后，他成了莫里哀的忠实崇拜者。

"高度悲剧性的喜剧"——《吝啬鬼》

　　1668 年 9 月，莫里哀在巴黎王宫剧场演出喜剧《吝啬鬼》，亲自扮演主角阿尔巴贡。这是他登上巴黎剧坛以来创作的第 21 个剧本。那时，他同保守势力之间，围绕着《达尔杜弗》一剧而展开的激烈斗争，正在进行之中。剧本被停演已达 5 年之久，从王太后、巴黎大主教、巴黎最高法院院长到一般教士，一起出动来反对这一出矛头直指宗教反动势力的喜剧。有人还上书国王，要求把莫里哀当作魔鬼活活烧死。但是，迫害愈烈，斗志愈强，莫里哀不但没有被吓倒，反而连续写出一系列战斗性强、艺术上成熟的好作品，达到他一生创作最旺盛的时期。《吝啬鬼》正是他这一时期所写的剧本。初演的几天，当时最有威望的文艺批评家布瓦洛天天到座，在剧场看得开怀大笑，出剧场逢人便说这是个好剧本。有人问布瓦洛为什么这样大笑。他说："我不相信你看了《吝啬鬼》不发笑，至少你的内心是笑了的。"布瓦洛不愧是一个有见识的批评家。广大观众也热烈欢迎这出戏，成群结队去剧场观看。就这样，《吝啬鬼》差不多演了整整一年，盛况不衰。四百年来，这出戏一直是莫里哀作品中最受欢迎的作品之一。

一

　　莫里哀出身于资产阶级家庭，他对这个阶级人们的生活和习性最熟悉、最了解。因此，他的大部分作品的情节都发生在资产阶级家庭内。另外，他还写了一些以资产阶级为中心人物的剧本，塑造了一些富有典型特征的资产阶级形象。从他的作品中可以看出，莫里哀并不因为自己出身于资产阶级而美化本阶级，掩饰本阶级的毛病。相反，对于 17 世纪法国资产阶级身上存在的通病，例如他们的软弱性和虚荣心，他们的拜金主义，他总是毫不留情地加以揭发和嘲讽。这也正是莫里哀之所以被人们认定为伟大的喜剧家的原因。

《吝啬鬼》是一部揭露资产阶级的作品，但是主人公阿尔巴贡并不是贵族势力和教会势力的受害者，而是资产阶级本性——拜金主义的体现者，剧中对于他爱钱如命的性格披露得淋漓尽致。从这个意义上讲，它可以说是莫里哀揭露资产阶级最有力的一部作品。

阿尔巴贡爱钱如命的性格首先表现为他是一个吝啬鬼，一个守财奴。他生活在封建社会，但是，对于那个时代人们心目中最尊贵的东西，诸如门第、名誉等，他却并不看重，他认为世上"最神圣的东西"是钱。金钱才是他崇拜的唯一的对象。他爱钱胜过一切，而他爱钱的方式是尽量地占有它，把它攫为己有，牢牢握在自己手中。正如剧中所说："他爱钱比爱声名、荣誉和道德全厉害多了。他一见人伸手，就浑身抽搐，这等于打中他的要害，刺穿他的心，挖掉了他的五脏。"①这种吝啬的性格使他成了所有的人当中最没有人情味儿的人，人群当中"心最狠、手最紧的人"，"就是他对人说的客气话和表示的礼貌，也是世界上最枯燥、最僵硬的东西"；"他恨透了'给'这个字；与人讲客套，从来不说'我给你日安'，只说'我借你日安'"。②

金钱是他一切思考的中心，是他考虑问题的出发点和最后归宿，即使是婚姻大事也不例外。他要女儿嫁给一个年过半百的老头子，原因是人家不要陪嫁费。他要儿子娶一个寡妇，原因当然也不外是算计别人的财产。他自己看中了一个穷姑娘，想到的是穷苦人家的姑娘不会挥霍，一切从简，这适合他的生活方式，符合他的心愿，至于那笔不能到手的陪嫁费，他相信一定可以从别的地方捞回来。

为了更多地占有金钱，他在生活上竭尽克扣之能事。他自造了一种日历，把吃斋的日子加多一倍，为的是从全家人的嘴里省出花销；每逢发节

---

① ［法］莫里哀：《莫里哀喜剧》，第 3 集，李健吾译，311 页，长沙，湖南人民出版社，1984。

② ［法］莫里哀：《莫里哀喜剧》，第 3 集，李健吾译，310 页，长沙，湖南人民出版社，1984。

赏或要辞退仆人的时候，他就找碴儿吵架，扣发赏钱；有一次，他去法庭控告邻居家的猫，说是那只猫吃了他的一块羊腿；还有人发觉他半夜起来到马厩里偷自己马吃的饲料。剧中第三幕第一场，描写他为女儿的订婚仪式而请客，吩咐仆人准备这次家宴的情况，真是令人又气又好笑。10个人吃饭，他只准备8个人的饭菜，而且不想花钱。他对仆人再三叮咛的话，不是让客人吃得痛快，而是设法倒人家的胃口，让客人少吃少喝，准备一些大家不大爱吃或是一吃就饱的东西；酒里多多掺水，客人要酒也不予理睬。仆人的制服上不是油渍满胸就是露腚的破洞，见不得人，他宁肯教仆人设法遮盖，也不给替换的衣裳……

这些反常的行为说明爱钱如命的本性在阿尔巴贡身上恶性发展，已经到了荒唐怪诞的地步。最突出的表现，还是他丢了钱箱后那种疯魔的精神状态和那段有名的独白：

> 哎呀！我可怜的钱，我可怜的钱，我的好朋友！人家把你活生生从我这边抢走啦；既然你被抢走了，我也就没有了依靠，没有了安慰，没有了欢乐。我是什么都完啦，我活在世上也没有意思啦。没有你，我就活不下去。全完啦，我再也无能为力啦，我在咽气，我死啦，我叫人埋啦。[①]

这真是守财奴的一篇直率的自白：钱就是他的命，丢了钱就等于失去了生命。还有什么语言能这样露骨地表现一个拜金主义者的本性呢！

阿尔巴贡的爱财如命不仅有他可笑的一面，更有其掠夺者的可怕的一面。他是放高利贷发财的，有了一笔相当可观的财产。他的富有已经是远近闻名，但是，他仍然贪得无厌、挖空心思地掠取金钱。在他心目中，钱之所以为钱，就在于它能生利；手里有了钱，就应该让它变出更多的钱，其办法就是放债。儿子告诉他，自己的赌运好，赢了钱用在打扮上。阿尔巴贡对于赌博这种不正当的行为，并不加以责备，只责怪他不懂得以钱生

---

① ［法］莫里哀：《莫里哀喜剧》，第3集，李健吾译，351页，长沙，湖南人民出版社，1984。

钱的道理。然后当场算出一笔以本求利的细账，表示他如何精于此道。这就是一个守财奴的家教。

莫里哀在剧本里，还通过具体的经济细节，揭露阿尔巴贡放债手段之残忍。第二幕第一场特意安排仆人阿箭全文朗读阿尔巴贡的借贷条款，就是出于这样的意图。原来他的利息高达2分5厘，比当时法定的利息高出5倍（1655年法国明令规定利息为5厘）。这还不算，他的贷款不能如数付给，其中有五分之一必须由各种破烂货顶替。他摸准了借债人都是出于某种急难，不得已而忍受高利贷的盘剥，他便乘人之危，牟取暴利，还美其名曰"行善"。

如果说他放高利贷时，还注意到披上一件仁慈的外衣，掩盖一下掠夺的本质。那么，当他的钱财被窃的时候，他那掠夺者的凶恶面目就原形毕露，再也隐藏不住了。他像一只丢失了小崽的恶狼，凶暴地号叫着：

> 快来呀，警务员，宪兵，队长，法官，刑具，绞刑架，刽子手。我要把个个儿人绞死……①

在他看来，全世界的人都是他的怀疑对象和报复对象。政权机关、国家机器、官吏、酷刑都是为了他而存在，都必须保护金钱的利益，不然，全世界都应该毁灭，连他自己也不能幸免（"我找不到我的钱呀，跟着就把自己吊死"）。守财奴变成了凶神恶煞。

《吝啬鬼》的情节和阿尔巴贡这个人物，脱胎于古罗马喜剧家普劳图斯的《一坛黄金》，但是那个剧本的主人公并不是一个高利贷者，而是一个穷人，他偶然发现了一坛黄金，得而复失，形同疯狂。莫里哀的剧本，却是一个反映17世纪法国现实的作品，阿尔巴贡是原始积累时期资产阶级的典型。

法国从15世纪末叶就产生了资本主义的萌芽，资产阶级依靠封建国家政权的保护，进行资本的原始积累。他们通过掠夺农民、掠夺殖民地，通

---

① ［法］莫里哀：《莫里哀喜剧》，第3集，李健吾译，352页，长沙，湖南人民出版社，1984。

过惨无人道的奴隶贸易掠取了大量的资金。但是国内的封建统治和封建剥削使广大农村濒于破产，因而内部市场狭小，工商业的发展受到限制，一部分资产阶级宁肯购买没落贵族的地产和爵位，或者纳捐买官做包税商，参加封建剥削，另有一部分资金则转化为高利贷。当时，许多贵族在经济上没落，生活上奢侈，社会习尚又不许他们从事工商业（在当时法国，贵族经商要被开除出高等阶级），不少人只得出卖祖业，高筑债台，维持一个空洞的体面。这种情况当然也助长了高利贷的盛行。这就为莫里哀的创作提供了丰富的现实材料。高利贷并不是近代新型的资本主义生产关系的代表，但是，高利贷者的悭吝和残忍，往往能更突出地表现资产阶级，特别是早期资产阶级的那种贪财欲。正如马克思所指出的："在资本主义生产方式的历史初期，——而每个资本主义的暴发户都个别地经过这个历史阶段，——致富欲和贪欲作为绝对的欲望占统治地位。"①在阿尔巴贡身上，这种追求金钱的欲望真是达到了"绝对的""占统治地位"的程度。他只知放债取利，把搜刮来的金钱埋藏起来，把掠夺来的财富放进秘密的仓库；他竭力掩盖自己的富有，过着吝啬、节俭的生活。这些都表现了一个早期资产者的特性。莫里哀利用古代戏剧中的一些情节，从 17 世纪法国现实中汲取材料，运用喜剧艺术的特殊手法，把阿尔巴贡塑造成这样一个富有时代特征的资产阶级的典型。

二

莫里哀认为喜剧艺术的任务是以笑作为武器来打击社会恶习。"恶习变成人人的笑柄，对恶习就是重大的致命打击。"②

为了谴责吝啬这种社会恶习，莫里哀把阿尔巴贡的吝啬与青年人的纯真爱情、与家庭内美好的天伦关系放在对立的位置，从这个角度揭露了资产阶级贪财欲的破坏性。

莫里哀是文艺复兴时期人文主义思想的继承者，深受那个时代个性解放、个性自由思想的影响。他有许多剧本写钟情的男女青年与具有封建观

① 《马克思恩格斯全集》，第 23 卷，651 页，北京，人民出版社，1972。

② ［法］莫里哀：《〈达尔杜弗〉的序言》，李健吾译，122 页，载《文艺理论译丛》，1958(4)。

念的家长之间的矛盾，他总是同情青年人，抨击阻碍青年们达到幸福的顽固势力。《吝啬鬼》一开场就是一对恋人倾吐衷肠的动人场面。艾莉丝敬慕法赖尔，因为他品德高尚，对她有救命之恩。法赖尔远离祖国，隐瞒身份，当了阿尔巴贡的下人，也是为了他对艾莉丝的爱情。紧接着第二场，克莱昂特向妹妹艾莉丝诉说了他对玛丽雅娜的爱情。这两对青年人的爱情真挚而热烈，但是，阿尔巴贡的打算使他们受到了阻挠。阿尔巴贡行施家长的权威，强使女儿嫁给一个老头，而给克莱昂特物色了一个寡妇。对于阿尔巴贡来讲，下一代的幸福并不是他考虑子女婚姻问题的出发点，金钱才是他争取的目标。第一幕第五场里，法赖尔婉言相劝，请他考虑一下做父亲的责任，考虑一下儿女的幸福和他们自己的愿望，但是阿尔巴贡全然不管，他脑子里只有一个念头："不要陪嫁费"，这一点压倒一切，决定一切。因为对他说来，一切都包含在这句话里了，"不要陪嫁"就等于美貌、青春、门第、名声、智慧和正直了。这种地地道道的拜金主义泯灭了他的亲子之爱，葬送了他身上作为一个父亲的责任心，而这种吝啬又与他的专制家长的作风结合在一起，使他变得如此蛮横无情，几乎要断送自己子女一辈子的幸福。

但是，这只是阿尔巴贡与他子女之间的一重矛盾，莫里哀又运用喜剧艺术中常用的巧合的手法，把阿尔巴贡放债与克莱昂特借债这两件事结合在一起，于是父子之间在经济关系上也发生了矛盾。阿尔巴贡的吝啬使克莱昂特手头拮据，而克莱昂特为了实现他与玛丽雅娜私奔的计划，不得不求人借债。他向中人担保，过不了 8 个月父亲就会死掉。阿尔巴贡作为放债人，很满意债务人的这种保证，满口应承了这一笔贷款，却不料那个被咒得早死的父亲恰恰就是他自己。双方一对面，发生了父子间的一场争吵：

> 阿尔巴贡　怎么，死鬼？不务正业，走短命路的，原来是你啊？
>
> 克莱昂特　怎么，爸爸？伤天害理，干欺心事的，原来是你啊？
>
> ⋯⋯
>
> 阿尔巴贡　你倒说，你这样胡作非为，拿钱乱花，把父母流血流汗为你攒下的家业败光了，害不害臊？
>
> 克莱昂特　您做这种生意，辱没您的身份，一个钱又一个钱往里

抠，没有知足的一天，丢尽了体面，坏尽了名声，就连古来声名最狼籍（藉）的放高利贷的，他们丧心病狂，想出种种花样，和您重利盘剥的手段一比，也不如您苛细：您倒是羞也不羞？①

父子二人各据一理，但是观众明白，儿子的一方道理更多一些。正是阿尔巴贡的吝啬，全不顾儿女的幸福，克莱昂特才感到自己的爱情受到威胁，做出了私奔的计划；正是阿尔巴贡的吝啬，逼得儿子走上借高利贷的绝路，盼望自己的父亲早早归天。就这样弄得父亲不像父亲，儿子不像儿子。这种巧合的手法，产生了施害者自受其害的艺术效果，既谴责了金钱贪欲破坏天伦关系的罪恶，又使贪欲者受到了应有的惩罚。

歌德在他与其助手爱克曼的谈话时说："悭吝人（《吝啬鬼》）使利欲消灭了父子之间的恩爱，是特别伟大的，带有高度悲剧性的。"②用"悲剧性"来评价喜剧，这真是别出心裁，然而这一个独到的见解，正好指出了《吝啬鬼》艺术力量之所在：它使你看到拜金主义的破坏力量有多大。人们心目中认为美好的事物，爱情的幸福，天伦之爱，在金钱贪欲的淫威之下全都遭到毁灭，结果，在资产阶级家庭中只剩下冷酷无情的金钱关系。这就是金钱产生的悲剧性的后果。这部喜剧的历史重要性，也正如李健吾所指出的那样，"它最先以实例说明金钱在资产者心目中神化以后所起的巨大破坏作用"③。

人们也许可以责备莫里哀，说他不过是从人道主义的思想高度来批评吝啬的恶习，并没有把它作为资产阶级剥削本性的一种表现而加以揭发。诚然，莫里哀没有这样做，这是他的立场和世界观所决定的，也可以说是这部作品的局限性。但是，要知道在 17 世纪的法兰西，像莫里哀这样来揭露资产阶级金钱贪欲的罪恶，并不是那么容易做到的，它本身就需要极大的勇气。在当时能写到这个程度的，除了他还没有别人。甚至是到了一百

---

① ［法］莫里哀：《莫里哀喜剧》，第 3 集，李健吾译，308～309 页，长沙，湖南人民出版社，1984。

② ［德］爱克曼：《歌德谈话录》，朱光潜译，88 页，北京，人民文学出版社，1978。

③ 李健吾：《莫里哀喜剧六种》译本序，见莫里哀：《莫里哀喜剧六种》，李健吾译，上海，上海译文出版社，1978。

年之后，也不见得所有的资产阶级作家都能做得到。卢梭在 18 世纪启蒙学者当中应该说是比较激进的一个了，然而，他看到莫里哀这样直截了当地把金钱破坏家庭内天伦关系的悲剧搬上舞台，心里都受不了，他指责《吝啬鬼》不该这样来描写父子关系，而且说这个剧本是"伤风败俗的学校"。其实，资产阶级家庭内部天天在演出这种悲剧，卢梭却认为家丑外扬，不忍入目。到了 19 世纪初期的德国，有剧作家翻译《吝啬鬼》，竟然把剧中的父子之间的冲突，改成为一般的亲属关系之间的矛盾。他们也是不能容忍父子之间的反目，可是经他们一改，剧中的悲剧因素不复存在，而剧本的尖锐性也就大大削弱。这种做法受到歌德的批评，他指出："他们不敢象（像）莫里哀那样把利欲的真相揭露出来。但是一般产生悲剧效果的东西，除掉不可容忍的因素之外，还有什么呢？"①这些事实，从反面证明了莫里哀敢于揭发金钱贪欲对于天伦关系的悲剧性的破坏作用，表现了一个伟大作家的敏锐的观察力，以及他敢于正视现实、大胆揭露真相的勇气。因此，歌德称《吝啬鬼》为"特别伟大"的作品，并不是没有根据的。

三

普希金说，莫里哀所塑造的人物是只有一种情欲、一种缺陷的典型，"莫里哀的悭吝人只是悭吝而已；莎士比亚的夏洛克却是悭吝、机灵、复仇心重、热爱子女，而且锐敏多智。"②莎士比亚和莫里哀是两位具有不同艺术风格的戏剧大师。莎士比亚的人物以其丰富性和复杂性著称，莫里哀的人物则与莎士比亚的人物不同，往往具有性格的单一性。不过，我们也应该看到，它是一种高度的集中概括，不能简单地把它理解为性格的片面性。17 世纪法国的古典主义作家在理性主义思想的指导下进行创作，他们笔下的人物差不多都是这样。但是，莫里哀高出于同时代的作家，他的人物性格单一却并不单调，并不平板。我们虽然不能像欣赏一尊塑像那样看到它的各个侧面，但是它们却像浮雕一样仍然具有立体感。就拿阿尔巴贡来说，他的性格是吝啬，绝对的吝啬，整个剧本从头到尾无处不在显示他的吝啬。

---

① ［德］爱克曼：《歌德谈话录》，朱光潜译，88 页，北京，人民文学出版社，1978。

② 杨周翰：《莎士比亚评论汇编》上，426 页，北京，人民文学出版社，1979。

但是，他仍然像一个真人那样栩栩如生，而不是一种概念的图解。不然，它不可能在几百年的长时间内，一直活在世界各国的舞台上，成为一个不朽的艺术典型。

莫里哀能把单一性格的阿尔巴贡写得栩栩如生，首先是因为他写出了阿尔巴贡吝啬性格的丰富而又独特的表现。剧中，从他搜仆人的口袋，逼女儿订婚，吩咐准备宴席，与儿子争夺玛丽雅娜，到丢失钱箱，以至最后抵赖笔录费向昂塞耳默敲竹杠，处处有戏可做。莫里哀用夸张的手法，在这一系列动作中，把阿尔巴贡的贪财突出地强烈地表现出来，给人留下深刻的印象。

阿尔巴贡是吝啬的，同时又是诡诈的、多疑的，这种诡诈和多疑正是由他贪财的本性所决定，又是他的贪财性格的独特表现。他既富裕又悭吝，总喜欢隐藏真相，忌讳别人说他有钱，谁要这么说就成了他的敌人，原因就是怕别人知道他富有而来盗窃。他出场亮相就是搜查阿箭。仆人的一言一行，以至于身上穿一条灯笼裤，都成了他怀疑的根据。对下人如此，对于自己子女也是那么多疑。孩子们在他面前窃窃私语，他就认为是算计他的钱袋。为了侦察别人有没有偷他的钱，经常用欺诈手段来试探对方，先发制人。他放债并不亲自出面，非要通过中介人摸清了借方的底细才肯贷出。他也知道自己干的是伤天害理的勾当，招人痛恨，因而不肯轻易露面，而且以与人方便、慈悲为怀作借口，掩饰自己的毒辣手段。这些诡诈和多疑的表现，使这个吝啬鬼有了自己的心理特征。观众从人物的行动和语言深入到他的心理，看到了一个吝啬鬼的精神面貌，人物便显得真实、丰满。

阿尔巴贡除了贪财之外，还贪色，这是莫里哀独具匠心的构思。巴尔扎克在他为出版《莫里哀全集》而写的序言中就曾指出过这点："《吝啬鬼》的题材是莫里哀从普劳图斯那里得来的，他用阿尔巴贡发生恋爱的办法，将那剧本写得深刻得多。这样一来，那个悭吝人的性格也显得极端地明显了。"

老年的阿尔巴贡忽然想起要续弦，看上了年轻、美貌、贤淑的玛丽雅娜，这就使他与儿子克莱昂特的矛盾达到了极其尖锐的程度，引出了一系列的戏剧动作，最后迫使阿尔巴贡面临金钱与爱情的选择。这样一来，在阿尔巴贡的心中，有了两种情欲，但是他并没有思想斗争，因为在这两者之间，贪财是他绝对的情欲，爱情只能是陪衬，在他身上决不可能产生青年人那种纯洁、真挚、无私的爱情。相反，在爱情中他表现出吝啬的本性。他明知对方很穷，还要求姑娘的母亲"上天入地，皮破肉开，也应该张罗一些财礼"。说得明白点，他想借这桩婚姻从人家身上吸点儿血。这种吸血鬼的本性即使在他"心爱的小佳人"面前也没有半点变异。到了丢失钱箱，面临爱情与金钱的抉择的时候，他毫不犹豫地选中金钱。剧终时，大家都为婚姻大事的圆满解决而兴高采烈，想到应该去看看那位不幸的母亲。阿尔巴贡的爱情却已经全部转移到金钱上，他的最后一句台词是："我呀，去看我的宝贝匣子。"

莫里哀还运用对比烘托的手法把阿尔巴贡的形象突现出来。阿尔巴贡处在多种多样的人物关系之中，并与他们发生冲突，其他的人物实际上都是从不同的角度对阿尔巴贡起着对比烘托的作用。从这个意义上讲，这些人物都是为了塑造这一个吝啬鬼而存在的。

在多种多样的矛盾冲突中，阿尔巴贡与克莱昂特之间，即父子之间的矛盾，构成全剧的主要戏剧冲突，这一冲突围绕着债务和婚姻这两重关系而展开。在这一冲突中，克莱昂特的慷慨与阿尔巴贡的自私，克莱昂特的挥霍与阿尔巴贡的吝啬都形成对比。克莱昂特弄到钱都打扮在身上；阿尔巴贡有了钱就拿来放债，要不就藏起来。克莱昂特对自己的意中人热情周到，倾其所有；阿尔巴贡对他的心上人却是一毛不拔。

除了父子矛盾，主仆矛盾也是戏里的重要冲突。这里有三个主要的仆人：雅克师傅、阿箭和法赖尔，三个人三种类型。耿直、憨厚的雅克真心地忠实于他的主人，他出于关心阿尔巴贡的名声，老实地转述了人们对阿尔巴贡的议论，这些话却有力地揭露了阿尔巴贡平时的种种丑闻。阿箭吃过阿尔巴贡的苦头，恨透了这个吝啬鬼，他对阿尔巴贡的评语一针见血，指出他爱钱如命的本性。这两个仆人一个爱，一个恨，一个讲事实，一个作结论，从不同的方面把阿尔巴贡平日的表现揭露得淋漓尽致。阿尔巴贡的性格主要靠他自己的行动和语言来表现，不过，三个仆人讲述的这些材料对阿尔巴贡的性格表现是一个极其重要的补充，使观众在看到舞台上阿尔巴贡的所作所为之外，更了解到他一贯的为人。法赖尔在戏里扮演一个特殊的角色。他不是出于本心，却必须当个奉承者，投阿尔巴贡所好，专讲他爱听的话。阿尔巴贡是个钱眼子，只知要钱，讲不出多少道理。法赖尔是一个贵族青年，他有较高的文化教养，能够引经据典，说出一些阿尔巴贡想说而说不出来的"至理名言"。他把阿尔巴贡的心愿和实践都上升到理论的高度，使阿尔巴贡觉得十分中听，以至把他说的话比作"有神仙指点一般"。法赖尔并非自愿地当了吝啬鬼的哲学家和阿尔巴贡的代言人。在这个意义上讲，他也是阿尔巴贡的揭发者。

福洛席娜在剧中本来并不起什么作用，但是莫里哀让她出场后也对阿尔巴贡的形象起烘托作用。这是一个富有经验的媒婆，凭着她的三寸不烂之舌，可以把冤家配成鸳鸯。她自信有把握攻破阿尔巴贡的弱点，从他身上"挤"出"钱"来。第二幕第五场，这两个人，一个老奸巨猾，一个吝啬成性，进行了一场精彩的斗法。起先，福洛席娜攻心取胜，但是一提要钱，阿尔巴贡立即紧绷着脸，寸步不让。如此反复三次，福洛席娜未能前进一寸。这真是强中自有强中手。福洛席娜的手段不谓不高，然而在阿尔巴贡的面前却败下阵来。阿尔巴贡的吝啬像一座不可攻克的堡垒，坚固得无隙可击。败了阵的福洛席娜终于承认阿尔巴贡爱钱胜过一切。

对于这种写法，别林斯基表示过自己的意见，他说："阿尔巴贡自然像名手画的一幅讽刺画那样好，但是所有其他的人物只是宣传吝啬是一种缺陷的配角，其中就没有一个人是过着自己生活和为自己而生活的——所有的人都是为了更好地烘托出准喜剧的主人公而臆造出来的。"[①]这个批评有它一定的道理，多数次要人物的个性比较差，确实是这个剧本的一大缺陷。但是，在一个剧本中，能够通过其他人物的烘托把主要人物的性格描写得那么集中，把这个形象塑造得那么鲜明，以至于像浮雕一样地突现在观众面前，应该说，就作品的整体而言，并不失其艺术上的成功。

① 转引自［苏］莫库尔斯基：《论莫里哀的喜剧》，宋乐岩译，56页，北京，作家出版社，1957。

妙趣横生的《贵人迷》

1669 年 11 月，一个土耳其使团在路易十四接见他们时态度傲慢，国王对此心怀不满，要求当年的庆典活动都要有土耳其色彩，命莫里哀等三人筹备活动，其意显然是要把土耳其嘲弄一番。

莫里哀不久就完成了一部作品，于 1670 年 10 月 14 日在尚堡尔庄园演出，这就是喜剧—芭蕾舞《贵人迷》。

这部喜剧虽然是按照国王的要求写成的，不过，莫里哀并没有把它写成一部纯娱乐性的剧本，也不单单是一部带有土耳其色彩的剧本，他在满足国王的意图之外，让剧本具有非常鲜明的现实内容。

剧中的主人公汝尔丹是巴黎的一个富商，他朝思暮想能当上贵人，挤进上流社会。破落贵族道琅特趁机来骗他的钱，骗他的首饰。汝尔丹的女儿吕席耳与平民克莱翁特相爱。汝尔丹不愿与平民结亲，克莱翁特化装成土耳其王子前来求婚，汝尔丹这才同意婚事。于是，闹出一场可笑的婚事，汝尔丹还接受了荒唐的所谓"妈妈母齐"的爵位。

剧本的主旨是讽刺资产阶级向贵族看齐、走贵族化道路的社会现象。这种现象在当时法国普遍存在，也是当时法国资产阶级的一个特点。在这个封建制度已是盛极而衰、资本主义已经兴起的时代，刚刚发家致富的富裕市民虽然在经济上占有优势，但是他们的社会地位依然很低，在文化上更没有脱离粗俗的状态。他们迫切地希望改变自己这种处境。但是，在 17 世纪的法国，他们的力量和觉悟还没有达到 18 世纪时的那样自觉和强大的程度。他们并不想推翻现存的社会制度，只是希望自己能在这个古老的社会里改变一下自己的现状，能够像贵族阶级一样受到尊重，像贵族阶级一样过着"高雅""文明"的生活。他们不想反对贵族，消灭贵族，而是想方设法混进贵族的队伍，改变自己的平民身份，把自己变成贵族。于是，在法国社会出现了一个个走贵族化道路的"贵人迷"。在莫里哀在作品中，曾经不只一次地写到这种奇特的现象。1664年写的《逼婚》就是描写这种社会现象的喜剧。剧中的主人公斯嘎纳耐勒本希望通过联姻的办法让自己成为贵人。他生怕自己因此而被愚弄，可是婚约已订，事情已经由不得他。1668年写的《乔治·当丹》更是以辛辣的笔调讽刺了剧中那个热衷于贵族化而吃尽苦头的主人公。时隔两年，莫里哀又重拾这个主题，再一次嘲弄那些走贵族化道路的资产者，讽刺资产阶级向贵族看齐的社会现象。但是，这不是简单的重复，而是一个全新的创造，我们只要对这两个剧本进行比较，就可以知道。

《乔治·当丹》写的是主人公走上贵族化道路之后的遭遇，写他在获得贵族身份之后如何受罪，如何悔恨，作者对他的所作所为予以挖苦和讽刺。剧本采用主人公现身说法的办法，让他面对观众诉苦、抱怨、悔恨，从而说明走贵族化的道路不但不能改善自己的处境，只会让自己掉进苦难的深渊，只会落得受辱、悔恨的下场。紧接着下一年写出的《贵人迷》，同样否定资产阶级贵族化的道路。但是，剧中的主人公是一个向往成为贵族而未能实现自己愿望的资产者，他羡慕贵族，希望成为贵族，但尚未获得贵族的身份。剧中写的正是他竭尽所能、不惜一切代价地为实现这个愿望所作的努力，具体描写了他在这个过程中的心理和行动，更加全面、更加充分、更加丰富地塑造了一个走贵族化道路的资产者的讽刺性形象。

他有严重的自卑心理。他出身于商人家庭，父亲在城旁大街上卖布。他自己尽管富有，但还是个商人。他羞于这样的出身和身份，希望自己和别人都不提这个事实。他希望自己从小就出生于贵族之家。他说过"我宁可手上少长两个手指头，也愿意生下来不是伯爵，就是侯爵。"他仰慕贵族，在贵人面前，低三下四，卑躬屈膝。剧中写他见到侯爵夫人时，已经两次鞠躬，还要恭请夫人退后一步，完成第三个大礼。这个细节，还有他在宴会上蹑手蹑脚的行动，生动地展示了他奴颜婢膝的丑态。他幻想自己是贵族，有人叫他一声"老爷""大人"之类的称呼，他流露出的那种意外和惊喜，实在令人鄙夷。

他努力学习贵族的生活方式，让自己过过贵族生活的瘾头，既聊以自慰，也为将来当贵人做个准备。在那个时代，贵族不仅在政治上，而且在文化上占据优势地位，刚刚发迹的商人在文化和习俗上，都还处于粗俗的状态。贵族讲究风雅，就像莫里哀在《可笑的女才子》中讽刺的那样，写情书，讲虚礼。贵族们学文化，会跳舞、唱歌，汝尔丹想把这一切都学到手。为此，他请来了音乐老师、舞蹈老师、剑术老师、哲学老师，全方位地学习贵族文化。剧本就是从这里开始的，揭开了他走贵族化道路的丑事。在剧中，有整整两幕用来表演汝尔丹学习的情形。

汝尔丹本来并不笨。我们从他的经商有成，从他当场就能算出债主道琅特借钱的次数和总额的表现，就可以看出他很精明。在经商和经济往来中他的确精于此道。但是在学习贵族课程时，却满身粗俗，显得那么笨拙，出尽了洋相。

几个教师所授，都是最简单的知识，但是，只要说是贵人这样学，这样做，他就都感兴趣，都愿意学一学，结果是破绽百出。于是，他处处被人算计，被人戏弄。那不全是因为他无知，更是由于他的那种被扭曲的心理在作怪，使他由精明人变成了"滑稽人"。

哲学老师说要教他学习逻辑、伦理、物理、拼音，但是这些都不合他心意，他最感兴趣的是写作，因为他想模仿贵族的风雅，给贵妇人写信。这就引出下面这段妙趣横生的对话：

> **汝尔丹先生**　……我有一桩心事，非告诉你不可，我爱上一位贵
> 　　　妇人，我希望你帮我给她写一封短信，我想扔在她的脚跟前。
> **哲学教师**　好极啦。
> **汝尔丹先生**　要风雅，是的。
> **哲学教师**　当然要风雅。您要给她写诗吗？
> **汝尔丹先生**　不，不，不要诗。
> **哲学教师**　您只要写散文？
> **汝尔丹先生**　不，我不要散文，也不要诗。
> **哲学教师**　不用这个，就得用那个。
> **汝尔丹先生**　为什么？
> **哲学教师**　先生，理由就是，表现自己，除去用散文，还就是

用诗。

汝尔丹先生　除去用散文，还就是用诗？

哲学教师　可不，先生，不是散文的，就是诗；不是诗的，就是散文。

汝尔丹先生　那么，一个人说话，又算什么？

哲学教师　散文。

汝尔丹先生　什么？我说："妮考耳，给我拿我的拖鞋来，给我拿我的睡帽来。"这是散文？

哲学教师　是啊，先生。

汝尔丹先生　天啊！我说了四十多年散文，一点也不晓得；你把这教给我知道，我万分感激……①

（第二幕第四场）

汝尔丹还希望按照贵族的方式打扮自己，为此他找裁缝给自己做了一套贵族化的衣服。那个裁缝在衣料上占他的便宜不说，还胡乱地做了一套怪模怪样、色彩斑斓的服装。汝尔丹已经觉得不对劲，衣服上的花儿图案是倒着的。但是，那个狡猾的裁缝这样捉弄他：

裁缝师傅　您先前没有告诉我，要花儿正着呀。

汝尔丹先生　这也要交代？

裁缝师傅　是呀，当然要交代啦。贵人的衣服，花儿都是这样倒着的。

汝尔丹先生　贵人的礼服，花儿是倒的？

裁缝师傅　对，先生。

汝尔丹先生　哦，那就行啦。

裁缝师傅　你喜欢花儿正着，我改过来好啦。

汝尔丹先生　不用啦，不用啦。

---

① ［法］莫里哀：《莫里哀喜剧》，第 4 集，李健吾译，95～96 页，长沙，湖南人民出版社，1984。

裁缝师傅 凭您一句吩咐，就好改过来的。

汝尔丹先生 我说不要啦。你做得很好……①

汝尔丹就这样被打扮成小丑。汝尔丹夫人一见他这身打扮，不禁奇怪地问道："你这身打扮，到底算个什么名堂？你这样一身披挂，是不拿人放在眼里，还是怎么的？你是要人到处笑话你，还是怎么的？"女仆见他这身打扮直笑得前仰后合，说不出话来。汝尔丹本人却认真地以为自己成了贵人，洋洋得意地说："你们老穿资产者那身衣服吧，决不会有人称你们'我的贵人'。"

这是剧中非常精彩的两幕，简洁的对话，少量的动作，就把汝尔丹对贵人的痴迷以及他被这种痴迷搞得失去理智、几乎成了疯魔的样子刻画得栩栩如生。

汝尔丹不仅学贵族的生活方式，还要结交贵族朋友，企图从这里找到路子，混进贵族圈。那个贵族朋友号称道琅特伯爵，其实早已破落，是个靠借债度日的骗子。这种人使我们联想到达尔杜弗。他们都是破落贵族堆里出来的骗子，只不过手段不同，一个利用宗教，一个利用身份。作为贵族，道琅特从心里看不起汝尔丹，在他眼里，汝尔丹"一举一动，都有一点滑稽"。然而为了自私的目的，他故意对汝尔丹表示亲热，表示尊重，而且一再谎说自己如何与国王亲近，曾经向国王提起汝尔丹，等等，以此取得汝尔丹的信任和尊敬。有了这些铺垫，那个道琅特便施展伎俩，掠取钱物。他多次向汝尔丹借钱，但从不还债（总数达一万五千八百法郎）。汝尔丹欲与贵夫人搞风雅，他便趁机从中取利。他把汝尔丹送给贵夫人的礼物，包括鲜花、小夜曲、湖上烟火，还有汝尔丹不惜重金买来的钻石等，都说成是他送的，把汝尔丹的请客宴席说成是他借用汝尔丹的家来办的。汝尔丹以为有这样的朋友是自己的幸运，能借钱给这样的贵人，能为他效劳是自己的荣幸，仿佛有了这样的朋友，实现当贵族的理想就有了希望，却不料是受骗上当，成了冤大头。

更糟糕的是，汝尔丹不顾女儿的意愿，要把她也纳入自己实现"贵族

① ［法］莫里哀：《莫里哀喜剧》，第4集，李健吾译，98页，长沙，湖南人民出版社，1984。

化"愿望的轨道。吕席耳的意中人克莱翁特上门求婚，他劈头就问："你是不是贵人？"听到回答不是贵人，他断然拒绝："一言为定，我女儿不给你。"他根本不顾众人的反对，坚持己见："我需要的只是身份，我要她当侯爵夫人。"正因为如此，他才会陷入考维艾耳设下的计谋。在他的头脑中，只要是贵人，哪怕自己要放弃教籍，改信伊斯兰教，也可以答应把女儿嫁给他。既然未来的女婿是土耳其的皇太子，那当然合乎他的要求。更让他心动的是他自己还可以因此而成为"妈妈母齐"（土耳其语"垃圾"的意思），因为他听说，"世上没有比这爵位再高的啦"，"将来可以和世上顶高的贵族平起平坐"。

"贵人迷"把汝尔丹害成了疯子、冤大头，害成了莫名其妙的"妈妈母齐"。总之，为了走上"贵人迷"的路，汝尔丹成了"滑稽人"，也许他自己还蒙在鼓里，不像乔治·当丹那样对自己的错误有所悔悟。然而，他的遭遇的警世价值同样是显而易见的。

《贵人迷》与《乔治·当丹》的另一个不同是剧中出现了一批对"贵人迷"特别反感的、反对走贵族化道路的人物，其中的代表人物有汝尔丹夫人和女仆妮考耳、克莱翁特及其男仆考维艾耳。他们并没有鄙视自己的出身，没有汝尔丹的那种自卑感。他们头脑清醒，理智聪颖，有勇有谋。

汝尔丹夫人性格豪爽，而且心胸坦荡，敢说敢为。她并不认为自己是"资产阶级正派人家的儿女"有什么见不得人的。她对谁都明说自己的父亲和丈夫的父亲都是生意人。她看不惯丈夫在贵族面前那种低三下四的做派。她反对丈夫装模作样地学习贵族生活方式而把自己变成小丑。她讨厌那个道琅特，看透他不怀好心，见到他就恶心。她敢于当面指责道琅特帮丈夫做的不正经的事，指责道丽麦娜破坏别人家庭。至于女儿的婚姻，她认为"一个品貌端正的富裕的正人君子，比一个品貌不正的叫花子贵人，要合适得多了"，因此支持女儿与克莱翁特的爱情。她鄙视那种与贵族攀亲的做法。她这样说："和门第高的人家攀亲，向来没有好结果。我决不要一位女婿，嫌我女儿的父母出身低。"

克莱翁特是一个诚实、自重的平民人家的儿子。他家境殷实，曾在军队服役六年，完全有条件可以像社会上流行的风气那样冒充贵族，但是他认为那是盗窃，是不正当的行为，并引以为耻。在回答汝尔丹关于身份的

提问时，他自尊自爱，决不受社会风气的影响冒充贵族。他的话理直气壮，
掷地有声：

> 先生，大多数人遇到这种问题，并不左思右想，就很快解决了。
> 他们什么也不顾虑，就戴上了贵族头衔；这种盗窃行为，目前似乎得
> 到了世俗的许可。拿我来说，我不妨对您实说，我对这种事的想法，
> 还更慎重一些。我认为一位正人君子，不该干这种骗人的事；掩饰上
> 天给我们的身分（份），用偷来的头衔向世人夸耀，甘心冒名顶替，就
> 是品行不端……所以我对您实说了吧，我不是贵人。①（第三幕第十二
> 场）

妮考耳虽是仆人，然而她看不起汝尔丹那种屈膝于贵族的卑劣表现。
她一上场，见到汝尔丹穿着奇装异服便大笑不止，连续十几次，笑得前仰
后合，说不出话来。当时演出时，扮演这个角色的演员平时就善于发笑，
她的笑声特别富有感染力。莫里哀充分发挥这个演员的长处，在剧中特意
安排了这个细节，让她冲着汝尔丹大笑。她的笑声让台下的观众不由得受
到感染，全都开怀大笑。于是，整个剧场笑声不断，此起彼伏，把汝尔丹
笑得心里发毛，忐忑不安。这是本剧最有特色的场面之一。它所产生的喜
剧效果，它对汝尔丹丑行发出的杀伤力，是多少台词都无法比拟的。

考维艾耳这个人物是莫里哀从意大利职业喜剧中借用来的。这个角色
原来的名字是考维艾楼，或雅考维艾楼，是一个定型人物，以机敏、足智
多谋为特点。在《贵人迷》里，他站在小主人克莱翁特一边，充分发挥了他
的智慧和才干，巧妙地利用汝尔丹的贵人迷，帮助克莱翁特取得成功。剧
中那个滑稽突梯的土耳其婚姻计，就是他出的主意。整个过程也是由他安
排的。他还化装成翻译官，巧于应付各种难题，完成了预定的计策。

《贵人迷》就其内容来说，应该是一出风俗喜剧，具有社会讽刺的意义。
莫里哀发挥了他独特的戏剧才能，在剧中成功地运用了闹剧手法，不管是

---

① ［法］莫里哀：《莫里哀喜剧》，第 4 集，李健吾译，129 页，长沙，湖南人民出版社，
1984。

汝尔丹的学习还是他的授爵仪式的场面，都是闹剧性的。莫里哀还把闹剧与"喜剧—芭蕾舞"结合在一起。多种戏剧手法的浑然一体的结合是这出喜剧的特色。

莫里哀在"喜剧—芭蕾舞"方面曾经有过长期的探索。《贵人迷》的成功，说明莫里哀在"喜剧—芭蕾舞"的创作方面已经达到了炉火纯青的地步。在以往的戏剧种类里，并没有"喜剧—芭蕾舞"这样一种，这是莫里哀的创造。从《讨厌鬼》的试演，经过一系列的探索和逐步改进，他终于写出了《贵人迷》这样优秀的作品。

芭蕾舞和喜剧，一是舞蹈，一是戏剧，它们本是两种不同的艺术表现形式，不论是表演的内容、表演的手段，还是在表演的理念上，都不相同，要把这二者结合起来，形成一种新的艺术品种，谈何容易？莫里哀经过几年的探索，终于找到了编写这类喜剧的路子。关键是如何处理好戏剧部分和歌舞部分的关系，如何把歌舞自然地融合在剧本的内容里，把二者糅在一起，形成一个完整的整体。起先，莫里哀在喜剧里加入的那些歌舞表演，和剧情没有什么联系，仅仅是为了宫廷娱乐的需要，营造喜庆的欢乐气氛。后来，他的一些有芭蕾舞表演的剧本都在试图将这两个方面结合起来。1669年演出的《德·浦尔叟雅克先生》已经是一部完整的芭蕾舞喜剧，剧中的歌舞成分成为全剧情节的一个组成部分，是剧本的喜剧气氛的强化，而不再是游离于剧情之外的附加品。但是，二者还是相对独立的，让人感到它的歌舞成分是故意把剧情的某些内容用歌舞的形式表现出来而已，并不是非这样不可的。到了《贵人迷》，歌舞和剧情就能够完全融合在一起，歌舞是内容的需要，是剧情的必需，非如此不可。

剧本是按照"汝尔丹出丑—汝尔丹受骗—汝尔丹被糊弄"这样的构思来安排剧情的，其间的歌舞分为四个间奏曲。第一幕和第二幕演的是汝尔丹出丑（学习和打扮）的情节，其中第一次穿插的歌舞是老师的教学活动，有一个女歌唱家和两个男歌唱家以牧羊人的身份表演对唱，那是音乐老师安排的示范表演。有四位舞蹈家根据舞蹈老师的要求，表演各种动作和各种步伐，由此作成第一间奏曲。第二幕有四个裁缝在接受赏钱后，为表示高兴而跳起舞来，作成第二间奏曲。第三幕演的是汝尔丹受骗。宴席上菜时，六个厨子跳着舞上场，烘托宴会的气氛，作成第三间奏曲。紧接着的第四幕，演的是汝尔丹被糊弄。先是客人就餐，有两个男歌唱家和一个女歌唱家来助兴，唱的是劝酒歌。后来有土耳其王子来授予爵位，举行由音乐舞蹈组成的土耳其典礼，作成第四间奏曲。第五幕，汝尔丹边舞边唱，表现的是他接受"妈妈母齐"爵位后的欢愉心情。由此可见，歌舞表演与剧情是密切结合的。最后的各国芭蕾舞表演，纯粹是为营造欢乐的结局而特意安排的。

这个剧本虽然是奉旨赶写的，但是其中表现的思想并不符合国王的旨意，因此在宫中演出时，国王的态度相当冷淡。

一个多月以后，也就是 11 月 23 日，《贵人迷》在王宫剧场公演，首场就取得成功，票房收入达 1397 里弗尔，超过莫里哀这一年所写的其他剧本。在后来的演出中，有 12 场的收入超过 1000 里弗尔，12 月 5 日的一场演出收入达 1634 里弗尔，可见它是如何受观众的欢迎。这个剧本不仅受到当时观众的喜爱，在后来的几百年里，它也是莫里哀剧作中最多被搬上舞台的剧本之一。

一个敢打主人的"下人"——《司卡班的诡计》分析

1671 年年初，莫里哀完成了一部闹剧意味很浓的、专门赞扬奴仆的三幕散文体喜剧《司卡班的诡计》。1671 年 5 月 24 日在王宫剧场演出。

这时，他刚刚结束宫廷里的狂欢节演出，好不容易抽空专门为平民百姓写一出喜剧。他可以不管宫廷里的那一套，放手写去。于是，他轻松愉快地拿起老本行，大胆地学习他所喜爱的民间艺术，把喜剧写得生动活泼。

剧情发生在意大利的那不勒斯，主人公是一个名叫司卡班的仆人。他的小主人赖昂德爱上了一个埃及姑娘，与此同时，赖昂德的朋友奥克达弗爱上了一个来历不明的女孩子，而且私自与她结了婚。但是，他们俩都必须得到一笔巨款，才能得到爱情的幸福。一天，这两个年轻人的父亲同时从外地回来，听到儿子的所作所为都非常生气，年轻人的爱情眼看就要遭殃。司卡班答应设法帮助他们。他对奥克达弗的家长阿尔冈特说，奥克达弗是被迫订了婚，现在那些人正寻衅闹事，必须拿出钱来安抚，才能了事。他对赖昂德的家长皆隆特说，埃及人已经把他儿子骗上了船，必须拿钱去赎，不然赖昂德就会被运到阿尔及利亚去干苦役。两个家长无奈之下答应给钱。就这样，司卡班把两笔巨款骗到了手。他还设计把老主人皆隆特骗进口袋，用棍子打了一顿，因为老主人说过他的坏话。最后，家长们发现，那两个女孩子原来是他们各自失散的女儿，便应允了儿子的好事。于是两家团圆，年轻人终成眷属，司卡班也得到了老主人的宽恕。

这部喜剧完全是一部平民化的戏剧，很像一出市民剧。剧本中，最重要的人物是司卡班——一个聪明能干、乐于助人的仆人。莫里哀曾经写过不少这样仆人身份的正面人物，像《达尔杜弗》里的道丽娜，《冒失鬼》里的马斯卡里叶，《贵人迷》里的妮考耳，包括本剧里奥克达弗的听差席耳外司特。司卡班与他们一样，具有正义感，是非分明，聪明智慧。他用诡计取得成功，但是，那不是为自己，而是为帮助别人。他本来已经与法院闹得不愉快，决心从此"谢绝尘事"了。可是，眼见得年轻人有难处，他还是动心了。因为他天生是个"分忧使者""专管年轻人的闲事"。

司卡班这一形象最与众不同的，一是他的自信和自尊，二是他对懦弱的蔑视。正是这两点，使他在众多的仆人形象中显得尤其突出。

他有一种遇到困难不但不畏惧，反而更有斗志的精神。他说过：

> 生活需要忽起忽落，困难越多，劲头儿也就越冲，乐趣也就越大。
>
> （第三幕第一场）

他最看不起那些胆小怕事、畏首畏尾的人。他深深同情奥克达弗的难处，但是，他看不起这个少爷的无能和怯懦，狠狠地数落了他：

> 为了这么丁点儿小事，就把你们两个人作难成了这副样子。这也犯得上担惊受怕？就冲这芝麻大的小事，你也失了主张，害不害臊？妈的！你长得高高的，胖胖的，也好做人爹妈啦，就砸不开你的脑壳，转转心眼儿，想出一个鬼招子，来上一条小妙计，把事情安排定当？
>
> （第一幕第二场）

在司卡班的心目中，没有什么事情能难倒他。他对自己的智慧和才能充满着自信。正如他自己所说：

> 只要我肯干，我干不来的事就很少。当然了，上天给了我老大一份天才，斗斗心眼儿，出出鬼招子，也只有无知的人，才把这叫作欺诈。不是我吹牛，在这高贵的行艺里头，您看不见有谁比我还名气大的、有本领捣蛋出坏主意的。
>
> （第一幕第二场）

他的主人也当面夸奖他说："冲你这份儿大才，天下就没有扳不倒的事。"

他的自尊心很强。作为仆人，受身份所限，不能不服从主人，但是，他毫无自卑感。主人如若有事求他，他还是要摆一摆架子。赖昂德听说是他把自己的爱情秘密告诉了父亲（其实不是），非要举剑砍他，逼得他下跪求饶，让他受了委屈。转眼之间，赖昂德有事不得不来求他帮忙，他立刻拒绝帮忙，回答说："把我糟蹋成了那样子，还怎么帮忙？"赖昂德只得也给他下跪，求他帮助。他容不得别人的欺负，谁要是侮辱了他，轻视了他，他绝不能容忍，必定报复，哪怕是他的主人。老主人皆隆特说过他的坏话，他非要出这一份恶气。他知道，皆隆特是一个头脑简单的人，他设法把那老头子骗进口袋里毒打了一顿。在莫里哀的时代，法国还是封建社会，人以等级划分，等级之间，贵贱分明。莫里哀的剧本居然把仆人写得比主人还要高明，而且让主人给仆人下跪，让仆人打主人，打了还不受惩罚，这简直是乱了纲纪，大逆不道。

因此，在剧中，无论是什么样的上等人，老爷也好，少爷也好，与司卡班相比通通相形见绌，唯有他才是剧中令人称赞的英雄。用剧中人物赛尔比奈特的话来说："他是一个了不起的人，夸奖他的话，他句句都配。"

这部喜剧的情节是从古代罗马戏剧家泰伦提乌斯的喜剧《福尔弥昂》脱胎而来的，但是，莫里哀在剧中除了接受原作有用的东西，还吸收了意大利职业喜剧的东西，更大量借鉴法国民间闹剧的手法，使整个作品不但生动活泼，妙趣横生，而且具有浓厚的民族风格。司卡班这个人物来自意大利职业喜剧中的一个定型人物，他的身份是听差，原名"司卡皮漏"，是属于意大利南部那不勒斯的舞台造型。"司卡皮漏"这个名字可能来源于意大利语"scappare"，意思是"溜掉"，这个名字代表的人物有时是见危险就溜的人，有时是能化险为夷的聪明人。①

莫里哀笔下的司卡班是他借鉴意大利民间喜剧的经验而重新创造的人物。这个人物也让我们想起他早期作品《冒失鬼》中的马斯卡里叶。剧中打口袋的情节也可以让我们联想到他的早期作品《口袋里的高西卜斯》。这个

① ［法］莫里哀：《司卡班的诡计》人物表注 2，见《莫里哀喜剧》，第 4 集，李健吾译，192 页，长沙，湖南人民出版社，1984。

情节是从法国民间闹剧学来的。莫里哀小时候在广场上看的民间艺人塔巴兰的演出中，就有这样一出戏，演出父亲被骗进口袋、女儿把他打了一顿的滑稽场面。莫里哀的剧本显然是从塔巴兰那里借来的。

总之，司卡班的形象是作家笔下一系列下层平民（仆人）形象的升华，是作家取材古代作品、集法意两国民间艺术的成果并加以提升的杰作。

《司卡班的诡计》明显具有闹剧因素，尤其是打口袋的情节。莫里哀刚刚完成一部宫廷风格的《浦西色》，转眼间就写了这样一部带有闹剧性的、有着明显的民间艺术色彩的作品，是不是有些令人意外？其实这不难理解。

在莫里哀的戏剧才能里，有两个主要的根源，一个是古典的传统的希腊罗马喜剧，另一个是民间戏剧，包括法国的民间闹剧和意大利的假面喜剧。前者是他在克莱蒙中学上学时期就已经有所接触，从那时开始，他就培养起对古典艺术的尊敬和了解。重返巴黎之后，在当时盛行的古典主义大潮的影响下，他很快就接受了古典传统和前辈作家的经验，这是他在喜剧艺术方面进行创造性探索的巨大资源。后者是他在童年时期就植下的根。他从外祖父那里养成了对民间戏剧的热爱，加上大量观看塔巴兰等民间艺术家和意大利职业剧团的表演，早早地培养起对民间戏剧的爱好。在流浪时期，他作为一个民间艺术家活跃在戏剧舞台上，演的是老百姓喜闻乐见的闹剧性作品，积累了丰富的经验。在巴黎与意大利职业剧团同时使用一个剧场时，更有机会当面向斯卡拉姆什这样的民间艺术家学习国外民间喜剧的表演经验和表演技巧。他这样长期沉浸在民间戏剧的海洋里，已经深谙民间喜剧的精华，养成一种对民间戏剧的不可更改的爱好，一种不可磨灭的习性。所以，在以上所说的两种艺术根源中，他对民间戏剧的爱好是根深蒂固的，他永远不会放弃自己对民间戏剧的喜爱。像《司卡班的诡计》这样的作品想必是他早就有意要写的，不然，他不可能在短时间内一挥而就。

《司卡班的诡计》充分体现了莫里哀晚年在戏剧技巧上的娴熟。就剧本而言，此剧情节有些曲折，人物关系有些纠结，头绪较难理清，他却能处理得顺顺当当，非常妥帖。主要人物司卡班的形象刻画得性格鲜明，主宰着全剧。次要人物着墨不多，却也个性突出，诸如奥克达弗的懦弱、阿尔冈特的暴躁固执、皆隆特的吝啬、（被误认为埃及人的）赛尔比奈特的爽朗。

这些人物出场不多，有的仅仅只有一场戏的表现，却能给人留下深刻的印象。在演出时，莫里哀亲自扮演司卡班。最有趣、最有戏剧性的，也是最难演的打口袋的情节中，司卡班要一个人演几个（假装的）人物，表现几种状态，说几种语言，而且必须瞬间即变，连续多变，着实需要高超扎实的功底。在剧团里，也只有莫里哀能够胜任。

《司卡班的诡计》上演后，受到平民观众的热烈欢迎，但是它不合上流社会的口味，有些人对它横加挑剔，就连莫里哀的某些朋友也对它表示不满。布瓦洛曾经那样热情地支持过莫里哀，后来两人成了好朋友。但是，当布瓦洛进入宫廷后，成了御用文人，没有像莫里哀那样仍然在精神上保持着平民的本色。他对于莫里哀身上的平民味很不满意。他认为，莫里哀是当代的大才子，凭着莫里哀的才情，完全可以写出传世杰作。可惜的是他总在演戏，而且总是不忘他的那些池座里的观众。《司卡班的诡计》的创作和演出，让布瓦洛很为朋友担心。他在自己所写的《诗的艺术》一书中，公开批评莫里哀"太爱平民"。

赶时髦的女人们——《女学者》

　　1672 年 3 月，莫里哀完成了他晚年的一部杰作——五幕诗体喜剧《女学者》。这部作品历来受到好评，也有人认为这是莫里哀"最好的作品"。

　　剧本的主题是讽刺当时社会上流行的那种追求虚荣、附庸风雅的习气。1671 年 12 月，他刚演过一部讽刺外省贵族妇女学习巴黎上流社会讲风雅的喜剧《艾斯喀尔巴雅斯伯爵夫人》。时隔不久，他又写了《女学者》这样一部有着类似主题的作品。更有意思的是，莫里哀于 1658 年回到巴黎后创作的第一部喜剧——《可笑的女才子》，也是写的这个主题。那时他三十七岁，正当盛年，十四年之后，当他五十一岁时，也就是他步入晚年、快要结束自己创作道路的时候，又回到了这个主题，连续写了两部关于这个主题的，而且同样是以女性为主人公的作品。三部作品绕了一个大圈子。当然，这也许只是一种巧合。不过，这个巧合不是简单的重复。只要把这几个作品作一番比较，就可以看出，无论就作品的思想，还是就它们的艺术水平而言，后来的作品已经大大改观，不可同日而语了。那是一个螺旋式的大圈子。

　　《可笑的女才子》是一部篇幅不大的散文体的小戏，以闹剧的风格讽刺贵族社会里那种矫揉造作的风气，也嘲弄了那些附庸风雅的市民姑娘。《艾斯喀尔巴雅斯伯爵夫人》也是只有九场的一部小戏，主人公是外省一个玩弄爱情游戏的贵族妇女，她故作姿态、傲慢摆谱，剧本把她的风雅外衣剥得精光，露出其虚伪、自私、做作、浅薄的本色。两部作品都把讽刺的矛头指向讲时尚的妇女。《女学者》则把主题引向深入。

　　《女学者》演的是在巴黎一户富裕资产者克里萨耳的家庭里发生的故事。所谓的"女学者"指的是这家的三个女性，包括这家的女主人费娜曼特和她

的两个附和者——她的小姑子白莉丝和她的大女儿阿尔芒德。一家人先是
为要不要辞退一个说话不符语言学家的规定的女仆而发生争议，后来为小
女儿亨丽艾特的婚嫁对象而发生分歧。费娜曼特决定把她的小女儿亨丽艾
特嫁给她们崇拜的诗人特里扫丁。但是，亨丽艾特早已有了自己的意中人，
而且得到父亲的支持。全家人为此而发生冲突。其实，他们的冲突早就存
在，原因是一家人在基本的人生观念上完全相悖。父亲和小女儿讲究实际，
喜欢过平凡踏实的生活；以女主人费娜曼特为首的三个"女学者"喜爱时尚，
沉醉于所谓的精神追求和高雅生活——研究高深的学问和欣赏诗歌。在这
个家庭里，不管发生什么争执，总是归结到"是精神，还是肉体；是形式，
还是物质"（费娜曼特语，见第四幕第一场）上来，没完没了地发生争论。于
是，两种不同的生活追求和不同的人生理想的冲突，近乎哲理式的争论，
贯穿于全剧。

剧中的与这一家有关的人物也就根据"是精神，还是肉体；是形式，还
是物质"这样的标准，两两配对，形成三个组合。

主人克里萨耳和他的妻子费娜曼特是性格互相冲突的一对。克里萨耳
是一个普通的商人，他性格温和，思想平庸，只想过舒舒服服、吃好喝好
的日子，没有什么更高的追求。他不满意妻子成天搞什么虚玄的学问而不
管家务，他不同意费娜曼特因为女仆讲话不符合语法就将其辞退。他讲了
这样一番话：

> 只要她菜烧的好，遵守不遵守渥日拉的规则，有什么关系？拿我
> 来说，我宁可要她乱用名词、动词，也要摘干净青菜，说一百回下流
> 或者无聊的话，也别烧焦我的肉，或者把汤给我弄得太咸了。我活命
> 靠汤好，不靠语言漂亮。渥日拉没有教人烧好汤；马莱伯和巴尔扎克
> 用起漂亮字来那样有学问，下厨房也许就成了傻瓜。①

> （第二幕第七场）

---

① ［法］莫里哀：《莫里哀喜剧》，第 4 集，李健吾译，311 页，长沙，湖南人民出版社，
1984。

这一番话引起费娜曼特的反感,她立刻加以斥责。她把自己与克里萨耳的分歧上升到哲学的高度:人生的价值、人生的目标是追求精神生活还是物质享受:

> 你这些话,粗俗不文,叫人听了恶心! 一个人自命是人,居然妄自菲薄,不提高精神生活,常年停在物质享受阶段! 身体这块烂肉,有什么重要,有什么价值,也值得我们念念不忘? 难道我们不该拿它扔得远远的?①
>
> （第二幕第七场）

克里萨耳的两个女儿是另一对。她们是亲姐妹,但生活理想完全不同。小女儿亨丽艾特盼望嫁一个如意郎君:"他爱我,我爱他,鹣鹣鲽鲽,恩恩爱爱,乐上一辈子。"阿尔芒德对这种生活理想嗤之以鼻,甚至骂她下流,没有出息:

> 这一类下流娱乐,还是留给伧夫、俗子享受去吧。你要有雄心壮志,试着培养一下最高贵的快乐,蔑视感觉和物质,象(像)我们一样,拿心整个用在精神上来……要嫁就嫁哲学好了,因为有了哲学,全人类都会拜倒,而且理性君临天下,兽性归它支配,本能也就不会把我们拉下来,与动物为伍。这是真正美好的爱情、甜蜜的牵制,就该全部占有人生才是。②
>
> （第一幕第一场）

阿尔芒德不愧是费娜曼特的女儿,同样是一下子把问题上升到哲学的高度:人的一生应该追求物质还是追求精神。对于爱情,她更有一套谬论。正常人的爱情在她的嘴里成了庸俗的、不干净的。她要求的是所谓纯粹的

---

① [法]莫里哀:《莫里哀喜剧》,第 4 集,李健吾译,311 页,长沙,湖南人民出版社,1984。

② [法]莫里哀:《莫里哀喜剧》,第 4 集,李健吾译,292 页,长沙,湖南人民出版社,1984。

精神的爱，她想象的爱人之间的关系是这样的：

> 他们的热情没有感觉掺在里头：这种美丽的爱火要的只是心与心的结合，此外统统不在他们的话下。这象（像）天火一般洁净。……他们的目的没有丝毫邪念夹杂进来，他们为爱而爱，不为别的。全部兴奋集中在精神方面，谁也看不出自己还有一个身体。①
>
> （第四幕第二场）

第三对是克利当德和白莉丝。白莉丝是克里萨耳的妹妹，费娜曼特的追随者。克利当德苦苦地追求她有两年之久，但是她始终生活在自己的幻想之中，沉醉于玄想，热衷于哲学。她觉得自己仪态万千，人人都在爱她。克里萨耳告诉她"这完全是空中楼阁"。阿利斯特劝她"丢了这些空心思"。她居然欣赏"空心思"这个评价，为此而自鸣得意。

就是这样三对人围绕着一个个话题，总是争论不休。这三对人实际分成两派，一派主张务虚，一派主张务实。务虚的一派以女主人费娜曼特为首。她们自命为哲学家，自有一套理论。她们把精神与物质、灵魂与肉体、理性与感情都对立起来，把精神、灵魂和理性当作唯一值得遵从的追求，而把物质、肉体、感情，看作低级的、庸俗的、令人恶心的、必须唾弃的东西。剧本的前两幕已经告诉我们，正是这样的"精神追求"把这三个女人弄得失去常态，成了"目空一切、高高在上"的，"一脑门子空中楼阁的疯女人"，成了"空心思"。同时也把这个家弄得一塌糊涂，家不像家。女人们不管家务，只想变成作家。什么学问，什么高深莫测的秘密，都想得出来。家里的仆人为讨好她们，也醉心科学，不干家务。人人都去进行莫名其妙的玄想。"推理成了全家大小的工作，推来推去，就是不见理性"。

剧本的核心事件是小女儿亨丽艾特的婚事。克里萨耳愿意把女儿嫁给一个"为人正直、聪明、勇敢、稳重"的贵人。费娜曼特则早已看中了一个时尚的诗人特里扫丁，她把此人看作大才子、大哲学家，决定把女儿嫁给

---

① ［法］莫里哀：《莫里哀喜剧》，第 4 集，李健吾译，343 页，长沙，湖南人民出版社，1984。

他，而且不许别人反对，"争执也是多余"。这就引出了第三幕。

特里扫丁到底是个什么样的人，值得费娜曼特如此倾心？费娜曼特理想的高尚的"精神生活"到底是一种什么样的生活？都要在这里给出明确的回答。所以第三幕至关重要。

费娜曼特和她麾下的"女学者"们学着上流社会的做派，讲风雅，开放自己的客厅结交诗人。剧中用整整一幕写她们与诗人特里扫丁的一场丑剧。特里扫丁已经成名，受到女学者们的崇拜。她们迫不及待地想要听到诗人朗读自己的作品。其实，此人的作品只是咬文嚼字，故作高深，并不高明，有许多还是抄袭和拼凑的。人们早就厌倦此人。克利当德说他是"一个作品处处被人揶揄的傻瓜、一个大量供应全菜场包扎纸张的书呆子"，说这个人尽管如此不堪，却总是"自命不凡，一贯盛气凌人……拿他的名声和一位将军的全部荣誉对调，他都不会情愿的"。亨丽艾特说："他写的东西、他说的话，我都觉得无聊。"连克里萨耳都能够看出，他说的话句句莫名其妙，他的那些歪诗让费娜曼特和她的女儿变成了人人的笑柄。

就是这样一个既愚蠢又傲慢的"书呆子"，竟然被女学者们当作偶像，崇拜得五体投地。这次他带来一首刚刚写出的十四行诗。他用矫揉造作的语言对费娜曼特说：那是在您的院子里出生的一个"新生的婴儿"。诗的内容是写亲王夫人的病。他把病比作夫人的敌人，夫人待它好，它却要害夫人的生命，夫人应该把疾病送进浴室，把它淹死。诗写得实在拙劣，费娜曼特等人却赞不绝口。她们一句一赞，措词极其肉麻。一个说，听到这样的诗句，"我（激动得）受不了啦"，另一个说"我晕过去啦"，还有一个说"我开心死啦"，活现出她们的无知和浅薄。这样的约会令人联想到《可笑的女才子》里类似的场面，与其说是沙龙，不如说是闹剧。诗人和诗人的欣赏者在这里互相吹捧，一个个丑态百出。

"女学者"们还大谈她们所谓的精神追求和她们的远大理想。她们大放厥词，说是要研究哲学、物理、历史、诗词、伦理学，甚至还有政治。她们还在家里放了吓人的超长的望远镜，研究天文。其实，她们并不是真正研究什么学问，只是为了炫耀自己。从她们自夸的研究成果就可以得知其荒唐可笑。费娜曼特说她见到月亮里有人。白莉丝接着说，她望到了月亮里有一些钟楼。她们还异想天开地要成立学会，举行学术会议，显示女性有学问。她们的学会将高于法兰西学院，不把语言文学和科学分离，而"把美丽的语言和高尚的知识并在一起"。她们甚至狂妄地以为自己将成为学术权威。真是一群被空中楼阁和自己的"空心思"弄得忘乎所以的疯女人。

在这一幕，莫里哀还安排了一个讽刺性的插曲：一个据称懂得希腊文的诗人法狄屋斯意外地造访，两个诗人在这里相遇。开始是一连串地互相肉麻地吹捧，其酸腐气令人作呕：

> **特里扫丁**　你写出来的诗，与众不同，分外美丽。
>
> **法狄屋斯**　格娜丝、维纳丝光临在所有你的诗里。
>
> **特里扫丁**　你写出来的诗，气势自然，推敲入微。
>
> **法狄屋斯**　你写出来的诗，句句"依陶"、"怕陶"（希腊文"畅通""激动"的意思）。
>
> **特里扫丁**　你写的田园诗，风格恬雅，远在代奥克里特、维吉尔之上。
>
> **法狄屋斯**　你写的颂歌，气度轩昂、妍丽、旖旎，你的贺拉斯也远不如你。……①

(第三幕第三场)

过了不一会儿，话不投机，就互相攻击，互相揭老底。特里扫丁被对方说成是"低班学生，纸上涂鸦的能手"，是"拼凑大师，无耻的抄袭家"。这一阵对骂恰好揭露了这个徒有其名的蹩脚诗人的本来面目。

剧本最后，阿里斯特送来两封信。一封给费娜曼特，告知她的两处官司都已败诉，必须在短期内支付四万艾居。另一封给克里萨耳，告知他存钱的两个商家在同一天都已破产。克里萨耳惊呼他的财产全都完了。费娜曼特反倒十分镇定，她以为自己选中的未来的女婿一定会挺身而出，帮助一家。她对大家说：特里扫丁的财产足够他和我们用的。谁知特里扫丁见这家人已经面临绝境，无利可图，便找个理由逃之夭夭。

---

① ［法］莫里哀：《莫里哀喜剧》，第 4 集，李健吾译，332 页，长沙，湖南人民出版社，1984。

这本是阿里斯特的计策，并非事实。这个计策，成功地揭穿了特里扫丁的丑恶面目，让女学者们看清他的真相，也成全了亨丽艾特和克利当德的好事。

《女学者》和《可笑的女才子》在题材和人物上有些相似，然而它们有着明显的区别，这不仅是一大一小，一为喜剧，一为闹剧的差别，重要的是在思想深度上，在作品的艺术水平上，二者不可同日而语。如果说，《可笑的女才子》旨在讽刺一种时尚，讽刺虚荣心；那么，《女学者》的重点在于深入挖掘这种虚荣心背后的东西，从哲学的角度摧垮它的基础。于是，对哲理问题的争论成为全剧的基本内容，哲理性成了它的一个显著特点。

作者的态度十分明确。他站在务实派一边，但是，他笔下的务实派人士，并不是一个面孔一种性格的。克里萨耳比较守旧，说话偏激。他按照传统的观念要求妇女管家务，家里的人要有规矩，仆人能做好饭菜，伺候好主人。他讨厌当下那种钻研学问、讲求风雅的时尚，因为它搞得人人都去玄想，搞得家不像个家。克里萨耳在第二幕第八场，有一篇长长的关于妇女的责任的台词，说"一个女人做研究，知道许多事，就处处不相宜：把子女管教好了，家务照料好了，监督监督佣人，节省节省开支，才是她的研究，她的哲学。"这段话在现代社会引起一阵议论，特别是在女权主义者看来，那是宣扬蔑视女性的观点。其实，莫里哀只是根据人物的本性让他说出了自己的观点，这是塑造人物形象的需要。因此，不能把克里萨耳看成作家的代言人，也不能认定作家在这里要宣扬什么。如果要说剧中有作家的代言人，那只能是克利当德而不是克里萨耳。

克利当德和亨丽艾特这两个年轻人，观点比较中肯，行为比较得当。亨丽艾特在婚姻问题上表现得很出色。她有健康的心理，不受时尚的影响。她有自己的生活理想，不慕虚荣，只求过正常人的生活。她有自己的爱情追求，她勇敢地站出来争取自己的幸福，哪怕当面反驳母亲。她眼光锐利，平日里看出特里扫丁的虚伪与无聊，在婚姻问题上更看出其居心不良，因此不受其花言巧语的欺骗。她当面指出，特里扫丁求婚只为她"可以带一大笔家当过来"，斩钉截铁地拒绝说"我发誓不做你的太太"。

克利当德是剧中最受作家肯定的人物。作家曾经借克里萨耳的嘴这样来称赞他："为人正直、聪明、勇敢、稳重"，像他这样的人，为数不多。

他对问题的看法不偏激，力求全面和完整。他说过："我这人生来心眼儿实在"。是的，他说得不错。谈到女子研究学问的问题，他与克里萨耳的极端反对的说法不同。他说了"我同意一位妇女应当具有种种知识，不过为作学者而作学者，这种热情就要不得了"。他拒绝那种片面追求精神满足、死钻学问的人生哲学，明确表示："上天没有给我这种哲学。"因此，有人攻击他，说他"爱的是愚昧，恨的是才学"，他义正词严地反驳："我恨的仅仅是有害于人的才学"，"一个傻瓜学者比一个傻瓜愚人还要傻瓜"。对于特里扫丁，他有清醒的认识，这样的认识不是道听图说而来，而是有根有据的：

我不能为了取得他的赞成，就不顾一切，赞扬他的作品。我在认识到他之前，读过这些东西，所以我老早也就晓得他这个人了。他处处摆出一副书呆子姿态，我在他写的那堆无聊的东西里头已经领教够了：自命不凡，一贯盛气凌人，好话百听不厌，信心十足，怡然自得，永远踌躇满志，想到得意处时时发笑，自己写的东西篇篇可爱，拿他的名声和一位将军的全部荣誉对调，他都不会情愿的。①

（第一幕第三场）

他尤其痛恨当时那些误国欺人的伪学者：

三个叫花子，异想天开，把写的东西印出来，用小牛皮装订出来，居然就在国家成了要人。帝王的命运，只看他们笔杆一摇。他们一有出品，风声所至，就该有恩给金自天而降；全世界也唯他们马首是瞻；他们名满天下，自以为是学问巨子，因为他们知道前人说过的话，因为他们用了三十年的眼睛和耳朵，因为他们熬了九千或者一万夜晚，东抄一句希腊文，西抄一句拉丁文，把书上的陈词滥调，当作战利品塞了整整一脑壳。这些人永远沉醉在他们的知识里头，再了不起也不过是废话连篇，惹人讨厌，空洞无物，缺乏常识，语无伦次，滑稽可

① ［法］莫里哀：《莫里哀喜剧》，第 4 集，李健吾译，298 页，长沙，湖南人民出版社，1984。

笑，不但对才学没有帮助，而且处处使人反感。①

（第四幕第三场）

这一篇台词慷慨激昂，从根本上否定了假学问假学者，指出了所谓追求高雅学问的社会风气的弊病和危害，同时也代表作家说出了心声。由此可见，比之《可笑的女才子》，《女学者》中不仅有了正面人物，其批判的力度和深度也已大大超越。

对于务虚派，作家采取嘲弄的态度。为了让女学者现出其浅薄、愚昧、可笑的真面目，也为了体现特里扫丁的卑鄙本性，作家采用了漫画式的手法。这一点特别突出地表现在第三幕第二场。这是剧本为刻画这四个人物而专设的一场戏。特里扫丁卖弄蹩脚的作品，企图借此掠得可观的嫁妆，已属无耻。而那三个女学者对他的褒奖如此夸张，如此做作，更令人作呕。作家用这样的手法把他们的丑态突出、放大，收到很好的喜剧效果。

剧本演出后，当时的观众对特里扫丁这个人物印象最为深刻，人们在谈到这部作品的时候，经常不提它原来的剧名，而代之以"特里扫丁"。连剧团的人，负责记录剧团日志的拉·格朗吉也用"特里扫丁"来代替剧名。这个人物有其原型，那就是路易十四的神学师傅高丹神甫。高丹在当时的学界很有地位。他是法兰西学院院士，受人推崇的布道者。他经常以诗人的身份出入上流社会的沙龙。此人狂妄自大，品质卑劣。他曾经对布瓦洛和莫里哀进行过无礼的攻击。他鄙视莫里哀，认为莫里哀就是一个闹剧演员，自己不屑与这样下贱的戏子说话，狂妄地说："哪怕只提一下这些人的名字就脏了自己的嘴巴。"对于这样的人，莫里哀一般是不予理睬的。他一般也不把当时现存的人物写进戏里，只是在《女学者》里，破例地以他为原型，写了一个上流社会里的丑类，揭露这种人卑鄙、虚伪的个性。为了揭露他的丑恶面貌，莫里哀把高丹的两首歪诗——《献给于拉尼公主的十四行诗》和《马车上的玛德里卡尔》一字不改、原封不动地用在剧中，拿出来示众。另外，剧中所写的特里扫丁与法狄屋斯吵架的一场戏，也是根据高丹

---

① ［法］莫里哀：《莫里哀喜剧》，第 4 集，李健吾译，348 页，长沙，湖南人民出版社，1984。

与语言学家麦纳吉吵架的真事写成的。当时，布瓦洛在场，他把事情告诉了莫里哀。莫里哀也是以漫画式的手法把那场争吵搬上舞台。

至于那三个"女学者"，作家同样给以辛辣的讽刺。费娜曼特专横、固执，自任一家之主。她说的话不许反驳，她做出的决定必须执行，不许争执。她的丈夫给她有这样的评价："她非常重视哲学家这个称呼，然而她并不因此而少发怒。她决定了什么事，你露出半句口风反对，整整一个星期，你别想能够安静。"甚至用"母夜叉""泼妇"这样的词来形容她。白莉丝是生活在幻想中的、或者更明确地讲，是沉醉于自我欣赏中的人物。她以为自己"仪态万千"，人见人爱。她对克利当德的追求抱着莫名其妙的矜持态度，内心却渴望爱情。这种内心的矛盾害得自己断送了一段姻缘。阿尔芒德不愧是费娜曼特的女儿，她学着母亲，脾气大，说话冲，偏执得让人厌恶。

1672 年 3 月 11 日，《女学者》在王宫剧场首演。莫里哀亲自扮演克里萨耳，巴朗扮演他的弟弟阿里斯特，当红小生拉·格朗吉扮演克利当德，费娜曼特由男演员于贝尔反串，亨丽艾特由莫里哀的妻子阿尔芒德扮演，白莉丝由德·布里夫人扮演，特里扫丁由拉托里埃尔扮演，这应该是剧团最强的阵容了。演出当天，观众早已等待着莫里哀的新戏上演，纷纷涌向剧场。当场演出很成功，观众报以热烈的掌声，剧团的收入达 1735 里弗尔。后来，剧本多次上演（1672 年的 3 月 11 日至 4 月 5 日，4 月 29 日至 5 月 15日，10 月，1673 年 2 月），都受到观众的欢迎，剧团每场收入平均在 1000里弗尔以上。

在当代，在女权主义运动兴起的情况下，国外戏剧界有人对《女学者》有了新的解读。2018 年，法国马赛克里耶剧院院长玛莎·马克耶夫带着她的剧团在上海演出《女学者》。她认为，莫里哀的这出戏表现了女权主义在刚刚兴起时期所遇到的各种问题，这些问题在各个时期都以不同的方式呈现，需要女性以不同方式来解决。17 世纪的法国，女权主义在上流社会女性群体中若隐若现，女人们对于平权、自由产生了前所未有的渴望，而捍卫之余却难免受制于父权社会传统的抵制以及当时盛行的"沙龙文化"的影响。那几个"疯女人"用这种方式维护自己，只落得被人耻笑。所以，她认为，17 世纪的这出"女人戏"对于当今的人们而言不无启迪作用。

医生能治病吗？——《没病找病》

1673 年年初，莫里哀完成了他的最后一部作品——《没病找病》。剧本采取"喜剧—芭蕾舞"的形式，散文体，共十一场和三个插曲，不分幕。他本来打算当国王从征战荷兰的前线回来时，为国王献演这出新戏。全剧的序曲前附有一段文字，明确地说明了这一点："在我们尊严国王的光荣的疲劳与胜利的战迹之后，所有作者从事于他的歌颂或者他的娱乐，是十分合理的。这也正是我现在所要做的。"序曲的背景是一片赏心悦目的田野，众神和男女牧羊人，载歌载舞颂扬国王。这篇序曲只为让国王在歌舞中得到消遣，与全剧的内容无关。

剧本的主人公是巴黎的一个富裕市民阿尔冈——一个整天怀疑自己得了重病的人。剧情是发生在他身上的三件事：女儿的婚事，他的求医吃药，他要给续弦夫人立遗嘱。在剧本里，女儿的婚事是剧情的基本线索。阿尔冈与医生之间发生的故事，才是剧本最重要的内容。

阿尔冈既然自以为得了重病，求医吃药当然是最重要的。剧本由此引出对当时的医学和庸医的嘲弄和批判。他本来身体健康，"走路、睡觉、吃饭、喝水，全跟别人一样"，仆人和他的弟弟都认为他没有病。他却认为自己疾病缠身，没病找病。这就给医生们带来赚钱的机会。于是，在医生的嘱咐下，他吃药、灌肠、放血、洗肠，没少折腾。女仆杜瓦内特说得好，医生们拿他的身子骨儿穷开心，拿他当牛来挤奶。这些医生行医不能治病救人，只为收费；他们只要"按照道行的医学规则看病"，就可以不为任何后果负责，也不必为自己的医道负责。

莫里哀对医生的这些批评，在他以前所写的剧本里多处可见，然而，在这部喜剧里所写的、阿尔冈和他的弟弟贝拉耳德之间关于医学和医生能不能治病的争论的一场戏（第三幕第三场），却是前所未见的。这场戏就好像是作家为了补足以前那些作品的欠缺，或是为了回答某些人对他的指责而特意安排的。贝拉耳德对这个问题持反对意见，他根本不相信医学能治病。他认为，人得了病，只要安心休养就能痊愈。他的理由是：

> 有了病，只要安心修（休）养就得。自然一乱了套，我们就听之任之，自然就从本身慢慢恢复过来。坏事的是我们杞人忧天，急躁不安，人死不是由于生病，而是由于医治。①
>
> （第三幕第三场）

他甚至认为医学是"人类干出来的最大的谬举之一"，因为人类现在还无法摸透大自然的秘密：

> 我们这架机器的发条还是些秘密，直到今天，人们就什么也没看出来，自然在我们的眼前放下一些太厚的面幕，我们就无法认识后边的东西。②
>
> （第三幕第三场）

贝拉耳德还长篇大论地回答阿尔冈的反驳，论证迷信医学就是相信那些奉承我们的虚构之物：

> 一个医生告诉你，他能帮助、援救、接济自然，去掉伤害它的东西，给它缺少的东西，使它重新获得它的运用自如的机能，于是同你说起他能纠正血、缓和内脏与头脑、放出脾气、修理胸肺、恢复肝功能、巩固心机能、整顿并保持自然的热量，并有延长寿命的秘方；他告诉你的正是医学传奇，可是你回到真理与经验之后，你所遇到的全

---

① ［法］莫里哀：《莫里哀喜剧》，第 4 集，李健吾译，455 页，长沙，湖南人民出版社，1984。

② ［法］莫里哀：《莫里哀喜剧》，第 4 集，李健吾译，453 页，长沙，湖南人民出版社，1984。

不是这些东西，就象（像）那些美好的梦，你醒过来以后，给你留下的只有曾经相信它们的不快之感。①

（第三幕第三场）

对于那些医生，他也有独到的评论：

他们行医的本领只是一些浮夸的怪话，一种似是而非的老生常谈，你要道理，他们给你字句，你要实效，他们许你诺言。②

（第三幕第三场）

贝拉耳德的这些言论从理论上驳斥阿尔冈，听起来铮铮有理；那不是随意乱讲，而是经过严肃思考之后得出的结论。全盘否定的结论明显是不对的，但有些看法似乎有点道理。那么，这些言论能不能代表莫里哀的看法呢？其实未必全是。像贝拉耳德这样态度偏激、言词绝对化的作风并不是莫里哀的风格，那是作家为了赋予人物以个性特色而采取的手法。有趣的是这一场争论还直接地指名道姓地涉及莫里哀。贝拉耳德对阿尔冈说，为了把他从错误中拉出来，准备带他去看莫里哀的喜剧，这就引出阿尔冈对莫里哀的一番攻击：

阿尔冈　你的莫里哀和他的喜剧呀，是一片胡言乱语；他取笑医生那样的正人君子，我认为他自己才十分可笑。

贝拉耳德　他取笑的不是医生，而是可笑的医学。

阿尔冈　他管的哪家子闲事，要他插手医学，活活一个蠢才，活活一个不识抬举的东西，拿诊断和药方子寻开心，对医生进行人身攻击，把这些可敬的先生们摆在台子上耍把。

贝拉耳德　不演人类的各行各业，你倒要他演什么？公侯和帝王

① ［法］莫里哀：《莫里哀喜剧》，第4集，李健吾译，455页，长沙，湖南人民出版社，1984。

② ［法］莫里哀：《莫里哀喜剧》，第4集，李健吾译，454页，长沙，湖南人民出版社，1984。

天天在台子上露面，他们的家世和医生一样好。

阿尔冈 活见他妈的鬼！我要是医生呀，我会报复他的胡言乱语的；他生了病，我由他死，就是不救。他白急，白央求，我偏不给他放一滴血、灌一次肠，还要告诉他："死吧，死吧！看你下次还取笑不取笑医学院。"

贝拉耳德 你可真生了他的大气。

阿尔冈 可不，这是一个信口胡扯的人，医生要是懂事呀，就会按着我的话做。

贝拉耳德 他比你的医生更懂事，因为他就不要他们给他治病。

阿尔冈 他不肯用药呀，活该他遭殃。

贝拉耳德 他不肯用药，有他的道理；他主张，身子强壮结实的人可以用药，他们有多余的力量用药治病；可是，说到他呀，他那点子力量也就只够他害病。①

（第三场）

莫里哀通过阿尔冈的嘴传达了某些人对他的怨恨。不过，这些话让一个没病找病的"滑稽人"说出来，只能算是让他们泄一泄私愤罢了。

莫里哀批评医学和医生是针对当时医学界的保守主义和医生行医的只管行规、不负责任。这一点，明显地表现在剧本的结尾部分。人们告诉阿尔冈，只有他自己成了医生，什么问题都解决了，"你穿上医生袍子，戴上医生帽子，你就全会了，随后你要多精明就多精明"。于是，来了一场医生领受学位的典礼。医学院院长和众多的博士与名流提问："鸦片为什么能使人入睡？"学士回答："因为它有睡眠的力量。"院长等人问："水肿病怎么治？"学士答："先灌肠，后放血，再洗肠。"院长等人问："肺病、喘病怎么治？"学士答："先灌肠，后放血，再洗肠。"不管问什么病，学士都答："先灌肠，后放血，再洗肠。"最后，学士宣誓遵守学院颁布的规章，每次诊断都依照传统的古法，只用医学院规定的药，永远不用别的药。然后，全体

---

① ［法］莫里哀：《莫里哀喜剧》，第4集，李健吾译，456～457页，长沙，湖南人民出版社，1984。

欢呼"新医生万岁！新医生万岁！"典礼告成。莫里哀讥笑这样的典礼，更想通过这个典礼告诉我们：当时的医生就是这样产生的。他反对的是在这样的医学传统下养成的只会照章办事、不顾病人死活的庸医。

阿尔冈的医生迷也表现在女儿的婚姻问题上。他的女儿昂皆利克爱上克莱昂特，但是，阿尔冈把她另许一个弱智的傻子，原因就在于那是医生的儿子，他需要身边有医生。他说了，"我愿意姑爷是医生，跟医生走亲，我病了可以有好帮手，家里有我需要的药品，手头有诊断和方子"。为了这个目的，他使出专制家长的手段：昂皆利克必须服从，否则，那就把她送进修道院。于是，父女之间发生了冲突。这样的故事在莫里哀的作品里是常见的，而作家在这部喜剧里用上这个故事，显然是为了强调阿尔冈的入迷之深：他连考虑自己女儿的婚姻大事都是因为自己需要医生。

昂皆利克的表现让我们联想到《女学者》里的亨丽艾特。这两个莫里哀晚期作品中的姑娘，都为维护自己的爱情做出了勇敢的行动。昂皆利克相信自己的选择。她与克莱昂特虽然是萍水相逢，但是，克莱昂特敢于在危急关头挺身而出，救了她，她看出这是一个品行端正、值得信赖的人。至于父亲为她选择的那个人，简直就是一个笨蛋，一个白痴。她毫不迟疑地拒绝父亲为她的选择，当面警告那个白痴："用暴力使人来相爱，是一个坏办法。"昂皆利克的选择并不是一时冲动，她是一个智性很高、思维敏锐的姑娘。比如，她早就看出贝利娜是那种"嫁人只为赚一笔遗产"的女人，而且当面加以揭穿。她的意中人克莱昂特不但见义勇为，而且机智聪明。为了接近昂皆利克，他以音乐教师代表的身份来教课，巧妙地避开了阿尔冈的戒备，进入他家，而且借着表演歌唱与昂皆利克互诉衷肠。

阿尔冈的续弦夫人贝利娜是一个贪婪的、居心叵测、颇有心计的女人。她嫁给阿尔冈目的就是贪图其家产，平日里装得与阿尔冈恩恩爱爱、关怀备至，"宝贝儿"呀、"亲肉肉"呀、"小乖乖"呀、"心肝儿"呀，肉麻的昵称连口不断，而且装得纯洁无瑕、一片诚心，避而不谈钱，不谈遗产。其实，她早就有了一套打算：为了扫除障碍，把昂皆利克送进修道院；串通公证人搞馈赠，在阿尔冈死去前，先拿到现钱；让阿尔冈立遗嘱里，只把遗产给她而不让孩子们有份。当然，这只是她的如意算盘，杜瓦内特的一条妙计剥去了她的伪装。她一听到阿尔冈"死去"的消息，高兴地欢呼："谢天谢地！"庆幸自己"去掉了一副重担子"，迫不及待地要抓钱抓证件，要在阿尔冈身上拿走全部钥匙，恶妇人的面目暴露无遗。

在这部喜剧中，有一个人物，她不是以上提到的三个情节的当事人，然而她都掺和其中。她头脑清醒、是非分明；她性格爽朗、敢说敢做、快人快语大嗓门，她就是女仆杜瓦内特。她早就看出，阿尔冈身体健康，没有病，只是他自己没病找病，活受罪。她也早就看出那些医生来给主人看病，就是为了赚钱。还是她，出谋划策，揭穿了贝利娜的面目。她最让人钦佩之处是作为一个仆人，却敢于直言不讳地指出主人的错误。阿尔冈不能容忍，拿起手杖追着要打她，她竟然义正词严地说道：

> 一个主人不朝正路想，一个懂事的女佣人就有权来改正。
> ………
> 对您不体面的事，反对嘛就成了我的责任。[①]
>
> （第五场）

莫里哀的作品里，不乏这样富有正义感的、既聪明又能干的仆人的形象。杜瓦内特这个人物让我们自然联想到《达尔杜弗》里的道丽娜，她们有不少相同的地方，然而，在快人快语和直言不讳方面，在责任感方面，杜瓦内特表现得更突出一些。我们不妨再看一看《司卡班的诡计》《女学者》《没病找病》这几个作品里的年轻人和仆人的形象，他们的反抗性、自觉性都要胜过以前的同类人物。这也许是值得注意的莫里哀晚期作品的一个变化。

剧本采取"喜剧—芭蕾舞"的形式，除了序曲与内容无关，第一插曲与剧情关系不大，其余的歌舞安排都可以说是成功的。其中有两处的歌舞，安排得更加精彩。第二幕第五场，克莱昂特化装成音乐老师助手进入阿尔冈家。阿尔冈要求他和昂皆利克一起给大家唱歌。克莱昂特利用这个机会，假借表演小歌剧，以一个牧羊人向自己的情人解释他们相识以来的爱情的故事，倾诉自己内心对昂皆利克的爱。机智的昂皆利克马上明白他的用意，

---

① ［法］莫里哀：《莫里哀喜剧》，第 4 集，李健吾译，397 页，长沙，湖南人民出版社，1984。

大胆表白自己的爱意。更有意思的是，他们俩竟当着阿尔冈的面，一问一答地唱着他俩决心甩开情敌、宁死不从的心意。这段爱情插曲安排在这里，妥帖自然，既符合剧情，又补充交代了年轻人爱情故事的来龙去脉。剧本的结尾是医学院的授权典礼的歌舞表演，这样的安排也是很成功的。这个结尾把前面对医学的批判用歌舞的形式加以强化，讽刺性更突出，也把剧本的喜剧意蕴推向极致，把喜剧气氛推向高潮。

莫里哀晚期的一些作品中常运用闹剧手法，《没病找病》也是这样。阿尔冈装死，结尾的授权典礼，都是闹剧性的。不过，这不是无意义的插科打诨，而是与全剧的主旨息息相关的。

1673 年 2 月 10 日，《没病找病》在王宫剧场首演，获得巨大成功。据拉·格朗吉记载，收入达 1992 里弗尔，是莫里哀作品中首场演出收入最高的一次。

参考文献

[1]《马克思恩格斯全集》第二十三卷，中共中央马克思恩格斯列宁斯大林著作编译局译，北京：人民出版社，1972。

[2] 中国大百科全书出版社编辑部：《中国大百科全书·外国历史》，北京：中国大百科全书出版社，1982。

[3] 中国大百科全书出版社编辑部：《中国大百科全书·中国文学》，北京：中国大百科全书出版社，1982。

[4] 中国大百科全书出版社编辑部：《中国大百科全书·外国文学》，北京：中国大百科全书出版社，1982。

[5] 中国大百科全书出版社编辑部：《中国大百科全书·戏剧》，北京：中国大百科全书出版社，1982。

[6]［法］莫里哀：《莫里哀全集》（一），王了一译，南京：国立编译馆，1935。

[7]［法］莫里哀：《莫里哀喜剧选》（三卷集），赵少侯等译，北京：人民文学出版社，1959。

[8]［法］莫里哀：《莫里哀喜剧六种》，李健吾译，上海：上海译文出版社，1978。

[9]［法］莫里哀：《莫里哀喜剧》（四卷集），李健吾译，长沙：湖南人民出版社，1982—1984。

[10]［法］莫里哀：《莫里哀戏剧全集》（四卷集），肖熹光译，北京：文化艺术出版社，1999。

[11]［法］克里马列斯特：《莫里哀传》，王了一译，附于《莫里哀全集》（一）正文之前，南京：国立编译馆，1935。

[12] [法]皮埃尔·加克索特：《莫里哀传》，朱延生译，北京：中国戏剧出版社，1986。

[13] [法]博蒙：《莫里哀生平和创作》，孟庆奎译，北京：商务印书馆，1981。

[14] [苏]布尔加科夫：《莫里哀传》，臧传真等译，天津：南开大学出版社，1981。

[15] [苏]莫库里斯基：《莫里哀》，徐云生译，上海：上海新文艺出版社，1957。

[16] [苏]莫库尔斯基：《论莫里哀的喜剧》，宋乐岩译，北京：作家出版社，1957。

[17] 杨润余：《莫里哀》，上海：商务印书馆，1933。

[18] 唐枢：《莫里哀》，北京：商务印书馆，1963。

[19] 徐欢颜：《莫里哀喜剧与 20 世纪中国话剧》，北京：北京大学出版社，2014。

[20] 陈惇：《莫里哀和他的喜剧》，武汉：华中科技大学出版社，2019。

[21] 钱林森：《法国作家与中国》，福州：福建教育出版社，1995。

[22] 罗芃、孟华、冯棠：《法国文化史》，北京：北京大学出版社，1997。

[23] [法]伏尔泰：《路易十四时代》，吴模信等译，北京：商务印书馆，1982。

[24] [法]皮埃尔·米盖尔：《法国史》，蔡鸿滨等译，北京：商务印书馆，1985。

[25] [美]威尔·杜兰：《世界文明史·路易十四时代》，幼师文化公司译，北京：东方出版社，1999。

[26] [法]弗朗索瓦·布吕士：《太阳王和他的时代》，麻艳萍译，济南：山东画报出版社，2005。

[27] [法]乔治·蒙格雷迪安：《莫里哀时代的演员生活》，谭常轲译，济南：山东画报出版社，2005。

[28] [法]雅克·勒夫隆：《凡尔赛宫的生活》，王殿忠译，济南：山东画报出版社，2005。

[29] 杨周翰等主编：《欧洲文学史》（上），北京：人民文学出版社，1964。

［30］李赋宁、刘意青、罗经国主编：《欧洲文学史》（第一卷），北京：商务印书馆，1999。

［31］朱维之、赵澧主编：《外国文学简编》（欧美部分），北京：中国人民大学出版社，1999。

［32］穆木天：《法国文学史》，上海：世界书局，1935。

［33］夏炎德：《法国文学史》，上海：商务印书馆，1936。

［34］吴达元：《法国文学史》，上海：商务印书馆，1946。

［35］柳鸣九等：《法国文学史》，北京：人民文学出版社，1979。

［36］陈振尧：《法国文学史》，北京：外语教学与研究出版社，1989。

［37］刘文孝主编：《罗马文学史》，昆明：云南人民出版社，2003。

［38］张世华：《意大利文学史》，上海：上海外语教学出版社，1986。

［39］沈石岩：《西班牙文学史》，北京：北京大学出版社，2006。

［40］［苏］阿尔泰莫诺夫等：《17 世纪外国文学史》，田培明等译，上海：上海译文出版社，1981。

［41］廖可兑：《西欧戏剧史》，北京：中国戏剧出版社，2002。

［42］吴光耀：《西方演剧史论稿》，北京：中国戏剧出版社，2002。

［43］郑传寅、黄蓓：《欧洲戏剧史》，北京：北京大学出版社，2008。

［44］［德］爱克曼：《歌德谈话录》，朱光潜译，北京：人民文学出版社，1978。

［45］［法］波瓦洛（即布瓦洛）：《诗的艺术》，任典译，北京：人民文学出版社，1959。

［46］李健吾：《李健吾戏剧评论选》，北京：中国戏剧出版社，1982。

［47］余秋雨：《戏剧理论史稿》，上海：上海文艺出版社，1983。

后 记

　　2022 年 1 月 15 日，是世界上最伟大的喜剧家之一莫里哀诞辰 400 周年的纪念日。为了迎接这个值得纪念的日子，我赶写了这本小书。

　　记得是在 1955 年，我上大学三年级学习外国文学课程的时候，才知道有一个名字叫"莫里哀"的法国喜剧家。以前我连这个名字都没有听说过。出于好奇，也为了学好课程，我很想读一读他的作品。那时，人民文学出版社刚好出版了几种莫里哀喜剧的中译本，我迫不及待地从学校图书馆借来，一口气读完了《伪君子》《悭吝人》。我完全沉浸在莫里哀的喜剧世界里了，觉得世界上居然有这样好的戏剧，看得实在过瘾。从此，我喜欢上了莫里哀。

　　"文化大革命"结束后，学校恢复了正常的教学秩序。我那时在北师大中文系外国文学教研室任教，缺乏新教材是当时亟待解决的问题。几所学校的老师决定联合起来，自己动手，用集体合作的办法尽快编写出新的外国文学教材，以解决燃眉之急。我们教研室的老师都参加了这项工作，分配给我的任务是写外国文学史西方部分的一章——"17 世纪的欧洲文学和莫里哀"。

　　机遇安排我要与莫里哀结缘。我本喜欢莫里哀，给我的任务凑巧就是莫里哀，正中下怀。我欣然接受了这个任务。于是，我把能找到的有关资料统统看了一遍。这时，我深深地感动了：莫里哀值得喜爱，更值得尊敬。他的身世，他的勇敢，他对戏剧的执着和献身精神，他的喜剧天才和娴熟的艺术技巧，任何一个方面都是令人肃然起敬的。怀着兴奋的心情，我顺利地完成了编写教材的任务（朱维之、赵澧主编的《外国文学简编》《外国文学史》和本校的《外国文学讲义》）。教材的篇幅有限，而且重点在分析代表作《达尔杜弗》，关于生平与其他作品只能简略一提。交出稿子后，总觉得言犹未尽。

　　后来，北京出版社决定编一套小型的外国作家评传丛书，编辑来约我写稿，题目自定。我毫不犹豫就答应下来，很想借此机会写一写自己学习莫里哀的感受。我花了不多的时间，完成了书稿，1981 年由北京出版社出版。这就是北京版的《莫里哀和他的喜剧》。事后，为山东大学吴福恒教授主编的五卷集的《外国著名文学家评传》写了莫里哀一章，为匡兴教授主编的《外国文学史》撰写了"17 世纪欧洲文学"（重点写莫里哀）一章，北京大学申丹教授主编"十一五"国家项目《新中国 60 年外国文学研究》时，约我写了"莫里哀"部分。另外，我陆陆续续地在刊物上发表过几篇分析莫里哀作品的文章。这些年来，在完成各项写作任务的时候，都需要再读莫里哀的作品，阅读有关莫里哀的资料，因而我与莫里哀的缘分始终未断。学习之时当然也不断会有新的收获、新的想法，时时还会萌发一种写一部规模稍为大一些的关于莫里哀的著作的想法。机会又来了，华中科技大学出版社编辑郭善珊与我谈到他们有为中外文化交流做贡献的规划，我很赞赏他们的宏图大志，当即表示愿意效劳，后来商定写一本评传性的莫里哀传记。此后，我花了两年多的时间，完成了这部书稿，2019 年由华中科技大学出版社出版。这就是武汉版的《莫里哀和他的喜剧》。北京版和武汉版，两本书取了同样的书名，这是不应该的。不知当时我是怎么想的，现在已经没法再改了，只能落下遗憾和歉意！书的正文，我添了一页，写上这样一段话：

　　　　一个终身坚持理想
　　为戏剧事业鞠躬尽瘁的人
　　　　一个身兼演员、剧作家、导演、团长
　　堪称"全能戏剧家"的人
　　　　一个承前启后
　　恩泽世界喜剧的人
　　　　谨以此书向他表示
　　我们的敬意
　　我们的钦佩
　　我们的怀念

　　这段话是我当时对莫里哀的认识，也是当时写作的真实心情。在撰写本书的时候，我还是抱着这样的心情，总觉得在莫里哀诞辰 400 周年这样的时刻，我应该为自己尊敬的人做点什么。

　　再次学习莫里哀，有了新的收获。我觉得，他的坚持理想、献身戏剧的奉献精神最值得赞扬。同样，他把理想化为行动，脚踏实地地、孜孜不倦地，而且敢于顶风冒险地探索喜剧改革的新路，这种实干的、勇敢的、不断创新的精神，也是值得赞扬、值得学习的。这可以说是我对莫里哀的认识有了长进。我把这种新的认识贯穿在本书的写作之中。

　　动笔之初，本想写一本专著，分论有关的几个题目。后来一个个题目分别写来，已经各自独立成篇，写法各不相同，而且还难免有重复之处。稿子写成这样，已经无法合成一本自成体系的专著。于是，索性顺水推舟，不求体系的完整，改成论文集。全书正文分三个部分，有些不容易找到的资料，为了方便读者，作为附件分别附在相关的文章之后。作品分析部分的稿子基本上是抽取拙作《莫里哀和他的喜剧》(武汉版)的基础上改写的。只有《讽刺的矛头指向何方——重读〈达尔杜弗〉》一文是新写的。它与我以前对《达尔杜弗》的看法不同，是我这些日子重读作品后的新想法，也可以说是"自我批判"。在一本书里，对同一部作品提出自己的两种不同的观点，似乎欠妥。再说，那还是自我否定，岂不可笑。不过我想，个人看法的改变是正常的事，同时摆出前后两种不同的观点，如果能够引起一番讨论，岂不是好事。

　　莫里哀喜剧人物因为译本和剧评翻译的不同，同一人物译名不统一，为了便于读者阅读，我们做了夹注。对于原译本的少量错字或非首选字为尊重原文保留不变，也做了夹注。

　　本书的写作得到了我校文学院领导和出版社领导的支持与鼓励，我由衷地感谢他们！编辑周劲含和杨莉为赶在莫里哀诞辰 400 周年纪念日前出书，加紧工作。她们的配合和努力，让我十分感动！如果没有领导的支持和编辑的努力，很难设想自己能在短时间内实现这样一个心愿。成书仓促，学识有限，真诚地希望得到方家与读者的批评指正！

2021 年 9 月